理想　国

杨　遥————著

作家出版社

目录

001　　黑色伞

015　　未来之路

031　　炽热的血

047　　太阳偏西

069　　黄河远上

084　　白色毡靴

110　　银针

127　　和邹正方的渊源

145　　七截儿

164　　鲽鱼尾

183　　第四座岛屿

191　　开始下雪

204　　头顶有一片云

224　　大旋涡

237　　大鱼

254　　理想国

282　　把自己折叠起来

301　　父亲和我的时代

黑色伞

清晨，蔚仙儿在睡梦中被雨声惊醒，接下来穿衣、洗漱、吃饭时她一直心不在焉，心里在紧张地祈祷，盼雨突然停下来。一切妥当之后，老天那张阴郁的脸还在紧绷着，雨似乎越来越大。蔚仙儿叹口气，拿起一条蛇皮袋子，把底部的一个角折进去，披在身上冲进雨里。院子里的秋一打着把伞，也正好出门，那张开的伞面像观音菩萨膝下盛开的莲花。蔚仙儿不顾秋一和她打招呼，大步跨进泥水里，灰色的蛇皮袋子下摆在她身后飘起来。同时在雨中行走的还有许多蛇皮袋子，间或有几把伞或几顶破草帽，他们都没有蔚仙儿跑得快。

其实，只要晚上有雨，蔚仙儿就睡不踏实。蛇皮袋子会钻进她梦里，像蛇一样让她惊恐不安。蔚仙儿渴望有一把伞，哪怕比秋一那把小点、旧点也好，但是她知道自己不能和妈妈说。

黄昏时的雨，一旦下起来，比早晨的更大。闪电夹着雷鸣，震得学校大槐树上的铜钟嗡嗡响，树枝树叶箭一样落在积满水的校园里，像战后的沙场。放学之后，通常是快乐的时刻，现在却像到了世界末日。雨可能已经停了，天却依然昏黄，地上也到处是昏黄的水，分不清哪里是哪里。沿着屋檐下垫着的砖头，蔚仙儿和同学们一起出了校门，那条青石板马路已变成一条河，河水打着旋儿湍急地流向未知的地方，上面漂着柴草、树叶、烂西瓜和破纸片。许多家长裤腿挽在大腿根，招呼自己的孩子。蔚仙儿朝远处望去，她希望爸爸突然出现在自己的视野里。同学们爬上家长的背,或者被家长的大手牵着,在昏黄的天地、昏黄的水流中回家。蔚仙儿向人群中扫一眼,再扫一眼,没有父亲的影子。她咬咬牙,脱下塑料凉鞋拎在手里,挽起裤腿踏进冰凉的水中。她总是担心地下有一个大洞,会把她突然吸进去,每一步都走得小心翼翼。她还担心迷路,这昏黄的世界让她搞不清方向,她甚至觉得那些走在身边的大人已经迷了路,所以她不断地停下来判断方向,但怎么也搞不清到底该朝哪里走,只好随着住在一个院里的大人们往前走。直到回家之后,蔚仙儿还觉得自己走在那昏黄的没有尽头的世界中。

蔚仙儿在镇上见到修伞人时,是雨季来临之前的五月的一个星期天。这个人孤零零的,又黑又瘦,眉骨突起,眼睛凹进去,一下子吸引住了她。她从来没有见过长成这个样子的人,更奇怪的是他像一颗钉子,钉在井房前那片永远湿漉漉的泥地上,皱着眉头问:"水怎么能这么浪费呢?"

蔚仙儿看到那两根黝黑的铁管中喷着白色的水龙,在水槽里迸裂成碎片,然后流入旁边的水渠里面。她知道这水管中原来插着两个玉米棒,谁要是用水,拔下玉米棒,用完之后,再把玉米棒插进去。现在上一个用水的人可能为了方便,或许是忘了,拔下玉米棒没有把它再插进去。可是,为什么非要把玉米棒插进去呢?水管里流的是水,渠里流的也是水,村东的河里,附近的几个水库里,到处都是水。每年夏天都有游泳的小孩淹死在河里、水库里。蔚仙儿记忆中出现了那黄黑的庞大的雨柱。水根本永远也不可能用完。

但本来打算把手伸到水管下面,掬一捧来解渴的蔚仙儿迟疑了。

这时秋一的爸爸担着两只桶晃晃悠悠过来。他问蔚仙儿:"看到秋一了吗?"

蔚仙儿摇了摇头,一颗汗珠从额头甩到地上。

秋一的爸爸似乎没有注意到这个陌生的南方人,他把桶放到水管下面,接满之后,晃晃悠悠挑着要走。

"你怎么用了水不把水管堵上呢？"南方人皱着眉奇怪地问。

秋一的爸爸从来没有想过这个问题，他脖子梗了一下，用带着嘲讽的口气问："为什么要堵上呢？这不更方便？"

"水。水不能白白浪费。"

秋一的爸爸哈哈大笑起来，他说："我们这儿有的是水！"然后轻蔑地瞟了这个质疑他的人一眼，挑着水桶走了。

蔚仙儿忽然为南方人难过，他想告诉这个人他们这儿不缺水，人们都是这样的，可她没有说。她看见这个眼睛凹进去的人从水槽沿上拿起一个玉米棒，比画了一下，麻利地塞进一根管子，一边的水堵住了，可是他怎样也找不到另一根。蔚仙儿望着那根还在淌水的铁管，知道另一根玉米棒一定是掉进水槽，被冲到渠里去了。她跑到井房后面，从一堆玉米棒里面挑了一根颜色最鲜红的，塞进另一个管子里面。水堵住了，蔚仙儿才觉得渴，她本来是来喝水的。

"小妹妹，谢谢你。"南方人咬着舌头说。

蔚仙儿吓了一跳，南方人的礼貌让她吃惊，她周围好像没人这样说话。而且刚才南方人说话时，她没有注意到他的声音是如此怪异。他一说话露出两排白牙，看起来非常干净，身上也没有她常能闻到的那种汗臭味，不像他们镇上的男人，一张口总是露出发黄或发黑的牙齿，身上还有一股怪味儿。

这个干净又礼貌的南方人给她留下了好印象，她感觉他说的应该有道理。

她伸出一只脚尖，搓了搓前面的一块泥巴问："你来这儿干什么？"

"修伞，收伞，你们家有伞吗？"南方人手里举着一个黑匣子朝她扬了扬。

黑匣子里面传出一个女人唱歌的声音。

蔚仙儿的脸唰一下红了，她拔脚就跑，被一块什么东西绊倒，感觉有一双手把她扶起来，额角热辣辣的。南方人在后面喊，"你碰破头了!"蔚仙儿没有听见,她双手捂着额角,看见整个世界变成红色的,大步往家里跑去。

妈妈帮仙儿把额头洗干净,烧了一块棉花,用黑色的灰烬按在伤口上面。

蔚仙儿听见外面喊,"修伞哩,有伞修吗?"那古怪的口音让她有些莫名惊慌。她无望地在家里的橱子里乱翻。妈妈问:"你找啥?"仙儿说:"不找啥。"她明明知道家里没有伞,但还在翻。

随着那古怪的声音渐渐远去,蔚仙儿居然在一个满是尘土的柜子里找到一顶草帽。它的颜色看起来奇怪地既黑又白,帽顶下面一圈开了个口子,帽檐上有几个豁口。蔚仙儿举着它问妈妈,"这是啥?""呀,好几年前就找不到了,你怎样发现的?"蔚仙儿拿着草帽和一把刷子跑向井房。

蔚仙儿站在井房前,不知道刚才是什么绊倒了她,什么碰破了她的额角。南方人堵住的水管不知道被谁又拔开了,水从铁管里哗哗往外流着,那两条白色的水柱像翻着的两只白眼嘲笑南方人刚才的多此一举。蔚仙儿拿起玉米棒,把那两根可恶的管子堵住。她顺着水槽走到渠边,认真刷起草帽来。慢慢地,草帽黑色的污垢没有了,露出已经发白的麦秆。蔚仙儿沮丧地望着帽顶下的那道大口子,耳边又出现"修伞哩,有伞修吗?"的吆喝声。她收起草帽,爬到路上,没有南方人那又黑又瘦的影子,但水管上的塞子又被人拔开了,玉米棒不知道被扔到哪里了。蔚仙儿叹口气,到井房后面去找玉米棒,她发现怎样也找不到刚才那种颜色那么鲜红的玉米棒了。蔚仙儿把水管堵住,回家找来一截粉笔头,在水管上边的井房砖壁上认真写下"用完水请把水管堵上"。她仔细端详了一下这行字,又在前面加了一句"珍惜水源",她觉得大概就是这意思,隐隐约约蔚仙儿感觉自己做了一件了不起的事情。

然后,蔚仙儿顺着水渠往南走,水哗哗往前淌着,蔚仙儿不知道这些水要流到哪里去。水里面不时能看到一群鱼,它们和水一起往前游去。水边有几个女人在洗衣服。走到水流出村子的地方时，蔚仙儿停住，转向一个大坡，大坡上倒满了垃圾。蔚仙儿围着这堆垃圾慢慢转着，她记得以前好像在垃圾堆上看到过一把破伞，她还把它拎起来看了看，那是一把灰色的伞，灰不溜秋的没有一点图案，而且伞骨七零八落没有几根完整的，伞面也大概只剩下三分之一，蔚仙儿当时没有在意它，现在希望能找到它，或者运气好点的话，能找到一把更好一些的。

蔚仙儿看到一只死猪，肚子发胀，仿佛要炸开，苍蝇不停地围着它乱转。她还看见老奶奶们穿的那种小鞋，三四寸大，她一脚踩上去就完全压住它连个影子也看不见了。可是没有找到那把伞，就连她想过的，找一个伞柄、几根伞骨、一个破伞面，让南方人帮她把它们攒一起，这种愿望也没法实现。黄昏时分，夕阳照得垃圾堆金灿灿的，可是没有一个物件和伞有关。蔚仙儿直起累得发麻的腰，看见大坡下面的水塘那儿站着一大群人。在蔚仙儿的记忆中，跟着妈妈去地里经常路过这个水塘，它里面长着芦苇，水色墨绿，似乎从来没有见谁对它有过兴趣。

蔚仙儿来到水塘前时，看见有两个人在里面捕鱼。他们裤腿挽到大腿根，上身穿着印着×××连队红字的两股巾背心，蔚仙儿知道这是驻扎在镇上的部队里的兵。他们一个人手里拿着网，另一个人赤着拳头，拿网的人把网往水里一撒，另一个人就过去帮着收绳子，每次网里都会出现几条活蹦乱跳的鲤鱼、鲫鱼或泥鳅，两个人快乐地用一种她听不懂的话交流着，然后一个人跑上岸把鱼放到一个大水桶里。蔚仙儿低头看了一下，桶里不知道放进了多少鱼，鱼褐色的身子密密麻麻挤成一堆，而且他们把泥鳅也收了进来。在蔚仙儿他们这儿，从来没有人吃泥鳅，只是因为它们耐活，小孩们才养着玩。蔚仙儿从来没有想过这个水塘里有这么多鱼，村里那些大人大概也没有想到，士兵们用的抓网蔚仙儿也从来没有见过。每次他们一抓起鱼，岸上就会传来一阵惊叹声。蔚仙儿听着他们的话,朦朦胧胧觉得和那个修伞的人有些关系,她拿不准他们到底是不是一个地方的人,但蔚仙儿感觉他们神奇极了。

一直等到天黑,两个人才收了网,抬着满满一桶鱼朝营房走去。他们一走,围在旁边那些村里的人马上行动起来,他们回家取了铁锹、镢头,在水塘通向东河的一面挖了一条小渠,然后在水塘边开了一道口子,还有一个人用一只旧纱窗堵在那个口子上。

蔚仙儿踏着月光沿着水渠往回走,还没有走到井房的时候,就听见了水流冲击在水槽里的声音,走到跟前,她看到自己写在井房上的几个字在月光下白得好像要飘走。蔚仙儿拿起玉米棒子塞进水管里,然后四处寻找,找到一块砖头,她拿起砖头像钉钉子那样一下一下把玉米棒子往水管里面敲。听到路上有人过来的声音,蔚仙儿就藏到井房后面,人过去了,她继续把玉米棒子往里敲。不一会儿,两根玉米棒子都被敲进水管里,白色的底部嵌在黑色的铁管里闪着柔和的光。蔚仙儿笑笑,仿佛听见井房像吃饱的人打着满意的嗝。

第二天早上,蔚仙儿看见秋一的爸爸担着两只空桶回来了,一进院子他就朝家里喊,不知道哪个货把水管给堵住了。蔚仙儿低头朝学校走去。

下午放学之后,蔚仙儿背着书包朝水塘走去,路过大坡上的垃圾堆时,她扫了一眼,那只死猪不见了,但一股动物尸体腐烂的臭味却往她鼻子里钻,她屏住呼吸,快步往前走。

一天一夜,满满一塘的水降下去许多,塘壁上露出许多黄色的泥泡,许多人挽起裤腿在塘里摸鱼,芦苇被踩成一片横躺在泛起黑色泥浆的水里,岸上乱七八糟摆着各种各样的鞋和水桶、脸盆。蔚仙儿望着这些撅着腚的人,吸吸鼻子,淤泥的怪味儿和鱼的腥味儿冲进她鼻子,她叹口气,沿着那条通向东河的小渠往前走去,走了一截路,看见小渠湿漉漉的,但里面没有水了。然后她转了一个大圈子从东河绕到井房,她昨天晚上塞进水管的两根玉米棒子已经被弄出来了，虚虚地塞着，细小的水滴从塞子和水管的缝隙里流出来。蔚仙儿轻轻地舒一口气，朝家里走去。

连续几天，蔚仙儿在电影院门口、水渠旁、校门口见到修伞的南方人，有时村里人围着他，他在摆弄伞，那个黑匣子放在他旁边，里面不同的人一会儿在唱歌，一会儿在唱戏。有时只有他一个人，他眯着眼睛靠着电线杆子，目光总是望着前方。蔚仙儿顺着他的目光往前望去，除了一排屋脊什么也望不到。这个时候，黑匣子里总是传出南方人那种怪腔调，好像许多人在说话，蔚仙儿听不懂。有一次，没人的时候她走过去，南方人似乎认出了她，把黑匣子上面的一个按钮按了一下。蔚仙儿问，伞好修吗？南方人点点头，望着她微笑。蔚仙儿的脸红了，她说，我们这儿修伞的人多吗？南方人摇摇头说，不多。蔚仙儿没话了，望着那个小小的黑匣子，奇怪里面怎么能有那么多人说话。南方人忽然按下一个按钮，蔚仙儿听见里面传来自己的声音：伞好修吗？我们这儿修伞的人多吗？蔚仙儿吓了一跳。她感觉自己的声音从那个黑匣子里传出来非常土，而且也有些古怪。怎么会这样呢？这是录音机，你说话它就可以录下来。蔚仙儿脑海中忽然出现几年前爸爸说话的声音，她问，我爸爸的声音可以录下来吗？南方人说，只要他过来。蔚仙儿摇了摇头，眼泪几乎要掉下来。

那天晚上，蔚仙儿脑海中不断出现熟悉的爸爸说话的声音，她几次觉得爸爸就在身边，可是一睁眼，房间里黑乎乎的，只有妈妈在轻微地打呼噜。

第二天上学路上，蔚仙儿希望听到那怪腔怪调的"修伞哩，有伞修吗"的南方口音，可是那个人像失踪似的从那天起再没有出现。蔚仙儿问自己的同学，他们都见过这个人，可是谁也不知道他现在到哪里去了。

蔚仙儿开始学着南方人，靠在电线杆子上向远方望去。开始她只能望到一排排的屋脊，慢慢地她的目光能穿过屋脊，望到非常远的地方，有时候望到南方人孤独的背影，有时候望到一群羊，有一次望到爸爸在一艘轮船上向自己招手。她大喊，爸爸！爸爸消失了，轮船消失了。从那之后，蔚仙儿看到什么再也不敢大喊了，她知道有些东西只能自己安静地看。

蔚仙儿经常站在军营门口，希望碰到那两个说着她听不出口音的南方人，但在军营门口她遇到的士兵总是说着电视上的那种普通话，而且她分不清这些穿着一样衣服的人哪两个是上次捕鱼的人。

没事的时候，她开始喜欢去井房前转转，每次她看到水管没有堵上，就去把它们堵上。

转眼间，进入六月，雨多了起来。在蔚仙儿的记忆中，半夜的雨，尤其是凌晨下起的雨，基本不会在早上停。为了摆脱那该死的蛇皮袋子，许多个早晨，蔚仙儿提前起床，早饭也不吃，一头扎进漫天的雨水中。到了空荡荡的教室，只有她孤零零一个人。她把上衣脱下来，拧干水，再穿回去。裤子只能把裤脚狠狠拧一把。然后把身子缩成一团，用体温慢慢烘干那湿漉漉的衣服。在这漫长而又寂静的早晨，蔚仙儿盯着外边灰暗的天空，看着雨水穿透浓绿的大槐树枝叶，把自己想象成一个火炉，迎接新的一天。慢慢地那些打伞、戴草帽的同学来了，更多的是顶着蛇皮袋子的同学，蔚仙儿看着他们把丑陋的蛇皮袋子摘下来挂在门口淌着绿漆的钉子上面，她骄傲地挺挺微微鼓起来的胸脯，发现衣服好像已经快干了。

暑假的时候，蔚仙儿看见那个水塘降下去的水面又高了起来，水好像比以前清澈了一些，水面的芦苇上有时还落着几只叫不出名字的小鸟。她经常围着村子一个人去更远的地方瞎转，到快开学的时候，居然找到了一把破伞，颜色是黑的，伞骨掉得没剩下几根，伞面有几个大洞，撑开它的时候，能看到头顶炽热的太阳和一朵朵白云。蔚仙儿踩着凳子，把这把伞放在家里那个油漆剥落、满是煤灰、油污的柜子顶上，上面还盖了一张报纸。

蔚仙儿听到南方口音的说话声，就跑出去看。她见过钉鞋的、理发的，也见过穿着军装的士兵，但再没有见过修伞的。她想到了明年五月，或许就可以看到那个修伞的人，就像每年到了五月杏子成熟一样。她要让他把伞修得完完整整，她想象自己打着伞和秋一起上学的样子。她甚至觉得自己有了一把好伞的时候，爸爸会突然出现。

蔚仙儿在心里产生一种奇怪的想法，她觉得井房里那些水和她有一种神秘的关系，水越多，她见到修伞人的机会越多。蔚仙儿着了魔似的，每天一放学，首先去井房前看看，只要看到水在白花花往外流淌，她就感觉自己的机会在流失，赶紧把水管堵上。然后到了晚上，不管水管有没有堵上，她都要用砖头、石头一点一点把玉米棒子钉进水管里，直到它只剩下那白色的底部。第二天早上，只要一听到秋一爸爸或者其他什么人担着空桶的咒骂声，她就会产生一种莫名的快感。

镇上出现这个堵水管的人之后，担水的人感觉到了极大的不便，但他们谁也没去想为什么有人会把水管这样堵上，他们一看到水管被堵，就咒骂，然后责怪看水房的冯老头不负责任。冯老头被责骂多次之后，终于忍受不住，连续几天躲在井房对面的一条巷子里，发誓要把这个堵水管的人抓住。

一天，蔚仙儿又来到井房前，打量四周没人，堵水管的时候现场被冯老头抓住。

冯老头翻着白眼含混不清地骂了蔚仙儿几句，踢她一脚，揪着她的耳朵去找她妈算账。那一刻，蔚仙儿没有感觉疼，也没有感觉恐惧，她看见月光下她写在井房上的那一行字已经变得模糊不清，感觉有些惋惜，她觉得应该把它重新描一遍。

蔚仙儿的妈妈正在家里缝一个鸡毛掸子，听见冯老头说这些天在井房搞破坏的人是蔚仙儿，她抄起掸子朝蔚仙儿背上抽去。蔚仙儿看见无数红色的、金色的、白色的、绿色的鸡毛从掸子上飞出来，在空中轻飘飘落下，她轻轻叹口气，感觉妈妈半天时间又白辛苦了，不由得挺了挺脊背。妈妈疯了似的边哭边骂着抽打蔚仙儿，"你这个不争气的家伙，再敢不敢了？"蔚仙儿的目光越过地上那些五彩斑斓的羽毛，看见院里那棵高大的枣树冠盖如伞，看见天上有一朵蘑菇一样的云，她忽然扭转身子，一根一根捡地上的羽毛。冯老头生气地喊，"找你们老师去！"他气冲冲走了。妈妈一把扔下掸子，掀起蔚仙儿的衣服，抚摸着她背上一条一条的伤痕，哭着问："你为什么不跑呢？"蔚仙儿的眼泪终于流出来，像水管里那两股白花花的水。

学校里郑重其事开了一次大会，惩罚犯有打架、偷东西、搞对象、破坏公物等过错的学生。开大会之前，老师找蔚仙儿谈话，她说蔚仙儿想让大家爱惜水没有错，但不该把玉米棒子钉进水管里，给大家用水造成困难，好意成了搞破坏，而且还不止一次地这样做，影响就更加恶劣，她努力和学校争取过，学校做了让步。

开大会那天，开始天气很晴朗。学校宣读关于这些学生的惩罚决定时，蔚仙儿站在台子上，强烈的阳光照在她身上，她感觉一阵眩晕。念到她的名字时，她不像其他犯了错误的同学低下头表示认错，而是昂着脑袋望着南方，仿佛那儿有救苦救难的观世音菩萨。校长为此在她名字那儿重重用了点劲，而且有意停顿了一下。蔚仙儿听见不念了，以为说完，就要走下台去，一迈步惹得台下的同学一阵大笑，把严肃的会场搞得一下轻松起来。

大会快结束的时候，天忽然阴了，大风夹带着雨来临前泥土的腥味儿。校长快速总结了几句，雨点就落了下来。同学们遮头盖脸，急匆匆往教室里跑去。蔚仙儿却感觉这场雨是老天爷特意为她下的，她不急不慢地迈着步子朝教室走去，回到教室全身都湿透了，但她没有感觉一丝冷。外面电闪雷鸣，大风吹得槐树上的大钟当当乱响，蔚仙儿盼望雨下得再大些。

放学之后，雨停了，街上一片汪洋。蔚仙儿没有像以前那样把鞋提在手里，小心翼翼地跟在大人后面走，她直接就迈进那汪洋中，大步往前走。她不怕地下有大洞了，也感觉不会再迷路了。她的鞋里灌满水，每走一步发出扑哧的响声，蔚仙儿感觉挺带劲。甚至当一只西瓜漂到她跟前的时候，她一弯腰把它捞到怀里。

从那之后，下雨时蔚仙儿再没有披过蛇皮袋子。遇到下雨，不管大小，不管要上学还是放学，她都大步冲进雨里面，任由雨水落在她的头上、身上，她不去找屋檐、大树这类地方躲避，也不去等雨停，或者像以前那样提前到学校，她像一只刻意在雨中飞翔的麻雀，努力往前飞。

不久之后，蔚仙儿他们班发生了一件怪事。一天早上，学生们去了教室，发现自己放在教室里的圆珠笔的油珠都被削掉了。这件事情引得老师勃然大怒，同学们也议论纷纷，不知道谁会干这样的缺德事？整整一天时间，什么课也没上，专门查这件事情，查到放学时，还没有结果。许多学生开始焦虑不安。老师说，犯错误的同学只要主动承认错误，保证不再追究。可是没有一个人站出来。

最后，老师使出了撒手锏。她说，我相信同学们的眼睛是雪亮的，既然犯错误的同学不愿意主动承认，那咱们投票吧。

学生们把自己认为最有可能的同学名字写到纸条上，交到讲台上的一个空粉笔盒里。

老师一个一个念纸条上的名字，除了一张纸条空白，有四五个纸条上写着其他班级一个非常爱捣蛋的学生，还有一张上面写着班里一个男生的名字，其余的纸条上都写着蔚仙儿的名字。

蔚仙儿的脸变得苍白，老师还没有念完，她用哭腔大喊，不是我！

老师示意她安静，继续念下去。

念完纸条，老师让其他同学放学，蔚仙儿到她办公室。

……

从那之后，蔚仙儿变得沉默寡言。下课和活动时间，她不找其他同学玩，独自一人靠在大槐树上，默默地向远方凝望。

慢慢地，大坡下的那口水塘里面的水又变得墨绿，芦苇长出白花花的穗子，一群男孩弯着腰掰下临近路边的蒲棒玩。那两个士兵捕鱼的情景蔚仙儿再也没有见过，许多人放干水塘的水捞鱼的场面蔚仙儿也再没有见过，一切好像没有发生过似的不真实。

蔚仙儿看到水房前的水管里淌水，不像以前那样直接过去堵上，她坐在水房前一直盯着这两根水管，仿佛她的眼里有魔力，能让流淌的水停止。她在井房前坐一会儿，冯老头就过来了，他像做错了事情似的，低着头骂骂咧咧嘟囔几句，把水管堵好。有几次还不放心似的，用劲把玉米棒子往里转一转。有时冯老头还没有过来，有人来担水，他们看到蔚仙儿的目光，许多人马上解释不是他拔的，然后就把水管堵上，直到把水桶放到接水管下面，才明白自己过来干什么，再把玉米棒子拔开，用完之后赶紧再堵上。有时蔚仙儿遇到对她的目光满不在乎的人，她便一边用指甲使劲掐自己的手心，一边垂着头看着翻溅的水花，嘴里念念有词，像在施咒语。然后冯老头很快就出现了，他翻着白眼似乎在瞪对方，等用水的人一把水接满，马上就把水管塞上，弄得那些人很没面子。

转眼间冬天到了，水塘结了冰，淘气的男孩子们一把火烧掉上面那些枯黄的芦苇，在留着黑色灰烬的冰面上滑冰车、抽陀螺。

井房的水管上结了厚厚的冰，人们担水时必须先得用开水浇在水管上，把外面那层冻的冰化掉，才能有水流出来。再也看不到白花花的水随便往外流了，也看不到可怕的暴雨和积满水的街道了。偶尔下点雪，反而使这个平庸的小镇童话般美丽。

蔚仙儿从柜顶上拿下那把破烂的伞，小心地拂去上面的灰尘。放了几个月，这把伞仿佛更破了，打开的时候，发出一种火烧芦苇的声音，像随时要碎掉。伞面上出现几个老鼠新啃的洞。蔚仙儿心疼地抚摸着它，想象着到了明年五月，它更加破烂不堪的样子，她开始自己动手。原来的伞骨是竹子的，蔚仙儿找不到竹子，从垃圾堆上找到几根废弃的窗棂，把它们仔细地剖成细片。她把牛皮纸剪成大小不一的样子，补在破了的伞面上。整整一个冬天，蔚仙儿有空就修这把伞，可是她缺少一些零件，伞骨装不上去，而且牛皮纸在伞面上怎样也粘不牢，一开伞，许多地方就崩掉了。她还试过尼龙袋子、油毡子，效果都不怎么好。

到了腊月二十三，家家户户都在清扫屋子，妈妈让蔚仙儿把这些烂东西收拾起来，帮家里干活儿，准备过年。蔚仙儿把这些东西又一起搁到柜顶上，她想象明年五月的时候。

到年三十那天下午，人们家里一切都收拾妥当了，院子里的孩子们一起兴奋地大叫着，雀跃着，等待天黑下来，安神、响炮、发旺火。大人们都停下手中的活儿，打扫干净院子，把积攒了一年的各种垃圾和积雪弄到手推车里，倒出去，干干净净准备迎接新的一年的到来。蔚仙儿和大人们一起去倒垃圾。因为要辞旧迎新，垃圾堆上倒满了人们清理出来的东西，比平时多了几倍。蔚仙儿的眼睛像手电筒一样，搜索着这堆冷冰冰的东西。水塘的冰面上有几个耐不住的小家伙在放鞭炮，蔚仙儿听见冰在跳舞。

大年初一的时候，守完夜的人们半上午起床，换上新衣服，去拜年和迎喜神。孩子们玩昨天剩下的鞭炮。蔚仙儿穿着她的新衣服，拿着一个铁做的钩子，去大坡那儿的垃圾堆。沿路遍地是爆竹红色的碎纸屑，空气中似乎还弥漫着火药燃烧后的硝烟味儿。有几个乞丐，瘦得能看见凸起的骨头，相互搀扶着，唱着一种蔚仙儿隐隐约约听过的小曲，挨家挨户给人们拜年。蔚仙儿盯着他们看了一会儿，继续往前走。

隔了一天，垃圾堆上又堆起许多新鲜的玩意儿，蔚仙儿闻着新年清冽的空气，心里充满喜悦。她从西头开始，小心翼翼地刨垃圾堆里的东西。烂衣服、半砖头、完全掉了底的筐、树枝、柴草……蔚仙儿小心地翻着这些东西。快到中午的时候，她抬起头来，额头上有一排细碎的汗珠。远处水塘的冰面泛着白光，几个男孩在滑冰车，他们穿着崭新的衣服像刚换羽毛的小鸟。蔚仙儿没有找到一丁点儿和伞有关的东西，她有些沮丧，但看着前面还有那么多没有翻过的垃圾，又生出许多希望来。她咬咬牙，继续用劲刨了起来，隔一会儿伸伸发困的腰。

不知道什么时候滑冰车的几个小孩已经不见了，蔚仙儿想是不是该回家吃午饭了？

忽然，她看见坡下两米多远的地方露出一把斜向上的伞尖，像一把指向远方的指南针，顺着伞尖往下看，一角黑色的伞面闪着神秘的光泽。蔚仙儿的心怦地猛跳起来，她想象着这把伞和家里那把伞拼凑在一起的完美样子，快步朝那把伞跑去。猛地她感觉到脚像被马蜂蜇了一样异样地疼，然后蔚仙儿看见一块木板和自己的鞋连在一起，一根生锈的铁钉穿过鞋底扎在她的脚上，她的眼泪大滴掉下来，她看见那把伞就在旁边，伞尖发着亮光，一伸手就可以够到。蔚仙儿把鞋带松了松，那根钉子像虫子一样往她脚里钻。她咬紧牙，闭住眼，把脚狠狠往起一拔，又一阵尖锐的疼痛，沿着小腿迅速往上爬。蔚仙儿倒在垃圾堆上大概两三秒，然后她爬到伞跟前，用劲刨起来。这果然是一把"好"伞，比她家里那把还好些，尤其是伞骨比较完整。蔚仙儿擦了擦脸上的汗水和泪水，抱起脚来，看见鞋底有一个黑乎乎的洞。蔚仙儿把鞋脱了，脱鞋的时候又一阵疼，看见脚底的那个洞里还在往外流血。她从旁边找了几块纸，擦了擦血，又在鞋壳里垫上几张，然后一瘸一拐朝家里走去。

路上，蔚仙儿看见许多人家屋顶上的烟囱里冒着灰色、黑色的烟，然后先是听见有零星的鞭炮声响起，后来鞭炮声越来越密集，她仿佛看见爸爸坐在饭桌边，等她回家开饭。

《上海文学》2015年8期

未来之路

《少林寺》的电影海报贴到校门口时,人们沸腾了。

边关小镇地处交通要道,地势险要,历史上发生过数不清的战争,人们嗜武,崇尚英雄。

莫小戚挤在人群中,望着英姿飒爽的李连杰,一个模糊的念头在心中升起,新的时代要开始了。他心里模仿着李连杰的动作,胸中被说不出的东西塞得满满的,脑袋有些发涨。

第一节上数学课,一向严肃的民办教师唐建国走进教室,同学们起立,坐下。唐老师没有像以前那样开始检查作业,而是摸了摸他的光脑袋笑眯眯地说:"现在有部特别好的武侠电影叫《少林寺》,正在巡回演出,在咱们镇上只演一场,学校准备组织包场,希望大家不要错过。"说完这句话,他就让同学们打开课本,开始上课。同学们等他再说些什么,莫小戚也在等待,可是唐老师没有再提一句《少林寺》的事情。整堂课莫小戚晕晕乎乎的,总觉得缺少了什么。

一直等到第四节课,是自习课。班主任张刚强老师走进来,好多同学从座位上呼一下站起来,纷纷询问,"是不是要包《少林寺》了?"张老师举起双手往下压了压,"大家都坐下,今天晚上八点钟在戏场院上演《少林寺》,咱们学校准备包场。票价一毛钱,学校和人家商量学生票五分钱,谁想看,在我这儿登记一下,下午上学时把钱带来。""我,我……"学生们纷纷举起手报名。莫小戚把身子伏到课桌上，眼睛紧紧盯着书本，可那些字喝醉了似的飘来飘去，他一个也读不进去，脑子里嗡嗡响的都是《少林寺》。

一节课，只做了报名这一件事情，其余时间大家都在议论即将上映的电影。张老师宣布报了名的人选时，莫小戚感觉全班同学的目光都在盯着他，他的脸一直红到脖子根，觉得像根木橛子似的被孤零零地钉在墙上。

放学后，到处响起"嗨嗨嗨"练功的声音。莫小戚掏出作业本，一道题也做不出来，这样一直拖延到教室里没有人了，才慢腾腾出了学校。

一条黄狗一瘸一拐走过校门口，孤独地拐进一条小巷。

海报在阳光下像块金属箔片闪着光，莫小戚被吸引过去。李连杰还是单腿站立保持着那个漂亮的动作，仿佛能这样站一万年。莫小戚伸出手，轻轻摸了一下李连杰，有些发烫。

莫小戚一回家，妈妈就赶忙往出端吃的，边端边说："今天怎么回来得晚？"

莫小戚问："爸爸还没回来？"他喝了几口凉水，装作不在意地说："今天学校包《少林寺》，晚上在戏场院放，本来票价一毛钱，学生们才要五分钱。"说到"才要"的时候，他有意停顿了一下。

妈妈怔了一下说："看电影还要花钱，不在街上露天放映了？"

莫小戚不再说话，默默吃饭，妈妈也不说话，两个人的眼光偶尔接触到对方马上闪开。吃完饭，莫小戚没有像往常那样一放下碗就往学校跑，而是默默躺到炕上，打开枕头边的一只木头盒子，里面整整齐齐摆着小人书。莫小戚摩挲着这些小人书，一本本数了一遍，19本。他从中抽出《林海雪原》读了起来。往日他很喜欢杨子荣，但今天脑海中不断出现李连杰；换成《杨家将演义》，还是出现李连杰。莫小戚放下书，身子紧紧缩成一团，感觉身上有些冷。

莫小戚被唤醒，妈妈站在他身边担心地问："你是不是病了，发烧？"

莫小戚感觉身子有些沉，摇了摇头问："爸爸还没有回来？"然后坐起来说，"我上学去。"

妈妈从口袋里掏出一毛钱递给莫小戚说："晚上你看电影去吧！"

莫小戚接过钱，这张薄薄的钞票被压得平平整整，感觉沉甸甸的，但奇妙的是顿时感觉身子不沉了。莫小戚跳到地上说："我把剩下的钱晚上给找回来。"

莫小戚去学校之前，用肥皂洗了头发，没有等干透，便跑去学校。

下午的时间过得异常漫长，大家都在盼望夜晚早早来临，幸亏都是副课，老师们也在等待夜晚的来临，让大家自己学习。教室里充满着心照不宣、压制不住的兴奋，不时有人鼓捣出一种异响，凳子倒了，书本掉在地上……上课、下课，响了好几次铃声，太阳渐渐落下山去，一只鸽子落在窗台上啄食东西，几乎吸引了所有同学的注意，有人站起来模仿鸽子咕咕地叫。终于放学了，同学们争先恐后奔跑出去，好吃完饭到戏场院看电影。

莫小戚还是落在最后面，等同学们都走光之后，他背起书包往家里跑。路过校门口又看了一眼海报，在微微暗下来的天色中，李连杰举着拳头冲他微笑。整个街道上都洋溢着一种喜洋洋的气氛，像过年似的。

莫小戚一口气跑到大门口，一摊呕吐物挡在前面，有只狸花猫围着它打转。呕吐物白乎乎的，里面有几根没有消化干净的咸菜，让人触目惊心的是有几块暗红色的血迹。身边那种欢乐的东西瞬间不见了，莫小戚鼻中闻到的都是扑鼻的酒气。

他胆战心惊推开门，屋里没有开灯，酒气更加浓烈，爸爸捂着被子躺在炕上呻吟着，地上是一堆呕吐下的东西，上面盖着草灰。妈妈捂着额头失神地坐在一只小板凳上，像一只年代已久落满灰尘的静物。

莫小戚打开灯，妈妈依旧呆呆地坐在那儿，脸色灰暗，仿佛是她喝多了酒。莫小戚放下书包,把地上的垃圾扫进簸箕里,他又看到草灰中的血迹,心惊肉跳。

刚扫完,爸爸又呕吐起来,这次没有那些白乎乎的未消化完的东西了,只有血,在昏暗的灯光下,这些血蒙着一层灰色,像被搁置了很久的猪血。莫小戚从灶膛里铲出草灰,盖住这摊血迹,担心地说:"要不去医院吧?"

"去啥医院?我没喝多,他们都喝多了。"爸爸伸出一只手来。莫小戚抓住,手一片冰凉,上次喝多碰折的那根手指还肿着。

爸爸呜呜哭了起来,"我冷,我肚子疼,我……真疼啊,家里有没有止疼片?"

妈妈终于忍不住,腾地站了起来,"叫你喝,喝死算了。"

妈妈眼睛里有层雾蒙蒙的东西,随着流出来的眼泪,这层雾蒙蒙的东西被打湿,更加蒙眬了。

莫小戚伤心透了,他不知道这是爸爸第几次喝多酒。每次喝多他们就吵架。他又拉过一床被子,盖在爸爸身上,问妈妈:"家里有止疼片吗?"

妈妈摇了摇头,眼睛里那层雾蒙蒙的东西更重了。莫小戚害怕起来,他说:"我去买点药。"

突然一只板凳腿断了,上面放着的一盆花掉在地上,花盆摔成好几片,一个小碎片飞过莫小戚的眼皮,他感觉湿漉漉的,用手抹了一下,拾起碎瓦片。

街上已经有人陆陆续续往戏场院走。莫小戚把碎瓦片扔到垃圾堆上,气喘吁吁跑到药店,说买止疼片。

医生说:"你的眼睛怎么了,流血呢!"

莫小戚又抹了一下眼睛,感觉自己要哭了,他强忍着说:"没事,我买几粒止疼片。"

剩下的五分钱花完了,莫小戚出药店的时候,听见背后有人说:"小戚的眼睛在流血呢!"

莫小戚连续用手抹了几下眼睛,夜完全黑下来。

莫小戚回到家,给爸爸倒上水,让他服了药。爸爸终于睡着。莫小戚照照镜子,他的眼睛肿了,但眼皮不再流血。那盆花碰坏几个叶片,根也从土里裸露出来。莫小戚想起刚才在垃圾堆上看到了破瓷盆,他跑出去。街上影影绰绰都是人,朝戏场院的方向走去。

莫小戚把花种在破瓷盆里,把地上的草灰和土扫干净,从院子里搬了几块半砖头,把凳子垫起来。听见街上的人越来越多,他知道他们都是去戏场院。

一直木坐着的妈妈猛地站起来,咬着牙说:"咱们都去看电影!"

莫小戚惊恐地望了望躺在炕上的爸爸说:"咱还没吃饭呢。"

"我不饿,啥也不想吃。你想吃,给你热点吧。"妈妈心不在焉地说道。

妈妈这样一说,莫小戚一点儿胃口没有了。他说:"我也不饿。"

妈妈说:"咱们走吧!"

莫小戚望了爸爸一眼,摇了摇头。

妈妈没有再说话,推开门走了出去。妈妈从来没有这样决绝过,望着走入夜色中的妈妈,莫小戚感到另一种害怕,可是他不知道该怎样阻拦。

妈妈走了之后,屋子里好像更加昏暗了。莫小戚的肚子咕咕响起来,可是他一点儿也不想吃饭,他爬上炕,又拿出小人书。莫小戚脑海中清晰地出现每一本小人书购买时的情况,《红楼梦》是他挖甜根苗卖的钱买的;《林海雪原》是挖白蒿卖的钱;《杨家将演义》是一次生病之后,妈妈给了他零花钱买的;《三里湾》《林家铺子》是用压岁钱买的……莫小戚笑了一下,他想此刻要是照镜子的话,他的笑容一定十分凄凉。

戏场院的大喇叭响起了音乐,电影快要开演了。莫小戚听到几声猫叫。

莫小戚望着熟睡的爸爸,想自己只去戏场院门口看一看,看完就马上回来。

莫小戚又倒了一杯水，放在爸爸枕头边，朝戏场院跑去。街上都是人流，没有赶集时那样多，但和下雨前蚂蚁搬家差不多。男人们吸着烟，烟头一闪一闪的，像信号灯。好多小孩尖叫着往前跑，有的还随手甩一只鞭炮，人群中响起一阵快乐的咒骂声。戏场院门口，吊着两只足有五百瓦的大灯，照得这块地方出奇地亮。隔着大门，里面乌泱泱的全是人，外面也围满了人，好多人朝门口拥去，还有好多人在买票。莫小戚庆幸学校提前帮他们买了学生票，他把票掏出来，人流裹挟着他往检票口走去，他赶忙往出挣扎，感觉像大海中的一只小舟。

好不容易从人群中挣扎出来，莫小戚朝售票口走去，他要退票。还没有等走到售票口，有人就望着他手中的票问，"有票？"没有等他回答，那人夺过莫小戚手中的票，塞给他一毛钱。莫小戚想说这是张学生票，可是已经找不到买他票的人了。

人潮继续往前涌动，莫小戚摸着口袋里的一毛钱，想找到妈妈，把钱给她，可是哪里能找到呢？到处都是人，都是晃动的面孔。莫小戚紧紧握着一毛钱，从人群中退出来，看到天上布满了星星，一颗挨一颗，结成一张明亮的网。

莫小戚回到家里，地上又出现伴随着血迹的呕吐物，爸爸还在昏睡，枕头边的水少了一半。莫小戚打扫了呕吐物，把手放到爸爸的鼻孔前试了试，爸爸鼻孔里的气息弄得他的手指发痒。爸爸应该睡一晚上就没事了，以前他也经常喝醉，经常吐，还吐过胆汁呢！

喇叭里传来激烈的马蹄声和厮杀声，《少林寺》开始播放了。爸爸盖着两床被子，占了大半个炕，像只酒坛子不断散发出酒气。莫小戚躲在墙角，看见头顶上出现一只蜘蛛，拖着条亮晶晶的线，荡来荡去，他担心蜘蛛掉下来，伸出笤帚托住了它，蜘蛛顺着笤帚爬到了屋顶墙角，一动不动，好像消失在了那块黑暗的地方。

口气。

回到家里，并没有看到姥姥姥爷等一大家人。妈妈已经做好饭，正在擦镜子。爸爸默默地在刮胡子。莫小戚想，他们大概因为姨姐来了，不好意思再吵。姨姐坐在炕上，眼睛红肿，应该刚刚哭过，手里正拿着一本小人书，在认真地看。莫小戚奇怪自己没有因为别人动他的小人书而生气。

妈妈说："小戚回来了，吃饭。"

爸爸刮完胡子，脸色蜡黄，像病过一场。他把碗取出来，悄悄放到炕上。

照例是稀饭、馒头、炒白菜、咸菜，只是因为姨姐来，多加了两个煮鸡蛋和一碟白糖。

姨姐的加入，奇怪地使这餐早饭更加冷清。

莫小戚忍不住问："姨姐今天不上学？"

徐朝霞比莫小戚大三岁，但因为在山区上学晚，又留了一级，现在和莫小戚同样读三年级。

姨姐张了张嘴，还是带出哭腔说："不想上了。"

妈妈叹了口气说："这么小，不上学干什么？唉，你妈……"欲言又止。

妈妈的话仿佛发出个信号，莫小戚重新打量姨姐，发现徐朝霞的胸脯鼓鼓的，脸分外白皙，就像他手里拿的鸡蛋白，而且她身上散发着幽幽的香味儿，他只在班里那些年纪大的漂亮女生身上闻到过。莫小戚突然觉得姨姐挺漂亮的，不由得心慌意乱。

妈妈说话的时候，爸爸一直在吃饭，他光吃馒头，一口白菜也没吃，吃完馒头，就咕咚咕咚喝起稀饭来，刚才莫小戚喝稀饭，感觉很烫，爸爸却几口把它喝完，然后抹了抹嘴说："我去干活儿了，上午给朝霞买点儿好吃的。"

妈妈没有说话，爸爸仿佛也没有等妈妈说话。等他背起那只黄挎包的时候，姨姐说："谢谢姨父！你不吃了？"爸爸说："吃饱了。"

爸爸走了之后，房间里的气温好像上升了，妈妈打开窗户问："你妈和你爸？"

姨姐痛哭起来！她哭得眼泪和鼻涕混在一起，嘴一张一张，拉出细亮的银丝。莫小戚想起"梨花带雨"这个成语。

姨姨和姨父离婚了，姨姨去了城市里当保姆，姨姐不愿意和姨父待在大山里，跑了出来。莫小戚没有为姨姨姨父离婚的事情难过，也没有感觉姨姐不上课不好，他反而有种隐隐的兴奋，希望姨姐一直住在他家里。莫小戚责怪自己不该这样想，但他心里就是这样想的。

同学们下了课，又议论起觉远和牧羊女，留了好几级和他们读一个班的大海说："我要是觉远，一定不当和尚，娶了牧羊女。"莫小戚猜测他们是一对相恋的男女，但他已经不再因为没有看上《少林寺》特别难受了。

莫小戚慷慨地把自己的小人书都拿出来，请姨姐看。遇到姨姐看不懂的地方，莫小戚就给她讲解。他早已把这些小人书全部记得滚瓜烂熟，每次给姨姐讲解的时候，一种成就感油然而生，而姨姐看他的眼神，也不像姐姐看弟弟的眼神，像一个小女孩看自己崇拜的人，莫小戚闻着姨姐身上的幽香，经常想到同学们说的牧羊女。

妈妈没有再提和爸爸离婚的事情，爸爸每天干完活儿回来，抢着干家务讨好妈妈。莫小戚从来不知道爸爸会擀面，他能把面条擀得又薄细又长。他还会腌茶叶蛋。他把漏了好几年的房顶补了一个遍，雨季他们再也不用发愁了。他还把炕洞清理干净，做饭烟不会乱窜了。

妈妈却不再主动和爸爸说话，凡是必须和爸爸说话时，总是不带称谓，好像在自言自语，而爸爸总是能心领神会，知道妈妈是在和他说话，努力把该做的事情都做好，但他们中间好像隔了一层厚厚的东西，让莫小戚感觉很伤心。

因为姨姐是受了委屈躲来的,妈妈允许她什么事情也不干,所以姨姐每天把自己收拾得干干净净,有空就看莫小戚的小人书。每次姨姐洗完脸往脸上抹雪花膏的时候,莫小戚就想留在她身边。看到姨姐捧着小人书认真阅读的样子,觉得家里有了些温馨。他盼望有一天回家,妈妈突然和爸爸说话。

有一天,爸爸妈妈都不在家。莫小戚突然问姨姐:"你觉得大人们离了婚好,还是天天吵架,或者谁也不理谁好?"

姨姐正在看《西厢记》,听到莫小戚的话抬起头,眼神挣扎着,闪现出难受的表情。她摇了摇头说:"我喜欢大人们像张生和崔莺莺。"

莫小戚身子颤抖了一下,他从来没有想到现实中的人可以像书上的人那样活,他以为书上的生活就是书上的生活,现实中的生活就是现实中的生活。那一刹那,他觉得姨姐还是比他高明。望着姨姐白净的脸庞,翘翘的小鼻子,莫小戚特别想伸出手在她鼻子上刮一下,便把手伸了出去,但心里一阵慌乱,落在小人书上,和姨姐的手指碰在一起,他赶忙把手拿了回来,但从来没有过的甜蜜从心底升起。莫小戚想觉远和牧羊女到底是怎么回事?以后有了《少林寺》的小人书他一定买下。

姨姐在莫小戚家待了一星期。星期天的时候姨父来了,他本来就生得黑,这回见更黑了。莫小戚不知道什么样的太阳才能把人晒得这样黑。尤其他两只眼睛黑乎乎的,像望不到底的枯井,莫小戚看了一眼就不敢再看了。而且,从来不喝酒的姨父嘴里散发着酒气,一看就没少喝。

爸爸妈妈和姨父关在里间屋子里,莫小戚不知道他们在说什么。他和姨姐坐在炕上,姨姐见了爸爸没有表现出兴奋,反而发起了呆。莫小戚看到墙角那只蜘蛛又荡了出来,仅仅过了几天时间,它好像比前几天时大了一圈。莫小戚不能肯定这只蜘蛛就是那天那只,但这么大的蜘蛛,那根闪闪发亮的蛛丝显得更加纤细了,莫小戚还像上次那样,用笤帚把它送到了屋顶墙角。

姨姐看到蜘蛛说:"你养虫子啊?"

莫小戚回答说:"我看它可怜。"

姨姐哭了起来。莫小戚不知道该怎样哄她,他从来没有哄过女孩子。他轻轻拍拍姨姐的背,上面都是骨头,原来姨姐这么瘦。

直到中午的时候,爸爸妈妈和姨父才从里间出来,他们每个人眼圈都红红的,好像都哭过。莫小戚忽然觉得大人也都挺可怜。

妈妈张罗着做饭,爸爸拿上盘子出去。一会儿,爸爸盛回一盘碗坨,还有一块豆腐和一点儿猪头肉。

菜做好之后,妈妈拿出了一瓶酒。

爸爸低下头说:"不喝了。"

妈妈把它打开。

姨父拿起酒瓶给爸爸倒。

爸爸拦住说:"我不喝了。"

姨父问:"以前你不是最爱喝酒,怎么不喝了?

妈妈瞪了爸爸一眼。

爸爸赶忙说:"给我少倒点儿。"

爸爸和姨父都端起酒杯,爸爸喝了一口酒之后,眉头舒展开了。

莫小戚和姨姐吃完饭跑到院子里,晴朗的天空,远处刮着龙卷风。那道龙卷风像莫小戚校园里的老槐树那么粗,龙一样缓缓地盘旋着,忽然就到了莫小戚家院子里。扑通、扑通,龙卷风里面掉下一堆东西,然后又盘旋走了。莫小戚和姨姐跑过去看,掉下来的东西中有一只高粱秸编的瓮盖子,几截树枝,还有一团卷起来的纸。莫小戚好奇地把这团纸打开,居然是《少林寺》的海报,李连杰全身皱巴巴的,膝盖处被撕掉一条,露出里面白纸的底子,像被砍了一刀。

姨父带着姨姐走了,姨姐边走边落泪,从姨姐的身上莫小戚仿佛看见姨姨离开姨父时的悲伤，他感觉五脏六腑好像都被掏空了，唯一让他感觉欣慰的是，姨姐带上了他的全部小人书，19本。莫小戚想，等《少林寺》出来，他一定买一本给姨姐送去。

爸爸又去干活儿了，妈妈收拾屋子，姨姐不在家里，屋子里好像一下子少了许多东西。莫小戚把《少林寺》的海报钉在了墙上，李连杰膝盖处撕掉的那块地方，他用蜡笔填上了颜色，可惜没有完全一样的颜色，但从远处去看，看不到那道伤口了。

妈妈发现装小人书的盒子空了，问莫小戚："你的小人书呢？"

莫小戚骄傲地回答："我送给姨姐了！"

他想妈妈一定会夸奖他大方和善解人意。

没想到妈妈勃然大怒："你，你知道买这些书花了多少钱，费了多大劲，你居然都送了人？"妈妈气得说不出话来了，拳头重重落在莫小戚背上，莫小戚感觉好像做地基的人在打夯，他的心要蹦了出来。

姨姐那么可怜，他们还是亲戚！莫小戚摔开门跑了出去，他觉得自己活在这个世界上没有意义了。他边哭边漫无目的地乱走，不知不觉竟走到去青龙泉水库的路上。

村庄到青龙泉水库有两条路，一条是崖上平坦坚实的土路，能走车和人，沿路有一家木材加工厂、一家水泥厂，还有一个灌区。另一条在崖下紧挨着水渠，很早以前那里是一道城墙，城墙垮塌之后被人们慢慢踩出一条路，崎岖不平，荒草蔓延。

以前莫小戚他们到水库玩，总是走崖上的平路，从来不走崖下那条路，人们说崖下那条路有毒蛇，还有死人的骨头，是修城墙的人留下的。现在莫小戚毫不犹豫地踏上了崖下那条路。

路上到处是城墙坍塌下来的土块，大的足有半人高。城墙旁边几米远就是水渠，旁边长满了密密麻麻的小槐树和绿油油的青草，青草有人的半腿那么高。太阳被土崖挡住，这条路显得阴森森的。莫小戚尽量沿着城墙的废墟走，尽量与草丛保持一段距离，他害怕草丛里突然窜出一条蛇。

以往去水库走上边那条路,十分钟也不用就到了,现在莫小戚感觉走了好久,还没有看见水库。前面出现一截儿没有坍塌的城墙,莫小戚想爬上去,望望水库到底还有多远。刚一爬上去,莫小戚的头皮炸了起来,就在他前面顶多二尺远的地方,盘着一条足有胳膊粗的土灰色的蛇,昂起头吐着芯子在晒太阳。莫小戚赶忙往后退,脚没踩牢,从城墙上摔了下来,一头扎进草丛里。他惊慌失措往起爬,手扶在槐树上,被扎得尖叫起来。莫小戚听到草丛里到处窸窸窣窣在响,好像到处都是蛇;渠里水花翻滚着,水面发黑,看不清水到底有多深,好像下面也藏着许多怪物。他顾不得手疼,狠命折断一截儿槐树枝,用劲抽打着草丛往前跑,一直跑到水库的石头大坝上,看到一群人在打鱼,莫小戚才松懈下来,一屁股坐在地上。

他的手被槐树枝扎了几个洞,腿也碰破了,莫小戚觉得自己是世界上最可怜的人,他想哭,可是被打鱼的人吸引住了。

他们正在起渔网,好大一网鱼,鱼儿在网里徒劳地窜来窜去,一条撂到另一条上面,一条又把另一条挤开;水滴从渔网的缝隙中掉下来,像无数条鱼在哭。莫小戚从来没有见过一下子打起这么多鱼,他跑过去,心扑通扑通地跳。打鱼的人笑嘻嘻地招呼莫小戚帮他们拾鱼,莫小戚才发现他们已经打了两尼龙袋子鱼。莫小戚捧起一条条鱼,帮他们装进另一条空着的尼龙袋子里,他想他们打了这么多鱼,会不会送他一条?

鱼都拾进袋子里,这伙人哈哈笑着得意地把袋子抬上三轮车,连招呼都没有和莫小戚打就走了。

莫小戚感觉受骗了,他的手疼起来,仔细看上面有几个洞,还在往外渗血迹;他的腿也在疼,上面也是血糊糊的。莫小戚不去管它们,他想让血一直流吧,反正没人稀罕他。

莫小戚就这样呆呆地坐着,他感觉有些头晕,他想这是身体里的血少了的缘故。他想一直坐下去，自己就什么也不知道了。他脑海中出现爸爸妈妈抱着他的尸体悔恨痛苦的样子。

忽然，莫小戚前面的一条水汊里翻起水花。莫小戚一看，好大一条鱼，比他刚才见到的所有的鱼都大，是他这辈子见过最大的鱼，大概刚才漏网之后被吓得跑进了这条水汊里，一下没弄清方向，拼命往前游，越往前游，前面的水越浅。

莫小戚按捺不住内心的狂喜，脱下上衣朝前跑去。他跳进水汊后，发现水只有他的半腿深，鱼因为他猛烈的动作，用劲朝前游去，莫小戚清晰地看到它黑色的脊背刀片一样。莫小戚张开衣服，连着整个身子朝鱼扑去。鱼被衣服裹住，在莫小戚身体下面挣扎，它的尾巴拍打着莫小戚的胸脯，像儿童节时乐队在演奏。

莫小戚抱着裹在衣服里的鱼爬上岸，他的衣服湿透了，紧紧贴在身上，牙齿在打战，但胸口和鱼紧贴着的地方热乎乎的。莫小戚所有的烦恼都消失了，他想赶快回到家，让爸爸妈妈看看捉到的鱼，他甚至已经闻到鱼炖在锅里的香味。

阳光照在崖上暖洋洋的，莫小戚抱着鱼胸口越来越热，热得简直发烫。路上偶尔走过几个行人，莫小戚害怕他们发现怀中的鱼，做了贼似的偷偷贴着崖边溜。刚才走过的崖下的路还在阴影中，但没有那么阴森可怕了，莫小戚看到那截儿没有坍塌的城墙，但离得太远，看不清楚上面那条蛇在不在了。

莫小戚回到家里，衣服还在滴水，他顾不上换衣服，先把鱼拿出来。一离开衣服的包裹，鱼马上伸出尾巴狠狠在莫小戚脸上扇了一记，莫小戚差点被扇得摔倒，但他满心欢喜，鱼还活着。莫小戚拿出家里的盆子，洗脸盆、洗菜盆、面盆都太小，没办法他只好把鱼放在妈妈洗衣服用的大铁盆里，足足加了一桶半水，才淹没了鱼的身子。

莫小戚这时才感觉浑身发冷，他把衣服脱下来，躺进被子里，在他睡着的前一刻，他听到猫的叫声。

莫小戚睁开眼睛的时候，已经是晚上，爸爸妈妈都围在他周围，妈妈甩着水银温度计说："不烧了。"莫小戚看到爸爸妈妈在笑，他感觉有些头疼，但感觉事情终于过去了。他高兴地说："我抓住了一条大鱼！"爸爸妈妈的笑容顿时僵住了。莫小戚穿上衣服走到大铁盆前，鱼没有了脑袋，大半个鱼身子横亘在铁盆中，长脑袋的地方在往出渗淡淡的血迹。

《时代文学》2023 年 3 期

炽热的血

中午的血格外触目惊心。

这是一年中最热的那几天，连苍蝇、蚊子都热得似乎也躲起来了。赵青的耳边一直有嗡嗡声，他感到太阳光变成了琴弦，不停地响。

父亲不让赵青去水库里游泳，每年夏天，这里都要淹死几个人，但赵青还是去了。暑假没事干，又黑又瘦的赵青喜欢在水里，别看他平时毫不起眼，一到水里，不管有多少人他几乎都是最令人瞩目的。扎猛子、踩立水这些有难度的动作，没人能比得过他，别的就更不用说了。

赵青的头发已经干透，手臂上挽着当游泳圈用的旧汽车轮胎开始微微发烫，其实他根本不需要这个，但父亲说，以防万一。

父亲总爱说，以防万一。

要是没这个汽车轮胎，赵青脸上不会被啐一口唾沫。

这天和以前一样，赵青吃完饭溜出家门，在水库里玩了一个多小时，父亲快睡醒午觉了，他上岸回家。爬到岸上，王玉龙坐在石头上边弹手中的烟灰，边冲他笑。赵青心里一毛，不知道王玉龙为什么冲他笑，他赶紧赔上一副笑脸。

王玉龙一把抓住他的汽车轮胎说，游得挺好啊，用劲扔向远处的水面。

赵青望了望比他高一头的王玉龙，心里骂着娘，跳下水朝轮胎游去。

赵青捡回轮胎,再次爬上岸的时候,王玉龙抓过他的轮胎,笑眯眯地说,不错啊,又用劲朝远处的水面扔去。

赵青跳进水里,没有刚才游得快了,他担心父亲睡醒午觉,看见他不在。可是他不敢向王玉龙发火,王玉龙自从被劳教了几年,出来之后就天不怕地不怕了。

赵青这次回到岸边,担心王玉龙再扔轮胎,他把轮胎藏到身后,弓着身子上了岸。

王玉龙吸完了手中的烟,趴在石头垒的坝上做俯卧撑。赵青放心了,放下轮胎穿衣服。刚把裤子穿好,王玉龙走过来。这次他没有笑,也没有说话,盯着赵青打量了几眼,抓起轮胎悠了几圈,再次把它扔进水里。赵青的脸色马上变了,他说,你,你,结巴起来,脱了穿好的衣服再次朝轮胎游去。这次赵青游得很慢,他确实累了,而且害怕上来之后再被王玉龙扔下来。赵青游到轮胎旁边,爬了上去,中午的阳光晒得水面发烫,赵青闭上眼睛,打算在水里和王玉龙耗着。他不信这么热的天,他在岸上能待住。赵青的背晒得热了,他翻了个身,朝岸上望去,王玉龙正在拿他的衣服。赵青急了,他急忙往岸边游去。上了岸,他朝衣服奔去。王玉龙仿佛预料到了他会这样,嘿嘿笑着,等赵青走近,一口唾沫啐向他,正好啐在额头上。和王玉龙一伙的那些人哈哈笑了。赵青又气又怒,没招没惹王玉龙,他平白无故这样做,眼泪流下来。

赵青跑到水边,狠狠洗着额头那块地方,洗了半天,还是觉得恶心,他感觉耻辱已经从皮肤里渗透进去了。

这事儿一定得和表哥说说。

赵青的表哥张天磊不是赵庄的人。

他家住在离赵庄二十里的马寨,没有考上高中就跟着赵青的父亲学木匠,已经有两年时间。

赵青和表哥一块儿玩大。赵青因为从小长得矮小，又没有哥哥、姐姐，经常被人欺负，但只要表哥一来，他就神气了。表哥又高又壮，据说还练过铁砂掌，手上都是茧子。赵青印象最深的一次是他们去邻村看电影，有个家伙抓了他的帽子扔起来玩，赵青急得跳起来够，可是够不着。表哥看见了，对对方说，把帽子给他。表哥说话的样子平淡极了，就像说中午吃了个馒头，赵青却感到了压力。对方可能也感觉到了，但他们人多，不愿意认怂，又把帽子拿起来扔了一次。表哥没有再说话，上前狠狠打了对方一记耳光。那个声音太响亮了，赵青看到好多人朝这边望。对方的人都围了过来，表哥与赵青和他们打起来，赵青被打了几下，表哥肚子上挨了几拳，还丢了他特别喜欢的口琴，但对方有个家伙被打得很惨，掉了一颗牙，那次威风极了。

赵青每次看到表哥跟着父亲锯木头、推木板，都觉得他入错了行，想他最好去当兵，就算学手艺也应该学铁匠。而他考不上大学的话，当个像父亲这样受人尊敬的木匠也不错。这些年，赵青长了一些，但一直瘦瘦小小，表哥却长得有一米九高，二百斤重，什么时候在人群中都特别显眼，赵青觉得常说的黑铁塔就像专门形容表哥的。表哥一生气，眼睛瞪得牛蛋大，张口就是打死他。

表哥往王玉龙跟前一站，估计王玉龙吓得会尿裤子。

告诉表哥，吓唬吓唬王玉龙，以后不敢欺负他就可以了，千万别出什么事。在大门口看到血之前，赵青一直想这件事。

斑斑点点的血像沸腾了的水在冒泡，赵青顿时冒出一身冷汗，他想刚才自己要是还手……他希望表哥还没有走，他肯定会毫不犹豫地帮他去找王玉龙。

赵青往前走了几步，踩得发亮的青石上爬满了红色的苔藓，一块一块连成线，进了他的家。他开始胆战心惊，不知道是谁受了伤，怎样受的伤，他突然很后悔中午不听父亲的话，去了水库。

赵青进了家，地上扔着一件血迹斑斑的衬衫，上面爬着几只苍蝇，表哥穿着件两股巾背心在脸盆里洗脸，水已经完全变成了红色。表哥听见有人进来，扭过头，看见是赵青，大声怒吼着说，我一定要杀了他，没招没惹他，凭什么打我？表哥的眼睛青肿，鼻孔、嘴角还有未洗净的血迹。

赵青完全没想到表哥会被人打成这样。谁？父亲不在家里，已经干活儿去了，赵青问母亲。

王二。母亲心疼地说。

一听这个名字，赵青不愿意相信，但不得不信。

王二二十五六岁，也不是赵庄的人，但却是赵青他们邻村上下人们公认的最油的人。赵青见过几次王二打架，被打的人基本不敢还手，就像绵羊这样的家畜遇到了老虎、狮子。王二通常两拳就能封了对方的眉眼，接下来就像打沙袋那样不慌不忙打对方，他每次打人，几乎没有人敢拦，谁拦谁也会被带进去，都是他打得不想打了才住手。

在赵青的印象中，王二什么也不干，经常在街上闲荡，但总是有酒喝，镇上那家饭店就好像给他开的。王二夏天喜欢穿黑衬衫，嘴唇上留着修剪整齐的小胡子，个头大概一米七也不到，长得有些瘦弱，但每次赵青看到他，就像看到毒蛇，有种凉丝丝的恐惧。冬天他穿什么，赵青想不起来，看到王二的时候，好像总在夏天。

表哥洗完脸，还在继续嚷，我拿刀子杀了他。

赵青不知道王二为什么打表哥，打表哥的时候，表哥是打不过他，还是压根就没还手？从表哥的喊叫中，赵青丝毫感觉不到那次看电影时的威风，而是发现表哥很心虚。他没有提自己中午发生的事，把汽车轮胎塞床下面，照了照镜子，额头被吐唾沫的那块地方看不出有什么不一样了，但他还是感觉脏。抹了点水，洗了洗，听见表哥在厨房里拿菜刀，母亲劝阻他，说让父亲晚上回来去找王二。

表哥声音更大了，还是那几句话，他凭什么平白无故打我，我没招惹他。母亲怕他出事情，把菜刀藏了起来。

赵青把脸盆里的血水倒掉，血衬衫上的苍蝇越来越多，赵青把它扔进换上干净水的盆里，倒上洗衣粉。

已经下午四点多，天气还是很热，但有了些风。赵青循着路上的血迹，想看看表哥到底发生了什么事，慢慢地就来到了王菊美发店门口，赵青心跳快了起来。

王菊是那种女人。

已经三十多岁，还没有结婚。村里这样年龄的女人，在赵青眼中已经是老女人了，可是王菊例外。她说不上多么漂亮，但很耐看，很有味道，举手投足总是让人心里痒痒的。赵青每次见到她，总忍不住偷偷瞧几眼，会高兴半天。别的男人大概也喜欢她，因为她店里总是不缺男人，理发的不说，聊天的、喝茶的、下棋的、打扑克的，男人们总爱凑她那儿，王菊简直像蜂王或蚁后一样。但去她那儿的人，怎么说呢？大多是镇上的混混，游手好闲，整天啥事也不干。赵青不知道表哥为啥要去她店里。

美发店敞着门，用旧挂历编的门帘花花绿绿，透过缝隙有香味儿从里面传出来，但看不到人，也听不到声音。赵青虽然特别想知道表哥为什么被王二打了，但没勇气进王菊的美发店。他摸了摸头发，鬓角处已经长得遮住了半个耳朵，后脖子那儿痒痒的，怪不得这么热，他想该理发了。

赵青回到家里，表哥还在怒骂，声音哑了。一会儿工夫他的嘴唇也肿了起来，眼睛不仅发青，而且里面布满了血丝。赵青不知道该怎样安慰他，给他倒了杯蜜水。表哥脖子上沾着几根碎头发，赵青帮他捡了下来，问，理发了？

是啊，理完发，我啥也没干，王二就打我。表哥委屈的样子像个小孩子。

赵青意识到表哥没有想的那么厉害。自己要是有这么高的个子，这么壮的身体，王玉龙啐他，他一巴掌把他扇水库里。可他如果长成这样,估计王玉龙不敢啐他。可是王二,要是表哥还手,他打不过王二吗?

表哥看见赵青不说话,捂着肚子问,赵青,你有没有钱?我想去医院检查一下,刚才上厕所,拉血了,我怕是被打坏了内脏。

赵青摇了摇头说,我没钱,我问我妈要去。

表哥叹了口气,拉住他说,不用了。捂着肚子又上厕所去。

赵青对母亲说,我头发长了。

母亲掏出一元钱递给他。

赵青握着一元钱,走出家门。路上的血已经干了,有的被人踩过,上面还能看到鞋底的痕迹。赵青不知道这些血什么时候会完全消失,他小心避免踩到它们,又到了王菊美发店门口。美发店的门帘掀起了一角,王菊咯咯的笑声从里面传出来,赵青心里一阵发热。他看到条赤裸的长腿在椅子上荡来荡去,上面只穿着条白色的短裤,下面脚赤裸着,脚趾夹着拖鞋。他脑袋有些发涨,往前走了走,看见地上有摊褐色的痕迹。赵青忍不住要进去,忽然听到熟悉的声音,猛然顿住。没错,这个声音是王玉龙的,他说话和他笑一样,略带些沙哑。他的身子被墙挡着,赵青看不见。

赵青扭回身子,把钱装进口袋里,走进自己常去的那家理发店,冲老板喊,理发,要短的,越短越好。

赵青理完发,回到家里,表哥在洗衬衫,他的脸上擦了些碘伏,被打的那些地方更加明显,像专门被标记了出来。赵青问,肚子好些了吗?我来洗。表哥说,拉的还是红的。

晚上,父亲收工回来,赵青、表哥和母亲听到声音,都拥到门口。父亲手里拎着一兜西红柿、茄子、辣椒。父亲出门干活儿,人们常常给他带些自家地里产的东西,以表对这位好木匠的敬意。

他一眼看见了鼻青脸肿的表哥,惊讶地问,天磊,你怎样了,我还说你下午为啥没来。

表哥唔了一声，正要回答。母亲抢先说，你看看像什么样子，平白无故就被人打成这样！

父亲吸了口气，脸上露出愠怒来，谁打的你？

王二。表哥心怀余悸地说。

父亲的脸抽了一下，继续问，他为什么打你？

表哥委屈地回答，我去理发，没招他，没惹他，他就打我。

你去哪里理的发？

王菊那儿。表哥的脸微微发红。

母亲打断父亲的询问，不管去哪儿理，他凭什么打人？你去问问王二，去年他家让你割家具，你不是还少算了他一个工。对了，那次天磊也去了，给他家干活儿少算钱，他还打人。

母亲话音刚落，王明亮来了，他一进门满脸堆笑问，赵师傅回来了？王明亮想做套组合柜，过来看父亲的时间。父亲推算了一下，答应一个月后去给他做。说定这件事，王明亮问，天磊，你的脸怎样了？

母亲再次抢先回答，去理发，平白无故被王二打成这样了。

王明亮说，这还像话，把人打成这样，得找他去！王二就是个不说理的家伙。

母亲看了父亲一眼说，正准备让他去呢。

王明亮说，赵师傅，要不我和你一起去。

父亲咧开嘴笑了笑说，不用，我自个儿去就行，先擦把脸。

父亲认真把脸洗干净，换下干活儿时穿的脏衣服，找出件干净长袖衬衫穿上，把扣子一个一个扣好。父亲的这些动作慢极了，中间王明亮和母亲又聊了几句，意思都是一定要讨个公道。母亲看见父亲穿长衫，问，穿长袖不嫌热？父亲没有回答，他扣好所有的扣子，大声说，我去问问王二。

父亲出门时，赵青看见他后脑勺上有个木头刨花没有摘下来，他正要上前帮父亲摘下来，父亲已经出了门。

炽 / 热 / 的 / 血　　　　　　　　　　　　　　037

母亲本来已经把饭做好,父亲一走,只好等他。

赵青心不在焉地翻着上午租来的《天龙八部》,寻思王二会给父亲面子吗?万一王二不把父亲当回事,不理会他,或者像对表哥这样对他动手,父亲怎么办?赵青隐隐约约觉得父亲不是王二的对手。想到这里,他去看表哥,衬衫还在院里晾着,表哥裸着双臂,上面都是肌肉。赵青想,要是王二打表哥时,表哥狠狠还击,估计王二能被打趴下。要是王二被打趴下了,这附近谁还敢欺负他们,王玉龙,呸!

一个小时过去了,父亲还没有回来。母亲说,王街离得这么近,怎么还不回来?赵青担心父亲和王二吵起来,他后悔没有跟着父亲一起去。赵青望望表哥,希望他和自己一起去找父亲。表哥却根本没发现他在看他,居然拿着他刚才读的《天龙八部》看得津津有味,那神情完全沉浸到了书里面,根本不像中午挨过打的人。赵青气上来,大声说,我去找爸爸。说完发现表哥半点儿反应也没有,还在看书。他叹口气,走了出去。

赵青走到王街时,想起自己不知道王二家住哪里。迎面走来几个人,赵青本来可以问问他们,但他没有问,他想自己要是问王二家在哪里,会被人认为他和王二有啥关系。

赵青在王街的街道上走了一圈,没有见到王二,也没有遇到父亲。他想应该去王菊美发店瞧瞧,或许王二在那里。

远远望见王菊美发店门口站着好多人,赵青心里一惊,手心里马上湿漉漉的。他加快脚步。走近了,看见这些人里面没有父亲,也没有王二,赵青松了口气。

人群中有几个年纪比赵青稍大的女孩,吸着烟,隐隐围成一个圈子,王菊在最中心,她微皱着眉头,也吸着烟,听她们说话。王菊的姿势十分慵懒,就像路旁开了一天的花,到晚上微微缩了缩花瓣,但更香更迷人了。

赵青的呼吸有些紧张,他想为什么下午听见王玉龙的声音,自己就不进去了呢？他要是敢对着王菊的面唾他脸上，他敢拿起理发的剪子、剃刀扎他身上。

赵青这样想过之后，感觉一股气从丹田生出来，他渴望赶紧找到父亲，最好是他和王二在一起。可是他不知道再去什么地方找，只好先回家。

一进家，赵青看见父亲在脱外面的衬衫，明显刚回来。他的脸侧过来，正对着镜子，上面好像有道擦伤。赵青想看仔细些，父亲一转身，看不到了。父亲头上的刨花不见了，有块地方却蹭了些灰。赵青感觉父亲一定发生了什么，他不敢问。

找到王二了吗？母亲问。

去了王二家他不在，等了半天也没等上，告他爸爸了。

父亲回答的时候赵青望着他，父亲的目光躲闪了一下，赵青感觉他隐瞒了什么。

表哥听到父亲这样回答，放下手中的《天龙八部》，凶狠地说，我回马寨拉一三轮车人，打死那个狗孙。

吃完饭，表哥像寻常那样要骑上自行车回马寨。

赵青说，要不今天别回了。

表哥杀气腾腾说，我回马寨叫一三轮车人，明天找王二算账。

赵青把他送出来。表哥一出门就跨上自行车，碾上了中午淌下的血。赵青喊了他一声，表哥没听见，自行车和人都消失在月色中。赵青看那些血，已经发黑发硬，不仔细看，根本看不出来。

回到家里，母亲问，你表哥走了？走了，赵青回答。你明天再去王二家瞧瞧，天磊总不能被他平白无故打了吧？母亲对父亲说。父亲唔了一声。赵青看到他头上的那个刨花还在，帮他摘了下来。

睡梦中，赵青梦见表哥从马寨带来一三轮车人，王二见了他就跑，表哥他们追，追到王菊美发店门口，王二不见了，王玉龙却跑了出来，赵青上去扯住了他的领口。

第二天，赵青他们吃早饭时，表哥来了。他是骑着自行车一个人来的，背后没有三轮车，也没有跟着其他人。脸上的青肿倒是消退了不少。

母亲盛上饭让他吃，他说在家里吃过了。说完目光四处搜寻，然后问赵青，昨天那本书呢？赵青从枕头下翻出《天龙八部》。表哥接过书，津津有味地看起来。

父亲吃完饭，表哥换上干活儿的衣服，与他一起出去了。

赵青拿过《天龙八部》，翻了几页，想自己要是像段誉那样掉进一个什么洞里，练会凌波微步、吸星大法和六脉神剑就好了；像虚竹那样也不错，无意中搅乱珍珑棋局，被苏星河老人收入门下，传入几十年内功，然后天山童姥、李秋水也把内功传给他，一下有了几百年功力。胡思乱想了半天，继续看起书来。

中午，父亲和表哥回来了，母亲端上饭菜。表哥看到《天龙八部》，拿起来，边吃饭边看。他们一家人都把饭吃完了，表哥还在看。母亲说，天磊，别看书了，快吃饭吧，吃完睡会儿，下午还得干活儿呢。

母亲一连说了几次，表哥才恋恋不舍放下书。

表哥吃完饭，走到赵青旁边，神秘地问，你不出去了？

以往这个时候，赵青不是溜了出去，就是正准备溜出去，可昨天那件事，让他拿不定主意，他害怕去了水库再遇到王玉龙。

表哥看见赵青不吭声，劝说道，要不你睡觉去吧。眼睛盯着他手中的书。

赵青才明白了表哥想看《天龙八部》，他摇了摇头说，我得把书看完，下午就得还。

表哥眼巴巴地说，迟点儿还不行吗？赵青说，一天三毛钱呢！

表哥失望地说，那我睡觉去了。

表哥一转身，赵青看到他还是穿着昨天那件衬衫，背上有几块血迹，没有洗干净，有些发污。赵青可怜起表哥来，他说，表哥那你看吧。

表哥一听欣喜地扭回身子说，我中午就能看完。

表哥看书去了，赵青躺在炕上翻来覆去睡不着，天气太热。很快，他躺的地方就留下一个人形的印子。他想起以前中午泡在水里面的舒服和痛快，睡不着了，可是一坐起来，额头那儿隐隐约约就有些不舒服。赵青想要是表哥和他一起去游泳，王玉龙肯定不敢把他怎样。可是表哥下午得干活儿。

赵青溜到门边，看见表哥在床上躺着看书。

他摸了摸口袋，打开存钱罐，摸了半天，凑够一元钱，想了想，又凑了一毛钱。

赵青来到街上，先买了支雪糕，然后对卖雪糕的说，给我兑张整一块的。好，好。卖雪糕的需要找人，巴不得零钱越多越好。赵青拿着兑好的一元整钱，边吃雪糕，边往西走。

中午的天气真热，以往往水库走的时候，路上有好多树荫，而且想到很快就能泡水里面，感觉不到现在这么热。赵青吃着手中的雪糕，感觉自己快要融化了，整条街上看不到一个人，奇怪地干净。

很快赵青就走到了王菊美发店门前，总不能说我理发吧？昨天才刚理过，赵青犯起踌躇来。一个念头猛地蹿进他的脑海，"给我修一下边"。

这句话赵青听过已经好久了，应该是去年冬天。那时他正在理发，进来个男人，赵青记得当时他忍不住看了那个人几眼，因为那人太干净了。赵青看完他，打量了一下理发店，地上到处是头发，镜子上有些不明的斑点，洰水桶里有半桶水，他觉得这好像个走错地方的人。本来他和理发师傅聊天，忽然就不再说话了，因为不知道该说啥。

理发师傅问那个人，理发？当时赵青产生种奇怪的感觉，他怎么会理发？他的头发既不长，又不乱，发型甚至挺好看。那个人回答，给我修一下边。赵青惊呆了，他们头发都是长得又长又乱了，才来理发店，这个人来了居然只是修一下边。

他出了理发店，嘴里还在念叨这句话，它太高级了。

进了王菊理发店，就说给我修一下边。赵青得意地想着，掀开了门帘。他听到耳边叮咚一响，就像听到电视里那些穿古装的女人摇脑袋时水滴状的耳坠发出的声音。

赵青终于进了他梦想的地方，没想到里面的布置普通极了。正面墙上贴着一张女明星的大幅照片，卷卷的头发较为显眼。一面墙上镶嵌着两面镜子，镜子下面摆着推子、剪子等理发的工具，对着两把椅子。与镜子对的那面墙下摆着张床，床上挂着白色的蚊帐，里面的人听到声音问，谁？地是水泥地，打扫得挺干净，赵青扫了一眼，没有发现有血迹的地方。

里面又问，谁？蚊帐往开掀。

赵青想好的话忘了，他结巴着说，我，我理发。说完才改口道，给我修一下边。

蚊帐那儿传来窸窸窣窣的声音，说，你坐椅子上等等。

赵青在一张椅子上坐下，有些紧张，他想表哥昨天可能就坐在这张椅子上。想着站起来，又换到另一张椅子上坐下。

从镜子他看到床前摆着一台风扇，呼呼地响着。

风离他近了，吹得他的衣服飘起来，王菊拖着风扇，打着呵欠走过来。赵青闻到比香皂、洗衣粉都香的香味儿，他的嘴里有些发干，不由自主咽了口唾沫，然后看到一团炫目的白站在他面前。

白问道，修修边？

赵青回答，修修边。

香气离他更近了，镜子中的王菊拿起喷壶，手指碰了赵青一下，赵青缩了下头，回到现实中来，被碰过的那块地方绵绵的，水洒在头上，他感觉自己像发芽的小草。

以前没有见过你。

赵青紧张得抖了一下。

别动,王菊拿着剪刀开始修剪。赵青被香味包围着,感觉身子一阵阵膨胀。王菊的身子不时碰到赵青,赵青一阵阵战栗,他不敢睁开眼睛,害怕自己是在做梦。

很快,王菊说,好了。

赵青很是失望,这么快就结束了。

所幸王菊说,洗一洗。

王菊让赵青坐在水池前的凳子上,打开水龙头试了试水,然后把他的头淋湿,上面打了洗发露,又开手指头在他头上揉搓起来。赵青的头皮一阵阵发酥,他怕自己叫出来,狠狠咬住嘴唇。

洗完头之后,王菊说好了。

好了?赵青意犹未尽地问了一句,掏出那张一元钱。

王菊接过,丢进一个放过鞋的纸盒子里。

忽然风扇不转了。

咦,停电了!王菊说着拉了下灯绳,灯没有亮。

操!王菊说了句粗话。

赵青感觉很爽,他想跟着也说,可是觉得不能说。

屋里安静极了,赵青听到自己咽唾沫的声音,很尴尬,挠了挠头,蹦出句我走了。

王菊点点头,打了个呵欠说,困死了。朝床边走去。

赵青这时才有胆量抬起头来打量了一眼,王菊赤脚穿着昨天看到的那双拖鞋,脚后跟又白又嫩。赵青想表哥昨天在这里到底发生了什么,想着走出了美发店,热气一下包围了他,他有些窒息。

回到家里,表哥还在看《天龙八部》,赵青躺在炕上,眼前老出现王菊的影子,电还没有来,他睡不着,越躺越热。好不容易等到三点多,父亲和表哥去干活儿了。赵青又溜到了水库,这次他没有带那个旧轮胎。

赵青在坝上看了半天,没有发现王玉龙。有两个女人在岸边洗衣服，洗好的衣服晾在岸边的石头上，像一顶顶小降落伞。他溜到岸边，脱了衣服，扑通扎进水里。水被太阳晒得热乎乎的，赵青一口气游了很远，扭过身来看，岸上晾的那些衣服被风吹起来，像一朵朵摇曳的野花。赵青想，要是王菊来这里洗衣服就好了。想到这里，他往岸边游，游到能看清两个女人的时候，停了下来，踩着立水，悄悄打量她们。两个女人一大一小，搞不清什么关系，大的大概有四十多岁，脸色发黄，小的应该还不到二十岁，和表哥年龄差不多，满脸青春痘，赵青从她身上看出了表哥的影子，朝远处游去。

赵青上了岸，遇到了他小学同学赵刚。

赵刚上完小学就辍学了，跟镇上那些人瞎混。

他们不知怎样就聊到了赵青的表哥，昨天中午赵刚在王菊那儿。他们有人从水库里捕了条大鱼，拿到王菊那儿做。赵青的表哥去时，大家喝酒正喝在兴头上，赵青的表哥说理发。王菊站起来要去理，王二拉了她一把，说快些。

赵青说，我表哥说他没招没惹王二，就被打了一顿。

赵刚说，你表哥理发时，我们喝了好几圈，你表哥理完发，王二给王菊倒了杯酒，催她快过来。王菊说给你表哥洗完头就过去。她给你表哥洗完头，你表哥让给他吹干。王二上去就打他，说这么热的天，那么几根鸟毛，出去自然就干了，叽歪什么。

我表哥洗完头让吹干没错呀。

没错！可是大家都等着王菊喝酒。

赵青听了不是滋味，匆匆穿上衣服，回到家把《天龙八部》还了租书店。

晚上，父亲和表哥收工回来，母亲端上做好的饭菜。吃饭中间，表哥突然捂着肚子说不舒服，跑去了厕所。

母亲说，今天看见厕所里好多黑色的血块，大概是天磊拉的。

吃完饭你再去王二家问问,总不能把人打成这样连个说法也没有。我看天磊今天一天不说话,别憋坏了身体。

父亲吃完饭,穿上昨天穿的那件长袖衬衫,又去找王二。

父亲出去没多远,赵青跟了上去,他害怕父亲出什么事。

父亲沿着巷子走到街上,去王街要向南走,父亲却停下来,顿了顿,往四周望了望。赵青躲在角落里,感到父亲的动作十分迷惘。他想站出来,父亲却走向了东边。赵青不清楚父亲去东边干什么,躲在后面远远跟着。父亲穿过两条巷子,进了赵刚家旁边那家人家。赵青认得这是王富有家。王富有是父亲最好的朋友,也是王二的远亲。赵青以为父亲要叫上王富有和他一起去找王二,躲在门口等了半天,不见父亲和王富有出来,他便进了赵刚家等。

隔着墙壁,听到王富有家正在演电视,偶尔能听到父亲和王富有的几句话,但没有一句提到王二或表哥。

等了一个多小时,父亲离开王富有家。赵青忙从赵刚家出来,看见父亲朝家里走去,他抄近路跑回了家。

过了一会儿,父亲回来了。母亲着急地问,见到王二了吗?

赵青心跳加快,紧张地盯着父亲。

父亲回答,王二又不在家,等了半天没等上,王二爸爸说告给他了,他认错人,把天磊认成了别人。

母亲愤怒地说,认错人就把人白打了?

父亲抓了抓脑袋说,他说过几天来道歉。

父亲说完,赵青看见表哥沮丧地低下了头,然后推出自行车要回马寨。

母亲说,今天这么晚,别回了。

表哥摇了摇头。所幸他的脸比昨天好多了。

接下来的那段时间,每天吃完晚饭,母亲就催父亲去找王二讨个说法。父亲穿上他的长袖衬衫,出门左拐右拐,找朋友家待一个多小时,回来编几句谎言应付母亲。赵青每次看到忙碌了一天的父亲拖着疲惫的身子出去，都有些心疼，他感到熟悉的受人尊敬的父亲正在变得越来越陌生，他有些可怜父亲，但不知道能怎么办。渐渐他不再跟踪父亲了，不跟踪也知道父亲不会去找王二。表哥疯狂地迷恋上了武侠小说，他一本接一本地租书，读完《天龙八部》，又读《神雕侠侣》《倚天屠龙记》，除了跟着父亲出去干活儿，在赵青家无论吃饭，还是午休，什么时候手里都拿本武侠小说，就连晚上回马寨，也带本书。赵青觉得赵庄很无聊，做个木匠也没意思，他想离开赵庄，离得远远的，这个暑假太漫长了，但赵青再没有去过水库。

《长城》2021年1期

太阳偏西

午后四点钟,太阳偏西了一些,仍旧热。罗鹏飞从床上爬起来,身上湿漉漉的。他喝了床头放的一杯凉开水,大声喊:"妈,我打篮球去了。"

王琦正在缝纫机前改旧衣服,抬起头来说:"这么热的天!"

罗鹏飞换了件黑色的T恤,抱起墙角的篮球,在手指头上转了一圈。上午刚补住的那块地方颜色醒目,像地球仪上的沙漠。

罗鹏飞走出家门,热气包围了他,他有些后悔答应石晓飞这么早出来打篮球,但瞧了瞧手里的篮球,嘿嘿笑了。

到了公园里,石晓飞他们还没有来。东半个篮球场的篮球架下停了几辆车,有一辆白色的,其他几辆都是黑色的。以往篮球场也停车,因为"武财神"家紧挨着篮球场,他家里的客人一多,院子里停不下,就停到篮球场了,但今天是星期天。罗鹏飞望了望那辆白车,它上面有个人形的标志,罗鹏飞搞不清楚它是奔驰,还是奥迪,问过人好几次了,他总是记不住,但知道这是辆好车。

罗鹏飞拍着篮球往那些车前走了几步,那块有补丁的地方总像有东西在咬他。猛地车上的报警装置响起尖锐的声音,罗鹏飞瞬间满身大汗,赶紧跑到球场西边。"武财神"家的大门关得紧紧的,没有动静,红砖砌成的足有两米高的围墙上面插满尖玻璃,在阳光下像一把把匕首闪着寒光。

报警装置响了会儿安静了,围墙上的尖玻璃仍旧闪着寒光,像把热空气能刺出些洞。那几辆车搁浅在沙滩上的鱼似的,车壳反射着灼热的白光,白色的那辆像死鱼在水面上翻起的肚皮。

罗鹏飞蹲在篮板的阴影下,等石晓飞他们来。水泥地面传来阵阵热气,他感觉自己快要热死了,等到四点半,石晓飞他们还不来,他就准备回家去。

没到四点半,石晓飞他们陆陆续续来了,阳光耀得罗鹏飞看不清楚这些人的面孔,但他们各自走路的架势让罗鹏飞辨认了出来,望着七长八短晃动的影子,罗鹏飞站了起来。

石晓飞看到罗鹏飞说:"操,怎么四点半了,只有咱们几个。"

"太热了!"

"咦,鹏飞你还带了颗球?"石晓飞惊讶地问。

罗鹏飞把球拍了拍说:"你看怎样?"

石晓飞接过球,拍了几下:"气挺足,但是。"

罗鹏飞没有等石晓飞把话说完,接过来说:"就是那天捡的那颗破球,我补了补。"

"正好,"石晓飞拍着球说,"我还琢磨去哪儿找个打气筒,我这颗气不足,本来想在街上找个修车铺把气打足,可是也许因为天气太热,修自行车的一个也没出来,就用你这颗吧。"石晓飞继续拍了几下说:"气挺足。"

"打半篮吧,那边停了些车。"罗鹏飞指着对面的车,边说边想起刚才那些报警装置声。

"谁家的车?停公园篮球场。"

"'武财神'家的吧?"

一说"武财神",没人吭气了。在这个盛产铁精矿粉的地方,县里储量最大品位最高的三个铁矿都是"武财神"的,这儿几乎没有人不知道"武财神"罗玉卿。县城的主街道,是"武财神"捐款和县里合资修的;连接县里南北最大的那座桥,是"武财神"施工完成的;全县有十八个井,是"武财神"出资打的;罗鹏飞他们所在的学校，新盖的教学实验楼，是"武财神"出的钱；县里最好的酒店、宾馆、洗浴中心，都是"武财神"的。"武财神"所在的这个城中村，每户村民的合作医疗保险都是他给交。每年过春节，"武财神"给每户村民发一桶油、一袋白面、一袋大米，还给每人三百元，在村里摆三天流水宴，猪牛羊肉鱼鳖虾蟹啥都有，大家随便吃。就连村里的关老爷庙，也是"武财神"捐款修缮的。关老爷就是武财神，但人们不叫罗玉卿"关老爷"，都叫他"武财神"。

石晓飞、罗鹏飞他们开始打半篮，天气还是一个劲地热，但玩起来大家很快忘记了热，他们尽情地抢球、争球、投篮、跨篮。很快，每个人都像水洗过似的，身上穿的衣服湿了干了好几回，背上都露出白色的汗渍。使人不尽兴的是对面那些车占了场地，他们不能放开手脚打，几次用力过猛，篮球越过中线继续往前跑，跑到车附近，报警装置就响起来，弄得人很紧张。

但渐渐地大家都习惯了，半开玩笑，半发泄心中的不满，每次球到了车跟前，无论谁去捡球，捡起来总要用力拍几下。那些报警装置本来已经安静了，他们一拍，又此起彼伏地叫起来，听着那些报警装置此起彼伏的鸣叫，石晓飞他们嘻嘻哈哈地笑着，仿佛忘记了炎热。

罗鹏飞一直注意着"武财神"家的门，开始大家故意在车跟前拍球时，他总是担心地说："小心些，别碰了人家的车。"但是没有人听他的话，只要球跑到对面，大家就拍几下，而且整个下午，"武财神"家那两扇褐红色的大门都紧闭着，没有半点儿动静，有一次球蹦到门上，嘭地发出很大的响动，门里边也没有丝毫反应，只是门上留下一个醒目的灰色球印，罗鹏飞便不再提醒大家了，但他每次看到那个球印，都感觉好像有一只眼睛盯着他们。

太阳越来越偏西，篮板下的阴影越来越大，公园门口摆烧烤摊的出来了，香味儿和油烟飘过来。罗鹏飞肚子咕噜响起来，因为天气太热，他中午只吃了半个馒头，经过一下午的剧烈运动，现在饿了。罗鹏飞想妈妈快做好饭了，回了家痛痛快快冲个凉水澡，吃上两大碗。

石晓飞抱住球说："时间不早了，再打三个球，咱们撤。""好！"大家纷纷响应，都把剩余的体力发挥出来，争最后的输赢。

罗鹏飞他们这边抢住球了，同学给他传球，罗鹏飞没接住，球冲出中线，罗鹏飞赶忙去追，眼看就要追上，也许太累了，他伸出脚想把球勾住，没想到打了个趔趄，刹车中间，脚没有勾住球，反而把球踢了一下，本来已经缓下来的球直直飞出去，砸到那辆白车的倒车镜上，然后弹了一下，又蹦到旁边的黑车上，蹦蹦跳跳盖章似的在好几个车上蹦过，最后钻到车下面去了。

罗鹏飞脑袋嗡地一响，听到各种报警器尖锐地响起来。他跑到白车前面，倒车镜被砸歪，镜框内的玻璃碎了，篮球蹦过的几辆黑车上都留下灰色的球印，像"武财神"大门上的。罗鹏飞吓呆了。

石晓飞他们听到响声，看到罗鹏飞呆在那儿不动，赶忙跑过来，但打球的八个人，除了罗鹏飞，只过来五个，姜赫和田一鸣两个悄悄溜了。

石晓飞他们过来看见打碎的倒车镜，有人问："一个倒车镜多少钱？"

还没等有人回答，石晓飞瞄了瞄四周。石晓飞瞄的时候，众人不由自主跟着他往四周瞄，除了他们没有别人，天气热得密不透风。

"赶紧走！"石晓飞说。

他掀起背心，兜住半个头，朝公园的另一个出口走去。

石晓飞一走，其他人也慌乱地离开。

罗鹏飞看着同学们相继离开，他望了望"武财神"家的门，那扇大门依然没动静，门上两个兽头威严地睁着眼睛。他赶紧蹲趴下身子，篮球滚到中间一辆车的后轮胎内侧。罗鹏飞想把它取出来，却看见两个人的腿向这边走过来。罗鹏飞屏住呼吸，猫着腰躲到汽车一侧。那四条腿越走越近,是一对年轻男女,他们像结在一条藤蔓上的两只葫芦,紧紧偎依着,走过来时眼睛都没有抬,男人一只手揉着女人圆圆的屁股,向公园的小湖边走去。罗鹏飞咽了口唾沫,正要再次钻到车下去,看到又有人走了进来,他只好站起来,朝他们相反的方向走去。

罗鹏飞出了公园,没有篮球手里空空的像丢了很多东西,但他不敢回去捡篮球,便痉挛似的紧紧攥着两只拳头,攥得手心里汗津津的。看到冷饮店,罗鹏飞迫不及待地进去买了瓶冰镇汽水,一口气喝完。嘴里还是有些干,他又要了一瓶,咕咚喝完之后,身上的汗落下去许多,罗鹏飞想那颗篮球会不会被人发现?不由自主又要了一瓶,但喝了两口,便打起嗝来,罗鹏飞拎着剩下的汽水,打着嗝回了家。

一进门,热气就裹住了罗鹏飞。王琦正在揉面,看到罗鹏飞回来,说:"回来了。"然后问:"篮球呢?"

罗鹏飞扬了扬手中的汽水瓶,正要回答,又打了个嗝,打完嗝,他说:"热死了,我去冲个澡。"

王琦用粘着面粉的手撩了撩头发:"喝完汽水别把瓶子扔了。"

罗鹏飞冲完澡,王琦已经把面盛碗里,罗鹏飞瞧了瞧碗上面漂着的菜叶子,想起公园门口的烧烤摊,咽了口唾沫,挑起面吃起来,他根本没有吃出面的味道,半碗已经下去了。

王琦说:"慢点儿吃,吃快了不容易消化,太烫了对食道也不好。"

罗鹏飞只管吃,王琦说话间,他一碗面吃完了。吃完饭,擦了把汗,发觉没有开风扇,说:"太热了。"打开旁边的电风扇。

电风扇绿色的漆皮磨得已经发白,转起来慢吞吞的,还咿咿呀呀地响。罗鹏飞掀开领口,凑近电风扇,让风对着自己吹。

王琦说:"别对着风扇吹,开着这么大风,小心感冒。"

罗鹏飞不吭声,盛了半碗面汤,咕咚几口喝完,进了自己房间,拉上门。

王琦说:"这么热的天,还关门,去夜市上乘乘凉吧。"

罗鹏飞瓮声瓮气回答:"还没有写完作业。"

他话音刚落,听到风扇关了,过了会儿,传来窸窸窣窣收拾碗筷的声音。

罗鹏飞脱了背心,还是热,他把窗户开到最大。忽然发现对面阳台上晾着一溜衣服,黑裙子、黑T恤、黑短裤、黑丝袜,中间却有一只白色的三角内裤,亮晶晶的,似乎还在滴水。罗鹏飞心慌地拉住半个窗户,又忍不住瞟了几眼。对面这幢楼盖好后,窗户对面的房子一直空着,就在昨天,好像还没有人。妈妈说了好几次,好好的房子白白空着多可惜,要是咱们有钱,买下来住住楼房多好。

罗鹏飞叹口气,目光落在自己家墙角。

小工具箱最上面摆着他上午用过的锉子、胶皮、胶水、打气筒。这是罗鹏飞第一次补篮球,以前他只补过几次自行车胎。

罗鹏飞盼望丢在公园的那颗篮球此时补丁突然开了,漏完气。

罗鹏飞掏出作业本,怎样也写不进去。

门当当当响了三下,王琦问:"不出去?"

"不出去。"

"你不出去,我出去了。"

听到妈妈出去的声音,罗鹏飞打开卧室的门,把电风扇拖进来,风开到最大。电子喇叭叫卖东西的声音、公园里跳广场舞的声音隐隐约约传来,街上一家挨一家的小吃摊,公园里跳舞的那些大妈、奶奶不断在罗鹏飞眼前晃。

差不多三个小时,罗鹏飞什么也没有做。

十点多以后,街上的喧嚣声渐渐小下去,侧着耳朵跳广场舞的声音也听不到了。妈妈回来已经看了一集电视剧,关灯准备睡觉。罗鹏飞悄悄推开门走出去,可还是被听到了。

王琦问:"飞飞,这么晚出去干啥?"

罗鹏飞瞎编了一句:"同学让我取个东西。"

罗鹏飞几步跑出自家院子。路灯下,罗鹏飞换了和白天不一样的打扮,白色长袖衫,蓝色遮阳帽,为了不让别人认出来,他走路故意一瘸一拐。

街上人少了,马路边到处是油乎乎的竹签和餐巾、卫生纸,烧烤摊、小吃摊大部分在收拾东西。罗鹏飞进公园的时候,有两三对情侣正慢悠悠往出走,罗鹏飞不敢瞧他们,一看到人就把头低下去。

到了篮球场,那些小车都不见了,球场上空荡荡的,罗鹏飞心里轻松了些,但他的那颗篮球也不见了,罗鹏飞又很忐忑。他走到白天停车的地方,惨白的月光下,地上有几块碎玻璃。罗鹏飞瞧了瞧四周,确信没有人,他蹲下去把那些碎玻璃一块块捡起来,丢到前面的小湖里。

一阵风吹来,湖里的芦苇丛中传来几声鸟叫,罗鹏飞觉得还是燥热,他拉了拉帽檐,一架飞机闪着尾灯从天空飞过。

晚上,罗鹏飞写作业一直写到两点钟。对面屋子拉上窗帘了,屋里的灯却始终亮着,罗鹏飞睡觉的时候,还没有熄。

星期一,晨读的时候班主任刘老师进来宣布说:"学校的实验楼竣工了,星期六准备剪彩,要从每个班挑选两名学生,组成仪仗队,欢迎到时来参加剪彩的各位领导。"

罗鹏飞把头深深地低下去,脚用劲儿踩着桌腿上的横梁,腿还是有点儿抖。

刘老师扶了扶眼镜说:"咱们挑会敲锣打鼓的,训练时省点儿心,石晓飞、罗鹏飞你们俩行不行?"

石晓飞站起来响亮地回答:"老师,我没问题。"

"你呢?罗鹏飞,为什么脸色不好看?"老师望着脸色有些苍白的罗鹏飞问。

昨天打球的那几位同学目光都往罗鹏飞身上集中,罗鹏飞心虚地起立说:"昨天写作业太晚了,我可以。"

刘老师把眼镜推到额头上说:"石晓飞、罗鹏飞没问题,咱们班就定你们俩了,每天下午活动时间到操场进行集中训练。"

早自习下了后,石晓飞在厕所里遇到小便的罗鹏飞,问:"你没事吧?"

罗鹏飞咬了咬嘴唇说:"晚上我去公园了,在篮球场没有找到篮球。"

石晓飞拍了拍罗鹏飞的肩膀说:"别想这件事情了,咱们打篮球时没人看见,说不定篮球早被哪个小孩捡走了。再说,谁能想到那颗破篮球是你的,只要大家都不说就没事。"

石晓飞这样一说,罗鹏飞心里稍微踏实了些,确实,没几个人知道他有篮球。但还是心虚地问:"万一知道了咱们打篮球,大家都能不说吗?"

石晓飞解完了手,边系裤带边说:"我和他们都说一下,万一知道了咱们在那儿打球,就说用的我的球,你那颗球咱们装作都不知道。要是出问题,也是姜赫和田一鸣,我叮嘱那两个家伙一下。"

两人说完之后,结伴离开厕所,约好下午活动时间一起去操场参加训练。

上午四节课,下午两节课,没有任何事情。活动时间,石晓飞叫上罗鹏飞一起去操场参加训练,路上石晓飞得意地说:"你看,我说没事就没事,一天快过去了,没人来找,肯定没事情,我和每个打球的人都说好了,万一有人知道了我们在公园打篮球,大家只承认打篮球,而且用的是我的篮球,不知道那只破篮球,也都不知道倒车镜被打碎的事情。"

罗鹏飞感激地望着石晓飞,喃喃地说:"没事就好,我不是故意的。"

训练的学生集合齐后,足有五十个,训练的老师强调说:"这次活动很重要,只有四天训练时间,所以咱们抽调的都是各班精英，大家要集中注意力，练出最好水平。"

石晓飞很是兴奋，抢先拿了两只鼓，递给罗鹏飞一只。老师做了一次示范之后，他就喊会了。罗鹏飞紧张，大家一起练时，不敢用力敲，还出现了两次错误。

晚上回到家，罗鹏飞放下书包，不由自主地朝对面阳台望了望。昨天晾的那些衣服不见了，阳台上出现个年轻女人，边走边打电话。隔着段距离，罗鹏飞瞧不清楚她的五官，但感觉轮廓很漂亮，她穿的大概就是昨晚晾的黑衣裙，走路姿势有些慵懒，像只可爱的猫，半截大腿和小腿匀称纤细，有种炫目的白。

罗鹏飞瞧了会儿，女人进了卧室，他微微有些失望，往出掏课本和作业。把东西准备好之后，罗鹏飞又朝阳台望了望，空荡荡的什么也没有。

罗鹏飞写完作业已是午夜，丝丝凉风吹进来，屋里不像白天那么热。他趴到窗口，对面屋子里黑乎乎的，仿佛以前没有人住的那样子，但透过朦胧的月光，窗户半开着，说明里面睡着人。

早上，罗鹏飞起床后，看到对面的阳台上拉着道淡青色的窗帘，在晨风下像波浪一样微微起伏。一种美妙的感觉涌上罗鹏飞心头，他匆匆冲了个澡，向学校跑去。粉红色的云层不断褪去，太阳像剥了皮的鸡蛋慢慢升上来。

晨读课上，罗鹏飞想到对面的女人，走了几次神，脸上露出一丝笑容。

一下课，石晓飞找到罗鹏飞问："课上你笑什么？"罗鹏飞说没笑，被石晓飞追问得紧了，回答："我觉得打碎倒车镜那件事可能过去了。"他没有告诉石晓飞他家对面住进个漂亮女人。石晓飞说："昨天就告你说没事，纯粹是杞人忧天。"罗鹏飞说："毕竟是我打碎了人家的倒车镜。"石晓飞说："人家开那种车的会把心思花在追查一个倒车镜上？"

中午放学的时候，校门口围着一群人。结伴而行的石晓飞对罗鹏飞说："去看看发生了啥事？"罗鹏飞跟着他挤进人群，一颗有补丁的篮球放在桌子上，教务处的黄干事唾沫星子四溅，大声说："谁知道这颗篮球是谁的，自己承认没事情。"

罗鹏飞的心像被蜜蜂蜇了一下，赶紧挤出人群。石晓飞跟着他挤出来，罗鹏飞搓着衣角说："当时要是不走就好了，赔人家个倒车镜。"

石晓飞望着罗鹏飞，埋怨道："他这还咬住不放了。当时不走？那儿连个人都没有！那豪车的倒车镜，你知道得花多少钱？再说，他们凭什么就把车停在篮球场，这是公众场所，停他家院子里能被打烂？"

罗鹏飞苦笑着说："道理是这个道理，但万一被人家查住。"

石晓飞说："谁会老查这个事情，过上几天就没事了。让他接受教训，看以后还敢不敢乱停车。"

两人走到岔路口的时候，石晓飞叮嘱罗鹏飞："千万别去承认，坦白从宽，把牢底坐穿，抗拒从严，回家过年。"

罗鹏飞的脑袋涨得厉害，一会儿想赶紧跑回去承认是自己的篮球，不小心打碎了倒车镜；一会儿想当时没承认，现在承认别人怎样看待自己，或许下午去了这件事就过去了。石晓飞的话在他耳边嗡嗡地响，不是他们把车停在篮球场，他无论如何也不会打碎人家的倒车镜。

突然身后传来鸣喇叭的声音，罗鹏飞浑浑噩噩间走到了马路中间。他惊出一身冷汗，下意识地转了下脸，赶忙退到路牙子上。一辆白色的有人形标志的车驶过，罗鹏飞看见车上的两只倒车镜完好无损，开车的是位年轻的穿白裙子的漂亮女人，白裙子上有蓝色的星星做点缀。

罗鹏飞脑子中灵光一现，这辆车是不是自己打碎倒车镜的那辆车？如果是，自己向她承认是打碎了倒车镜的人，不是能把篮球取回来了？但她的倒车镜没问题，有可能修好了，也有可能不是她的车。

罗鹏飞惦念着这件事情,回到家心不在焉地进了卧室换衣服,对面阳台上站着个女人,穿着白裙子,白裙子上有蓝色的星星做点缀。罗鹏飞想这么巧,衣服也不换了,往出走。已经盛好饭的王琦问:"飞飞,饭已经端上来了,干啥去?"罗鹏飞匆忙回答:"妈,一下就回来。"

罗鹏飞跑出巷子,跑向前面那个小区门口。正是中午,太阳光像无数支箭射下来,根本没地方躲,罗鹏飞跑得满身大汗,还没进院子,就看见里面停着辆白色的有人形标志的车。他屏住呼吸,进了小区,闻到空气中飘散着炝葱花和炒猪肉的香味儿,没有一个人。

罗鹏飞走到车前,确实是人形的标志,和那天的那辆车一模一样。他又走到车前面,两只倒车镜都是好的,一只比另一只好像新些,但又好像一样。罗鹏飞往车里面瞧了瞧,阳光下车里面黑幽幽的,像幽深的湖水,驾驶座上面铺着块棕色竹编的凉垫儿,车头前放着件装饰品,是只盛开的莲花。

罗鹏飞还想再仔细看一看,门房里出来一位伛偻着腰的老大爷,大声问:"你找谁?"罗鹏飞惊了一跳,想不出怎样回答,讪讪地问:"这院里就一辆这种车?""一辆!你还想要多少辆?"老大爷像赶鸭子一样奓起双臂赶他。

罗鹏飞像鸭子一样被赶了出来,他回想公园里停的那辆车和刚才看到那辆车,都是崭新的白车,分辨不出它们是不是同一辆车。

中午觉,罗鹏飞没有睡好,家里太热,脑子里又有事。他迷迷糊糊到了学校,篮球还放在教务处门口的桌子上,旁边没有人,经过一中午的暴晒,打补丁的那块地方鼓了起来,像人脑门上被磕了个大包。罗鹏飞想,它继续摆在那儿晒下去,会不会突然爆炸,或者开始漏气。

活动时间,罗鹏飞想去教务处门口看看那只篮球怎样了。下午两节课,他上得心神不宁,总是担心教室门突然被推开,有人喊他的名字。石晓飞却来找他去操场参加训练。

罗鹏飞说:"我想去教务处门口看看。"石晓飞说:"你不能去,我看过侦探片,许多凶手杀了人之后都想去作案现场看看,就是因为这个被警察抓住了,你去多了,人家会怀疑的。"罗鹏飞知道石晓飞说得有道理,但和他去操场时还是心神不宁。

石晓飞望着紧张的罗鹏飞说:"你这么紧张干吗,人家就是来咱们学校问问,我打听了,二中人家已经去过。"罗鹏飞停住脚步问:"真的?""真的!今天中午回家我碰见我家房前头的,昨天他们教务处的拿着这颗篮球一个教室一个教室问,大家都笑篮球还打补丁。"罗鹏飞不好意思地笑了笑说:"当时要是捡回来,还能玩一段时间,别的地方都好好的。"

晚上放学后,教务处前围着的人比中午时少多了,罗鹏飞控制住自己,没有走过去。他盼望星期六赶紧到来,剪彩结束后,倒车镜的事大概也没人追究了,毕竟时间过去这么久。

第二天,罗鹏飞一去学校,发现教务处前桌子上的篮球不见了,罗鹏飞想它一定被拿到别的学校问去了,不由自主吹了声口哨。早上的微风中,女生们穿着统一的过膝白色连衣裙,像一大群白蝴蝶飞进校园。

从倒车镜事件中解脱出来的罗鹏飞,彻底放松下来,活动时间训练,比谁都卖劲儿,用力过猛,居然打折了一支鼓槌;晚上写作业,比以前更加用心,经常为了一道题花费半个多甚至一个多小时。

做完功课,罗鹏飞总要把窗户完全打开,长长吸几口气。这时四周一片寂静,对面屋子里黑乎乎的,月光照在它的窗棂上,像落了层霜。

到了星期五,罗鹏飞心情出奇地好,这个星期终于要熬过去了,倒车镜的事就要过去,明天参加完剪彩,以后他再也不到公园里打篮球了。

这天第一节课是语文课,上课铃响后,语文老师没有来,班主任刘老师来了，抱着篮球。一看到篮球，罗鹏飞的心沉了下去。这就是他那颗篮球，球面磨得起了毛茬子，打补丁的地方像伤疤那样醒目。

教室里响起嗡嗡的议论声。

刘老师板着脸说："谁的篮球？自己承认吧。"

罗鹏飞脸上顿时火辣辣的，终于还是躲不过去，他想站起来说是他的，但望着老师黑得能拧下水来的脸，腿发软。

"赶紧承认，承认完上课，不要因为一个人的事情浪费大家的时间。"

刘老师的声音拔高了几度。隔壁教室里老师已经开始讲课。

罗鹏飞挺了挺背，要站起来。背后坐的石晓飞踢了他一脚。罗鹏飞像好不容易打足气的轮胎又被放了气，他的背塌了下去。

教室里安静了几分钟，隔壁教室传来"这道题这样解"。

刘老师换了种口气："星期天在公园里打篮球的同学站起来。"

罗鹏飞的心像被一只大手狠狠攥紧了，他的腿在下面打摆。

教室里更加安静了，太阳透过窗户玻璃照进来，玻璃好像在融化。隔壁教室传来"这道题除了这种常规解法，还有一种简便算法"。

几分钟后，教务处黄干事推门进来，刘老师说："不是我们班的，连星期天去公园打篮球的也没有。"

黄干事瘦长的脸毫无表情，抱起篮球出教室时猛地站住，转过身来说："谁都不承认罗总要报警了，罗总说查不出谁打碎倒车镜，明天的剪彩他不参加。"

刘老师陪着黄干事一出教室，里面传来嘘声、跺脚声、拍桌子声。石晓飞狠狠捶了罗鹏飞一拳。

中午放学后，石晓飞一出教室门就和罗鹏飞悄悄说："我就知道是诈咱们的，你要是承认就完蛋了。"

罗鹏飞忧心忡忡地说："要是'武财神'报了警怎么办？再说

还有明天的剪彩。"

"报了警怎样,这么一件小事警察会怎样去查?那么多大案子都没破了,就像前年公园里的那桩杀人案,现在还没找到凶手。"

一说起那个杀人案,石晓飞脸上露出丝得意的神色。

那是五一。石晓飞约同学们去明月寺,那年明月寺还没有开发,据说山中的桃花开得正旺。每天只有早上有趟班车去明月寺所在的山村,可是石晓飞迟到了。没有赶上车的他们好不容易和家长请了假,不想回家,去公园里玩。早晨的公园里有些清冷,只有几个打太极拳的老人。石晓飞带着大家说要在小湖边野餐。他们铺开塑料布,拿出各自从家里带来的食物,石晓飞突然指着芦苇丛说:"死人!"大家以为石晓飞在开玩笑,继续摆东西。石晓飞拾起一块石头,扔向那丛芦苇,大声喊:"那不是个死人?"

被石块砸开的芦苇丛露出一具尸体,肚皮朝下趴着,两条腿不见了,背部泡得发白,随着水波一漾一漾的,像商场里丢弃的一截儿人体模特。

大家惊呼起来,石晓飞喊:"报警,报警,赶紧打110。"

那段时间,石晓飞不断向人们描述发现尸体的过程。时间过去两年了,这桩案子还没有破。

"但查不到谁打碎的倒车镜,'武财神'明天不参加剪彩怎么办?"

"应该不会吧,他这种人。"石晓飞撇了撇嘴。

罗鹏飞没有先回家,而是向女人那个小区走去。石晓飞说的话有道理,但罗鹏飞害怕,他想找那个女人打听打听,那辆车是不是她的,如果是,她换倒车镜花了多少钱,他赔她,现在没那么多钱,他打个欠条,毕竟他们住得这么近,也算是邻居。如果不是她的,他问问这样的倒车镜多少钱,多找几个人总能借够,悄悄写封信把钱装进去,塞进教务处办公室,那可能就得想办法弄那笔钱了,但总比这样提心吊胆好。或者,也可以让女人帮忙打听那是谁的车，县里开这车的人没几个，她肯定知道那辆车是谁的，人以群分嘛，直接找那人去。

罗鹏飞担心门房的那个老头拦住他，想着编个什么借口，但是走到小区门口，看见院子里没有那辆白色的人形标志车。

活动时间石晓飞叫罗鹏飞去训练，罗鹏飞问："明天'武财神'不剪彩，咱们还训练？"

石晓飞说："训练归训练，管明天的事干什么？你不去才奇怪呢！"

他们到了操场，人已经来了不少。等同学们到齐后，老师强调这是最后一天训练，让每位同学都打起精神来，他没有提剪彩的事。

罗鹏飞很担心，他害怕"武财神"明天不来剪彩，学校会加大力气追查打碎倒车镜的人。又觉得好笑，明天都不剪彩了，今天还这么认真练！他强作镇静，和大家一起训练。

晚上放学后，罗鹏飞进了卧室，首先抬头看，对面楼上亮着灯。他一阵欣喜，快没时间了，赶忙放下书包往出走。

王琦看到儿子刚回来又要出去，忙问："飞飞你出去干啥？"

罗鹏飞说："几分钟就回来。"

罗鹏飞跑到女人的小区门口，门房里传出机枪扫射和日本士兵的哇哇声，老大爷正在看电视。罗鹏飞猫着腰进了院子，那辆白车停在楼前面。他深吸了口气，走进单元楼。楼道里黑乎乎的，有电视的声音和说话的声音从门缝里传出来。罗鹏飞咳嗽几声，声控灯亮了，一层、二层，到了三层罗鹏飞停住，走到西户在门前站住，侧着耳朵他听见屋子里似乎有声音。罗鹏飞抬起手当当当敲了三下，屋子里突然安静了，等了大约一分钟，罗鹏飞又敲，东户的门开了，出来个穿背心的男人，看见罗鹏飞敲西户的门，把门关上。

当当当，罗鹏飞又敲。终于听到里面有个略带惊慌的声音问："谁？"

罗鹏飞吁了一口气，确定应该是那个女人的，他有些兴奋地回答:"我是楼前面的,请教个事情。"

"操!"罗鹏飞隐约听到个男人的声音,然后那个女声回答:"等会儿。"

楼道里又闷又热,不时有蚊子飞过来,声控灯过一会儿就灭了,罗鹏飞不住地咳嗽,拍蚊子,足足等了十分钟,门打开了。出来个五短身材的肥胖男人,脖子上吊着块很大的玉佩,罗鹏飞一看,是"武财神",他的样子像极了刚偷吃到美食而心满意足的猫。正这样想着,"武财神"伸出舌头舔了一下嘴唇,盯着罗鹏飞打量。他足足盯住罗鹏飞打量了十秒钟,才扬了扬眉毛下楼去了。"武财神"的眉毛又粗又短,像两个没有写完的"一"字,给罗鹏飞留下很深的印象。

进了屋子,凉气让罗鹏飞的毛孔瞬间张开,女人屋子里开着空调,太舒服了,罗鹏飞有种待在这儿不想走的感觉。

"你想打问什么?"女人清脆的声音响起。

女人穿着清凉的衣服,罗鹏飞不敢抬头,他盯着地下。女人赤脚穿着夹趾拖鞋,两只白皙的脚上面露着淡蓝色的血管,左脚粉色的大拇指微微翘着,像只会说话的小动物。罗鹏飞脑袋乱哄哄的,白天想好的内容都忘记了。

女人看到罗鹏飞低着头不说话,不耐烦地问:"你到底是谁,这么晚了,来我这儿干什么?"

罗鹏飞抬起头来,看到女人漂亮的面孔,结巴得说不成话。

女人没耐心了,生气地说:"莫名其妙,敲我的门干什么?"

血涌上罗鹏飞的脑袋,罗鹏飞被伤了自尊,他接着她的话,带些结巴地说:"对不起,敲错门了。"赶紧朝门口走。

罗鹏飞出了女人的门,屋里传来"神经病"的咒骂声,他后悔来找她打听。

回到家,罗鹏飞拉上窗帘,再不想看对面了。

星期六,剪彩没有取消。罗鹏飞到了学校,和大家一起打扫卫生。快到十点钟的时候，来了一溜车。"武财神"是从第二辆车上下来的，下车时他先探出圆滚滚的脑袋，罗鹏飞一下子就看到了他的眉毛，又短又粗。

罗鹏飞他们的仪仗队从车进校门就开始敲打，等"武财神"和领导们站到主席台上时，他们又排成方队，在主席台前敲打了一会儿，然后领导们开始讲话。

整个剪彩仪式大概进行了半个多小时，"武财神"讲话时，罗鹏飞想起他昨晚偷食那样子，有些难受。

剪彩在一片掌声中结束了，"武财神"托着圆滚滚的肚子和领导们一起去视察他捐款盖的实验楼。

石晓飞眉飞色舞地冲罗鹏飞眨了眨眼睛，罗鹏飞读懂了他的意思，终于结束了。

天气还是像前几天那么热，罗鹏飞觉得夏天就应该这样，他想起昨晚开着空调的女人的屋子，那是另一种生活，他们这样的，再热些，他也能忍受。

班主任通知学生们不能回家，一会儿还要集合。

那天打篮球的一帮同学们站在一起，他们不再为倒车镜的事情担忧。石晓飞说："咱们打会儿篮球吧，闲着也是闲着。"罗鹏飞感觉这几天因为他，连累了同学，自告奋勇说："我去教室取篮球。"他怕人和他争，奔跑着去三楼的教室，其他同学往操场里走去。

罗鹏飞他们打的是全篮，操场里只有他们班的人，大家打得很痛快。石晓飞大声嚷："这才是打篮球，怕这怕那没办法发挥。"罗鹏飞和石晓飞一队，每次抢到球，他总是尽量传给石晓飞，石晓飞带球的时候，他冲上前帮他挡人。

打了大概半个多小时，"武财神"和领导们走了，学校的喇叭通知各班同学再次集合。

罗鹏飞、石晓飞他们大汗淋漓，不知道这次集合要通知什么。

慈眉善目的老校长上了主席台。他告诉大家剪彩虽然结束，但打碎倒车镜的事情还要追究，今天各个学校的校长们通了气，一定要把这件事情追查到底。罗总给各个学校捐了款，自己朋友的车被侵害连个人也找不到，怎样也说不过去。

老校长用了"侵害"这个词，接下来再说什么，罗鹏飞没有听进去。他想起他的父亲。七年前，罗鹏飞十岁，他的父亲还不到四十岁，在罗玉卿的铁矿上开铲车。有一天早上，父亲去矿上再没有回来。他的母亲报了案，找过罗玉卿好多回。罗鹏飞梦想有天一开门，父亲就站在门口。有时半夜里，听到脚步声，他会醒来，想父亲是不是回来了。后来，父亲在梦中出现越来越少，他半夜醒来，经常听到母亲房间传来叹息声。

校长讲完话，黄干事让大家解散，石晓飞推了罗鹏飞一把，罗鹏飞才知道讲完了。他长长叹了口气，一仰头，墙边杨树上落着许多麻雀，像绿色的树上结满了褐色的果子，它们看起来大小差不多，模样几乎一模一样，叽叽喳喳在商量着什么。他颓丧地说："它们真热闹，我要是有几个……"话没有说完，抱起篮球要往教室去送。石晓飞拉住他说："我去送，你先回吧。"他接过罗鹏飞怀中的篮球去教室。

罗鹏飞往家里走的时候，望见天边有了丝黑云，没有等他走到经常和石晓飞分手的那个岔路口，黑云油毡一样铺满了天空，又大又腥的雨点儿噼里啪啦掉下来，砸在干渴了很久的地上，出现一个个小坑。街上出现一阵慌乱，人们纷纷跑进附近的商店或屋檐下避雨，汽车堵成一溜，急促地按喇叭。罗鹏飞冒着大雨朝家里走，雨水劈头盖脸浇在他身上，罗鹏飞感到折磨了他好多天的酷热消失了。七年前，父亲就是在这样的一个早晨去"武财神"的铁矿的，他走出家门的时候，天边有丝黑云，母亲让他把伞带上，他说雨一时半会儿不会下，伞留给飞飞吧。

罗鹏飞回到家里，王琦看到他浑身透湿，边让他换衣服，边责怪他:"不能等雨停了再回家?"罗鹏飞望着四处漫延的水流,依稀想起刚才在大雨中,有辆人形标志的白车陷在水坑中。

雨来得快,去得也快,罗鹏飞还没有吃完中午饭,那块巨大的油毡就被卷了起来,天空像修葺过似的蓝得耀眼。麻雀和鸽子都出来了,啾啾叫着用嘴梳理着羽毛。

罗鹏飞沿着被雨冲洗干净的路面,去了前面那个小区,那辆人形标志的白车停在那儿。罗鹏飞不想独自去见这个女人,他想叫上石晓飞,告诉女人倒车镜是他打碎的,该赔多少钱赔多少钱,一分也不少她的。

午睡过后,还没有等罗鹏飞去找石晓飞,石晓飞来找他了,说是同学们在外面等他。罗鹏飞想不能这么多同学去找那个女人,有他和石晓飞去足够了。

到了外面,那天打篮球的几个人都在,石晓飞郑重其事地说:"鹏飞,这几天看你压力挺大,我和同学们商量过了,咱们绝对不能承认在公园打过篮球,大家也绝对不会把你说出来,怕你不放心,我们打算结拜,八个人正好八大金刚,以后有福同享,有难同当。"

石晓飞的话把罗鹏飞整晕了,他不知道石晓飞为什么想到结拜。没等他询问,那天悄悄溜了的姜赫和田一鸣站出来。姜赫说:"我们商量好了,咱们去关老爷庙,对着关老爷结拜。"田一鸣说:"对,以后有福同享,有难同当。"

大家不等罗鹏飞说什么,七手八脚拉着他去关帝庙。罗鹏飞有些抵触,因为这八个人里面,有他看不上眼的,但这些人簇拥着他,七嘴八舌讨论结拜的细节,议论《三国演义》中的刘关张,《水浒》里的108位好汉,瓦岗寨上的英雄,罗鹏飞不再多想了。

到了关帝庙,下过雨的地面已经完全烤干,天气好像比下雨前还热。看关帝庙的老头瞧了他们一眼,继续坐在椅子上打盹。偌大的关帝庙静悄悄的,一只猫卧在屋檐下打呼噜。

石晓飞把香烛插好，掏出红纸说："大家把名字和出生年月写到《金兰谱》上。"本来嘻嘻哈哈的众人渐渐严肃了，一个挨一个把名字和出生年月写到纸上面，按照年龄序了齿。石晓飞把黄表纸烧了，带领大家在关公面前磕头，念誓词。念完誓词，石晓飞说："本来应该割破手指歃血为盟，咱们不搞那一套了，每人喝口酒，就算结拜完了。"说完掏出一小瓶白酒。

罗鹏飞从来没有喝过白酒，轮到他时，像别人那样喝了一口，热辣辣的酒流进肚子里，他感觉整个人从里到外都是热的。母亲说起过，飞飞你要是再有个弟弟或妹妹就好了，有事情可以互相商量，不像你爸爸就他一个！现在有了七个弟兄。罗鹏飞抿了抿嘴唇，感觉到了酒的香味儿。

他抬起头，看见了关老爷。以前他来过庙里几次，没有认真看过塑像，觉得关老爷就应该是大红脸、卧蚕眉。眼前这个关公的眉毛却又短又粗，虽然是大红脸，脸型却有些发胖，依稀看起来和"武财神"有几分像。

罗鹏飞揉了揉眼睛，再仔细看，越看越像。他模糊地想起，人们议论过关帝庙的关老爷像是"武财神"让照着他的样子塑的，他不相信，现在看来有几分道理，他对这次结拜厌恶了起来。可是结拜已完，伙伴们兴奋地往关帝庙外走。看门的老头还在椅子上打盹，听到他们的声音，睁了一下眼睛又闭上。

进来时石晓飞他们八个人每人都是一个人，现在每人都变成了八个人。一只青蛙垃圾桶不知道被哪个淘气鬼摆到路中间，妨碍他们，八个人中的一个一脚踹过去，青蛙腿瘪下去一大块。巷子对面兴冲冲跑来两个小孩，看见他们踢垃圾桶，惊慌地掉头跑了出去。大街上，花店的姑娘用力扶一盆刚才被大风刮倒的发财树，他们中的一个走上前，其他七个跟过去，姑娘被挤到一边，花盆一下就扶好了。

……

罗鹏飞渐渐忘掉了关老爷的眉毛，忘掉了曾经有过的那些议论，这个集体让他体会到了从未有过的力量。

星期一，八个人约好一起去学校，石晓飞迟了几分钟，害得他们差点儿迟到。匆忙中，他们中的一个不小心撞到高三年级的"土匪"，"土匪"动不动就打架，还敲诈低年级同学，现在正要发火，看到他们八个人，吸了下嘴走了。走进学校，黄干事正吊着脸呵斥这些快迟到的学生跑几步，看到他们，居然扭过脸，装作没有看到。

坐进教室，上课铃响之后，罗鹏飞还在走神，回忆刚才的一幕幕。班主任刘老师进来，他没有讲课，而是让班长把一摞表发下去。刘老师说："上周六校长讲的事情大家回去应该想过了，但是它的严重性大家可能还没有认识到。我再强调一下：第一，不给罗总找出打碎倒车镜的凶手，学校里没办法交账；第二，这件事情说明咱们的德育教育出现问题，当然不一定是咱们学校的同学，但学校要把这件事情作为抓手，加强德育教育。"

刘老师这次说得平淡，但一张大网撒了下来，罗鹏飞感觉手脚被慢慢捆紧，他拿到表一看，是份非常详细的调查表。你喜欢打篮球吗？6月17日下午（打碎倒车镜的那天）你去过公园吗？如果去过，干了什么？如果没有去过，你在哪里？谁能证明你的行踪？等十几个问题。

罗鹏飞慌乱地扭头看周围，那些结拜的弟兄把头深深埋在问卷表上，都眉头紧锁。刘老师看了看腕上的手表说："大家如实填写，十分钟后统一收回。"罗鹏飞填了几项，再也填不下去了，到收表的时候，胡乱填了些内容，交上去。

中午放学后，结拜的八个人有意无意互相躲着对方，罗鹏飞最后一个走的，没有人招呼他。快到岔路口时，他看见那辆白车驶到前面去了，屁股上的人形标志闪闪发亮。

下午活动时间，黄干事在喇叭里通知各班级集合。同学们纷纷猜测是关于倒车镜的事情，有几位同学说篮球的主人已经找到，马上另外几个附和说就是打碎倒车镜的人，还有的同学们问哪个班的？罗鹏飞望石晓飞，石晓飞不敢接他的目光，低着头装作收拾东西。罗鹏飞的目光一一扫过他的结拜弟兄，他们有的慌乱地扭过脸去，有的蹲下去找什么，有的与同桌正在说话，有的已经走出教室。罗鹏飞迈着僵硬的步子一层层走下楼梯，想起父亲失踪前的那个早上，这时偏西的太阳红得耀眼，红光洒满整个楼道，上星期这个时候，罗鹏飞他们正要准备训练。

《上海文学》2021年3期

黄河远上

高一暑假,父亲说:"儿啊,去看看你伯父吧!"

我根本不愿意,但父亲的命令没办法违抗,而且我想我这么大了,还没有出过远门,去伯父家能了了这个心愿。伯父家在陕西K县,离我们非常远,大概有五六百里,还得过黄河,想到黄河,母亲河,我有了些欣喜。

伯父离开我们已经十多年。在我很小的时候,有天家里来了个陌生人,很是英武,父亲让我喊他伯父。喊过之后,这人拿出几只金灿灿的水果,说是芒果。它发出我从来没有闻过的浓郁香味儿,那个春天剩下的日子我总是沉浸在这种香味儿中。

此后几年,伯父每次回来都带着些稀罕的水果,木瓜、杨桃、火龙果、百香果等。但我印象最深的还是芒果,因为上了小学后,我们玩的香烟盒印着这种水果,人们说它专门给国家领导人吃。我觉得伯父是个了不起的人,除了能给我们带回国家领导人吃的芒果,还在一个叫云南的地方当兵。

云南,一听就是个非常遥远的地方,我经常盯着南边的云彩看,不知道伯父怎会去了那么遥远的地方。

伯父有次还带回来个比我大的男孩,是他的儿子。男孩有些骄傲,不怎么说话,但只说了几句,就给我留下非常深刻的印象,因为他说的是很好听的普通话。

我读了小学之后,伯父再没有回来过,父亲说伯父转业了,在非常远的陕西 K 县工作。父亲常常说起伯父，尤其是酒喝多的时候。我们都知道，没有伯父，就没有父亲的现在，甚至父亲都不可能长大，伯父简直是父亲的父亲。

爷爷是在父亲一岁多的时候去世的，那时伯父刚刚十岁。伯父不是爷爷亲生的，爷爷结婚后一直没有孩子，便抱养了伯父，没想到九年之后，有了父亲。爷爷去世之后，奶奶每天哭，眼睛都快哭瞎了。就在这时候，伯父宣布他不读书了，他来照顾父亲。奶奶没办法，假如让伯父继续读书，一家人都得饿死。此后，伯父便每天背着父亲，不光带他玩，还小狗似的捡骨头、捡杏核、拉树枝、刨蝎子、挖白蒿，只要能卖钱，啥都干。父亲常常说，他小时候爱流鼻涕，伯父没有纸，他一流出来伯父便用手给他擦，毫不嫌弃，擦完随手抹自己大腿上，时间久了，伯父大腿那块儿亮晶晶的，像刷了层漆。

十八岁那年，伯父去参军，这年新兵据说要上老山前线。父亲和奶奶一左一右拉着伯父的手眼泪汪汪。奶奶明白，如果伯父一直待在家里，娶个媳妇都很难。父亲除了离别的不舍，希望家里出个英雄。

伯父好多年没有回来过，包括奶奶去世，我们只能从书信里了解点儿他的消息。父亲不停地说起伯父，比说起奶奶次数都多，每次说起来，那种感情比我对他的都深，我对伯父的印象却已渐渐忘却。

去年父亲生病后，在县里医院治疗了好长时间，实在没办法，住进省城医院。钱像水龙头滑了扣的自来水，每天哗哗流去，父亲却日渐虚弱，没有了人样。医院下了几次病危通知单，我们都以为好不起来了，父亲说想见伯父一面。我给伯父写了很长的一封信，详细述说了父亲的病情。几天之后，伯父带着伯母风尘仆仆赶来了。许多年没见，伯父完全没有了我印象中军人的英武气质，他已经谢顶，但脑门没有通常谢顶的人那样亮，而是有些发灰。他的眉毛很少，像支秃毛笔。伯母比他年轻很多，和经常给父亲输液的一位漂亮护士看起来差不多，皮肤奶一样白，脖子长长的，扬起来能看到上面淡蓝色的血管。他们在一起，伯父像阳光下一堵斑驳的老墙。

父亲一见伯父就哭，伯父的眼睛马上红了。我以为他们俩会说很长时间的话，然后伯父留下来会陪着父亲，直到他……可是他们只说了一小会儿话，伯母就让伯父走。父亲恋恋不舍地拉着伯父的手，我预感到这是他们兄弟俩最后一次见面，觉得伯父不会走，但伯父听从伯母的话，和父亲告别。

这时已到中午，我不想再看伯父他们，忍着泪水对父亲说："我去打饭。"父亲让我送送伯父。到了医院门口，伯父说："找个地方吃饭吧。"从病房到医院门口短短一段路，伯父好像老了，我看见他肩上落满了白色的头皮屑。

伯母点了几个菜，细声细气说伯父有糖尿病、高血压，不能激动和悲伤。说完她掏出个信封，是我给伯父写信的那个信封。她说这是五千元，他们不会再回来了。我的眼泪马上就下来了，觉得他们不该这样抛弃父亲，但还是不争气地接过了这个信封。

伯父说奶奶去世他们没有回来是伯母正好摔伤了腿，孩子上学得有人照顾。伯母说那时日子太艰难了，整个冬天，他们都没钱买别的菜，每天吃白菜。伯母边说边伸出筷子给伯父夹菜，她的手嫩嫩的，像脖子一样能清晰地看到淡蓝色的血管。

我预想到父亲去世伯父也不会回来，眼泪更多了。

伯父他们吃完饭直接去了长途汽车站。我拿着五千块钱和打包的饭菜回到医院，父亲眼巴巴地望着我，问："伯父他们呢？"我说："回去了。"父亲闭上眼睛，流出泪水，那泪珠挂在眼角又大又透明，我至今仍记得很清楚。

医院里临床试验一种新药，死马当活马医，父亲用了这种药，身体竟奇迹般地开始好转。

出院的时候,父亲忽然提出要去看伯父。

为了省路费,母亲陪着他直接从医院出发。父亲穿着医院的病号服,外面套了他常穿的中山装,走路像刚学步的孩子那样,还有些蹒跚。

我把住院用过的洗脸盆、小被子、暖壶、碗筷等东西带回了家。

几天之后,父亲和母亲脸色灰暗地回来了。父亲遗憾地说没有见到伯父。

他们到了K县,好不容易找到伯父家,伯母说伯父出差了。他们住了几天,想等伯父回来。伯母始终吞吞吐吐,说不准伯父哪天回来,他们不好一直住下去,便回来了。

母亲一次次叮嘱我:"把钱装到内衣口袋里,一定要装好,路上千万别睡觉。"

我听得不耐烦,说:"我已经快十八岁了。"

"十八岁就怎样了,你爸都活了半辈子了!"

父亲去伯父家不仅没有见到伯父,路上还遇到了小偷。

从我们这儿到K县,翻山越岭,许多地方荒无人烟。父亲和母亲害怕遇到小偷,临行前母亲特意让父亲把钱装到贴身的内衣口袋里,坐车时还让他坐在里面的座位。

坐上车,他们在颠簸中不知道啥时候睡着了。

快到黄河边时大巴在一家饭店门口停下,司机让大家进去吃饭。

这是父亲母亲第一次下饭店,他们不会点菜,哪个看起来都那么贵。父亲看母亲,母亲看父亲,父亲翻了好久菜谱说:"两颗茶蛋、两碗刀削面。"

付钱时,父亲发现装在内衣口袋里的钱不见了。

当着那么多人的面,父亲把外面的衣服脱下来,一遍一遍说:"明明放在这个口袋里了。"可是摸遍所有的口袋,还把它们都翻出来,没有找到钱。父亲和母亲在服务员鄙夷的目光中把面和蛋退掉,喝了两杯开水。

好不容易等到大家都吃完饭,大巴车司机一开车门,父亲和母亲带着饥肠辘辘的肚子抢先上了车。父亲再次把外面的衣服脱下来,把所有的口袋摸了一遍,还让母亲帮着摸了一遍,然后两人又在座位的每个缝隙里找了半天,没有找到一分钱。司机看见他们找得可怜,嘟哝着说:"别找了,以后坐车小心些。"母亲委屈的眼泪顿时掉下来。

丢了钱,父亲和母亲再不瞌睡了,他们气自己坐车怎么能这样不小心,居然睡着了。他们瞪大眼睛,望着窗外黄山的山丘一座座掠过。过黄河时,他们甚至回忆起一些投河自杀的故事。

到了 K 县,已是黄昏,父亲和母亲下车后首先看到高大的城门,城门上空飞翔着一群群鸽子。他们害怕天黑之前找不到伯父家,没有心情欣赏清脆的鸽哨声,赶紧找伯父家。因为没有钱,他们没办法再坐车,拖着疲惫的身子走过一条又一条街道,走一截儿路就掏出信封,问人们上面的地址。K 县的人方言很重,父亲和母亲听不懂说啥,只好顺着他们的手势往前走,往左拐,往右拐。到了伯父家时,已是晚上,电视上正在放新闻联播。父亲母亲本来打算到了 K 县给伯父买点儿烟酒,可是钱丢了,空着双手很难堪。

母亲给我讲述这段经历时,父亲满脸羞愧地说:"不知道钱怎样就丢了,幸亏没多少!"母亲说:"还想丢多少,不说自己窝囊。"

坐个车怎么能把钱丢了?我脑海中出现许多与歹徒搏斗的画面,我想自己即使没那么勇敢,至少比父亲强。

现在我在去伯父家的路上,身旁放着金黄色的塑料袋,里面装着八只芒果,都是我精心挑选过的,不仅个头大,而且色泽金黄,香味儿诱人。

沿途都是黄色,汽车转上几圈,望下去,先前巨大的山头变得像坟包那么大,再走就看不见了,新的山头出现。车窗玻璃荡满灰尘，毛玻璃一样。松树、柏树这些所谓的常绿乔木，大火烤过似的一片暗黄。

翻过这座山头，大巴车已经走了五个多小时。车上的旅客大多沉沉入睡，仿佛坐在巨大的摇篮里。我努力保持清醒，可是眼皮不由自主地打架，我咬着舌尖，告诉自己一定不能睡着。

司机猛打方向盘，我的舌头差点儿被咬掉，嘴里咸咸的，肯定咬破了。惊醒过来，看到所有的人身体波浪一样向左倒去，又坐在弹簧上似的向右蹦去，人们还是睡得昏昏沉沉。有个挺漂亮的姑娘动了动，似乎醒过来了，却又把头扎进旁边小伙子的怀里，不久小猫似的打起了轻微的呼噜。我装作不经意地捏了捏里面的口袋，硬邦邦的，放了心。

风大了，透过密封不严的窗户，能闻到土的腥味儿。我兴奋起来，期盼已久的黄河应该快到了。我回忆关于黄河的古诗，"君不见黄河之水天上来，奔流到海不复回""黄河远上白云间，一片孤城万仞山"……我想马上要见到的黄河即使没有这样辽阔壮观，也应该像《西游记》中的通天河波涛汹涌，一眼望不到对岸。

大巴又颠簸了一会儿，在路旁一家饭店门口停下。我紧张地捏了捏里面的口袋，硬邦邦的。

汽车卷起的尘土使饭店蓬头垢面，门口两串红灯笼看起来锈迹斑斑。我想看清是什么饭店，回去问问母亲他们进的是不是这家饭店。可是门楣上饭店的招牌像路边的垫脚石，磨得完全看不清楚上面的字迹了。人们洗过手和脸的水倒在进饭店的路上面，留下一个个水洼。

我们小心绕过这些水洼进了饭店，三四个男人光着膀子在划拳，每个人的胳膊上都文着狰狞的东西。

我在点菜的地方排好队，轮到我时，捏了捏口袋，毫不犹豫地说："一颗茶蛋，一碗刀削面。"

服务员说："六块。"

我把手伸进内衣里面,摸出一张十元的钞票,拍在柜台上。

端着面,还没有坐下,我心里就得意起来。

这儿的面不好吃,没有想象中饭店里应有的味道,甚至不如母亲做的香,但此时吃的不仅仅是面,我在这面里吃出了自豪。我想象着父亲母亲退掉面坐在角落里喝白开水的可怜样子,要了一碗面汤,慢悠悠地吃两口面,喝一口汤,直到面快凉了才把它吃完,最后把汤喝得一口不剩,然后仔细地剥着茶蛋,打量饭店里的人。

那几个人还在划拳,有个人应该喝多了,眼珠子都变成了红的。

大家吃完饭,司机打开车门,人们陆续上去。我坐到了自己先前的座位,捏了捏里面的口袋,硬邦邦的,找零的那四块钱也在裤子口袋里好好的。

车正在发动时,划拳的那几个人上来了,他们大声嚷嚷着,臭熏熏的酒味儿立即塞满车厢。红眼珠的那个家伙站在最前面,探出脑袋把全车打量了一遍,对身后的那两个人说:"你去后边,你去中间。"

他跌跌撞撞走到那个漂亮姑娘旁边。

这位姑娘也是坐在外边的座位,我想起母亲和父亲的座位,猜想那个小伙子内衣里一定装着钱。红眼珠干呕着说:"挤挤吧。"就往下坐。姑娘赶忙往里缩身子,红眼珠差点儿坐在她大腿上。

姑娘翻了个白眼。小伙子脸上闪现出怒意,但很快消失了。他们交换眼神,两人换了座位。小伙子继续往里缩身子,抱紧了漂亮姑娘。他们那排双人座位上挤了三个人,小伙子和姑娘像叠了起来。

其他两个人按照红眼珠的吩咐,在后面和中间也找下了位置。

汽车嘶吼着蹿上公路。下午两点多,天气正热,风比上午更大了,窗外一片昏黄。车厢里又闷又热,那三个人的酒味儿像横冲直撞的强盗,冲得人出不上气来。我庆幸身旁有几只芒果,这么重的酒味儿也压不住它们的清香。

很快,车里人们又陷入睡梦中。我咬着舌尖,不让自己睡着,但这次似乎不太管用，连上午咬破的地方也木木的感觉不到疼了。迷迷糊糊中，大巴像在泥土中挣扎的虫子，不知道走了多长时间，闻到空气中似乎传来水汽的味道，我清醒过来，吃了一惊，捏了捏口袋，硬邦邦的，黄河终于要到了。

打量四周，人们还在昏睡中，那个红眼珠不知道什么时候坐到了小伙子和漂亮姑娘中间，他的手伸进了姑娘的衣服。我的心咚地一跳，几乎要喊出来，可是声音到了脖子那儿，喉咙像被胶水粘住了，怎样也发不出来。

我飞快地往后瞟了一眼，和红眼珠同时上来的那两个人也换了地方，正在摸身边人的口袋。我的脑袋顿时大了。

红眼珠发现我瞧他们，恶狠狠地瞪了我一眼，我倏地一惊，这么热的车厢，顿时冒出冷汗来。赶忙扭回身子，望司机，司机正在聚精会神开车，腰挺得匕首一样直。

我的心乱跳着，不情愿地闭上眼睛，装作睡觉。耳朵不知道咋回事，比以前任何时候都灵敏。我听见红眼珠的手伸进了姑娘的衣服，捏了捏她的内衣口袋，继续往里伸，在她的乳房那儿停住，像蛇吐芯子那样轻轻伸出手指。我听见中间那个家伙手里握着刀片，划破了他旁边那个眼镜的口袋，一个钱包掉在他手里。我听见最后面那个家伙打开他旁边女人的皮夹，翻里面的东西……

三个人慢慢朝我这边摸过来，我喉咙奇痒，实在憋不住，小声咳嗽了几下。人们梦魇住似的，没有任何反应。

三个人离我越来越近，我闻到最前面那个家伙有口臭，呼出来的酒气那么浓也盖不住。我把手伸进衣服里，紧紧抓着自己的内衣口袋，背拱了起来。

有个人到了我跟前，我紧紧闭着眼睛，因为紧张，身体微微发抖。

他呆了几秒钟，拿走芒果。

其他两个人也窸窸窣窣从我旁边过去了，像三条毒蛇从我身上游了过去。我微微睁开眼睛,看见旁边似乎也有人像我这样睁开眼睛。从一丝眼缝里看见三个人把前面几个人的口袋一一摸过,然后拍了拍司机的肩膀。

司机把车停了下来,三个人扬长而去。

许多人睁开眼睛,摸自己的口袋,推身边睡着的人。

酒味儿还在车厢里弥漫,但是我身旁没有芒果的清香了。

不久,我望到了河流,我知道它就是黄河,可是没有半点儿激动,而是想哭。

大巴驶上黄河大桥,桥身搓板一样坑坑洼洼,有的乘客喊,"黄河!"

河水像我想的一样黄,但河面没有想象中的那么宽阔,刚上桥面就看到了对面桥头写的"欢迎进入陕西",河水也没有那么汹涌澎湃,不是它浑浊的黄颜色,不是它所处的位置,我很难相信它就是大名鼎鼎的黄河,我们的母亲河。什么"黄河远上白云间""黄河之水天上来",完全不是那么回事。

我目不转睛地盯着这条河,它像缓慢的机器传送带,一截儿一截儿从远处送过来,进入桥下,然后从桥的那头钻出去,一截儿一截儿奔向远方。河面上看不到船的影子,也看不到任何水鸟,只是昏黄一片。

几分钟后,大巴驶过大桥,进入陕西境内的 F 县。我沮丧得要命,以为自己比父亲强,没想到几乎完全与父亲一样,而且车上那么多人与父亲一样。接下来,我疲惫极了,在快要睡着前,我把那点儿钱从内衣口袋里悄悄掏出来,塞进袖子里,然后左胳膊抱着右胳膊,闭上眼睛。

当在蒙眬中被叫醒的时候,已经到了 K 县,人们在纷纷下车。我伸了伸胳膊,钱还在,重新把它装到内衣口袋里。

已是黄昏,首先入眼的是个巨大的城门,高大的城墙全是用旧式的青砖砌成，斑驳的砖面上沁出了白色的碱渍，一群群鸽子在城墙上空盘旋，清脆的鸽哨声让我稍微振奋了些。

汽车站门口到处是拉人的三轮车，看见乘客纷纷拥了上来，争抢着让人们坐他的车。

我避开这些人，走到卖水果的摊位前，精心挑选了八只芒果。卖水果的把它称好后，装进一个红色的塑料袋里，我想让他换个黄色的袋子，张了张嘴，却没有吭声。

我买芒果的时候，有个开三轮车的老人一直跟在我后面，见我拿好水果，漾着笑脸问："去哪里？"

我掏出信封指着上面的地址问："到这里多少钱？"

老人表示他不认识字。

我把信封上的地址念给他听。

他说："五块。"

老人的方言口音很重，沿途说的话我基本听不懂，我胡乱应承着。三轮车穿过大街，绕过几条巷子，在个水渠边停下。老人指着旁边的院子，说到了。

我走到院子跟前，拿出信封对了对上面的门牌号，没错，就是这个地方。

敲门之后，我有些紧张，不知道伯父看到我会不会吃惊，来之前，我没有告诉他我要来，像上次父亲母亲突然来一样。

等了几分钟，门开了，开门的是伯母。她看见我的一刹那，愣了愣，没有吭声。我有些尴尬，以为她没有认出我来，便语无伦次地自我介绍。

"我是建军，找×××，我是他侄子，您是伯母吧？去年咱们在医院里见过面。"

伯母的脸色变得苍白，奇怪地带着些惊慌。

我只好掏出信封说："去年你们去医院看我父亲，用这个信封装了五千块钱。"

伯母的脸上终于挤出丝笑容，像雪白的白菜帮子上出现条虫子。

进了伯父家的屋子，没有看到伯父，沙发上坐着个发胖的男人，哄着怀里的小孩儿。

伯母挤挤眼睛说："建国，你看谁来了？"

男人带着疑惑的表情站起来，从他的眼睛、鼻子、嘴巴，我瞧出了伯父和伯母的模样，我意识到这就是我的堂兄，小时候见过的那个骄傲男孩儿。

他问："这是？"

"建军，你叔叔的孩子。"

"哦，快请坐。"他脸上露出笑容。

我听到了标准的普通话，看着他捧着孩子的样子，依稀找到些父亲嘴里当年伯父对他疼爱的样子。

"伯父呢？"我把芒果放茶几上，迫不及待地问。

伯母和堂兄低下了头，堂兄吞吞吐吐地说："建军……"

那一瞬间，我意识到了什么，朝门口望去。进门时，那儿有几个相框，留意到了还没看。

在最大的那个相框里，我看到了伯父。他的头发比在医院看到的时候更少，脑门好像扁了，眉毛几乎全没了，面无表情。

这是伯父的遗像。我浑身发冷，不知道该怎样安慰伯母和堂兄。

堂兄没有注意到我的表情，继续低着头吞吞吐吐地说："建军，去年你伯父去看你们的时候已经不好了，回来没多长时间就没了，怕你爸担心，没有告诉你们。"他说话时忐忑不安，仿佛怕我找他们麻烦似的。

伯母接着他的话，内疚地说："不是有意隐瞒你们，实在怕你爸受不了，你伯父在的时候总念叨你父亲。去年你爸他们来了的时候，刚过了头七，我们不敢告诉他，怕一个不在了，另一个也倒下。"

我的泪水终于控制不住流出来了。我想起去年父亲和母亲从伯父家回来后,由于在伯父家没有见到伯父,父亲对他更加思念,有机会就诉说自己的思念之情,次数多到让我厌烦的地步。但无论父亲怎样说,我脑海里总是忘不掉伯父在医院待了那么短时间,留下五千块钱就走了。我感觉伯父没那么疼爱父亲,或者说伯父以前很疼爱他,但成了家,有了自己的孩子,就不像以前那样疼爱他了。父亲没有意识到这些,在他的回忆中,他和母亲待在伯父家那无聊的几天,也成了无比珍贵的日子,他一次次回忆每天吃的什么饭,每晚电视上播放什么节目。

父亲那么思念伯父,他根本不会去想伯父不在了。

我忽然想到,父亲不停地念叨,肯定是冥冥之中亲情的那种特殊感应。

我的眼泪越来越多,意识到父亲再次失去了父亲。

伯母和堂兄看到我流泪,他们也抽泣起来。堂兄怀里的孩子感觉到气氛不对,也开始哭泣。堂兄抱着他,轻轻拍着,在地上转圈。

我说:"我抱抱孩子。"

堂兄小心地把孩子交给我。

他太轻了,顶多十几斤,我轻轻地捧着,想象伯父当年背着父亲的感觉。

孩子却认生,哭声大起来,我只好把他交给堂兄。

那天晚上,我躺在床上,琢磨回去怎样和父亲说伯父的事情。我从来没想过人生这么复杂,告诉父亲,好像不对,毕竟他出院才一年,还在继续化疗。不告诉父亲,他还以为伯父很好,我总不能说伯父又去出差了,我没有见到,但假如说见到了,怎样描述他呢?

第二天,伯母看到我眼睛通红,劝我不要悲伤了,让堂兄带我去K县的各处景区玩玩。

堂兄带着我首先去了昨天看到的那个古城门。登上城墙,我丝毫提不起兴趣,天空中的鸽哨让我心烦意乱,以为城墙完全是旧的，没想到翻修过，许多城砖上还有鸽子拉的白屎。

其他景点也一样让我感到无聊。总想着伯父和父亲的事情。

住了三天，说啥也住不下去了，伯母留不住，让堂兄给我买票，我坚持自己买，伯母不让。

我对堂兄说："那帮我买到F县的票吧。"

堂兄惊讶地问："不直接回去？"

我说："想看看黄河，来的时候没下车。"

出发的那天早上，堂兄把我送到汽车站。伯母给我带了口铜锅，口沿的直径大概有一尺，正适合火炉上用。伯母说我母亲喜欢铜锅，上次走的时候太匆忙，忘记给她带，这口锅是特意给她新买的。

带着这口沉甸甸的铜锅上路了，悲伤滋生出一种奇异的力量，我感觉自己用一种肉眼看得见的速度生长。

到了F县，下车之后，问清黄河在哪边，我慢慢走去。

没到黄河边，水汽就扑过来。站在黄河大桥上，黄河比我在车上看到的壮阔得多，褐黄色的水面上，闪现着一个个巨大的旋涡。我丢了块石子下去，几乎连水花也没有翻，就不见了。极目远眺，天上飘着大朵的白云，但离水面很远。

寻个缓坡，下了河滩。

河滩上都是黄色的淤泥，踩上去软绵绵的。我脱了鞋，拎在手里，赤脚朝河边走去。有个东西硌了下脚，拾起来，是块钥匙那么大的椭圆形青色鹅卵石，很是光滑，不知道被水冲刷了几千年几万年。我把它小心翼翼装进口袋里，琢磨回家之后，打个孔，戴脖子上。

快到水边的时候，桥洞下有几个人，手中翻着什么东西，然后丢水里面，引起我的注意。

好奇心促使我朝他们走去。

走近了,看见是三个人。他们从钱包里掏出钱,把钱包和其他东西丢进水里面。我一眼认出了那天的那个红眼珠,尽管他现在眼珠不红了,但我忘不掉他脖子上有块铜钱大小的痦子。

我的脑海中一片空白,然后赶紧跑。没想到不跑还好,一跑引起了那几个人的注意,他们喊:"站住!站住!"我更加没命地跑起来。背在背上的铜锅一下一下击打着我的后心,仿佛要把我打趴下。我想这儿没有其他人,让他们抓住就坏了,拼命跑。

但我背着锅,而且泥地太松软了,根本跑不快。最先追上来的人一口抓住我的锅,我被摔倒在地上。我站起来时,三个人把我围住了。

他们不问青红皂白开始揍我。

开始我还想他们可能打几下就放我走,没想到他们打了几下,好像打上瘾了,一拳比一拳重,一脚比一脚狠。

一拳揍在我眼睛上,眼睛肿了起来,好像许多小虫子爬到了那儿。接着鼻子上挨了一拳,鼻血流出来,流到嘴巴里咸咸的。裤裆那儿又被踹了一脚,我疼得整个身子抽成一团。

我感觉自己不是自己了,我想会不会被打死,扔进黄河里,即使不被打死,被揍得鼻青脸肿,父母见了会怎样疼!我想到了伯父的死,父亲的病,忽然不害怕了,我确信这几个人就是偷父亲钱的人。

再次被打倒在地上时,我拾起滚在地上的锅,狠狠朝一个家伙脑袋上抡去。我似乎听到了骨头碎裂的声音。那个家伙怪叫一声,捂着头躲到了一边。我有种报仇后的快感,然后再次被打倒在地上。

我爬起来,抓着锅朝剩下的两人抡去。

他们躲开。

我被打倒在地上。

当我最后一次倒在地上时,刚才捂脑袋的那个家伙跑过来,他的眼睛血红，我看不清他是不是红眼珠。他抡起从我手中掉下的锅，狠狠朝我头上砸来。我听到嗡的一声响，然后耳朵像被割掉似的火辣辣地疼。那个家伙抡起锅来还要砸，被他的两个同伴拉住，他们骂骂咧咧消失在一片黄色中。

不知道在地上躺了多久，醒过来之后，我感觉脸上黏糊糊的，一摸都是血。那只铜锅碎成了两半，被丢在旁边。黄河水轰鸣着，好像在呜咽。我翻了下身子，看见水流在远方好像往上流，和大朵大朵的白云融合在一起。我想起了父亲，想起了伯父，想起了我未曾见过面的爷爷，想起前几天刚抱过的堂兄的孩子。

挣扎着站起来，我把锅捡起来，拼了一下，居然没有缺东西。我捧着它，像捧着堂兄的那个孩子。到了水边，我分别拿起半口锅舀上水，慢慢清洗着手上、头上、脸上的伤口。不知道是心理作怪，还是真的，这水绵绵的，有些暖，像只温柔的手抚摸着我。洗完之后，另半口锅里的水澄清了，我看见自己鼻青脸肿。

我把两只半口的锅背起来，此刻我特别想家，尽管我鼻青脸肿，但我想立刻见到父亲母亲。

黄河大桥坑坑洼洼，不时有拉煤的车驶过，我眯起眼睛小心躲着它们。脚下的黄河水哗哗响着，一步也不停歇地往前流去。来时坐车几分钟的路，我足足走了半小时。

我终于拦到一辆车。

黄河渐渐远去。

《大家》2020 年 6 期

白色毡靴

一

镇子是古镇,叫阳明堡。

镇子西头那座做了学校的古祠,已有上千年历史,是为纪念晋国大夫羊舌叔向所建。镇子东头那座奶奶庙,没有人能说得清啥朝代的,漆皮剥落的柱子两个人抱不住。一条青石板路,把长约一里的镇子东头和西头连接起来,街上都是些老店铺,姚三的钉鞋铺就挤在这些铺子中间。

听老人们讲,从前拉骆驼的、赶大车的,从这里拉上茶叶、绸缎、酱料等东西,翻过雁门关,一路走到大圐圙、恰克图、俄罗斯,大圐圙也就是今天的蒙古国。镇子叫堡,因为它地处雁门关南口。雁门关三十九堡十二连城,阳明堡是其中一座。历史上这里多战争,又处于商旅要道,遗传下争勇好斗的传统,也比别处开化些。

现在不打仗了,最近的两次还是1937年的事情,八路军在雁门关伏击了日本人,又夜袭了他们在阳明堡修的飞机场。姚三家的钉鞋铺却像驿站一样热闹,镇上一茬一茬的男孩儿都喜欢去姚三家,不光男孩们爱去,那些结了婚的男人,没有结婚的光棍们,还有镇上的混混们,都喜欢去姚三家,在这里,他们比在哪儿待着都自由。孩子们一去姚三家,就好像提前一步跨入社会,能知道许多从课堂上学不到，也从别处听不到的东西，这些东西家长似乎认为这个年龄不该知道，但人就是这样，越不让接触的东西越想接触，接触了这些的孩子，哪一个在学校里不神气？就拿钟晓这个家伙来说吧，看上去胖墩墩的，一笑露出两个很深的酒窝，总是很快乐的样子。其实他一点儿也不开心，他很小的时候，他妈就丢下他和他爸走了，他爸染上酒瘾，经常喝得烂醉躺在街上，回了家就摔东西，打他，钟晓还笨得要死，什么都不会，被人瞧不起。但自从认了姚三做干爹，就不一样了。

家长们都不愿意让自家孩子去姚三家，我爸也是，我却老早就渴望去，只是一个人不敢。

有一天钟晓对我说，咱们去姚三家吧！瞬间，我竟紧张起来，再加上兴奋，有种出不上来气的感觉。我有些结巴地问，就这去？钟晓回答，那你给他买块豆腐。我不知道钟晓开玩笑，镇上的人请客，经常给客人烧一块豆腐。当时口袋里正好有攒下的两角零花钱，便买了块豆腐。

姚三正坐在炕头上的椅子上割皮子，看到我们眼皮抬了一下，继续割皮子。刀子划过皮子发出嗖嗖的声音。他一声不吭，我以为他不欢迎我，便脸发着烧，放下豆腐，屁股靠着炕沿杵在那儿一动也不敢动。

以前在街上碰见过姚三，罗锅腰，瘸子，毫不起眼，这次见到他还是失望。姚三穿着一件分不清颜色的衣服，前襟黑黝黝地发着光，背部却灰蒙蒙的，像被雨水浸泡久了的苫布。他两眼混浊，脸皱巴巴的，下嘴唇往上翻，叼着根烟，眼睛被烟熏得眯成一条缝，烟灰长了时，用嘴吹一下，扑簌簌掉下来像头皮屑。

那天正好画墙围的张继东和卖肉的二灰皮在。张继东和我爸熟，平常见他总是一本正经。这时却坐在锅台上，听二灰皮讲怎样和开理发铺的大拖鞋玩。二灰皮说，别看大拖鞋长得瘦，脱光衣服，那奶，啧啧，他舔了舔嘴唇。我不由自主跟着也舔了舔，喉咙一阵发干。这时,张继东咯咯笑起来,和平时完全两个模样。我看到他这样子,有些发窘,把脸扎下去,绞着两只手,看见从手腕到手背,手指,一步步红了起来。

有人催二灰皮继续往下讲,他却说,羊快回来了,我接羊去,就走了。

他一走,我松了口气。

接下来有两个人争论虎鞭酒和鹿茸酒哪个劲儿大,话赤裸裸的,我有些害羞,没有听完就拉着钟晓走了,其实还是想听。

回家路上,我央求钟晓不要告诉家里我去姚三家了。

从姚三家回来后好几天,每次在街上遇到大拖鞋,我就想起二灰皮说的话,不由得想多看她几眼。还想再去姚三家,听人们说那些故事,但不好意思跟钟晓说,也不好意思自己去。

有一天,我发现鞋头上破了个洞,高兴坏了,问妈妈要五角钱,要去姚三那儿补。妈妈不理解,以往这都是她来补,而且还要去姚三那儿。我说她补得不好看,不耐,班里同学鞋破了都是去姚三那儿补。磨蹭半天,妈妈没办法,给了我五角钱。我兴奋地跑向姚三家,到他家院子门口,却不敢继续往里走了,害怕碰见熟人,像学校的老师,房前屋后的邻居,尤其是钟晓,要是他看见我独自来这里,会不会看不起我?于是,从窗口往里瞧了瞧,没有熟人在。我兴奋地推开门,姚三还是坐在炕头那把椅子上忙活着,里面还有谁,紧张得顾不上看。我结巴着告诉姚三要补鞋。姚三没吭声,扔过双绿色的拖鞋。我换上拖鞋,把破了的那只鞋脱下来递给他。姚三放下手中的活儿,眯着眼睛拿起我的鞋认真看了看,给机子换上线,开始缝起来。我看着他摇着机子,线在鞋上出来进去,莫名地感到兴奋。可惜补补丁的活儿太小了,几分钟后,姚三停下机子,用剪刀把线头绞断。我没问多少钱,赶忙从口袋里掏出那五角钱递给他,姚三接过去随手放在旁边的铁盒子里。我隐隐有些失望。姚三却没有把鞋马上还给我,又仔细检查了一遍,用锤子把鞋底敲了敲，然后示意我把另一只鞋给他。我忙说，这只没问题。姚三像没有听见我的回答，重复说，拿来。我不敢再说什么，乖乖把鞋脱下来递给他。姚三同样仔细地检查了一遍，用锥子在两三个地方扎了扎，又把鞋捣了捣递给我。我明白这次是真的弄好了，遗憾没有检查出鞋子有大问题。

我慢腾腾换上自己的鞋，朝门口走去。真是越怕谁越能遇上谁，这时正好钟晓进了院。我没有等他问，心虚地自己解释说，鞋破了个洞，找姚三钉。钟晓没有丝毫怀疑和惊讶，只是问了句，钉好了？就径直进了屋。我转了转身子，不好意思再跟着他进去。出了姚三的院子，想起来这里的目的，感觉白来了一趟，什么也没有听到，很是沮丧。无聊地用脚趾顶了顶补好的那个洞，补丁圆不说，线又细又密，像个渔网，感觉还挺舒服。另一只鞋经他那么一鼓捣，也变得比以前好穿多了。

没过几天，我的另一只鞋破了。我再问妈妈要钱时，她说，这么费！她不知道我为了去姚三家，故意用鞋踢石头。那段时间，我的鞋费极了，隔段时间不是鞋头破了，就是鞋帮开了，有只鞋底居然磨了好几个洞。我的鞋上面补满补丁，鞋底还粘了块儿橡胶底子。我一点儿也不嫌鞋不好看，只要能去姚三家就高兴。在那儿，我确实又听到了许多新鲜又神秘的东西。

终于要钱要到妈妈心疼了，她说，费缰绳的驴，这些天钉鞋的钱也比买只新鞋贵了。我便央求妈妈让姚三给我做双鞋。妈妈耐不住我软磨硬泡，答应了。

有了借口，我一有空就往姚三那儿跑。做鞋样，纳鞋底，做衬子，缝鞋帮，包括后来的绱鞋，他每一样认真得像我们在仿纸上写毛笔字。在姚三家里，我见识到了人们的随便，光棍们还好，只是说说荤段子，蹭口饭吃。那些混混却完全把这里当成个没人管的地方，他们张口闭口谈论打架，议论女人，随意打开柜子找东西，有的晚上不知道干啥去了不睡觉，大白天在他家里补觉；有的在他家里喝酒、划拳，喝高后到处乱吐，有时还能吵起来，把家里弄得乌烟瘴气。

我奇怪姚三为啥收留这些人，一般人躲他们都来不及。问家人，爸爸说姚三心善，又一个人待着太闷，喜欢热闹。妈妈反问我，那你还要去？他们不知道，这段时间，我从去姚三家的人嘴里，听到许多关于女人和性的知识，对于没有学生理卫生又处于成长发育期的我们，太稀罕了，眼前真的打开一扇窗户。我还从这儿，获得了种额外的安全感，认识了几个大混混，他们谁走到街上，都是大爷。但我发现，姚三很少说话，只是不停地干活儿，像蚂蚁、蜜蜂。

其实，在姚三家里待过，混得最好的，不是现在这些人，是他的另一个干儿子——"大刀胜利"。"大刀胜利"不光是我们镇上最有名气的混混，也是我们县方圆几百公里内最有名气的混混。传说他九岁时父亲死了，母亲改嫁，便在姚三家一直住到十六岁，然后去了包头，一把菜刀从火车站东边砍到西边，后来成了赌王，手下有上百号兄弟。每当说起这个人物时，镇上人们和谈论漂亮女人一样津津乐道，许多混混都用羡慕的口气议论他。每年快过春节时，大刀胜利都会给姚三寄一大笔款子，村里送信的捏着汇款单见人就说，大刀胜利给姚三寄钱来了，满脸放着兴奋的光，一路从邮局说到姚三家。

鞋做好了，试穿的时候我既兴奋又遗憾，兴奋的是终于穿上姚三亲手做的鞋了，遗憾的是没了做鞋这个借口，以后又不能随便到他这里来了。新鞋一上脚，马上感觉出不一样，它不像以前穿新鞋，不是紧得夹脚，就是松得得衬东西。这双鞋脚掌、脚面、脚后跟都正好贴着脚，姚三还特意在脚趾那儿留了半指长的地方，预备脚长了还能穿，但一点儿也不松。我满意极了。姚三却不放心，他这边捏捏，那边捏捏，然后让我脱下来，放在铁架子上，这儿敲敲，那儿敲敲，再让我穿上。我再次穿上后，感觉不是穿了双鞋，好像脚上自然长了层东西，试着走了几步，又轻又舒服。

二

其实姚三最拿手做的是毡靴，以前赶马车、拉骆驼的人穿的那种鞋。鞋全部用白羊毛毡子做成，厚墩墩的，到小腿肚子那儿那么高，据说穿上它，再冷的天气也不怕。可惜人们不拉骆驼了，也不养马车了，也就没有人穿这种靴子了。我也只是在钟晓家里见过一双，那是他已经去世的爷爷留下来的，试着穿了一下，脚发烫。

每年夏天数伏的时候，姚三总会做这么一双靴子。人们只要看见姚三带着毛巾、香皂、洗衣粉出门往西走，就知道他要做毡靴了。因为姚三每次做这种靴子之前，都要先洗澡。

镇子往西五里远，有个大水库。一到夏天，镇里男人们不分大小，纷纷到这里玩，洗澡的、游泳的、钓鱼的，特别热闹。有的女人还来这里洗衣服。而姚三除了做毡靴前，别的时候根本不去。

姚三到了水库，总是先脱得精光，把所有衣服洗干净，晾在坝上的石头上，才开始泡在水里搓澡。他一泡进去，很快就有一群群银白色的小鱼游过来，围着他打转。透过水面，姚三搓下的泥垢像一条条黑色的蚯蚓，小鱼在姚三旁边钻来钻去，吞吃着蚯蚓，姚三快乐地唱着歌，翻来覆去是"没有缝好的小毡靴，怎能穿它见情郎"这两句。等鱼少了时，姚三身子也干净了，他穿上已经晾干的衣服往回走，整个人满面红光精神抖擞，像蜕去层硬壳，人们老远就能闻到从他身上传来洗衣粉的甜味儿。

洗完澡的第二天，一早姚三就开始干活儿。这时他家里收拾得整整齐齐，完全像变了个样。地扫得干干净净，桌子擦得明晃晃的，锥子啦、剪刀啦、铲子啦等家伙都闪着亮光。这时，他不像以往那样总是不声不响干活儿，而是哼着"见情郎"的那首小曲子，开始擀毡子。他脸上的皱纹明显舒展开了，还泛着少见的光泽。

制作毡靴很是复杂，先要将粗羊毛做成毡子，然后再经过敲打、熏蒸和干燥等程序，最后才能用来缝制靴子。毡子有现成卖的，但姚三从来都是自己擀。

姚三首先把收来的当年羔羊毛拿出来，仔细挑拣出杂质，将纯羊毛铺在席子上弹。羊毛一开始有点儿硬，扎手，等绒全部散开后，就变得松松软软，棉花一样。姚三把它们一层层均匀铺满，然后将事先用油、水和豆面拌好的东西喷在羊毛上，再把它紧紧捆在一起，开始擀。他擀毡子用的是擀面杖，擀好后，敲打半天，让它蓬松起来，然后把毡子放在做饭的锅里蒸。姚三擀的毡子不大，恰好能放进去。不一会儿，屋子里飘散出羊毛的膻味儿。膻味儿越来越浓，后来变得好像湿漉漉的，就蒸好了，再放到院子里晾干。

晾毡子的时候，姚三开始捻羊毛线。羊毛是擀毡子剩下的，捻子是骆驼骨头制成的，磨得光滑透亮，像玉一样漂亮。

线捻好，毡子也干透了，姚三开始缝制靴子。大概是怕人打搅，姚三把自己反锁在屋子里。这时来找他钉鞋或者串门，无论敲门，还是喊叫，不管声音多大，姚三都不开门。有人趴在门缝上朝里看过，姚三明明坐在椅子上，与他只隔着一道门，七八步距离，给人感觉却好像有十万八千里那么远。有人觉得姚三是故意装作听不见，恶作剧往里扔过鞭炮，姚三依旧毫不理睬。他整个魂好像都附在了手中的靴子上，不是过段时间，喉结动动，吃力地咽口唾沫，看见他的人们会以为他去了另外一个世界。

直到一只靴子做好后，姚三才揉揉眼睛，伸展手脚。因为一直坐着，腿和脚麻得根本动不了，姚三揉上半天，缓缓站起来，倒上缸凉开水，咕咚喝完，上厕所，撒一泡黄黄的尿后，开始做饭。简单的挂面荷包蛋，姚三做的时候，依旧心不在焉，心思还在靴子上。吃完饭，锅也不洗，姚三继续锁上门，倒在炕上，几分钟后呼呼睡着了，隔着院子都能听到他响亮的打鼾声。天黑后，屋里也不开灯，呼噜声继续响着，一直持续到第二天早上。

接着，姚三做另一只靴子，还和昨天一样紧闭着门。通常，这只比第一只做得更慢。做好后，姚三活动手脚，上厕所，吃饭，还是挂面，就用昨天没洗的锅，荷包两只鸡蛋。吃过饭，睡觉。

这次睡觉姚三不再锁门，人们看到姚三闭了两天的门开了，便知道他的靴子已经做好。进去之后会发现，大热天，姚三睡得安详而踏实，婴儿一样，谁来根本不知道。有人好奇心重，在大伙儿的注视下，从姚三裤袋上解下钥匙，悄悄打开炕头上与姚三铺盖摆在一起的柜子。这个柜子平时上面盖着包袱皮，人们问里面是什么，姚三从来不说。

一打开，扑鼻的樟脑味儿马上冲出来，里面全是白色的毡靴，一模一样，一双挨一双，足有几十双，整整齐齐摆在一起。大概因为每双靴子做的时间不一样，有些轻微的色差，有的白一些，有的发黄，像风尘仆仆的人走了几十年染上的风霜。

这是给谁做的呀？开箱子的人惊讶地问。

没有人回答。谁也不知道姚三还藏着这样的秘密，以前光看见他做靴子，还纳闷做好的靴子送了谁了？这时大家的目光都转向姚三，姚三呼呼大睡着，不知道人们发现了他的秘密。他刚做好的靴子摆在炕头，和里面的完全一样。

掌灯时分，姚三通常就醒过来了，他像完成了一件天大的任务，人完全放松下来，不再找活儿干，而且心情特别好，话也变得多了。人们便趁着这个机会逗姚三，说些乱七八糟的事情。姚三只是张大嘴哈哈笑，偶尔反驳几句。有时有人突然问，姚三，你有过女人没有？这种情况下，姚三的脸就唰地变得通红，吭吭咳嗽几声，下地出门去了。人们知道姚三是买酒去了。

果然，不一会儿，姚三一瘸一拐回来，一只手拎着几瓶酒，一只手拎着肉和菜。人们开始喝酒、划拳，姚三也难得地举起酒杯，和大家一同喝起来。姚三的酒量不大，不一会儿就会喝高，喝高就又唱"没有缝好的小毡靴，怎能穿它见情郎"，这次他唱的是完整的版本，而且不再是低声哼哼，是放开嗓子大声唱。人们很少见到姚三这样放肆地唱歌。姚三唱着唱着眼睛就湿润了，唱到后来，一般会哽咽得唱不下去，于是便大喝几口酒，把泪憋回去，再继续唱。唱完之后，半天不说话，呆呆地盯着那双刚做好的靴子，然后眼泪就哗地流下来，最后身子一软，倒在炕上。几乎每次都是这样。

第二天，一开姚三家的门，混浊的酒气熏得人能吐出来。姚三家到处是空酒瓶，泛着油光的盘子堆在锅里面，炕上横七竖八躺满人，地上东一双、西一双，都是鞋，但姚三做好的新靴子已经不见了。

我的鞋做好之后，本来觉得没有借口去姚三那儿了，但那儿对我太有诱惑力了。我便常常骗自己，去过这次以后就再也不去了，可是去过之后，隔段时间又想去，便鼓足勇气再去一次。这么几轮下来，虽然还是有点儿不好意思，但胆子越来越大，除了见到我们班主任方老师和爸爸在时不敢进去，别人都慢慢地不当回事了。

去得多了，发现姚三总是招待那些来他家里的人吃喝，有时还给钟晓这样的干儿子零花钱，交学费，他自己却非常节省，大概图省事，一个人时总是吃拌汤，煮好后碗也不用，直接蹲在锅边吃，吃完找块报纸把锅随便擦擦，下顿再接着用，还是拌汤。那些混混们带来的东西他几乎不动，有时他们从水库里打上一人高的大鱼，带到姚三家做，姚三也不吃，只是给旁边待着的孩子们夹几口。有人问姚三是不是怕这些东西不干净？姚三只是笑着摇摇头，也不说他的理由。

镇上派出所的人来了姚三这里收拾鞋，姚三总是随到随做，无论手头有啥事儿都放下，先给他们做，还从来不收钱。而这些人到了姚三家，也不像在别处那样耀武扬威，做鞋就做鞋，钉鞋就钉鞋，不扯带别的，弄完就走。有时活儿一下做不完，放下东西说好日子再来取，从不多逗留。

三

四年级刚开学,学校里重点培养尖子生,准备参加两年后县重点中学的考试。方老师挑了四五个学生叫到一起,每人借给本参考书,让做上面的题。被老师信任很开心,再说这种书只有老师有,不知道哪儿能买到,我很珍惜这个机会。

两个月后,期中考试完,学校组织尖子生选拔赛,考试快结束时,有人喊监考老师,他家的猪跑了。老师出去几分钟,教室里马上炸了锅,学生们对答案、翻书,交头接耳询问。大概是为了拉开学生之间的距离,有两道题我们没有学过,很难。我希望能把这两道题解出来,要是能的话,肯定是第一名。可惜,交卷子时,这两道我都是只解了一半,因为太专注做这两道题了,还错了其他一道不该错的题。成绩出来之后,我考了第六名。

方老师让我去办公室。我既伤心,又害怕。伤心是因为没考好,害怕是因为方老师很凶,爱打人。进了办公室,看到方老师剃得头皮发青的光头,扣得严严实实的藏蓝色中山服,就恐惧,赶紧走到他跟前,把头垂得低低的等待处决。方老师严厉而失望地看了我一眼,没有说话。我虽然没有抬头,但能感觉到他眼神的那种凉意,心里打着鼓,希望方老师不要在办公室打我,因为这里还有那么多老师。

方老师又叫别的同学,不知道方老师为什么不把我们一起叫过来,我心里存了丝侥幸,毕竟第六名也不错。

很快其他几个同学进来,都是这次考试的前五名,有三个我知道对过答案。

方老师说,李明亮,你出去弄一簸箕炭。我心里一阵轻松,以为方老师原谅我了,这就是惩罚。拎起墙角的簸箕飞奔出去,专捡好炭拾,弄满簸箕之后,还又在上面加了几块。回的时候,走得快,掉了几块不敢耽搁,把它拾起来直接装口袋里。回到办公室,发现墙角原来就堆着一堆炭，刚才取簸箕的时候竟没有注意到，便越发认为这是方老师专门对我的惩罚。

炉盖上烤着两块馒头片，不知道是哪位老师的，我自作主张把那两块馒头片小心挪开，给炉子里加满炭，又把炉盖盖好。馒头片已经有了淡淡的香味儿，害怕烤煳，我把它往边上挪了挪，然后把簸箕里剩下的炭小心倒在炭堆上，尽量不弄出声音。

我又站到方老师前面时，惊慌地发现装在口袋里的炭没有掏出来放下，但我不敢再专门过去放一下，又怕方老师发现，便拼命吸着肚子把手放在口袋两侧挡住。方老师咳嗽一声，把一口痰吐在地上，用鞋底擦了擦说，李明亮，把我借给你的那本书交给她。他指了指旁边一位女生。

我心里一颤，惩罚终于来了，却比我能想到的任何惩罚都可怕，全办公室人的目光都在盯着我。我晕头打脑跑回教室，取上书交给那位女生后，又晕晕乎乎跑回教室，我像被闷棍击中的鱼，不知道自己在干什么。

放学后，我羞得不敢见人，等同学们都走了，才最后离开学校。那几块炭还在口袋里，我没有把它们放下。为了赌气和惩罚自己，我故意从背阴处抓起一把发黑的积雪，把它团在手里，不停地往紧攥。雪水被刺刺挤出去后，那团雪在手里越来越小，越来越黑，成了一团发黑的冰碴，我觉得好像此刻缩成一团的自己。

屋顶上炊烟冒出来有点儿辣鼻子，想到爸爸妈妈正在做饭，不知道回去该怎样和他们说，便越走越慢。路过村委会的时候，村里几个大人正要进去看电视，有人问我，我看见他张嘴，不知道他说什么，这些熟悉的人都变得异常陌生，我顺脚拐向隔壁巷子里的姚三家。

姚三家里稀罕地没有别人，他正在炉子上做饭，又是拌汤。火不旺，屋子里冷飕飕的，看到姚三鼻子上挂着的清鼻涕，我更难受了。姚三看到我眼睛红红的，问怎么了，我的眼泪忍不住掉下来。

姚三看我这样，把锅里的水倒掉，剪了块胶皮塞到炉子里。很快火焰蹿起来，胶皮刺鼻的气味儿也冒出来，姚三猛地咳嗽几声，我赶忙掏出口袋里的炭塞炉子里。姚三盯着我红肿的手问，哪儿来的炭？我忍不住内心的委屈，把学校里发生的事情一五一十说出来。姚三摇摇头。我紧张起来，不知道他是暗指我不对，还是啥意思。没想到姚三却破口说，这个瘸子！你好好学吧，你要是觉得重点初中重要，就一定要考上它！姚三是个瘸子，居然称呼方老师瘸子，我有些意外，马上觉得他是站在我这边了，有些解气地点了点头。

姚三看到我情绪好了点儿，继续说，人家对答案，也有自己考得好的吧？我点点头，又难受起来。姚三说，我觉得你行，别人怀疑你，你就证明给他看。胸口顿时有股热乎乎的东西流过，我一下觉得自己很重要，瞬间好像长大了。想到姚三钉了一辈子鞋，便不好意思地问，你想过做大事情吗？姚三抬起头来，眼睛里有道亮光闪过，但很快又变得浑浊。他缓缓地说，我只想做好鞋。

屋子里渐渐暖和起来，炉子里的光映在姚三脸上，泛出奇异的光泽。我发现平日矮小邋遢的姚三身上有种特别的东西，这种东西在哪儿见过？张海迪！课文里的张海迪！我脱口而出，你和我们学过的张海迪挺像！

张海迪？姚三问。

我给姚三讲起张海迪的故事。记得在学校里学习张海迪的时候，我产生个奇怪的想法，要是我长大后，张海迪还没有结婚，就去追求她。这次给姚三讲，我再次被感动了。姚三听着也很受感动，等我讲完之后，他大张着嘴说，我哪里能和人家比呢，但人就要做这样的人。我说，你们不一样，但是有一样的东西。姚三乐得呵呵笑起来。见他开心，我好好学习的决心一下坚定了，我说我要好好学习，学习你们。姚三说，学我干吗，要学人家张海迪，啥时候也不泄气，一直朝目标努力。

姚三的眼神柔和清澈起来，嘴角浮着笑容说，在我这儿吃点儿东西吧。说完，没等我回答，他开始剥葱，剥完葱打鸡蛋，一连打了五颗，然后在锅里倒上油，开始炒鸡蛋。不一会儿香喷喷的味道散发出来，姚三把炒好的鸡蛋放在我前面，眨眨眼睛说，赶紧吃，在我回来之前要吃完啊，不要让别人看见，说完他出去了。

面对着这碗鸡蛋，我不敢相信是专门给我炒的，家里面吃鸡蛋，最多一次炒两个，也不放这么多油。外面有脚步声走过，怕被别人看见，我大口吃起来，果然香，一口气把五颗鸡蛋吃完，我打个嗝，满嘴都是鸡蛋和葱花的香味。

姚三回来了，带着两副崭新的手套。他瞥了眼空碗说，好样的。然后拿出块婴儿巴掌大的小毡子，大概是他做毡靴剩下的，剪了几下，开始缝起来。我不明白姚三要做什么，但很快就看出来了，他要做只小靴子。我不清楚这么小的靴子有什么用处，只是聚精会神地看着，渐渐地一只精致的小靴子神奇地出现在姚三手中。做好之后，姚三用锥子在靴子口上扎了个小洞，又穿了条皮绳子，把它提起来晃了晃，小靴子钟摆似的晃了几下。我咽口唾沫，心跳得厉害，喉咙发干，觉得他要把这个靴子给我了。果然姚三把靴子递给我说，没个啥东西给你玩，这个东西你带上，有个啥事儿说不定管点用。我捧着这只小毡靴翻来覆去看，它毛茸茸、沉甸甸的，太可爱了，让人觉得温暖踏实。

姚三看到我开心了，说这次的事儿也不要太怪你们方老师，他过得不容易，其实他是个好人，只是性子有些暴，你好好学，只要学好方老师肯定对你好。

我点点头，对方老师的憎恶少了许多。方老师的事情我知道一些。他年轻时参加农田水利基本建设把腿弄瘸了，当了民办教师一心想转正，几十年过去了，不仅转不了正，连个老婆也没有娶上。

姚三拿起刚才买的两副手套说，小的给你，大的帮我带给方老师，前几天他来，看见他的手套已经磨得露出手指头了。安顿好这些,姚三说,你赶紧回家去吧,要不家里人着急,要找你了。我觉得来了这儿一切挺完美。

正当我要走出姚三家屋子时,没想到姚三出乎意料地说,以后不要来我这儿了,我这儿的人乱七八糟的,你和他们不一样,要好好学习,等你考上你想去的重点中学了,再来我才欢迎。我身子顿了顿,出了门。

四

从那之后,我不到姚三家了,却总惦记着那儿,那种异样的温暖,让我留恋。

我记住对姚三的承诺,一门心思放在学习上,伙伴们叫我去玩,我经常拒绝他们,每天晚上看书做题到深夜,早上鸡一叫就起床,有段时间太累,每天流鼻血。除了把语文、政治等背得滚瓜烂熟,还把做过的数学题都背了下来,以至于培养出了题感,许多题一看就能猜准答案。

我给方老师送手套的时候,明明告诉是姚三给他的,他却装糊涂,几次在班里不点名表扬有学生关心老师,送了副手套给他,边说还边把放在讲桌上的手套举起来让大家看。在飘荡着煤灰和粉笔尘的教室里,那副灰色的手套毫不起眼,却每次总是能引来同学们的赞叹。方老师几乎每节课都提问我,我一次也没有回答错。他把认为最好的参考书借给我,还让我当了少先队大队委,在许多场合夸我是天才。

星期天,方老师有时让我领上几个同学,帮他干些剥玉米、拾柴火等杂活儿。我拾玉米秆的时候,几次想起以前在方老师麦田里放火的那个家伙,要不是姚三,我不确定自己会不会干出这样的事情。有次去方老师家干活儿时,我吆喝钟晓,钟晓用手指刮着脸说,哈巴狗,溜沟子!我一下愣住了,我们的关系开始渐渐疏远,慢慢听到有人说钟晓拿别人家的东西。

五年级开学不久，发生了一件轰动事件。第24届韩国汉城奥运会上，约翰逊9秒79跑完百米全程，破了世界纪录。一听到这个消息，老师下一节课就用约翰逊教育我们。他说约翰逊小时候瘦弱多病，说话结巴，常常被人嘲笑，但他不服输，选准喜欢的短跑每天坚持，二十多年从不间断，跑啊跑，跑成了世界飞人。三天之后，约翰逊被查出赛前服用了大量的兴奋剂，世界纪录和金牌被取消，约翰逊成了耻辱的代名词。

这个事件离我们非常远，我却觉得好像就在身边，我固执地认为它是我们那次尖子生选拔赛的放大版。那天放学后，我又不想回家了，不能去姚三家，便跑到水库。这里没有了夏天时的热闹，几平方公里的水域只有两三个人在钓鱼，水面涨了不少，石头坝上面长着的杂草小树被泡了一截，看起来有些荒凉。

我安静地待了会儿，还是难受，便想游泳。脱了衣服，风吹到身上凉飕飕的，清澈的水底几只透明的小虾好像受不了寒冷，弓起了腰。水很凉，我一个猛子扎下去，感到一阵刺骨的寒意。从水面钻出后，意外地看到对岸有一只白色的天鹅，它纤长的腿站在水里面，不时伸长脖子捞什么东西，显得异常孤单。我想它为什么不和其他天鹅一起飞到南方去过冬？拼命向它游去。水越来越凉，前面还是一大片黑乎乎的水面，我忽然想到今年夏天水库里淹死个人，赶紧往岸边游去。上了岸，天鹅已经不见了，我怀疑自己看花了眼。

第二天，我一放学就跑到水库，却没有看到天鹅，那两三个钓鱼的人还在。

我喜欢上跑步，每天早上去学校之前，先从家里跑到水库，再从水库跑回学校。我跑啊跑啊，觉得自己飞了起来。

小学毕业之后，我考上了县重点中学，在此之前，我就相信自己一定能考上，但接到通知书的那一天，还是迫不及待地想把好消息告诉姚三，可是我们家里搬来个温州钉鞋的。

那几天爸爸妈妈总是窃窃私语，还收拾临街的屋子，我要准备考试，没有留意。考完试等成绩的时候，光顾着疯玩了，没想到他们原来是打算出租屋子，而且还是租给了温州来的钉鞋的。

我和爸妈吵起来，告诉他们不是姚三，我可能就考不上重点。为啥把屋子租给钉鞋的？租给任何一个干别的，我都没意见。妈妈叹口气说，你看看录取通知书，学费、住宿费、校服费、伙食费，哪个不要钱，咱家的日子。再说街上这么多房子，咱们不往出租，人家温州人可以租别人家的呀！我听不进妈妈的解释，觉得她这是忘恩负义、恩将仇报，接到通知书的喜悦马上消失，也不想在家里待了。

我取出姚三给我做的那双鞋。这双鞋我平时舍不得穿，现在竟小得不能穿了。我愤怒地将鞋拎在手上，跑到大街上，却无处可去。我想姚三家里现在一定很热闹，要是姚三听到我被录取的消息，不知道会怎样开心，可惜我却没脸去告诉他。

整个假期，我捡杏核、拾骨头、刨蝎子、挖细芯草……啥能挣钱干啥，我想挣够学费，不花家里出租屋子挣的钱。不管我去干什么，每次路过姚三家门口，赶紧绕着走，害怕他看见我。别人一谈论起租房或钉鞋，我就心慌，不是假装没听见，就是赶忙找借口走开。温州人那个钉鞋的店尽管和我家住的地方只隔着一道门，我一次也没有去过，我恨他们。

开学后，每个周末回家，望见温州两口子总在忙，他们胳膊上戴着蓝色套袖，像纠察队的老太太。他们刚学会走路的孩子，拿着奶瓶，独自咿咿呀呀在摆满皮子、锥子、剪刀等物件的屋子中间走来走去。后来，看见那个小孩儿被拴在床头的柱子上，小狗一样围着柱子转圈，有时靠着柱子就睡着了。听说是因为有一次小孩儿居然自己走到街上，差点儿被车撞了。我觉得温州人没人性，怎么能为了挣钱不管孩子呢。

镇上本来只有姚三一个鞋匠，所有的活儿都是他的。现在温州人来了，他们机器好，人年轻，手脚麻利。一些人在姚三那边等得不耐烦，便过这边来做。也有的人觉得温州本来就是产皮鞋的地方，温州来的钉鞋匠也一定活儿干得好，便跑到这边来了。他们跑过来，不仅钉鞋，还爱向人家打听沿海地区的情况，谈论什么改革开放，赞叹温州人胆子大，有勇气，会动脑子有办法，那样子，好像恨自己不能离开我们小镇到温州那里去。可惜温州人没有姚三那样的好脾气，他们对这些来闲聊的家伙爱理不理，偶尔说句话，还是温州话，鸟语一样，人们根本听不懂。可是这些人一点儿自尊心都没有，听不懂还是往那儿跑，他们拿着自己从商店里买来的鞋，让温州人鉴定是不是真皮的，只要温州人点头，他们脸上就绽放开笑容，好像卖猪肉的被防疫站的盖了个合格章；如果温州人摇头，他们就愤愤不平，说被人骗了。

进入1990年后，紧挨着镇子的108国道两边一下开了好多饭店，里面出现许多穿着短裙子和高跟鞋的姑娘，大拖鞋不理发，到那儿当老板了。镇里穿高跟鞋的姑娘也多起来。那些饭店里的姑娘们特别能钉鞋，人们说她们的鞋跟是在和客人推搡中崴坏的，有时刚买的新鞋，她们也要钉个铁掌子，为了走起路来咯咯神气。姑娘们喜欢来温州人店里，因为去姚三店里，一来活儿干得慢，二来她们害怕那些混混。姑娘们来得多了，小伙子们自然也来得多了。

当然有些人还是坚持去姚三那儿，这些人大多是老头和老太太，还有些手艺人，像张继东，还有木匠王明、剃头掏耳朵的刘胡子等，他们都认可慢工出细活儿。还有的人不急，他们不怕等，就为了姚三做的鞋耐。但姚三的生意还是冷清下来，有几次我竟然看到姚三坐在铺子对面粮站的台阶上，边吸烟，边发呆，以前他哪有时间出来闲坐呀！

初中的课程增加了，班里每个同学成绩都不错，大家憋着一股劲儿，想学得更好，基本把所有的时间都花在学习上，但还是有些消息大家都关心。比如在北京举行的第11届亚运会，这是中国第一次承办的综合性国际体育大赛，获得了183枚金牌，位于运动会榜首。亚运会之后，许多家庭条件好的同学，利用假期让家长带着他们到北京旅游，专门参观亚运村。我知道家里没钱，不可能带我去，便想考上北京的大学，亲眼看看亚运村的模样。

这时再回到镇上，虽然感到亲切，但觉得它变得有些小和破了。我们几个在县城上重点的同学不大和以前那些伙伴玩了，而是单独聚到一起，有时还骑上自行车去邻村找同学。

有次周末我骑着自行车独自从县城回家时，在公路上远远看到一群人，他们遇到单独的行人，便站成一排挡住路，等人家下了自行车后一围上去，然后听到一阵哄笑声。我心里紧张，不知道他们干什么。这群人看见我过来又散开站成一排，忽然我发现其中一个是钟晓，便大声喊，钟晓！钟晓看见是我，和周围的人说这是我同学。那些站成一排的人扇子一样合拢了。我骑过去时，钟晓酸溜溜地说了一句，你现在不一样了。

回家之后，我说起路上遇到钟晓的事情。家里人说他参加了个什么"飞虎队"，在公路的陡坡上扒汽车。

五

一个星期六，我在家里温习功课，一抬头，瞟见有个像钟晓模样的人拿着双鞋进入温州人店里，我有些诧异。是不是钟晓？假如是，钟晓为什么来这里，他还用温州人钉鞋？我抑制不住好奇心，便从门缝里悄悄看，果真是钟晓。正忙着的温州鞋匠看见钟晓这双鞋眉头皱了起来，用手中的锥子拨拉了一下，奇怪地望着钟晓。

大概谁也没有见过这样破的鞋，鞋底穿了几个洞，鞋帮好像刀子划过似的到处透气，上面还有些可疑的脏东西，大概还有浓烈的气味儿，因为温州人捂了捂鼻子。

钟晓迎着温州人的目光，露出他那带着酒窝的笑容说，钉鞋。

温州人捏起这双鞋，温和地说，太破了，没法儿钉。钟晓一屁股坐在他对面，大声说，没法儿钉让我赤脚走路，我他妈的就这么一双鞋。温州人看了看钟晓的脚，他居然真的光着脚。温州人嘟哝了一句，弄下来挺贵，补一个洞一块钱，粘一个底子三块钱，换鞋帮的话，他仰着脑袋想了想，两双五十吧，大概因为从来没有人换过皮鞋的鞋帮。钟晓一听，拍着屁股站起来喊，你讹人啊，钉个鞋几百块钱，比买双新的都贵。温州人摇摇头认真地说，这鞋本来就不能修，修下来肯定比买新的贵。钟晓大喊，鞋还有不能修的，你手艺不行别蒙人！

他一喊，马上进来一群人，都是经常去姚三家里的混混。他们纷纷指责温州人，说他开门做生意必须接活儿，接活儿不能乱要钱，补双破鞋要几百块，不如抢银行去。他们越说越不堪，显然是故意来捣乱的。这时许多过路的人围过来看热闹，温州人不能做生意了，气得猛地站起来，扒开鞋给周围的人看，这样破的鞋，你们说怎样修？我就是修不了，谁有本事你们找谁去！

钟晓他们哄地笑了，钟晓大声说，我就找你，你没有这个本事走起！这时不知道谁踩了温州人小孩儿一脚，他大声哭起来，温州女人赶紧哄小孩儿，大家的注意力转移了一些。旁边看热闹的人说，这么破的鞋还钉啥啊，扔了算了。我妈听见闹腾声，拿着我的一双鞋过去，她把鞋递给钟晓说，别钉了，穿上这双吧。钟晓头一仰说，我不要别人送的东西。说完光着脚走了。钟晓一走，人们慢慢散了，我妈叮嘱温州人小心点儿。

第二天早上，温州女人一开门，门头上挂着只浑身沾满血污的死猫，她立刻惊叫起来。温州男人把死猫取下来，脸阴沉得可怕。

接下来的几天，隔三岔五有人来找事。有的人挑剔绱鞋用的线和他原来鞋的颜色不完全一样，说温州人把他的鞋弄得不好看了。有的人说温州人给他粘上的鞋底走起路来不平，把他的脚硌得长鸡眼了。还有个人拿来双鞋，说温州人给他的鞋上扎了一个窟窿，他不要鞋了,让温州人赔钱。恰巧那几天,温州人的孩子不知道是感冒,还是受了惊吓,发起高烧,迷迷糊糊中时不时抽搐几下。温州人一边跑诊所,一边应付这些来找事儿的人,腿都快跑断了,把顾客冷落不少,孩子却不见好。温州人狠狠心,关门带上孩子去县里的医院检查,竟然是肺炎。

温州人不开门了,钉鞋的又都跑到姚三那边去,姚三的生意顿时热闹起来。姚三却还是急死人的老样子,该怎样做还是怎样做,该让顾客等还让顾客等。有些人等得心焦,催姚三快些。姚三慢腾腾回答,要做就做好,不能光图快和好看。他们觉得姚三死脑筋,不就是个鞋,穿上能走路就行了,没么多事儿,坏了再钉,不能穿买新的。他们耽搁不起时间。

生意莫名其妙地热闹,姚三很快知道了原因,那天他拒绝了所有的顾客,怒气冲冲地让人把钟晓和那些去找麻烦的人都叫来。

钟晓他们听到姚三叫,以为帮了忙他要感谢大家,每个人脸上都带着笑容晃晃悠悠往店里赶,却见到姚三黑着脸,拖着瘸腿在屋子里转来转去。人们从来没有见过姚三这样,为了缓解气氛,便开他玩笑。姚三不像以前那样好脾气,吃了枪药似的,谁开玩笑呛谁,呛完了继续在地上转圈,他一瘸一拐的声音,弄得气氛很紧张,这些人猜测到底出了什么事情?

等人到得差不多齐了,姚三停下来,指着他们恨恨地说,我的脸被你们丢光了,你们怎么可以用下三烂的手段对付人家温州人?大家一下愣住了,没想到姚三因为这个怪他们,他们觉得委屈,这都是为了帮他呀!钟晓赶忙解释,干爹,是温州那个家伙欺负你,他哪儿不能去,却不长眼来咱们镇上,我们替你出口气,赶跑他。姚三听了他的话更生气了,人家去哪儿是人家的自由,镇子也不是咱们家的,你们出什么气?钟晓忙说,我们不是欺负他,是看他抢了你的生意不忿眼,收拾收拾他。姚三气得嘴皮子直哆嗦,冷笑着说,大家各凭手艺吃饭,我姚三一辈子没欺负过人,却出来你们帮我欺负人。

钟晓看见势头不对,换了口气说,我们不对,但干爹你能不能把活儿做快点儿,现在生活节奏快,人们也有钱了,不在乎一双鞋能穿多久,但在乎快不快。姚三生气地一连问了几句,快?快了能怎样?别人不在乎咱们自己能不在乎吗?难道所有的人都不讲究了?为啥现在做不出古时候那么好的东西?关键是干活儿的人不把自己干的事情当回事了。钟晓说,这是两回事儿吧,说啥呢,人们真不把一双鞋当回事儿了。另一个人插嘴道,为啥找人家温州人钉鞋的多,关键人家做得快。姚三说,人家做得快是人家的本事,我姚三首先想的是一定要做得好,对得起老祖宗传下来的手艺,我不需要你们帮这样的忙!人们插不上话了,但许多人摇头,认为姚三过时了。

这时恰好张继东进来,听见刚才的话,他说姚三你说得对,现在的人不把事儿当回事儿了,你看那些搞装潢的,拿个滚子一天就把几间屋子的墙壁滚完了,我画个墙围得多少天,要等一道漆干透了,擦光才能上另一道,最少上三道,画个三英战吕布,得十天半月。但上一道行吗?一变天就开裂子;不干透行吗?亮度上不去。

姚三听见张继东的意思和他一样,气消了些,放低声音说,人只能管自己,咱们错了给人家道歉去。

过了半晌,没有人响应。

姚三叹口气说,给人道歉不丢人,知道错了不道歉才丢人。混混们都低下头,你瞄我一眼,我给你做个鬼脸,都不吭声,他们才不想去呢,不丢人是姚三说的,他们觉得给人道歉才丢人哩,再说他们觉得自己根本就没错。

张继东见人们都不吭声,来气了,他说,姚三我陪你去,看看温州人是个什么鬼。姚三冲屋里的人摆摆手说,算了,我也管不了你们,你们不愿意去,我替你们去。说完他就往外边走。张继东跟在后面出去。屋里的人迟疑了一下,互相瞧瞧,苦笑着摇摇头,钟晓他们几个跟出来，脸上满是不情愿，像被强拉着上刑场。

恰好温州夫妇刚带着孩子从县城的医院回来，还没安顿好，就远远看见姚三和一群人过来，他们认出前几天找事的几个人，脸色马上变得苍白。温州男人下意识地站起来，手里拿着把剪子。温州女人赶忙跑进去叫我爸妈，希望能招呼一下。

姚三进来后，温州男人拿着剪子虎视眈眈站在那儿。没想到姚三满脸羞愧地对他说，同行，我这些朋友不懂事，给你添麻烦了，现在来道歉。说完，他把路上买的水果和一条烟放到桌子上，看见旁边的孩子，抱起来亲了亲，孩子不认他，哇地哭了。

姚三尴尬地放下孩子，弯着腰继续说，真的对不起。

温州人先是被搞糊涂了，怀疑这是不是真的？后来看见姚三确实满怀诚意，又像这些人里领头的，他才放下心。赶忙放下剪子，端出笑脸，掏出烟敬大家。

姚三推了推，掏出自己的烟反敬，他先给温州人，然后给跟着他的每个人散了一根。钟晓掏出打火机给大家一一点上。姚三深深吸了一口，大声对跟着他的人说，知道错了记住以后不要再来骚扰人家。人们哦地答应了一声。

姚三抽完烟，摸着温州人的机器仔细打量起来，脸上露出羡慕的笑容。他说，伙计，你这个家伙真不赖，不便宜吧？温州人说，也不贵。姚三笑了笑，拿起温州人做好的一双鞋，看了几眼，脸上露出另一种笑容。温州人从他手里接过鞋解释道，前几天孩子发烧，活儿有点儿赶。

姚三点点头，抓起一把钉子，用手掂了掂说，好钉子，我说有九十七八个，不超过一百个，你们信不信？他严肃起来。温州人带着笑脸说，我没那本事，蒙不出来，百八十个吧？

钟晓赶忙接过来，一五一十数起来。98个，真神了。温州女人不相信，接过去数了起来，果然98个，她瞧了眼自己丈夫，脸上露出惊诧的表情。

白 / 色 / 毡 / 靴　　　　　　　　　　　　　　　　105

远处有个高个子姑娘一扭一扭走过来，姚三瞄了她一眼，望着温州人说，这个姑娘穿37码的鞋，左脚后跟磨得有点儿偏了，要钉掌子。温州人嘟哝一句，这姑娘个子高，怕穿38码的吧？

姑娘走过来，脱下左边的鞋说，给我钉个掌子，这个鞋不平。温州人接过去，首先看了一下鞋码，脸红了。姚三说，姑娘，你这双鞋还不赖，虽然是革的，但仿牛皮仿得挺好，鞋后跟那儿还是块真猪皮。姑娘笑嘻嘻说，您好眼力，我这双鞋比我们饭店里其他人的贵30块钱，就因为好看，我们也不图个耐穿，赶个时兴。温州人一声不吭，加紧做手中的活儿。

姑娘走了之后，温州人握住姚三的手说，您好眼力！姚三笑呵呵朝他鞠了个躬，领上自己的人走了。

一出铺子，钟晓他们都憋不住笑起来，连呼解气。钟晓好奇地问，温州人做的鞋怎样？姚三只说了句，花哨。钟晓继续问，别的呢？姚三不再吭声，快到家门口时才叹口气说，快！都图快！

六

姚三干活儿还是老样子，一丝不苟地认真，有耐心的人似乎越来越少，姚三的生意越来越萧条。

我的学习更加紧张了，假期也得补课。

那年暑假补完课已经立秋，回到镇上听说姚三现在经常摆弄那些毡靴。我想一定是活儿更少了，想找他聊聊，可是不知道该说些什么，又想起以前的事情，便作罢了。

几次好天气，看到姚三在粮站的台阶上晾他的毡靴，一字摆开竟然那么多，比以前多出许多，一看就不光是数伏时做一双，其他时间也做。想起姚三做靴子前去水库泡澡的事情，仿佛就在眼前，不知道他现在冬天做不做？那怎样泡澡呢？这些靴子大小样子一模一样，摆成一排像肃穆的士兵，真是好看，但谁也不知道这些靴子停下来喘了几口气，有些唏嘘。

我问，你还钉鞋吗？姚三脸上出现更落寞的神情，早不钉了，没生意，眼花得也看不见，说着他抱起只毡靴搂在胸口，轻轻抚摸着，像抱着只猫。

我不知道再该说些什么，默默地站了几分钟，掏出些钱悄悄放在炕上，告辞了。

后来，为了生计越来越忙，渐渐淡忘了姚三。

几年之后，我在的城市里忽然流行起雪地靴，形状像极了姚三做的毡靴，只是雪地靴腰子低些，五颜六色，没有雪白的毡靴看起来高贵，也没有它毛墩墩可爱。据说高档的雪地靴，材料也是羊毛。我想起姚三，向父亲打听，他已经不在了。

父亲说，处理姚三后事的时候，来了个人说是他的侄子。

别的都好说，房子卖了，东西送了人，唯有那些毡靴太多了，侄子没办法带走，便大减价处理。没有人买。他卖给收破烂的，收破烂的出价极低，按斤称。侄子一怒之下，都拉到姚三坟前烧了。那些靴子堆起来比坟包都大，像白色的小山，纸扎烧完了，靴子还在烧。

《人民文学》2019年1期发表，
《新华文摘》2019年14期、《思南文学选刊》2020年1期转载

银 针

杨树毛毛特别多的那年夏天,许多人过敏,我得了奇怪的病,一生气或者尿憋得久了,蛋就坠下来,每颗比鹅蛋都大,红肿发烫,还伴随着肚子绞痛。我便不敢憋尿,一有点儿意思就去上厕所,但生气不生气由不得自己,不过休息一半天,它就自己回去了。

这样过了一年多,坠下来的次数越来越频繁,而且有时两三天才能回去。爸爸领我去门诊上开过药,去镇里的医院看过,吃了药、输了液都是暂时管点用,过段时期就又坠下来。因为这个毛病,到上小学报到的时间,我不敢去学校,据说上课小便得请假,我害怕同学们笑话。

爸爸妈妈问过许多人,听了许多偏方,用热鞋底轻轻拍,炒热的沙子包上布热敷,用艾条熏……有的管点用,有的一点儿用处也没有。后来有人告诉爸爸说找罗汉试试,我听了马上拒绝。

罗汉是个叫陈永生的老头,个子高,人邋遢,一年四季只穿一件褂子,似乎从来不洗,油光发亮像理发铺荡剃刀的布子。脑袋中间的头发掉完了,红红的一片,但两侧的却很旺盛而且硬。脸上都是胡子,从眼睛下边一直蔓延到脖子那儿,除了鼻子和嘴巴,到处毛茸茸的。别人和他说话他总是听不清,自己一说话嗓门大得吓人。他经常把明晃晃的针扎到自己身上,一点一点往肉里拧,有时整条胳膊上都是针,我们觉得他像疯子一样,见了他就远远躲开,潜意识中大家都害怕他。

可是附近同龄的小伙伴们都去上学了，每天早上他们背着书包叽叽喳喳走了之后，整条街都安静了，只剩下大人和老人们的声音。到下午他们放了学，我和他们跑到一起，他们说的是今天学会写啥字了，老师教了一首歌，连他们玩的游戏我也不会。再一次蛋坠下来后，我终于决定找罗汉试试。

那天上午，父亲领我推开罗汉家的门，一进院子，我好像进了另外一个地方。罗汉没有像其他人家院子里种些西红柿、辣椒、茄子等常见的蔬菜，而是种着菊花、石榴、葫芦，菊花开得正好，黄灿灿的让院子里有很明亮的感觉；石榴在我们这儿很少见，陈永生把它养在大盆里，上面结着火红的果实；葫芦尽管蔓子有些枯黄，但葫芦还发着青，而且长得很大，我想起铁拐李的葫芦，顿时奇怪地对罗汉产生了希望。

进了罗汉的屋子，首先闻到一股药味儿，然后看到很多书，那是我第一次在人们家里看到这么多的书。我好奇地翻了翻，有的书是印的，有许多居然是手抄的，上面还画着光屁股的人像，很多地方有红线和圆圈。父亲向罗汉讲了我的病，罗汉说："脱了裤子我看看。"我有些害羞地脱下裤子，身体有些僵硬。罗汉洗了洗手，擦干净，扶着我的蛋摸了摸，又摸了摸我的肚子，说："蒜奇（疝气）。"爸爸说："去门诊和医院都看了，总不能除根。"罗汉说："我试试。"他拿过一只铝饭盒，倒上开水，把一把又细又长的针泡到里面。几分钟后，他示意爸爸按住我，拿起一根针扎进了我肚脐下边，我刚要挣扎，但没有感到疼，而是有种又麻又痒的感觉，接着他又把一根针扎进肚脐更下边的地方。罗汉一连扎了四根针之后，我的肚子慢慢不疼了，然后蛋也开始变小。

此后几天，我每天去罗汉那儿扎一次针，发现罗汉根本不疯，只是生活不讲究，他对院子里的植物极其爱护，每天都要去摘摘叶子，浇浇水，甚至还用湿布子一颗一颗擦石榴果。找他的病人不止我一个，大多是各种疑难杂症，罗汉对每个人都很有耐心，尽管说话嗓门特别大，那是因为他耳朵有些聋。

一个星期之后，我的疝气好了，后来也再没有发作过。我去学校报了到，成了正式小学生。罗汉那儿成了我星期天经常去的一个地方，它那些花果、书和药味儿、银针都吸引着我。班里哪个同学感冒了，头疼了，肚子疼了，我总是说："去陈永生那儿看看。"这时我不再叫他罗汉的绰号了。有的同学去了，有的同学没去，但是慢慢地陈永生家成了许多人爱去的地方。去了那儿大家和去了其他地方不一样，都安安静静，有时很多人待着，能听到的只是陈永生响亮的声音。大家帮他挑水、浇花，打扫屋子，都不说话，比赛似的，看谁发出的声音最小。陈永生拿出看病后人们送他的红枣、核桃、杏干、饼干，给大家吃，有时他也给大家讲些故事。

有一天陈永生正准备做饭，剥好了葱。有人问他耳朵怎样聋的，既然能给别人看病，为什么不把它治好？陈永生讲了下面这个故事。

那天下午父亲刚锄地回来，平素齐整的头发湿漉漉贴在头皮上，眼睛被汗水渍得发红，汗从脸颊上流下来，在脖子那儿汇成一股一股的，浸得白色的两股巾背心有些透明。我接过父亲手中的锄头，递给他一大瓢凉水。父亲身上常年带有的药片、消毒水的味道这时与汗味儿混合在一起，散发出一种独特的香味儿，我使劲儿嗅了几下。

我和父亲在梨树下面坐下，微风吹来，树枝树叶的光影弄得父亲脸上一片斑驳，有一条影子横在父亲鼻梁上像条蛇不动了，我想劝父亲挪挪位置，但看到父亲疲惫的样子，话吞了回去。父亲喝水，我拿起锄头擦上面的泥巴。一块块泥巴擦掉之后，锄面镜子一样亮晶晶的有些发烫，我把它对准父亲，太阳光反照过去，父亲放下瓢，用手捂住眼睛哈哈笑起来，那条影子晃了晃。

这时躺在地上吐舌头的狗突然站起来，门外传来踏踏的脚步声和嘈杂的说话声,这些声音在大门口突然停住,因为什么争吵起来,更加混乱了。狗叫起来,父亲站直身子,拉了拉背心。

门哐地被踢开,二海领头几步冲进院子里,狗扑起来咬他,二海从柴堆上拿起铁锹,狠狠拍到狗身上,狗哆嗦了一下,呜咽着跑回窝里,没声音了。

"你怎么打我家的狗!"我跳起来喊。

父亲拽住他。

眨眼间院子里站满了人,风好像不动了。平车上铺着床蓝颜色的褥子,上面躺着的人一动也不动,苍蝇围着他嗡嗡乱叫,凉气从那人身上散发出来,院子里的温度骤然间好像降低了。我望了望父亲,父亲刚才头上、脸上、脖子上的那些汗珠全不见了,脸色变得惨白。还没有等他说话,忽然几个披头散发的女人号啕大哭起来。

"我那可怜的大海呀!"

"我的儿子哟!好好的一下就没了!"

……

父亲往前走,要去看躺在平车上的人,我拉着锄头紧紧跟在后面,心要跳出来。可是父亲的头刚碰到梨树枝一下,几个男人就围上来,二海揪住父亲的背心,还有几个人手脚一起朝父亲身上落下。我扑过去想拦一下,被一脚踢倒在地上,父亲也被打倒在地上,刚刚擦亮的锄头在地上滚来滚去,很快沾满土变得灰蒙蒙的。我往起爬的时候,看见狗往这边看,尾巴紧紧夹在屁股中间,眼睛里满是恐惧。

我想父亲可能要死了,抬头望了望天空,太阳明晃晃的好像有个黑洞散发着凉气,我从来没有觉得时间这么漫长,几乎停滞了不动。终于那些人累了,呼呼喘着气、吐着舌头散开,二海留在最后面,踹了父亲一脚骂骂咧咧地蹲在一边,瞅了瞅四周,把我给父亲的水端起来,咕咚喝了几口,瓢摔在地上。父亲先是不动,我以为被打死了,但是很快挣扎着从地上爬起来,全身灰扑扑的,背心被扯断一根带子,半边拖到屁股后面,因为穿背心平时没晒黑的地方这时露了出来,灰一道、白一道,肚皮那儿粘了一大块土,头发乱蓬蓬耷拉下来,眼睛肿了,脸肿了,鼻子和嘴都在流血。

我喊:"爸爸!"父亲仿佛没有听见似的,擦了擦鼻子,吐了口嘴里的血,摇摇晃晃朝平车上躺的那个人走去。

几个女人尖叫着围住了他,这次父亲没有倒下,但等女人们散开之后,父亲的一缕头发不见了,以前长头发的那块地方发出刺眼的白,脸上、胳膊上到处被抓得露出一道道血痕。

父亲继续往前走,狗舔了舔爪子缩到窝的最深处。

父亲揭开蒙在平车上的那个人脸上的单子,一刹那成千上万只苍蝇轰地飞起来,像烧红的炭扔到水里面,这些苍蝇盘旋着有的落到那个人的腿上,有的落在痛哭着的女人们脸上,有的落到平车上,有的落到父亲身上,有一只居然落到大海老婆的嘴唇上,还有些一直在空中盘旋着。

父亲把手伸到那个人鼻子前探了探,又翻了翻那个人的眼皮,扑通一下坐到地上。那些盘旋着的苍蝇,落在别处的苍蝇都轰地飞到平车上的那个人身上。

"你赔我的儿子啊!"

"我的大海怎么就被你治死了?"

刚安静几分钟的院子,马上又充满哭声和叫骂声。

我呆呆地望着父亲,不知道到底是怎么了。

几个月前,大海还经常来家里让父亲看病,一见到父亲,他那总是皱巴巴的脸就开始笑,他笑得很难看,也许他平时根本就不笑,所以不会笑。大海那时皮肤很黄,一看他我就想到人们说的黄种人,我不明白为什么像我这样的皮肤也被称作黄种人,黄种人应该是大海。大海说话时张开嘴,牙齿上沾满血,我很害怕。大海还喜欢拉开衣服让父亲看他的胳膊和腿,上面布满一块块发青的瘀斑。大海说胃疼,出不上气,头晕,拉出的大便是黑的。父亲给他放血,针尖挑破大海的指头肚,不像别的人血马上流出来,而是根本就不流。父亲说:"堵得这样厉害,肯定头晕。"给他往出挤,那些血挤出来后,淡淡的像杀猪后掺了水的血。可是大海还是胃疼,出不上气,头晕。父亲便给他打针。打完针后,打针的地方也出现瘀青,几天都散不了。父亲不敢打针了,给他吃药,父亲知道大海家穷,给他吃的是些极便宜的一包几毛钱的药。大海老婆为了让父亲给大海看病,拿上鸡蛋、烟来家里看父亲,她一见父亲也是满脸笑容。她走之后,父亲让我把那些鸡蛋拿上,还提了一包别人给他的红糖,一起去看大海,他说大海需要营养。

现在大海老婆居然也抓父亲?我愣了几分钟,跑回屋子里拿出消毒水、酒精和棉球。以前我爬树、跳崖、打架,擦破胳膊和腿,父亲总是给涂点儿酒精和消毒水,酒精涂在皮肤上凉凉的但像被火烫了,但再涂上消毒水就不烫了,很快也就不疼了。可是现在,我不知道该往哪儿涂?父亲身上到处都是伤痕,而且沾满了土。

我又跑回屋子去端水,那群人跟着我进了屋子,见东西就砸。有个女人把供神用的香炉和香插揣进了自己肚子里,另一个男人把供的神像一把撕了下来,扔在地上踩了几脚。碗被摔在地上,碗碴子飞得到处都是,像亮晶晶的盐粒。镜子被砸碎了,破碎的镜片里都是凶巴巴的人脸。水瓮被砸烂了,水哗地流出来,那一刻我真盼我们村上游的水库决了口,把大家都淹死。

幸亏我已经端上水,我把它端出来之后,屋子里继续传来砰砰的声音。我把水端到父亲面前,父亲紧闭着眼一动也不动。我用毛巾蘸着水擦父亲身上的土,父亲依旧一动也不动,有几只苍蝇从平车上的尸体上飞到我们身上,我闻到一股臭味儿,感觉我们也快死了。

这时门外传来一阵马蹄声和马的嘶鸣,然后听到长长的"吁"的声音,马的气息冲了进来,狗又开始咬。

有个男人跌跌撞撞跑进来,用带着哭腔的声音喊:"陈医生,快救救我的孩子，他快不行了！"

父亲的手抖了一下，他睁开眼睛，肿起来的眼睛里都是血。他说："赶紧去找别人吧，别耽搁了。"

那个人跑到父亲跟前说："不找你找谁啊？"然后他发现了父亲的惨状，惊叫道："陈医生你怎么变成这个样子了？"

父亲苦笑了一下，没有回答。

"谁瞎了眼，还来找他，他把人看死了。"二海听到动静怒气冲冲地喊。

那个人没有理会二海，而是从我手中抢过毛巾，飞速地在父亲身上擦了擦，把他扶起来说："陈医生求求你，给我们家孩子看看吧，要不他真的就完了，附近只有你行啊。"

二海看见那个人不理会他，愤怒地喊："他不能走，这边的事情还没有处理，我看谁能把他领走。"旁边的女人们也纷纷跟着嚷："不能让他走了！"

那个人忽然跑到平车边，一使劲抓住辕条把平车抢了起来，喊道："我看谁不让陈医生走？"车上的死人翻了一下，脸露了出来，像睡觉不舒服翻了个身。有人惊叫起来。父亲吃惊地望着他。"陈医生，你再不去我儿子就死了，你不能见死不救啊！"那个人喊。

父亲哆嗦了一下，好像有人用鞭子抽他，三步并作两步跑到家门口，拾起扔到院子里的药箱喊："你不要乱来，我跟你走。"那个人把平车放下，死人颠了一下，又面迎天躺平了。

父亲跟着那个人往门外走，二海他们喊："死家伙你不能走！"父亲已经坐上马车，听见"驾！"马车跑起来。父亲喊："永生照顾好自己，去你姑姑家吧，我很快回来。"

父亲一走，我心里一阵轻松，想赶紧到邻村的姑姑家去，让这些人和死人待在一起！可是我刚走出二门，就被二海抓住脖颈拎了回来，他说："跑了和尚跑不了庙，你爸跑了，你得陪着我大哥。"我反驳:"我爸给人看病去了,他不会跑!"二海哼了一下,把我按倒跪在平车前。苍蝇嗡嗡飞舞着,一阵阵死人的臭味儿传过来,我的鼻子很快闻不到任何味道了。一只只苍蝇在我眼前越来越大,它们红色的眼睛像飞机尾巴上的信号灯似的闪着光,金绿色的背部与黑色的翅膀上都闪着光,尸体在它们的吮吸下越来越白,比冰块儿还白。几个女人拿着鸡毛掸子、象棋,抱着板凳、脸盆架等摔不碎的东西,离开了我家里。那些没有拿到东西的女人和男人们一起拔光了院子里种的菜,用棍子把梨树上刚结的只有手指头肚大小的梨统统打了下来,最后离开的那个男人从狗窝里牵狗,狗抵着四条腿不走,他拿起棍子来狠狠打了一下,狗便乖了,不叫也不咬,夹着尾巴哆嗦着被他拉走了。

院子里终于安静了,剩下大海老婆、二海、死人和我。满地的脚印,拔起来的蔬菜秧子和梨树叶子到处都是,青色的小梨滚了一地,今年本来是个丰收年。

这时大海老婆不哭了,二海不闹了,一个坐在梨树下,一个坐在屋檐下,我稍稍挪了挪发麻的膝盖,他们并没有发现,我便把屁股悄悄坠下去,后来坐在了脚后跟上。

傍晚时分,邻居们屋顶上冒出了炊烟,以往我总能闻到玉米秆、葵花秆、树枝燃烧散发出的烟熏味儿,以及炭辣鼻子的味道,现在什么也闻不到了,只看见冒出的烟由黑变白,越来越淡。大海老婆先回家,过了会儿她拿了一颗鸡蛋和几块窝头过来,二海正准备吃,他老婆来了,二海便回了家。院子里留下两个女人,她们约好似的一起哭了几声,然后哭声便淡了下去,变成叽叽喳喳说话的声音,被夜色渐渐吞没。没有人管我,我的肚子一点儿也不饿,我一直盯着门外,盼父亲早点儿回来。可是门外越来越安静,院子里也越来越安静,两个女人不说话了,虫子的叫声响起来,平车那边尤其热闹,我再也受不住了,一屁股坐在地上,后来竟睡着了,睡梦中平车那边不时传来声音,也没有吵醒我,反而像是在催眠。忽然一道手电筒的光照在我脸上,我猛地醒过来,二海嗡嗡的声音传来,"他妈的你老子还不回来,让老子们等。"说着他便滚来一截埋在水渠边的铁管子,让那两个女人和他一起扶起来,拎住我的脖颈把我塞了进去,在上面盖了块大石头,不放心还用脚踹了踹,大概觉得我跑不出来了,才放心地对两个女人说:"回吧。"大海老婆问:"他就留在这儿?"她明显问的是大海。二海回答:"就留在这儿吧,姓陈的那个家伙不给我们个交代,不能把大海拉回去。明天一早就来了,谁会偷个死人?"

三人的脚步声渐渐远去,冷冰冰的铁管散发着寒气,我缩着身子尽量躲开它,睡意一点儿也没有了,我担心父亲在那边是不是又出了什么事儿?

一晚上,我没有等到父亲,黎明的时候终于熬不住了,靠在铁管上睡着了。早晨的阳光从石头的缝隙中照进铁管,驱散了寒气,我仿佛躺在烧得热乎乎的炕上,看见父亲治好了一个又一个病人,他们脸上带着微笑,拿来红枣、核桃、杏干、鸡蛋……忽然我被尖锐的轰鸣声吵醒,二海用铁锹把子拍着铁管喊,"什么时候了,兔崽子还在睡觉?"千万只蜜蜂钻进了耳朵里,他喊什么我听不清了。我被拎了出来,跪在死人前面,我想起水库边古墓旁的那些石人石马。

过了一会儿院子里的人多起来,但是已经不像昨天那样悲伤,她们只是在平车前哭上几声,然后奔向屋子里,昨天留下的桌子、穿衣镜架子、柜子被抬了出来,平车放在二门口挡住她们的路,她们把平车挪开,我也被踢着跟着平车走,一件件东西被抬出去,然后门窗被砸烂了,碎玻璃和木屑飞得到处都是。

这天,我一直眼巴巴地望着门外,父亲还是没有回来。我饿了就捡几颗地上的青梨子吃,渴得不行拼命地咽唾沫。二海他们不像昨天那样管得我严了,到了下午人少的时候,远处的梨子我也能捡来,吃的时候,不擦土,不吐核,觉得这些都无所谓,只盼望父亲早点儿回来。随着青涩的梨汁流进肚子里,我感觉自己在慢慢死去。

第三天上午,姑姑和姑父听到消息赶来。可是他们一进村子,二海他们就知道了,他们把我塞进铁管子里,嘴里塞了块布子,管子上盖了石头,一群女人围着平车哼哼哭起来。

姑姑和姑父一进院子,看见家被糟蹋成这个样子,一下子都怒了,姑姑咬牙切齿朝他们扑去,被姑父拖住了。他们屋内屋外找了一圈,父亲不在,也没有发现我,恨恨地走了。过了一会儿,姑姑和姑父领来几个干部,与二海他们争吵半天,那些女人哭声大起来,干部们的声音被哭声吞没,半天也处理不下个结果,他们生气地走了。

第三天。

第四天。

……

屋子每天被翻一遍,后来院子里也被搜寻了个遍,连二海打狗的铁锹和淘粪用的叉子也被拿走了,咒骂声和哭泣声越来越少,但是每次这些声音响起来,我都会浑身汗毛一竖,我想要是听不到这些声音就好了,想着想着,忽然真的就听不到了,连二海敲打铁管的声音也听不到了。

院子里的苍蝇越来越多,有时满满一层落在大海身上,绿油油的像刷了一层漆;有时围成一团像个球,又轰地炸开;有时一只挨一只密密麻麻蠕动……

第七天,父亲突然回来了。

我看见一匹白马拉着马车停在门口,父亲从车上下来,一片白光进入我的眼帘,顿时什么也看不到了。

我不知道接下来的事情是怎样处理的,只感觉到有一双温暖的手扶起了我,然后把我抱进怀里。

以后很长一段时间,父亲都陪着我,每天给我扎针、吃药、喂我吃饭，给我洗脸。不知道过了多久，我的眼睛忽然能看到东西了，首先看到的是窗户上的玻璃，明晃晃地放着光，一漾一漾的像水纹在动，透过这层光，看到院子里的梨树上又长满了新叶子，翠绿得像滴水，然后看到了屋子里的桌子、板凳、柜子，我惊奇地用手摸了摸，都十分结实，而且暖乎乎的。

父亲惊喜地望着我，用目光询问"能看见了？"我读懂了父亲的意思，点了点头，父亲笑了，那种笑带点儿欣慰，也带点儿苦涩。一段时间没有看见父亲，他明显老了，关键是不修边幅了，脸上到处都是花白的胡子，与乱糟糟的头发长成一片，衣服早该换洗了，可是父亲显然不在乎，上面大概是喂我吃饭粘上的饭黏子，干活儿留下的汗渍、污垢。记得父亲以前极其爱干净，每过两三天洗一遍贴身穿的衣服，干活儿之前总是换上一套旧衣服，胡子每天刮得干干净净，还隔几天照着镜子剪掉鼻孔里长出来的毛。

父亲扶着我到了院子里，我看什么都感觉新鲜，泥土是黄色的，踩上去有的地方很硬，有的地方却很软，能留下清楚的脚印；天空是湛蓝色的，与我血管的颜色完全一样，却那么宽广；一朵朵飘来飘去的白云，和我记忆中的似乎一样，又有些陌生，像刚擀好的面条和热气腾腾煮出来的面条，相同又有些鲜明的差异。那天我一直走来走去，仿佛刚来到这个世界上。

第二天，父亲给我抱来一条狗，和我们以前的那条像极了，都是黑身子、白爪子，只是这只鼻尖也是白的，像不小心钻过面粉袋子。也许是心疼上次那条狗，我对这条喜欢极了，把以前那个狗窝仔细打扫干净，用清水冲了几遍，还在上面铺上新鲜的稻草。狗刚出满月，到了晚上想念大狗，跟在我屁股后面窜来窜去，不肯回窝。我把它抱到屋子里，它缩在墙角还是呜呜地哭，看它那可怜样子，我把它搂进被子里，它不哭了，用湿漉漉的舌头舔着我的耳朵，鼻子碰到我脸上也是湿漉漉的。我给它起了个好听的名字——虎子。

我的眼睛重新能看见东西，父亲很是兴奋，他继续每天给我扎针，让我吃很苦的中药，而且他也在自己身上扎明晃晃的针。

有一次，我喝了药之后，肚子疼得要命，感觉屁股那儿有什么东西在蠕动，不由得大喊大叫。父亲脱下我的裤子，让我把屁股撅起来，他说有虫子，让我用劲儿拉。我用劲儿却拉不出来。父亲说抓住了，他揪住个什么东西往外边拉，我肚子绞痛，父亲让我忍着点儿。他放慢速度，慢慢往出拉，我感觉肚子里有个部位被绳子一样的东西缠住，现在一圈一圈放开，有些痛，但伴随着一阵阵轻松。父亲喊，"出来啦！"我看见地上躺着一条一尺多长的白虫子，哇的一下吐了。父亲把虫子扔厕所里，洗干净手，问我疼不疼了？很奇怪，一点儿也不疼了。

有人告诉父亲个偏方，用腐烂的棺材板上的生了锈的钉子煮水喝，可以以毒攻毒治疗耳朵听不见。父亲一早起来去乱坟岗寻生锈的钉子，我要跟着去，父亲想了想答应了。

出了村子往北走半个多小时，到了离我们最近的乱坟岗，远远看见馒头一样的坟包上长满草，有的已经枯黄。走进墓地，露水很大，马上就打湿了鞋和裤脚。有些坟包不知道被水冲塌了，还是被兔子老鼠挖空了，变成大窟窿，能看见些白色的骨头和发红的破棺材板。我有些害怕，父亲脸上却出现喜色，他跳进墓坑里，在那些棺材板上搜寻着，很快就惊喜地喊："找到了！"

那天早上，我们大概找到五六个棺材钉，父亲把它们用水冲了冲，放在铝盆里加上水煮起来。水慢慢沸腾，看着翻滚的泡沫，我一阵恶心。煮得盆里的水不多了，父亲把它倒进一只空碗里，水微微有些发黄，水底有些褐色的铁锈渣子，我呕吐起来。父亲摇了摇头，等水不烫的时候，他喝了一口说："不难喝，只是有点儿水锈味儿。"我拼命摇头，父亲叹口气，把水放在桌子上。后来，我一直没有喝，父亲也没有逼我。但他还是每天给我扎针、吃药，自己不断地翻看各种医书。

冬天的时候，走乡串户的小贩带着我们这儿很少见到的柿子、石榴等水果换玉米、豆子。父亲用一袋子玉米换了一小袋柿子。冻柿子特别甜，放在水里面激一激，冰碴子就出去了，咬一口，柿子舌头又软又滑，不用嚼就掉肚子里，吃完一个还想吃一个。父亲告诉我不要多吃，这袋子都是给我买下的。可是我管不住自己，父亲一不在，我就想吃。几天之后，我大便不下去了，明明感觉想，但是到了肛门处便不出来。父亲查了医书，大便结石了。父亲拿着小镊子，一点儿一点儿给我往出掏粪便，一粒粒硬邦邦的，铁一样。

父亲老得太快了，每一个冬天过去，都好像过去几年。他早早谢了顶，牙缝稀拉拉的一吃东西就塞牙，经常拉肚子，可是他根本不去管自己，只是想着怎样治好我的病。

49岁那年，父亲病了，这时我的耳朵能听到点儿声音了，只是听到的所有声音都嗡嗡的，像从很远的地方一圈一圈传过来的。父亲一咽东西就喉咙疼，只能忍着痛把馒头泡稀饭里吃几口。他经常闭着眼安静地坐在太阳下，一坐就是几个小时，睁开眼就寻找我，看到我在他面前，他就笑。他笑得让我心酸，我预感到父亲不好，可是不知道该怎么办，便开始拼命翻看家里那些医书。那次事故之后，我对学医很是抵触，觉得给人家看好是应该的，万一看不好，给自己惹祸，现在后悔没有早早学习这些东西。

村里的人们知道父亲病了，有许多人来看他，父亲看着他们不说话，一颗一颗掉眼泪。我看着父亲这样子，很是心疼，便学着父亲那样给自己扎针。刚开始，根本扎不进去，因为那些针特别细和软，一扎就歪了。后来就慢慢地能扎进去了，父亲指点我，该往哪儿扎。很快，我能按照父亲的要求，把一根根针扎进去了，这时我产生大胆的想法，给父亲扎针。把这个想法告诉父亲之后，父亲脸上出现了很久没有见过的笑意，那一刻我记得特别清楚，因为我抬头望了望天空，挤得很紧的云一块一块散开了。

有一天，来了个男人看望父亲，他带着许多东西，鸡蛋、苹果、核桃、红枣、红糖、猪肉和一整只鸡，他一看到父亲这个样子就哭了。

他和父亲说了会儿话，开始给父亲洗头、洗脸，洗完之后，他拿出剪子、剃刀、梳子，他居然会理发。他给父亲剪了头发，刮了胡子，掏了耳朵，还给父亲按摩了半天。父亲顿时显得精神很多，脸上还出现了久违的红光。

那天晚上，这个人没有走，他说怎样也得陪陪父亲。父亲睡着之后，他给我讲起了父亲当年给他儿子看病的故事，我想起这个奇怪的人就是那年我们家出了事，他赶着马车来让父亲给他儿子看病的人。

那天父亲赶到他们家，他儿子已经翻白眼，身子抽搐。父亲拿出一把针，一根根扎了进去，他儿子不抽，白眼也不翻了，但是闭上了眼睛，呼吸还算均匀。他和父亲都怕再出事，一晚上守着。天亮的时候，他儿子喊着要水喝，接着说眼睛睁不开了。他听见儿子说话知道命是救过来了，可是马上又发愁，害怕儿子眼睛瞎了。他哀求父亲再给治治孩子的眼睛。父亲扎了几针，没有明显效果，他跪下来磕头。父亲沉思了半天，让他劈几个茭叶子。他不知道干什么用，但赶紧劈来了一大抱。父亲拿起茭叶子，用叶尖割他儿子的眼睛。儿子呼疼，父亲让他按住孩子。割了一会儿，又换了个叶子。换过几个叶子之后，父亲开始用自己的舌头舔孩子的眼睛。儿子渐渐不喊疼了。

接下来的几天，父亲每天用茭叶子割几次孩子的眼睛，割完之后用舌头给他舔。一个星期，孩子的眼睛突然睁开，能看见东西了。父亲把茭叶捣碎，用纱布包在他眼睛上，告诉他这样换上几次就没事了。

"要不是你父亲，我儿子就完了，即使不完，眼睛也看不到了。"这个人对我讲。

不知道父亲怎样想起这样一个办法，我想学他那样，把他咽不下东西的病治好，可是笨得想不出个办法。我便把这个人带来的东西嚼得绵绵的给父亲吃。那大概是父亲这辈子集中吃过最多的一次好东西，可惜都吃不多。过了一段时间，很软的馒头他也吃不进去了，只能喝点儿稀饭。

挺到年底的时候，父亲走了，这时我已经能够熟练地认清楚人身上的各个穴位，扎上几针给父亲减减痛，可是还是没有留下他。

办完父亲的丧事之后，我所有的希望好像同父亲一起埋在土里了，以前还憋着一股劲儿，想把父亲的病看好，父亲大概也憋着这么一股劲儿，想把我的病治好。现在父亲不在了，我的那股劲儿没了，而且耳朵还听不清楚，鼻子也闻不到气味儿，家里要啥没有啥。和我同龄的人，甚至比我年轻的人纷纷找对象，结婚，可是没有一个女孩子喜欢我，也没有人来给我介绍对象。我知道女孩儿们喜欢的东西我都没有，也不抱什么希望了，什么都变得无所谓，我每天呆呆地坐着，十几年前父亲刚锄地回来，坐在梨树下发生的那一幕幕不停地出现在眼前，我不知道当年大海的死到底是不是因为父亲。和父亲在一起的日子里，每次我提起这个话题，父亲总是很痛苦地打断，从他给我的治疗中，只用针灸和中药，一颗西药也没有让我吃过，我隐隐约约觉得父亲给大海吃的药可能有问题。

虎子和我们一起生活了这么多年，已经成老狗了，皮肤松弛，一团团往下掉毛，眼睛那儿经常糊着一团团发黄的眼屎，走起路来慢腾腾的。我常常想自己老了也会变成这样，哪一天走不动了，突然倒在地上。有了这种感觉，路也很少走了，我只是呆呆地坐着，一坐好长时间，不饿也不困。世界在我眼前渐渐地黑下去和远下去，我的鼻子本来就闻不到，现在无论从镜子里，还是自己看，连鼻子也看不到了，眼前总是一团一团的黑雾，渐渐地往一起聚，越来越浓；无论什么声音，传到我耳朵里仿佛都隔着很远，像被无数的门堵住，怎样也推不开。

有一天下雨了，我坐在雨底下，那些雨滴明明已经落在身上，我却很久才能听到声音，那是一种很奇怪的感觉。很快我被淋得透湿，觉得这样挺好，变得干净了。在雷电中，忽然发现地上有枚闪亮的银针，它好像一道雷电落在地上凝固了。我甩了甩脑袋，这时我的反应已经十分迟钝。半天我想起它应该是父亲的银针，父亲用它扎过我，我也用它扎过父亲。我挣扎着往起站，两条腿麻得没有任何感觉，我便爬着到了跟前，果然是父亲的银针。我把它拾起来，雷电在头顶轰鸣，手中这枚银针仿佛要挣脱跑到天上去，我紧紧攥住它，在不远处又看到一枚银针，我继续往前爬，腿渐渐有了感觉。捡起这枚银针的时候，我下意识地往门外望了望，果然又有一枚。我被银针指引着，摇摇晃晃往前走，头顶电闪雷鸣，雨哗哗往下倒，我又累又饿，甚至不住地发飘。走到村口小卖部的时候，有几个人坐在里面打扑克，我下意识地乞丐一样把手伸进去，有人在上面放了个馒头，我就着雨水大口啃起来。跨过公路，我继续往前走，银针总是隔段地方出现，在雷电下异常耀眼，不知不觉我走到了父亲的墓地，猛地惊醒过来。

大雨中，在父亲的坟前依稀跪着一个人，我有些害怕。走到跟前，发现是虎子，它像人一样跪坐着，已经没有了气息。父亲的坟头上，放着些祭祀用的糕点、糖果，在雨水下糕点已经变成一摊面糊糊，坟前还有些黑色的纸灰，在泥泞中流淌。我不记得最近什么时候祭奠过父亲，再看周围的坟头，都摆着些类似的东西，我内疚起来，自己竟忘了祭祀的日子，可是有人没有忘记父亲，帮我祭奠了他。

我找了块空地，埋虎子的时候，在它身旁发现了父亲装针灸的袋子，沾满泥浆，但一点儿也没有破。

埋完虎子，天渐渐放晴了，能看见远处黛青色的山尖。

我回到家里查日历，清明过了半个月。

我把那些银针一枚一枚装进袋子里，居然一枚也没有少。

父亲不在了，但世界上还有很多父亲这样的人。

我又开始在自己身上慢慢练习扎针。

好几年之后，我突然闻到了味道，那是油锅里炝葱花的味道。我马上跑到街上去买大葱。路上闻到有人院子里在晒酱，黄豆发酵后那种又香又臭的味道使我忍不住大吸了几口。路边有只麻雀的干尸体，两只爪子摊得直直的，羽毛掉得七零八落，我趴到地上嗅了嗅，没有一点儿臭味儿，我怀疑自己的鼻子还有问题，迎面走来几个从河边洗衣服回来的女人，洗衣盆里的衣服散发着湿漉漉的香气，她们也香喷喷的……我买了二斤大葱，把它们一起剁碎，辣得不住地掉眼泪，油热好之后，抓了一把扔进去，我真的闻到了炝葱花的味道，真是香啊！

那天我抓起一把把的葱花不断地扔进油锅里，看到没油了就再加上，整个房间里都充满了炝葱花的香味儿，然后香味儿飘到院子里，巷子里……

陈永生讲着，把一把葱花倒进油锅里。

《北京文学》2020 年 3 期

和邹正方的渊源

王海子读大学那会儿,文学已经过了热闹时候。

报到那天,学校广场上挤满人,充满各种声音,社团都在招收新会员。舞蹈系的姑娘们穿着拖地的白裙子,虽然鞋有皮鞋、布鞋、高跟鞋不一样,但飘来飘去颇像仙女。声乐系隔一会儿传来几声歌剧,一下能把人从各种嘈杂声中拎出来。航模系头顶的天空上不断出现嗡嗡叫的无人机,给人只要参加他们社团就会制造飞机的感觉。计算机系那儿喝彩声不断,不知道在比赛什么。王海子在人群中挤来挤去,挤过许多热闹地方,才发现中文系,加入文学社团。

王海子确实有文学天赋,大二那年写第一篇小说就获得校刊征文一等奖。王海子没有成为校园名人,因为文学确实边缘化,但是王海子引来了《都市青年报》记者的注意。

邹正方说要采访他时,王海子蒙了,半天说不出话,记者要采访他?邹正方以为王海子不愿意,赶忙滔滔不绝地说从王海子身上看到了于连、孙少平的影子,感觉他是新时代青年中励志的典型,然后背了一大段小说中的片段。王海子被感动了,没想到有人会这么喜欢自己的作品。听着邹正方的声音,王海子回到了小说中的情境。

开学时,爹非要送他不可,他不想让爹送,爹太土,他怕别人嘲笑。爹担心他,毕竟从鄂西大山里到读书的城市,有一千多公里，其中需要徒步几公里到镇上，然后坐汽车到县城，还得倒好几次火车，走三天两夜才能到。他便让爹买一双皮鞋，假如爹穿着平时的解放鞋去学校，他宁愿不上学。爹去镇上花三十元买了双假皮鞋。他让爹再买双袜子穿上。

王海子和爹怕迟到，结果早到一天。九月初，北方城市干热，他们满头大汗找到学校，摸到寝室，只有他们爷俩。爹放下行李，王海子发现爹肩膀上出现两条白色长痕，是爹背行李汗沁出来干了后盐的结晶，邹正方说读到这儿他就感动了。爹看着旁边没人，便一头倒在床上，很快又爬起来，把鞋脱了，袜子脱了，外衣脱了，北方的九月初，寝室里还很热。爹裸着上身，光着脚，很快呼呼就睡着了。

这几天路上，爹怕丢了东西，睡得都不踏实，王海子也是。

睡梦中，王海子忽然感觉有人拍床栏，而且喊："你是谁，怎么睡在了学生床上？"他迷迷糊糊睁开眼睛，看见爹已经坐起来，干瘦的脊背上有几条床上光竹片留下的烙印。一个年轻女人手还搭在床栏上，屋里，多了几个学生和家长。爹问："你是谁呀？"女人生气地回答："我是学生班主任。"爹的脸唰地变红，背上那些长条烙印奇迹般地充了血，消失不见。爹三两下把衣服套上，穿鞋，穿上鞋发现没有穿袜子，又脱下鞋，把袜子穿上。爹手忙脚乱中，王海子已经收拾整齐站在地上，他感觉这次脸丢大了。

爹穿好衣服，脸还红着，闷头闷脑说了句："对不住。"扭头就走。王海子犹豫了一下，冲老师点点头，跟着爹跑出去。爹一路不说话，到校门口，突然停下来，脱下鞋，赤脚站在地上，然后把袜子脱下来，塞在王海子手里说："这袜子还新着，我用不着，你留着穿吧。"然后爹穿上鞋，飞快奔向一辆正驶过来的公交车。王海子还没有反应过来，爹已经挤上公交车消失在秋日的阳光下。

邹正方停止了背诵，王海子回过神来，一刹那他竟想起这么多事情。

初次见到邹正方时，王海子觉得他一点儿也不像记者，可又觉得记者就应该这样。邹正方留着长头发，一直披到肩膀上。戴着金丝边眼镜，眼睛特别圆，像豹子眼。最让王海子印象深刻的是邹正方穿着一条紫红色灯笼裤子。紫红色，在王海子老家，只有女人们穿，但也没见过这种裤子。

王海子不知道该在哪儿接受邹正方的采访，他提出教室、宿舍、图书馆，都被邹正方否定。最后，他们来到学校小树林里面的一座凉亭里。这座小树林，王海子进来过一次，里面都是一对对搞对象的，有的大白天就抱在一起，嘴对着嘴。王海子看到这场面面红耳赤，再没有去过。不知道邹正方怎么知道这里有座凉亭？

和邹正方一起来到这儿，王海子不那么局促了，他甚至边回答邹正方的问题，边不时悄悄溜一眼旁边走过的女孩。他希望这些女孩也能注意到他，看，这是一位才华横溢的人，写出了漂亮的小说，记者正采访他。可是没有一个女孩在他身上停留目光，她们情意绵绵的目光都在身边男朋友身上。

王海子观察邹正方，他的目光也不断落在那些女孩身上，让王海子高兴的是，那些女孩的目光也没有一个在邹正方身上停留，尽管他留着长头发，穿着鲜艳的红裤子。

那天采访完，邹正方要请王海子吃饭，王海子觉得自己被采访，应该他请邹正方吃饭。他们两个争抢来争抢去，却不约而同选择了校门口那家叫"红星"的小饭馆。点了一盘凉菜，两碗面，两瓶啤酒。上啤酒时，邹正方眨了下眼睛说："光喝啤酒没劲儿，来瓶小二。"牛栏山小二上来之后，邹正方给每人倒了半杯啤酒，然后又兑了些白酒。王海子惊讶地说："这样喝会醉的！"邹正方说："这样喝才有味道，你尝尝。"王海子不好驳邹正方的面子，小心抿了一口，有点儿甜，马上又感觉特别辣。邹正方却已喝了一口，夹颗花生米，咯吱咯吱嚼起来。

那天喝完这些酒，王海子脑袋晕乎乎的，但他拼命抢着去结

和 / 邹 / 正 / 方 / 的 / 渊 / 源

账。邹正方也和他抢，最后还是王海子力气大。他结完账后，邹正方拍着他的肩膀说："兄弟，你好好努力，以后会有大出息的，哥哥看好你！"王海子脑袋沉得要掉下来，他感激地努力点点头。出了饭店门，王海子胸口那儿胀得厉害，便不管不顾大声唱起歌来，他觉得不唱，胸口会炸开，脑袋也要掉下来。唱着唱着，不知不觉一个人就摸进了小树林。这次看到那些搞对象的，王海子不害羞了，而是鬼上身似的不由得自己凑过去，冲对方做鬼脸和笑。对方骂他神经病，或者害怕地躲开，王海子继续去找下一对。王海子从来没有这样开心过，他试了一对又一对，比较哪个男孩的对象最漂亮。忽然，背后踢来重重一脚，王海子摔倒时，看见无数小树朝他倒下来，有杨树、柳树、槐树、松树、柏树、银杏、丁香……

几天之后，王海子收到邹正方一封信，打开信，信纸里面居然夹着二十元钱。邹正方说是给他的稿费。王海子没想到这采访还能挣上稿费。他兴奋地跑到图书馆，把邹正方的信读了一遍又一遍，然后铺开纸，认认真真给邹正方回信。抬头写，正方哥，他在心里把邹正方当哥哥了。

再次见到邹正方是一个星期之后，他还是穿着那条紫红色灯笼裤，晃晃悠悠出现在教室门口。王海子马上想起"名士自风流"这句话。

他慌忙出来迎接邹正方。邹正方很严肃地说："兄弟，你的样报马上就要出来，哥哥现在去医院看望一位老师，忘记带钱，你借我点儿好吗？我送样报时还你。"王海子问："要多少？""一百你有吗？"王海子下意识地说："一百有，家里刚寄来生活费。"邹正方走了之后，王海子忽然想，邹正方为啥正好借一百，是不是上次喝酒自己告诉他家里要给寄一百元生活费？但他马上否定了这种想法，人家还给了二十元稿费呢。

一个月之后，王海子收到《都市青年报》的样刊，是邮局寄来的，访谈发了一版。王海子欣喜地读完报纸，想邹正方啥时还钱呢？这一个月，王海子被邹正方害惨了，上个月的结余和那二十元稿费花完之后，他向这个同学借十块，那个同学借二十，盼望邹正方突然出现，还他钱后，他好还同学们，可是邹正方一直不出现。月底那几天，王海子不好意思再向同学们借钱，便早上故意不起床也不吃饭，中午吃上一顿，晚上早早躺进被子里，床头放一大缸水。肚子饿得咕咕叫时，就喝几大口。半夜饿得睡不着，王海子翻来覆去折腾，听到肚子里水咣当咣当地晃动，他便想起老舍《骆驼祥子》里那段，"胃里差不多装满了各样的水，有时候里面会轻轻地响，像骡马似的喝完水，肚子里光光光的响动"。他开始想祥子，想虎妞，想老舍，越想越远，想得累了，才能再入睡。

因为那篇获奖小说，王海子成为文学社的骨干，学长大四毕业后，文学社和校刊交到王海子手里。王海子把更大的热情投入文学上，不停地组稿约稿，组织朗诵会，邀请这个城市的作家来学校做讲座，他还亲自校对刊物，写编者按推荐年轻学弟的作品，自己写出一篇又一篇小说，在学校文学圈，王海子真正成了名人。但贫穷还是像影子，跟着他不放。

这时王海子高中时喜欢的一个女同学和他联系起来。这个女同学，拿出来放在他们学校，不比那些班花、系花逊色。王海子读高中时，尽管知道这个女孩在暗暗喜欢他，因为穷，一直躲着她。

高考结束后的一天，王海子午后在村口河里游泳，女同学来找她。她穿着白色小翻领半袖衬衫和亚麻色裙子，浑圆的双臂和洁白圆融的小腿肚子露在外面，王海子看到的一刹那，不由自主鼻血就冒出来，鲜红的血流到水面上，一丝一缕地慢慢扩散开。女同学在岸上叫他，王海子不敢上岸，他下边已经肿胀起来，内裤鼓鼓囊囊。女同学越叫，他胀得越厉害，血也流得越畅快，王海子不停地掬起水来洗脸，他纳闷，人的那么一点儿血，怎么会染红那么一大片水面。

那天，他们拥抱、接吻。王海子没想到女孩的吻那么甜，那么软,那么绵,他吮吸住女同学的嘴唇,久久舍不得放开,听到蜜蜂在耳边嗡嗡地飞。

那年暑假,他们总是找机会在一起。有一次女同学父母亲不在家,王海子和她滚在一起。忽然,邮差在外面大声叫喊,女孩的大学录取通知书到了。王海子和女同学大汗淋漓从床上爬起,蝉不停地在外面叫。

女同学考上武汉一所著名的大学,几天后,王海子收到外省一所大学的录取通知书。从那之后,他们的爱情像花期过后的植物,郁郁葱葱,却开始舒朗起来。随着九月开学,两个人分别的话都没有说,却好像各自明白要干什么。刚开学,还有几封信,慢慢地联系越来越少。

女同学要来找王海子时,王海子第一个想到的人就是邹正方。那一百元,邹正方始终没有还他,王海子也不好意思开口要,它像一条鸿沟,使他们还没有怎样开始的友谊有了距离;却也像一道桥梁,使他们有了一种不可斩断的联系。

王海子找到邹正方,没有提钱的事情,只是说女朋友来了,想在他租的屋子里住一晚。在他们有限的几次交谈中,王海子记得邹正方说过他独自在外面租着一间屋子。邹正方没有丝毫犹豫,从紫红色的裤子里掏出一把钥匙交给王海子,用猥亵的笑容说:"兄弟,好好干!"从邹正方的笑容里,王海子觉得这个时候他们是同一类男人。

王海子把女朋友从火车站接到出租屋,路过菜市场时,买了一斤五花肉,两棵芹菜,三个鸡蛋。

那是十月快结束的一个周末,城市里还没有供暖,一年中最难熬的几天。天阴沉沉的好像要下雪,出租屋里冷飕飕的,打开灯,因为外面的天并不黑,所以屋子里也不亮,一切都是灰蒙蒙的。

女同学惊讶地问:"这么多书啊?"

书架上、桌子上、床上,堆的都是书。地上纸箱子里的书满得已经溢出来，地上掉着几本。

王海子焖大米、炒菜。女同学坐在椅子上翻书。因为天气冷，或者女同学的心事不在书上，她拿起一本，翻几页放下，再拿起一本，又放下，不停地往紧裹身上那件红色棉衣，还朝手上呵气。

王海子说："屋子里太冷了，你去床上躺着吧。"

说过几次之后，女同学穿着外面的棉衣斜躺在床上，她的脚丫拉在外面，王海子一抬头，就看见线条纵横交错的鞋底子。

做好饭之后，女同学吃了几口大米，说不饿了。王海子本来每次看见肉都流口水，但女同学在眼前，对肉就没有一点儿胃口了。他感觉他们心照不宣，都知道这次见面要发生什么。

王海子把剩下的饭菜拿下去，问了女同学几句路上的情况，就开始撕扯她的衣服。只剩几件内衣时，女同学冷得缩成一团，王海子继续撕扯，她突然怒了，大声说："我大老远跑来看你，你难道只想干那个？"王海子讪笑着说："几年前就想了，要不是那个邮递员。"没想到女同学一脚把他踹下床，一件件穿脱下来的衣服。王海子没有丝毫准备，一屁股蹲在地上，正巧尾椎骨碰到个硬玩意儿，尖锐地痛，他也生起气来。

王海子捂着尾椎骨，看着女同学把衣服一件件穿好，从床上坐起来，他坐在地上，一动也不动，很长时间的期盼，突然烟消云散了。

时间还早，才八点多，但他们不知道接下来该进行什么。两人每人找了一本书，心不在焉地读起来。读了两页，王海子放下书，把刚才剩下的米和菜装垃圾袋里，然后开始洗锅。他先倒上洗洁精，用钢丝球认真擦，锅里的水很快变成浑浊的颜色，发点黄，带些白，有些黏手。他把水倒掉，换上清水，又擦了一遍。再倒掉，换上水。一连洗了五次，然后把锅凑到鼻子前，除了铁的味道，没有其他异味了，王海子又开始洗擦锅布。那块看不清颜色的擦锅布恢复了本来的颜色时，王海子用它把锅擦干净。挂锅的地方钉子歪

和 邹 正 方 的 渊 源

了,王海子从一个工具盒里翻出手钳,把它拧正,把锅挂上去。接下来王海子开始擦煤气灶。蓝色的煤气灶沾了太多的油污,擦起来很费劲,但王海子还是想办法把它擦干净了。擦干净这些东西,王海子拎着塑料袋,去外面扔垃圾。打开门的时候,一阵寒风吹来,王海子打了个哆嗦。楼道里一片漆黑,王海子咳嗽了几声,下面楼层有灯亮起来。王海子一路咳嗽,有的楼层声控灯坏了,声音再大也没用。有的还好着,声音一响就亮了。王海子深一脚浅一脚,穿过忽明忽暗的楼层,来到院子里。天空黑乎乎的,看不到星星,几盏路灯像被雾裹着,朦朦胧胧看不清楚。垃圾桶那儿,几只猫在打架。王海子把塑料袋扔进垃圾桶,感觉真是冷。

回到屋子里,女同学已经躺床上。她说:"困了。"王海子"嗯"了一声,嗓子里像有一团巨大的东西堵着,这个"嗯"字说得异常艰难。女同学躺在床靠墙的那半面,外衣、裤子搭在椅背上,给王海子空出另一半。王海子忽然想,被子是邹正方盖过的。

王海子问:"关了灯吧?"女同学说:"嗯。"关了灯后,王海子没有去床上,而是摸索着找到椅子、桌子。伏在桌子上枕着胳膊,他想起上学那会儿在教室里睡觉的样子。

那天晚上真冷,王海子不时被冻醒。每次醒来,他都听到床上有动静,女同学显然还没有睡着,但王海子不想到床上去。

好不容易熬到天亮,王海子说:"走吧,送你去火车站。"女同学从被子里钻出来,脸有些肿,头发很乱。王海子递给她梳子,用电热棒热水。两人洗漱干净,一前一后出了出租屋。临出门时,王海子忽然看到书架上有一套整整齐齐的七卷本《追忆逝水年华》《在斯万家那边》《在少女们身旁》《盖尔芒特家那边》《索多姆和戈摩尔》《女囚》《女逃亡者》《重现的时光》。他想起自己的一百元,犹豫一下,拿走《重现的时光》。

还了邹正方钥匙后,他们基本不再联系。

王海子毕业后,正好作协招聘人,王海子当了省刊编辑。很快，认识了省城的一大批作家，这些人工作形形色色，从他们嘴里，王海子不断听到邹正方的消息。

大家提起他时，都用一种奇怪而不屑的口气，邹正方，把"邹"字拉得很长，正方连在一起，重音落在"方"字上面，充满了意味。

大家口中，邹正方的工作不断地变来变去，从都市报，到了法制报，然后是老年报，少年报，妇女报，每个地方都待得不久。每个聊起他的人，都会提起他借钱，提起他那怪异的打扮。有位朋友讲，他认识邹正方还是因为王海子。

那天下班后，在单位院子山楂树下见到位穿紫红色灯笼裤的男人，他以为是精神病，因为搞文字的人，精神有问题的挺多，他便绕开他走。没想到这个男人凑过来，带着微笑问："你是×××吧？"朋友只好说是。他说："我叫邹正方，在报社工作，是王海子的朋友，我还认识……"他数了省城文学圈的一大堆名人。朋友发现他讲话有条理，眼神正常，放松了对他的警惕。但是孩子在小饭桌，他要赶紧去接，没办法和他深聊。邹正方很理解，说："您快去吧，接孩子耽搁不得，咱们留个电话改天我叫上王海子咱们一起坐坐。"

从那之后，邹正方便开始不断地去找朋友，不管是啥时间，一来就坐大半天。他谈自己的文学理想和文学抱负，口中的那些谈论对象，不是省城的这些作家了，而是尼采、康德、克尔凯郭尔、柏拉图等，在他嘴里面，马尔克斯已经很不济。这么有理想的人，又是王海子的朋友，朋友不敢怠慢，但许多工作要按步完成，没那么长时间陪他，朋友便开始躲他。一见他来了，借口走开，等他走了再回来，或者看见他在，办公室也不进。这么躲了几次之后，有一天，朋友早上刚进单位院子，便被邹正方拦住，他很严肃地说："你怎么老不上班？我几次来想约个时间请你吃饭，总找不到你。"朋友说："哪有呢？"他一下想不出个解释的理由。正是上班时间，同事们来来往往，用好奇的目光打量他们。领导马上要来了，朋友不想让他看见和邹正方站在一起，尤其是让他听到邹正方说的那些话。他说："咱们去办公室聊。"邹正方严肃地说："我今天没时间，中午约了人，出来却发现没带钱，路过你这儿就进来了。你能借我二三百块钱吗？"朋友一听只要二三百，赶紧松口气，马上掏出三百元。邹正方说："我得给你写个借条，一个星期后还你。"朋友说："别了，你忙，我得去打卡。"

听得多了，王海子有些厌烦。有次吃饭时，大家没说几句话，又扯到邹正方身上，是关于他采访女领导的故事。王海子忽然打断大家的话说："以后咱们在一起不要提邹正方了。"

没想到，这句话说完之后不久，邹正方在大家的视野中消失了。妇女报的朋友说："那次邹正方采访女领导，把事情搞砸了，本来讲好的一大笔赞助没了。领导说他几句，邹正方就辞职了。"去了哪里？不知道，反正邹正方不见了。

时间长了不见邹正方，王海子偶尔会想起他，觉得真是一位怪人，有时问问朋友们，谁也不知道他去了哪里。他给大家留下的联系方式，没有一个人保存着。

慢慢地，没人谈论邹正方了。

王海子成为一个不大不小的作家，在城市里买了房，娶了妻，有了个中层领导的职位。

龙潭公园改造完成后，增加了块湿地景观，王海子去溜达。在龙潭广场的春秋大鼎前，看到许多人围在一起，听中间那个人讲解着什么。他喜欢热闹，便凑过去，没想到看到了邹正方。他的长发剪掉了，留起胡子，一看就留了不短的时间，胡子已经把整张脸遮住，看起来庄严许多。但那双眼睛，王海子一看便认了出来。他的紫红色灯笼裤不见了，换成宽松的棉质黑裤子，上边搭的是麻质的黑色对襟大褂，手里拿着扇子。

邹正方正在讲，"龙潭广场中心鼎台总高2.5米，象征古城2500年的历史，采用外方内圆设计，取天圆地方之意，其中内圆由年轮记事的方式构成，24条轮辐镶嵌24块铜板，分别记载着晋阳城自公元前497年建城以来发生的24个重大历史事件，也象征着一年有24个节气。鼎台分三层，分别上三、六、九步台阶，取步步升高之意。"

邹正方的声音不徐不疾，目光经过王海子时，没有丝毫停留，便到了下一位身上。那一刻，王海子怀疑自己认错人了。

回到家时，王海子好奇邹正方讲的内容，便在百度上查龙潭公园，那些内容居然都有，王海子肯定他就是邹正方。

在这之后不久，王海子去文瀛公园看菊花展，居然看到了邹正方，他在状元桥边戴着耳麦背诵《赤壁怀古》。晚上公园里人很多，跑步的，跳广场舞的，放风筝的，干什么的人都是一群人，唯有邹正方孤零零一人。许多从他身边走过的人，诧异地望一眼，便不再回头。邹正方的声音空荡荡的，望着他的背影，王海子有种萧瑟之感。

王海子转了一圈再次回到状元桥时，公园里的人少了，邹正方还在背诵，这次他背的是《少年中国说》，"老年人如夕照，少年人如朝阳；老年人如瘠牛，少年人如乳虎……"邹正方的影子落在水面上，长长的细细的一条，浓黑如石头。

王海子想叫上邹正方，去公园外面的长沙大排档点上几个热乎乎的菜，喝上两三杯。或者去海子边的酒吧里，要上一打啤酒，狠狠醉一回。

王海子捡了块小石子，扔进邹正方水面上的影子里，邹正方抬起头来，王海子看见从石子落水的那个地方开始，黑色扩散，影子破了，他想到小时候不小心打碎的一个石膏像，忽然没有了见邹正方的兴致，便缩进旁边树丛里。邹正方疑惑地朝四周打量了一下，又扭过头去，那个影子好像更黑了。

一晃几年过去，朋友圈里慢慢流传邹正方搞国学，王海子觉得有些好笑。

和 / 邹 / 正 / 方 / 的 / 渊 / 源

没想到，在一次婚宴上，见到了邹正方。他留成小寸头，胡子更长了，而且像刷了漆，黑得发亮。还是黑色的麻布对襟上衣，黑色棉布裤子，只是脖子上多了一条灰色围巾。那时天气还不冷，参加婚礼的人大概就邹正方一个人围着围巾，马上使得他和别人不一样。更令人诧异的是，邹正方后面恭恭敬敬跟着个年轻女孩，帮他拎着一个黑色的皮包。邹正方上完礼，那个女孩就不见了。

王海子与一帮搞文学的朋友坐在一桌，邹正方进来后，看见他们，走过来。他把公文包从右手交到左手里，腾出右手和每一个人握手，他居然认识所有人，都亲热地称呼对方"××兄"。握完手后，王海子去了另外一张桌子坐下。

有人说："邹正方真他妈装！"一个人说开，大家纷纷响应。有人回忆起当年他穿紫红色灯笼裤的样子，马上有人接着描述那条裤子的模样。有位女士说："我当年坐在他旁边，他只有这么一条裤子，脏了晚上洗干净，第二天早上穿。天气冷时，晚上洗了第二天干不透，他就湿着穿，让人看见就冷。"大家七嘴八舌描述完他的裤子，又说起他长长的披肩发。还是那位女士说："披肩发得隔三岔五护理，邹正方那披肩发！有一天他正巧侧过脸，耳朵里居然有耳屎掉出来。"大家换话题。便有人说起邹正方当年借钱的事儿，满桌子的人，居然都被他借了个遍。人们一次次声讨他，那顿饭，因为邹正方，吃得格外热闹。

儿子上小学四年级时，有天回家忽然哭丧着脸对王海子说："爸爸，今天老师冤枉我了。我上课正认真听讲，被老师叫起来，说我走神了。我不知道该怎样回答，没有吭声，被叫进了办公室。我说没走神，老师不信。你说怎么办？过几天，有国学大师来我们学校，班里选五位同学听他讲座。这下，老师不会选我了。"

王海子告诉孩子，没错心里就坦然些，不要把它当回事儿。也不要责怪老师，谁都有可能犯错。国学大师的讲座，能去就去，去不成也没啥，好好学习就是了。

王海子不知道孩子听没听进他的话，他总觉得国学大师这些人怪怪的，不见也好。

几天后，孩子一回家兴高采烈地说："爸爸，老师选上我了，下午我们就能见到国学大师，我好激动！"

那天中午，儿子午休总是翻来覆去睡不踏实，而且比往常早了二十分钟起来，认真洗脸、刷牙，说要提前到学校去。

晚上回来，兴奋地说："爸爸，我们见到国学大师了。"

王海子问："国学大师什么样？"

"人家围着围巾，穿着老古式的那种衣服，一看就和平常人不一样。人家说，学好国学很重要，还给我们背诵了一段《少年中国说》，少年智则国智，少年富则国富，少年强则国强，少年独立则国独立。人家说，我们少年最重要了！"

王海子想起邹正方在状元桥上背《少年中国说》的样子，疑惑地问："这位国学大师叫啥名字？"

儿子想了想说："好像姓邹，"抓抓头皮，不好意思地吐吐舌头，"名字忘了。"

王海子问："是不是邹正方？"

"是，好像是，就是这个，邹正方老师。"儿子一脸崇拜的表情。

王海子打开校园网，果然是邹正方，他有些难以置信。于是用百度去搜索，铺天盖地都是邹正方的消息。他到处讲学，讲《老子》《论语》《孟子》《大学》《史记》《三字经》《弟子规》《魏晋风度》等，还讲书法，讲怎样做君子，简直什么都讲，而且还有一堆吓人的名头，著名学者、书院院长、国学大讲堂教授、儒学研究会理事、成功心理学培训讲师、古典文学研究会会员、书法家协会会员、文化研究会理事、诗社社长……

王海子觉得好玩，便以邹正方为原型，写了篇小说，发表在外地的刊物上。王海子想，文学如此边缘，邹正方一定看不到，再说自己写的东西都有依据，也不是诽谤。

小说发表之后，没想到被一家选刊转载。不久，王海子收到邹正方一封信。他义正词严地质问，"王海子我对你不错吧，没有做过对不起你的事情，为何你在小说中如此写我？"邹正方在信中表示要找王海子坐坐。

王海子没想到邹正方会看到这篇小说，第一反应就想，你做了，还害怕人家说？他把这件事当作笑话，讲给身边的朋友听，为了证明自己说的是真的，还把手机拿出来，打开邮箱，让朋友们看信件。

但每次做这件事情时，王海子又有些隐隐的不安，觉得自己行为有问题。可也许生活太无聊，很少有点儿新鲜的东西，王海子舍不得丢掉这点儿八卦，还有他潜意识里害怕邹正方报复，想把事情的缘由扩大，以后万一有个啥事情，大家知道来龙去脉。而且他想，在小说里也不光是嘲弄邹正方一个人，还把自己也嘲弄了，民国的时候，作家不也这样写吗？像钱钟书。在这些多重原因下，王海子控制不住自己的行为，一次次把邹正方的信拿出来让别人看。

于是，很多朋友知道邹正方给王海子写了这样一封信，大家开玩笑时，有人便会问："王海子，邹正方还没有约你？"王海子抓抓头皮，有时会抵赖一两句："我写的也不是邹正方，哪有这样的人，是我虚构出来的。"但说完后，他就常常把手机拿出来，让朋友们瞧邹正方的信。

越来越多的人知道这篇小说，很多人找来看。小说的原发刊物这个城市没有，但选刊每个报刊亭都有，很快，便脱销了。

到了年底，这篇小说获得大奖，奖金五万元。王海子没想到关于隐私和八卦的小说居然引起这么大反响，有些意外。这些年，王海子长中短篇写了许多小说，一直没有引起较大反响，看着同龄人一个个摇旗呐喊，攻城略地，王海子刚开始羡慕、焦虑，后来慢慢淡然了，他不再关注朋友们的微信圈，后来彻底把它关闭，开始戒酒，跑步，念佛。

王海子每天起床第一件事是原地跳绳十分钟，然后跑步半小时，做一百个俯卧撑。每天上下班，十几站路，他不坐公交车，步行。住的楼房在二十三层，不坐电梯，一个台阶一个台阶走上去。到了星期天，不是一口气从肿瘤医院沿着北沙河跑到汾河公园，足有二十多公里，就是从动物园跑到东山森林公园，再跑到牛驼寨烈士陵园，一跑一上午。

王海子的大肚子渐渐瘦下去，胳膊上有了肌肉，他经常把裤腿掀起来让大家看，小腿上的腓肠肌、比目鱼肌、腓骨长肌、胫骨前肌条缕清晰，犹如刀砍斧削的雕塑，王海子喜欢上这些能看得见的变化。

接到去重庆领奖的消息时，王海子首先去搜索重庆的天气。这些年来，他对于穿衣已经不再讲究，上班基本都是牛仔裤、T恤、夹克，冷了套件羊毛衫，唯一显得有些品质的是脚上的Columbia鞋。这次获奖，唤醒了他内心的许多东西，他觉得自己似乎在走向成功。王海子从头到脚，从内到外，买了新衣服，甚至还花八百元买了个"北面"的休闲背包。

出发的前一天晚上，朋友们给王海子送行。王海子高兴，开戒喝了几杯酒。回家的时候，破例打了出租车。当他下了出租车，拐进门口那条巷子时，看到路灯坏了一个，人从明亮的路灯下走进这块没路灯的地方，像从黄昏走入黑夜，王海子觉得自己还保持着那种对生活的高度敏感。他正进一步观察有路灯和没路灯地方的差别时，有三个人站在他面前。王海子一惊，看见是邹正方和两个黑衣人。邹正方站在三个人中间，那两个人在他身后半步远。

王海子下意识地问："你要干什么？"邹正方说："王海子，你的小说写得不错呀！祝贺你获奖。"他从口袋里掏出钱夹说："十几年前，我借过你一百元，你一定记得很清楚吧？"王海子马上摇头。

邹正方说："别装了，我就恨你们这些作家装，你们应该经常读《论语》，学习怎样做一个君子。那是你读大二的时候，是2004

年吧。我现在还你,把利息加上。"他问后边的黑衣人:"现在银行贷款利率多少?"左边的那个家伙回答:"五年以上四点九。"

邹正方说:"好,翻倍,按九点八,按整的,十个点计算。十四年是多少?"王海子赶紧说:"还啥呢,才一百块钱。"邹正方数钱,然后说:"给你二百。"

王海子不要。

邹正方说:"借债还钱,天经地义,不还了我睡不着。你不知道这些年为了这一百元钱,我心里老是疙疙瘩瘩。"他把这二百元硬塞给王海子,然后问:"你知道一套《追忆逝水年华》多少钱吗?1989年版的?"

王海子冷汗出来了,想起那本《重现的时光》还在自己书架上孤零零地搁着,忙摇头问:"很贵吧?"

"不贵,孔夫子上也就二三百。"

王海子吁了口气。

邹正方说:"但是我丢了第七本,这套书怎么也看不到结尾,怎样也回不到重现的时光中。"

王海子说:"那本书我拿走了,不好意思,现在还在我书架上,回去还你。"

"你是偷走的吧?我好心借房子给你和你的女朋友用,你却偷我的书?"邹正方鄙夷地说。

"不,我不是偷!"王海子惊慌地反驳。

邹正方不耐烦地摆摆手:"你们这些人啊,做错了事还不敢承认,算了,我也不要了,把其他六本也给你。"说话间,他后面的黑衣人打开包,取出其他六本书。

王海子还要解释。

后面两个黑衣人上前,用书猝不及防地打在王海子脸上。王海子吃惊地捂住脸,尖叫。书开始重重落在他头上。王海子想这是《追忆逝水年华》,很快他就不这样想,因为书像闷锤子不停地在他头上敲打,他想书怎么这么硬,简直比砖头还硬?他又去捂头,书打在他脸上,像有人扇他耳光,但比耳光重许多,王海子感觉嘴角有血出来,好多次打在耳朵上,王海子很久才能听到声音落下来,像火车从远处隆隆驶来,他想可能耳鼓膜被打破了。王海子手忙脚乱地一会儿捂头,一会儿捂脸,书有时打在他手上,手背一阵阵发麻。

旁边三个人都消失后,王海子感觉耳朵嗡嗡作响,眼前还有影子飞舞。等眼睛能看清楚后,王海子脸、头、手都在疼,地上满是散乱的书页,书页上面是黑色的脚印。王海子蹲下去,把书页费力地一张张收起来,《在斯万家那边》《在少女们身旁》《盖尔芒特家那边》《索多姆和戈摩尔》《女囚》《女逃亡者》都有,王海子用袖子细细擦拭着上面的污渍,眼泪落下来。

回到家后,妻子和儿子看到王海子的样子,大吃一惊,妻子要报警,要和他一起去医院。王海子摆摆手说:"我撞了个小孩儿。"

在镜子里,王海子看到自己的脸灰扑扑的,肿得不像样。眼睛血红,眼皮下布满瘀青。脸颊那儿被书还是装书的订书针划破口子,嘴唇也破了。他把脸洗干净,妻子用酒精帮他擦了擦伤口,抹上红药水。晚上躺在床上,王海子的头一直嗡嗡叫,脸一挨枕头就疼。早上四点多起来上厕所,王海子看见脸似乎更肿了,涂着红药水的地方有的红,有的青,面目狰狞,根本没法见人。他叹口气,告诉主办方联系人,家里有急事,不能去参加颁奖典礼了。

那几天,王海子整天待在家里,读《追忆逝水年华》,读得累了,就睡一觉,醒来再接着读。许多往事汹涌澎湃地涌现出来,爷爷、奶奶、爹、娘、哥哥、嫂子、两个侄儿,那个踢了他一脚的女同学……有些细小的东西他当时都没怎样留意,现在却清晰地冒出来,像小时候玩游戏,把一些东西藏在墙角旮旯里,时间长了忘了,以为再也找不到了,某一天翻东西,它们却突然蹦出来。王海子欣喜地收集着这些碎屑,觉得这些蜕掉的东西,又回到自己身上。但是当他脸上的痂掉了之后,他又感觉像脱了层皮。

伤好之后，王海子单位恰好组织去下边县里开展采风活动。

住进宾馆，宾馆介绍、信笺、一次性圆珠笔旁边醒目地放着一本精装的《××县文化》，格外精致。王海子随手拿起来，上面赫然印着"邹正方文化××系列讲座"几个大字，王海子苦笑着翻开目录，是邹正方的一篇篇讲稿，从《山海经》《周易》到《孔子》《老子》《春秋》《左传》都有，王海子赶忙用宾馆简介把它盖住。

晚上，在文化馆举办文学讲座，台下坐了三五十个基层作者和文学爱好者。到了互动环节的时候，有人提问文学怎样反映现实？王海子忽然想到写邹正方的那篇小说。

讲座结束后，王海子边走边和作者们聊各自喜欢的作品。突然，对面县委宾馆会议室拥出一大群人，走在最前面的赫然是邹正方和一个中等身材略微有些偏胖的中年人。旁边县里陪王海子的工作人员说："哦，那是我们书记，县委书记，今天有邹老师的文化大讲堂，邹正方老师你认识吗？"

王海子呵呵一笑，大步向前走到邹正方前面喊："邹老师好！"邹字他故意加得重重的。"哦，是海子兄，王老师啊？王老师好！"邹正方有些吃惊和尴尬。两人握手之后，王海子突然说："邹老师嘴角有什么东西？"邹正方脸色变了一下，有些疑惑地用手抹了下嘴。王海子哈哈大笑，拍着他的肩膀说："开个玩笑。"

活动结束，离开县里时，县里给王海子他们每人带了两本书。一本是精装的《××县文化》，一本是异形本的线装《××县赋》，许多人一上车，就把书丢在座位上，又是书！王海子拿出《××县赋》，深蓝色封面，宣纸内文，很像前几年某出版社出版的国学大师经典系列，翻开第一页，赫然印着"邹正方文，×××书"，"混沌分而万物显……"后面是用毛笔字。

"混沌分而万物显"，王海子把书合上，在摇摇晃晃的大巴上写下《和邹正方的渊源》。

《上海文学》2020年2期，获《纯小说》2019年度金奖

七截儿

一

　　这是一所学校，进行某种专业培训。南北两座灰色楼房，一座宿舍，一座饭厅。往东走一百多米是大门，几乎永远也不开，旁边有小门和缩回去的保安室。小门挂着锁子，学员们出入时，摘下锁子，出入后再挂上。路人经过，不知道这里面干什么，或者以为里面根本没有人。1234567都是里面虚构的人物，为了分清楚，其中1357是男生，246是女生。

　　早上四点四十五分，闹钟响了，是火警的声音。僧念刚做完梦，梦中男同学"1"和女同学"2"贴着身子紧紧拥抱在一起。他身子一热，松弛下来，褪下内裤随手一扔，准备舒舒服服继续睡。

　　"完，完儿"，火警声大了起来。僧念疲惫地睁开眼，厚厚的窗帘下，屋子里如黑夜一样，手机屏幕上的荧光一闪一闪，确实是四点四十五分。

　　康德每天早上四点四十五分让仆人叫醒他，仆人得起多么早呀？僧念甩甩脑袋，甩掉这个想法，默念一遍"有两种东西，我对它们的思考越是深沉和持久，它们在我心灵中唤起的惊奇和敬畏就会日新月异，不断增长，这就是我头上的星空和心中的道德定律"，急匆匆起床。

　　把湿漉漉的内裤和床单扔进卫生间脸盆，屋子里还是有股味儿。僧念赶紧打开窗户，窗外黑乎乎的，仰望头顶，看不到任何星星，只有远处高楼楼顶上的航空警示灯一闪一闪，夜显得更加空和无。

僧念坐到桌前打开电脑，"2"的笑容不断地冲进他的脑海，他告诫自己得抓紧时间，强迫不去想她。半晌，写下标题《我的和尚弟弟》。弟弟像有莫大的能量，隔着屏幕给他发功，僧念渐渐平息下来。

三十年前，他十五岁，弟弟才十三岁，一亩多的豆子地在他们眼里像不停生长的魔毯，割得汗流浃背，还剩那么多，就连蝈蝈也和他们想的一样，不停地喊，"多！多！"僧念和弟弟胳膊上、脸上被豆蔓拉出一道道血口子，火辣辣地疼。周围地里那些干活儿的大人渐渐消失了，留下凌乱的玉米叶子在风中乱舞，像不断有人呼救。

僧念加紧速度，想往前赶一赶。

弟弟忽然直起身来，扔下镰刀说，老子不愿意干这个！

他穿过豆子地，朝田埂走去。

等僧念反应过来，弟弟已经拐个弯不见了，他踩过的豆稞像尸体一样躺在地上，豆子啪啪炸出来。

僧念以为弟弟找个阴凉的地方躲起来了，边埋怨他边努力割着，气温越来越高，豆子自动爆裂的声音此起彼伏，弟弟还没有回来。僧念喊了几声，没有人应，他心慌起来，拾起弟弟的镰刀往家奔去。

弟弟那天没有回家。

过了十年，弟弟突然回来，穿着一身明黄的袈裟。十年前那个上午，他扔下镰刀，跑到少林寺当和尚了。

弟弟后来离开少林寺，自己化缘在老家附近修了一座庙。做了住持之后，许多女信徒为他争风吃醋，他和一位刚大学毕业的女居士有了孩子，自己不敢养，悄悄送给了别人。人们都说，弟弟要不是生活方面不检点，将有更高的威望，他的法力那么深，连六万字的《法华经》都能一口气背下来。僧念不懂人家那套评价体系，但许多庙里做法事，争着请弟弟去，每次都对弟弟赞不绝口。僧念提拔那年，弟弟一下给他拿来十万元钱。

弟弟对他说，事情办不成，大势不是这样，但你的性格不去争一争又不甘心，你就拿上它去运作吧，不要问结果，最后不成，你也尽力了。

僧念当时觉得希望挺大的，可最后也没有弄成，心里确实有些耿耿于怀，但一想自己确实努力了，除了心疼钱，没那么难受了。他觉得弟弟真是了不起。

僧念想，怎样写弟弟呢？这样写出来好不好，里面提到弟弟和女人的事，还有孩子，钱，会不会对弟弟有影响？但删掉，又少了许多生动的内容。他琢磨了半天，舍不得删，用红色标了出来。

吃早饭时，僧念想今天的第一截儿完成了，良好的开端是成功的一半，他谋划中午请老师吃饭的事情。

二

八点钟的6号线地铁永远那么拥挤，僧念等了好几拨，才好不容易抓住扶手，挤进去。前面的人有个大包，里面装着水杯，硌得他胸脯难受。僧念挪了几次，人太多了，怎样也挪不开，于是那只水杯像枪一样顶着僧念的胸口，开水大概是刚灌上的，透过杯壁和衣服弄得僧念胸口热乎乎的，这样到了呼家楼，下车的乘客很多，僧念才换了个地方。

英语课缺的人又不少，来了十几个。一是因为早高峰太挤，那些身体纤弱的女生挤不上来，二是老师讲得高深，有些人基础太差，又大学毕业好多年没有碰英语，实在听不懂，便索性不来了。

老师一来，僧念就编好微信，给老师发过去。第一节课结束后,老师拿起手机,僧念的心提了起来。老师的头低下去,脸上浮现出笑容,很快抬起来望僧念。僧念心里一热,手机响了。老师说,谢谢僧念,实在不好意思,先答应"3"了。

僧念回了个笑脸说,老师,那咱们下次再聚。放下手机,僧念早上的好心情顿时没有了。上周请老师,老师说有事情没有答应,这次居然先答应"3"了!

"3"侧着脸和背后的女生说话,脸上带着浅浅的笑容,是那种成功者大局在握的笑容。僧念想,不该来上这节课,应该像那些不来的同学一样,待在宿舍里写自己的小说。

僧念想起自己的和尚弟弟,越想越觉得不该来,便给弟弟发了条微信,问他在哪里,后面还附了张调皮的笑脸。

僧念隔会儿看看手机,弟弟一直没有回,僧念想,弟弟可能在给别人家做法事,或者他在开车,他替弟弟想了七八条理由,越想心里越不安,弟弟会不会出事,和女居士们在一起时被人抓住?僧念心神不宁起来。

第三节课上了半截儿的时候,老师分析《美国独立宣言》逻辑,小时候读书,语文老师就分析这个。好不容易学会写作,可以从感性上把握作品了,结果学英语老师又开始分析。僧念低声嘟哝,分析这个没有意义。旁边穿着花布裙子、头发染得金黄、个子瘦高的女生"4"用肥厚的声音阻止他说话,说闭嘴!

僧念回过头,"4"根本没有瞧黑板,而是盯着笔记本电脑在制作一张表格。一群什么人!僧念忍不住,背起书包,拉开门走了。门轴那么松,僧念用的力气大了点儿,门砰地响了一下,所有人都感觉僧念是摔门走了。

很快,"3"收到老师的微信,中午吃饭时把僧念叫上。"3"一转手,在班级微信群发消息,中午和英语老师一起吃饭,去的同学接力报名。

1、2、3、4……来上课的同学纷纷报名。僧念已经走在回住宿学校的路上。冬日的阳光铺满校园，一位位课后的女生青春的脸上满是活力。僧念一点儿也没有感觉到这些漂亮，只是觉得头顶梧桐树上的乌鸦吵得心烦。

手机响了几声，他打开微信，看到"3"的召集，哼了一下，马上又觉得不对，在一棵梧桐树下停住，回复道，抱歉，我中午约了人，不能参加。摁完发送键，僧念感觉一阵轻松，却又空荡荡的，大家吃饭时，英语老师会和他们聊什么，会不会因为这次吃饭，英语老师对参加的同学印象好些，给他们高一点儿分数？或者透露一些考试信息？僧念越想越觉得自己的做法有问题，他想把刚发的微信撤回来，可是已经晚了。

这时电话响了，是"1"的电话。"1"问，你去哪儿了？怎么不好好听课？僧念回答，我临时有点儿事儿就出来了。"1"说，今天的课很重要，老师讲考试重点，你怎么就走了呢？中午千万一起吃饭，别赌孩子气。僧念听到讲考试重点，身子一凉。"1"一说让他回来，他马上说，我去参加。

僧念来到门口最大的超市，在水果区前停下，一只硕大的花皮西瓜在水果堆中闪闪发光，吸引了他的注意。僧念从来没有见过这么大的西瓜，他想别人肯定也没有见过，这就是传说中的瓜王。僧念把它抱起来，比他想象的还要重，像抱着个半大小孩。这个季节，外地运来的西瓜很贵，僧念却想，越贵越好。38.5斤，僧念花了差不多三百块钱把这个西瓜买下。抱着西瓜走在校园里，许多人的目光都盯着僧念，他一阵得意。可惜走了一段路就累了，他把西瓜扛在肩膀上，西瓜比僧念两个头都大，注意他的人更多了，僧念更加得意。但可惜的是，这样更累，他走了不到一百步，就走不动了，只好又抱着。抱一会儿，扛一会儿，越来越累，僧念不关心别人的目光了，后悔买的瓜太大了。幸亏饭店不是太远。

三

僧念进门时，大家已经坐好，开始点菜。看见僧念抱着这么大一个西瓜，纷纷惊叹，僧念马上觉得不累了，庆幸自己买的瓜大。老师旁边的那个位置大家让来让去，还没有人坐。僧念一进来，大家说这是专门给他留着的。僧念推辞了几句，别的位置都坐满了人，他只好坐过去。一坐到那儿，僧念感觉得到了重视，他想起屁股决定脑袋这句话，大声吆喝着服务员切西瓜，并且说，把瓜瓤掏出来，这样吃着痛快！

僧念的心情真的痛快了。他觉得今天的第二截儿也不错，虽然中间出了点儿小问题。

菜上来，开吃前，"3"代表大家说了些感谢老师的话，僧念闻着老师身上淡淡的香水气息，想第三截儿得好好表现。

男生们喝啤酒，女生们喝红酒，酒过三巡之后，大家挨个敬老师。老师不喝酒，同学们敬她时，她端起水杯轻轻啜一口。僧念一连敬了老师三大杯，老师可能因为刚开始回绝了他有些过意不去，居然把整整一杯水喝完了。僧念觉得老师还是看重他的，开始兴奋了，不停地主动和同学们碰杯，很快喝得晕乎乎的。

十几个人坐在教室里空荡荡的，在饭桌上却满当当的，在酒的作用下，大家很快放开了。有人开始讲笑话，有的人讲段子，有的人讲故事……很多人大声说话，想引起老师的注意，可是每个人的声音都淹没在别人的声音中，形不成共同的焦点。

僧念喝多了酒，肚子胀，上卫生间时，顺便买了单。

回到包间，里面闹哄哄的，女同学"4"正在朗诵诗，"我是太阳 / 我是月亮 / 你们这些凡夫俗子啊"，僧念听得晕头转向，以为她喝高了。却发现除了他，似乎没有人认真听她朗诵，每个人都在大声说话。她肥厚的朗诵声被众人的声音包围着，像被关在铁皮盒子里的一只蚂蚱，努力跳却怎样也跳不出来。

僧念也是喝昏了头，一坐到椅子上就喊，大家安静一下，我给大家表演个节目。大家或许听到僧念的话了，或许没有听到，但每个人还是自顾说着，没有人安静。僧念开始脱衣服，他先脱了外套，然后脱鞋子、袜子，人们看到僧念脱衣服，渐渐安静下来。僧念说，我坐到这儿，能把脚喂到嘴里，你们相信吗？有人马上说，你不嫌恶心！喝了酒，大家说话比较放肆，毕竟僧念四十多岁的人了。

僧念把椅子往后拉了拉说，脚才是人最干净的部位呢，我孩子小时候，经常把脚喂到嘴里，还把脚往我们嘴里喂呢！再说，我刚洗过。说着他就活动了一下胳膊和腰，盘腿坐好，然后伸出左腿，身子往前倾，低下头，用两只手掰着脚往嘴边凑。脚快要碰到嘴的时候，僧念停下来说，你们怎么不鼓掌啊？大家忘记了脚臭，老师开始带头鼓掌，大家噼里啪啦鼓起掌来。僧念得意地笑了一下，他的腿不可思议地越过头顶，盘到了脖子上，人们欢呼起来。

僧念把腿盘到脖子上，像皇帝巡游似的，目光缓缓地转向大家。

然后把腿从脖子上放下来，又往嘴边凑，这时没有人怀疑他了，老师说，僧念别弄了，知道你肯定能！僧念说，我一定要给大家看。他把脚掰起来，把头垂下去，快挨到一起时，骨骼咯咯地响，腿开始颤抖，大家的心也跟着颤抖，忘了味道。一点，一点，脚和嘴终于碰到一起，僧念点到为止，没有把脚指头伸进嘴里。大家的掌声这次热烈地响起来，这个动作真不是一般人能做到的。

"2"正叼着一支白色小烟管低着头和"1"说话，感到僧念的目光扫到她这儿了，抬起头来吸了口烟，拍拍手，又低下头，僧念心里一阵失落。

转到"4"时，她笑吟吟地迎着僧念的目光说，念宝宝真棒！声音嗲得能掐出水。僧念心里一暖，差点忘了课堂上她撑自己，但她一笑，眼角的皱纹像墙皮裂开后露出的土坯子。僧念赶忙转向别人。

僧念用手把腿放下来。掌声再次响起。老师说,大家吃好了吧,吃好了散吧?"3"大声喊服务员,服务员过来,"3"说买单。服务员指着僧念说,那位先生已经买过了。

僧念想到自己光顾表现,忘记"1"和"3"了,他忙像移交主持话筒一样,大声说,"1"和"3",你们俩和老师抱一下,咱们撤!

"3"说,抱就抱,这是咱们的老师,我代大家拥抱一个。"3"就坐在老师另一侧,但他还是站起来,拥抱了老师一下。"3"拥抱完,僧念说,"1"该你了。"1"站起来说,好。他绕过几把椅子,来到老师身边,拥抱了老师一下说,今天很开心。老师说,I'm happy too!

僧念忽然想起昨晚的春梦,微微有些冲动。望"2"。"2"收拾东西准备离开,但目光还在"1"身上,僧念微微有些失落。

出了饭店,旁边长发飘逸的男同学"5"问,念念,今天咱们什么时候打球呢?

旁边女同学"6"说,僧念,你答应我今天跑步啊!

僧念甩了甩晕乎乎的脑袋,对"5"说,我答应过的事一定会办,先女生好吗?回去睡一小时,我先陪"6"跑步,拉开身子后和你打球,一定赢。

"5"甩甩头发说,好啊,念念,等你赢。

僧念掏出手机要看时间,一摸口袋,钱夹、房卡、公交卡都不在了。他顿时出了身冷汗,大声喊,我的钱夹呢?

"1"和"5"停住脚步说,是不是刚才掉包间了?

僧念掉头往包间跑,"1"和"5"跟着往包间返。

这时"3"陪着英语老师经过前面有高大的丁香树那个路口,消失在花丛中。

一位四十多岁的女服务员正在收拾桌上的碗盘,僧念问,大姐，您见一个钱夹和房卡、公交卡了吗？

服务员说，没有啊，你们走了我就收拾东西，啥还没动呢！

僧念跑到自己刚才坐的地方，椅子的样子还没动，钱夹、房卡、公交卡都躺在地板上。僧念松了口气，打开钱夹，里面有五张红色的，还有一张绿色的、一张蓝色的，一分也没少。他高兴地冲服务员说，谢谢您！

"1"和"5"恰好也走上来，僧念说，我的东西就在这儿，一定是刚才用腿夹头时，从裤子口袋里滑出来，掉在这儿了。

"1"和"5"说："奇怪，我们怎么没有看到？"

四

出了一身冷汗，僧念完全清醒了，回到宿舍睡了一觉。一小时后，火警闹钟响，僧念在"完，完儿"声中穿好运动衣，来到大厅，"6"已经在等了。

"6"从南方来到北京学习，不适应环境，正在过敏，整个脸蛋红扑扑的，乍一看，十分精神，仔细一看，像开片似的正在掉皮。他们一前一后走向附近的红领巾公园，一路上僧念还沉浸在钱夹失而复得的兴奋中，详细地给"6"讲他找到钱夹的过程。"6"似乎对把腿盘到脖子上更感兴趣，她灵巧地迈着双腿，说也想学这瑜伽一样的动作。僧念说，我教你。说完，想起"2"那总是略带嘲讽的笑容，有些后悔。

出来得比较早，公园里锻炼的人不多，几个人慢跑，几位老人在广场上放风筝。微风吹来，水面荡起波纹，几对鸳鸯的羽毛被风吹得纷纷扬扬，像"2"和"1"拥抱那天被风吹起的头发。僧念忽然想家。

在老家，每次喝了酒，大家总爱唱歌，经常唱《一对对鸳鸯水上漂》。僧念拿出手机，找到这首歌，在王二妮的歌声中他们开始跑。"一对对那个鸳鸯水上漂／人家那个都说是咱们俩个好／你要是有那心思咱就慢慢交／你没有那心思就呀嘛就拉倒……"

僧念你放的什么歌呀？乱七八糟。迎着风，"6"脸上扑簌簌往下掉东西。

哦，你不爱听。我换一个。僧念换了周华健的《朋友》，"千里难寻是朋友／朋友多了路好走……"

开始几百米僧念和"6"的速度差不多，跑过一千米，汉白玉桥出现在前面时，"6"渐渐落下僧念。她跑到桥头时，僧念还没上桥。余光中的《乡愁》顿时涌上来，"乡愁是一方矮矮的坟墓／我在外头／母亲在里头／而现在／乡愁是……"《朋友》变得没劲了，僧念的脚步越来越慢，"6"像风筝一样离他越来越远。当僧念跑到桥上，站到拱形的中央，"6"已经跑进前面松树林的跑道，僧念望着天上的风筝，想假如线无限长，这些风筝能放到哪儿呢？

僧念跑下桥，还在想这个问题，这时"6"从树林跑道里跑出来，紫颜色的运动服像丁香一样时隐时现，僧念想怎样也不能被女同学落下，他发起力来。"6"的身影终于近了，但僧念没力气了。他喘了口气，继续追，快追上时却又没力气了。就这样追啊追啊，怎样也赶不上"6"。跑了一圈半，也就是差不多四千米的时候，僧念差点儿追上她，但他腿肚子抽筋了，蹲下来揉腿肚子时，"6"又跑远了。

跑完两圈，五千米，僧念今天的运动目的达到了。"6"还要跑两圈，僧念在水泥栏杆上边压腿边等她。

两圈跑了半个多小时，水里的那几只鸳鸯好像还是浮在原地，一对一对地不变。僧念有些羡慕它们，又放起王二妮的歌："世上那个好人有那多少／谁要是有那良心咱就一辈辈地好／谁没有那良心就叫鸦雀雀掏／山呐在水在人常在／一对对鸳鸯水呀嘛水上漂……"

"6"跑到第三圈路过僧念时，公园里的人逐渐多起来。"6"在人群中脚步还是那么轻盈，仿佛能永远跑下去。放风筝的人又多了几个,僧念买了一只老鹰风筝,学着放起来。很快,他的风筝超过树,超过旗杆,继续往上飞去。僧念兴奋了,不断地放线,风筝却开始摇晃,赶忙收了几把线。稳住之后,再继续放,风筝越往上飞越稳,似乎有种惯性,自己要往上飞。但飞到高层楼房那么高时,线快放完了,僧念抱着线箍,看见"6"渐渐跑过来。

"6"一看见僧念,两只手扶着膝盖动作慢下来,然后用手扇着风喘气,脸不像刚出来时那么红了,有些发白。僧念开始收线,"6"看到风筝,小女孩似的欢呼了一下,眼睛亮晶晶的,也像小女孩似的。僧念一愣,从来没有发现"6"这么漂亮。他把线交到"6"手里,"6"只放了几圈,线就放完了。这时风筝已经高过了楼顶。"6"望着风筝,刚跑完步的身子散发着热气,好像也要飞起来。

一阵风吹来,湖上鸳鸯的羽毛纷纷皱起,像下了场雪,僧念担心"6"感冒,说咱们回吧,别着凉了。"6"依依不舍地收线,收了大约三十米,忍不住,又把线全部放出去,恶作剧似的咯咯笑起来。来了几个月,僧念第一次看见"6"这样开心地笑,他也高兴起来。他对与"5"打乒乓球也期待起来。

回家路上,"6"还沉浸在放风筝的兴奋中。她说,我小时候放风筝,风筝都是自己糊的,不知道是风筝有问题,还是不会放,每次风筝飞上三五米,就掉了下来,从来没有飞到这么高。不光我这样,别的孩子也是这样,风筝从来飞不起来。我们觉得风筝非常神秘,能让风筝飞起来的人很了不起。

"6"一路说了很多话,认识"6"这么长时间,僧念从来没有见过她一次说这么多话,到了楼梯口,僧念把风筝递给"6"说,你拿着它,什么时候想放什么时候就去放,这儿离公园也不远。"6"没有推辞,很高兴地接过来说,僧念,你记住每天要陪我跑步哦!僧念点了点头说,一定,每天跑一跑对身体好。

五

僧念冲澡的时候，想起"6"刚才小女孩一样的神情，发现"6"其实挺耐看的，身子热乎起来。

大半天已经过去，早起写作、上课，和老师一起吃饭，跑步，虽然不如计划完美，中间有些不开心，但幸好控制住了，"5"还在等自己打乒乓球，僧念的动作快起来。

换上一套新装备站在乒乓球台子前，僧念其实有些累，毕竟刚跑完五千米，但每天和"5"打球已经成了生活中的一部分，他想得坚持下来，成功就在于坚持。

"5"先发球。"5"的球技很好，无论旋球还是扣球，都很出色，最厉害的是他控球技术好，开始打球时，让僧念赢还是输，赢几颗，输几颗，他基本能控制住。难得的是他控制得很自然，僧念至今还没有发现，每次赢了都很开心。

昨天"5"教了僧念怎样接他的旋球，以前僧念输球，大多输在"5"发的旋球上。今天他们从旋球开始，"5"把球发过来，僧念按他教的，把球拍往前推，往上提，朝相反的方向旋，球接住了。僧念高兴地蹦了几下。

打乒乓球这么多年，僧念买了几套球衣、球鞋等好装备，还不断地升级球拍，从最开始几十元一双的红双喜1星球拍，一直升到6星，后来通过拐弯抹角的关系，找到国家乒乓球队的一名队员，知道她们根本不用成品拍，都是定做的。僧念便通过她的关系，咬了咬牙，定做了一只蝴蝶公司张继科系列底板、红双喜狂飙3胶皮组成的球拍。第一次拿上它打球的感觉简直像做爱，那种舒服的感觉用语言描绘不出来。但是僧念的球技一直没有多大长进，因为他没有怎样琢磨过。他喜欢的是打乒乓球时跳舞，然后趁对方注意力分散，冷不防发颗球。

其实僧念最喜欢的运动是跳舞，还上过省台的春晚。这次来学习，僧念就带了几套舞蹈服装，有蒙古族的蓝色长袍，红军当年的那种灰色军服，民族舞中的白布汗衫。

来了北京打球，"5"不断地教僧念技术，僧念从一开始一场也赢不了，变得偶尔能赢两三场，但他还是避免不了想表演，每次轮到他发球，总要耍半天花架子，希望引起围观人的注意。但人们都是来看打球的，僧念耍花架子的时间太长，人们看上几颗就没耐心看了。

"5"却从来没有不耐烦过，不仅教他技术，还安静地等他。每次僧念发球表演时，"5"总是安静地微笑。

僧念发现"5"被自己吸引了，猛不防往角落里发颗球。

"5"呵呵一笑，表扬他，念念你真可爱，儿童一样！

打了大概半小时，僧念全身都是汗水，呼吸声越来越重。以前跑步和打球时间是分开的，假如上午跑步，下午打乒乓球，假如上午打乒乓球，下午或晚上跑步。今天凑一起了，僧念没有精力做多余的花架子，反而静下心来打球，打了几颗好球。

正好女生"4"出来买水，看到他这几颗好球，欢呼起来，念宝宝你真棒！僧念身上来了劲儿，完全原谅了她撑他，得意地扭起屁股来。

"5"看到僧念这样，喂了他几颗球，僧念用劲一扣，男人的雄风一下展示出来了，他越打越来劲儿，竟然真的赢了几颗球。

"5"说，念念你真棒，打得越来越好！僧念伸出胳膊朝"4"招手，这时他完全觉得她是一位好同学。

"4"用嗲嗲的声音说，念宝宝，我让你教我打球。

"5"把球拍交给"4"。

一开始打，僧念才发现"4"根本就不会打球，连发球都不会，他内心的骄傲被勾引了出来，他耐心地教她怎样握球拍，怎样发球……乒乓球掉到地上时，他们两个一起去接，猛不防头碰到一起，揉头的时候，僧念看见"4"的胸脯一片雪白，"4"说，念宝宝你真坏，故意撞我！

他们两个没有发现"5"已经悄悄离开，两个人发球、接球、捡球，僧念不停地给"4"喂球，他觉得"4"越来越好，只是脾气有些直。

六

打完球，僧念再次冲澡，他暗暗骂自己，像接客一样，一下午洗两次澡。

一下午运动了这么长时间，僧念很累，但热水缓缓地淌过身体时，又觉得非常美好，连上午那点儿小遗憾也消失了。

洗完澡，僧念擦干身子，还是感觉有些累，想休息，但是几天前答应与"1"和"5"一起去南锣鼓巷，看幸福大街十九周年纪念演唱会，已经在网上订了票。

僧念喷了点儿香水，下去吃饭。

同学们又坐在一起。

闻着僧念身上香喷喷的味道，"4"问，念宝宝你这么香，要去约会吗？

僧念问，你有心思？

"4"说，我本来没有心思，你这么一问，我有心思了。

"5"在旁边说，念念很棒的！

一直没吭声的女生"2"吸着烟管说，天造地设！

僧念的脸红了，他说，我没有听懂。

"2"问，要去哪里约会哦？

僧念赶忙解释，不是约会，是和"1"与"5"一起去酒吧看幸福大街的演唱会。

哦！阿飞啊，我喜欢，清华大学双学士，1983年的，没有走专业这条路，唱摇滚去了，小说写得也很好，我读过，特别有个性。

女生"2"说完，僧念说，要不你也一起去？

"2"说，我不知道今天晚上有阿飞的演唱会，已经买了电影票，看《海王》去。

僧念有些失望。

这时"4"说，带我一起去吧，我还没去过酒吧呢！

僧念望了望"2"说，那你赶紧看网上能不能订上票！

演唱会改成了九点开，僧念他们还以为是八点半，吃完晚饭还有段时间，僧念想应该先了解下吴虹飞，但是又想还是先把衣服换好吧。试了几件，都和酒吧场合不搭，最后还是穿了牛仔裤、羊毛大衣，又扯了条格子羊毛围巾。打开电脑，刚百度出吴虹飞，出发时间到了。

进了美术馆后街的山老胡同，往前走了几百米，就看见门口站着几个人。过去问，果然是这个酒吧。

是个四合院，天井里摆着四张桌子，有几个人在喝酒，还有外国人。开演唱会的屋子里灯光迷离，投影上放着吴虹飞的视频，舞台上空无一人。

女同学"4"说，这就是酒吧？我还没来过。拿出手机一张张拍墙壁上挂着的摇滚歌手唱歌时的照片，拍完发到班级微信群里面。

快到八点半时，人渐渐多起来，很快挤满了屋子，还有人不断进来。因为没有摆椅子，这么多人站着，像棒棒糖似的被插在一起。僧念他们都以为八点半开始，女同学"4"不住地问，为什么还不开始，是不是所有的演唱会都不准时开，这是不是对来捧场的人不尊重？

屋子里越来越热，脂粉味儿、香水味儿、汗水味儿、香槟味儿、啤酒味儿、白酒味儿一起发酵。吴虹飞还不来。每个人满头大汗，人们开始脱衣服，女同学"4"脱了外面的纯棉布花袍子，她的衣服领口很低，僧念又看见一片雪白。因为人群拥挤，女同学紧紧贴着僧念,他感觉热乎乎的。

九点钟,吴虹飞终于和她的伙伴们来了,吧池里一片欢呼,人们大声呼唤着阿飞的名字,热烈鼓掌。

吴虹飞穿着简单的黑衣服,开场白就说,没有想到今天来这么多人,我们害怕观众不多,定了这么小的一个场子,让大家受委屈了,后面的女生哪位看不见,可以让男生抱起来。

人们发出欢呼声和口哨声。吴虹飞这么直爽。

第一首唱的是侗族歌,侗语听不懂,但声音纯净、热烈、神秘,好像听神在说话。那晚的歌很丰富,有侗族的《尚重琵琶曲》《六洞琵琶歌》,摇滚《小龙房间里的鱼》《一只想变成橘子的苹果》,诗一样的《仓央嘉措情歌》《乌兰》,古典的《魏晋》《广陵散》,以平行宇宙和黑洞学说为内容的《星际穿越》《平行宇宙》《银河帝国》。僧念听到《嫁衣》时,感觉唱的就是自己,简直要哭了。

唱完《嫁衣》,吴虹飞半开玩笑地说,我们乐队没有参加过音乐会,每次我报名,他们都说人满了,我们是国内五个女主唱手的乐队之一,却参加不了音乐会。僧念为她们担心。

演唱会越来越热烈,但僧念越来越难受,因为他知道了吴虹飞很不容易。有一次,吴虹飞让屏幕上打视频,对方问,打什么?吴虹飞说,随便吧,然后她向大家解释,我们本来做了个视频,但是被人带走了,打他电话联系不上,我们没钱。

没钱的话吴虹飞提了好几次。

她说,我们乐队没有钱,本来要推出第五张专辑《宇宙第二定律》,没办法,推迟了。

有一次她独唱时,居然让视频放了个电影里鬼片的片段。

快到十一点时,地铁要停运,大学生宿舍大概也要关门,开始有人离场。每有一个人离场,僧念就往前蹭蹭,慢慢地离舞台只有两三排人的距离,能清楚地看见吴虹飞了。她穿着黑色敞口西服,里面黑色缎子衣服，领口开得比较大，隐隐露出胸脯。人不是特别漂亮，还有些肥，脖子上带着赘肉，涂着红嘴唇，脂粉下的皮肤显得苍白和松弛。和电视上那些光鲜的女明星一点儿也不一样。

谢幕的时候，吴虹飞感谢完观众，说你们可以去买书、买唱片，我们签名的。僧念听得心里一颤一颤。吴虹飞清华大学双学士，现当代文学硕士，假如她按日常人的轨迹生活，凭她的学历、智力和拼搏劲头，应该有一份薪水不错的稳定工作，从喜欢她的男人中间挑一位实力不错的，早过上了舒服的日子，保养得可能比实际年龄年轻五岁，哪有现在那么多岁月的沧桑？可她选择了自己喜欢走的路，僧念紧紧握住拳头。

谢完幕，许多人冲上舞台，找吴虹飞合影。僧念也想上去，可是他不敢。这时"1"走上舞台，站在吴虹飞一侧。僧念知道"1"一向瞧不起那些拼命自我推销的人，说艺术品不是大白菜，哪能到处吆喝？现在居然主动跑去找吴虹飞合影，他想等"1"拍完照片，他也上去。可是拥上去的年轻人越来越多。"5"说，我叫了滴滴，在山老胡同口。僧念要走。"4"挤上舞台说，给我和阿飞拍一张。僧念赶快给她拍了一张，遗憾地离开。

七

到了山老胡同口，许多人在等出租车和滴滴。"5"叫的车还没有过来，僧念想今天没有给家人打电话，以往晚上九点之后，总要给家人打电话。前两天女儿月考，今天成绩应该出来了。看了看表，已经十二点多，这个时候妻子和女儿一定已经睡觉了。他想一回宿舍，就分别给她们发个微信，明天早上一起床就看到了。

车还没有到，路口有个下水道口，不断有臭味儿飘出来。僧念他们挪了几步，他一仰头，看见对面高楼楼顶上的航空警示灯一闪一闪，他想起了早上四点五十分。

回宿舍的路上，几个人讨论今晚的演唱会，女同学"4"说，阿飞唱得真好！气质也不错，虽然看起来有些老，不像1983年的。僧念望望坐在他旁边的"4"，她化了浓妆，在出租车内微弱的灯光下，一片白。

"1"热情地给他们讲吴虹飞的经历，僧念惭愧为了换衣服，没有事先了解一下吴虹飞，但他发现吴虹飞这样的生活，是他真正渴望的生活，而且他发现对女人的美，有了另一种认识，以前只觉得那些身材窈窕、五官精致又年轻的女孩美，也欣赏"2"那样不是特别漂亮但非常有个性的女人，今天在吴虹飞身上看到另一种历经沧桑的美，这种美深邃、博大，不需要外表来装饰。他拿出刚才买的《萨岁之歌》与《小龙房间里的鱼》，《萨岁之歌》的封面应该是吴虹飞几年前化妆精修过的照片，她那明亮的眼睛仿佛星辰一样从遥远的时空观察着今天的自己，知道自己会遭遇什么样的坎坷，但她还是这样勇敢地蹚过来了，僧念觉得自己要做点儿什么。

"1"说，歌其实不需要语言，旋律就能征服人。

僧念想起窦唯后期的摇滚。

快下车时，微信响了，僧念以为是妻子发过来的，却看到是写科幻小说的男同学"7"的，他问，你们看完没有，什么时候回来，我买了啤酒，你们一起来我屋里啊！

快进楼门时，僧念看见早上望到的高楼楼顶上的航空警示灯在闪。女同学"4"与他们告别，僧念随口问，"7"叫去他房间喝酒，你不去？"4"望了他一眼说，好啊，但时间太晚了，我去了喝一杯就上去睡觉。

他们四个人一起溜进"7"的房间，俄罗斯白啤酒、德国黑啤酒、燕京啤酒"7"买了一堆，还有鸭脖、卤煮、花生米、榨菜、鸡爪子。

"7"问，吴虹飞的演唱会好看吗？吴虹飞长得漂亮不漂亮？

"4"回答，阿飞唱得可好了，人也特别有气质。

"7"问，阿飞？你以前认识？

"4"抿嘴笑了一下说，她唱了好多科幻题材的歌呢，我还给你拍了照片。"4"找照片。僧念发现"4"哪里有些不对劲。

"哦！《星际穿越》《平行宇宙》《银河帝国》，坠落在小行星/星航颠倒/方向……/黑暗世界/银河再无帝国/生命从不真正属于我……""你们可真会玩，要是知道唱这些，我也去了。"

"我去了。""4"说。

"咱们喝酒吧！""7"递给每人一罐啤酒，他的光头在灯光下闪闪发光。僧念想，还没有给家里人发微信呢。

"4"说，我只喝一杯，时间太晚了。

"4"喝完一杯之后告辞。僧念忽然发现刚才为啥看见她不对劲了，"4"太一本正经了，看了那么长时间演唱会，她梳成髻的头发还一丝不苟，而且她的五官太端正，眉毛又粗又黑，两只眼睛都是双眼皮，鼻子高挺，嘴巴不大不小，耳朵肥厚均匀，每一样拿出来都像书上经常描写的那样子，卧蚕眉，古希腊雕像式的鼻子……放在一起，就是一本思想品德书。

"4"走了之后，僧念和剩下的"1""5""7"边喝酒边议论班里的女生，很快一堆啤酒喝完了，时间已经一点多。

僧念回到房间，往上拉窗帘的时候，又看见远处高楼楼顶上的航空警示灯一闪一闪，他想起康德。然后打开手机，把自己拍的"1"和吴虹飞的合影发给他，想发"4"的合影时，已经累得撑不住，晕乎乎睡着了。

《青年作家》2019 年 11 期

鲽鱼尾

江渔在浇花。楼道里一会儿传来急促的脚步声，一会儿传来忽高忽低的说话声，上午九点多，正是一天中最忙乱的时候。江渔听着水线落到花上面发出细碎的沙沙声，发现红掌又开了一朵，想该再施点肥了。

自从这几盆花从老K办公室移到这里，不到一年时间，奇迹般地又变得生机勃勃。

江渔浇完花，屋子里面空气湿漉漉的，很舒服。她拿出一块湿布子，仔细地擦拭花的叶子，忽然屋里一黑。江渔抬起头来，一位三十岁左右，穿黑棉衣的大个子，伛偻着腰挡住门。

江渔皱了皱眉，没有吭声。大个子笑了，跨进办公室，第一句话就是，真暖和啊！

这是三月上旬。大院的暖气烧得很好，即使在冬天最冷的那几天，一进办公室也马上像到了温暖的南方，丝毫感觉不到寒冷。现在不光暖气热，太阳也好，阳光透过几块大玻璃照得屋子里亮堂堂的。江渔每天一进办公室干的第一件事就是脱外套。

江渔没有回答他的话，而是瞄了他一眼。进来的这个人穿的这件棉衣太厚了，鼓鼓囊囊的像登月宇航员，而且风尘仆仆的样子，大概整个冬天都没有换过。

这个人看到江渔在注视他，往前走了一步，一股浓郁的味道冲进江渔的鼻子，她不由自主往后退了一下，皱着鼻子问，找刘哲？

刘哲是与江渔面对面办公的那位，一早出去忙他的培训班了。

男人舔了舔嘴唇笑了，他的笑容有点儿腼腆和讨好人的意思，还有点儿放肆。江渔觉得他的笑容太奇怪，把手中的布子放下，看了他一眼，发现这个男人的嘴唇是粉红色的，与他的年龄不大相称。

男人又往前走了走，他那黑色的棉衣会吸光似的，走到哪里，哪里的光线就暗一下。他走到江渔跟前，打开挎着的黑皮包，掏出一本书，递给江渔说，老K让我来的，这是我出版的诗集。

江渔不由自主接住了这本书。这是一本两人合著的诗集，有正式刊号，每部分前面印着作者简介和照片，前面这部分是黑棉衣的，原来他叫燕非，燕国的燕，非常的非。

江渔重新打量眼前这个叫燕非的诗人，他的个子很高，最少比一米六八的她高出一头，额头、下巴、耳朵都有些往前凸，好像地心引力在这儿转变了方向，配上粉红色的嘴唇，江渔不由得想到了花苞。

男人看见江渔在看他，解释道，我找老K，彭老师推荐我来的。

彭老师，哦，江渔说，你在沙发上等等吧，老K可能一会儿来。

燕非目光在室内转了一圈，坐到门口那张布沙发上。沙发罩子江渔星期天刚洗过，走近还能闻到洗衣液的味道。燕非坐在上面黑乎乎的，像一个陈年物件搁在上面。

江渔打开诗集，怎样也读不进去，脑子里老在想包在一丛黑叶子中间的花苞。

那天上午，老K始终没有来。男人等得热得受不了了，自言自语道，真热！然后脱下棉衣。他里面穿着一件淡绿色的毛衣，领口已经磨得发白，袖口线头散开了，男人随手塞进袖子里，过一会儿，线头像家长管不住的顽皮孩子，又探头探脑跑出来，一上午，男人把线头往里塞了好几回。

快中午时，男人确定老K不会来了，失望地说，我下午再来吧。

江渔收拾东西回家时，发现红掌上面有两片叶子有些发蔫。

下午刚上班，男人又来了。
老K在外面开会，他没有见着。
那几天，男人天天来，来了就坐在江渔办公室的布沙发上等。他似乎很懂花，君子兰、蝴蝶兰、万年青、橡皮树、发财树……几乎所有花的特点都清楚。当红掌又有几片叶子发蔫时，他说红掌叶片过密时，应适当剪去老叶，促进新叶的生长。

几天后，男人终于见到老K，回到江渔这里高兴地说，老K让我写材料。

江渔哦了一下，感觉颈椎在木木地发胀。她问，书店能买到你的诗集吗？

男人的脸红了。

燕非被安排在综合处，综合处没有多余的地方办公，燕非就暂时被安排在文印室，住宿也在文印室。文印室在楼道尽头拐角处，是单位因为办公室紧张，自主找人做了隔断，装上门，另外弄出来的。

江渔的办公室正好在文印室斜对面，她看见燕非进了文印室，再没有出来。快下班的时候，江渔装作拿几张A4纸，去了文印室。十几平方米的屋子，一进门右侧摆着一台灰白色的打印复印机，顺着往里走有三台电脑，门左侧摆着两只单人沙发。

燕非正坐在一台电脑前弄着什么，听见有人进来，慌乱地换了下屏幕，看见是江渔，站起来解释道，老K让我写个祝酒词，我找些资料。

江渔看见房间里没有床，没有铺盖，问道，晚上怎样睡呢？
沙发上就可以，两个单人沙发拼一起正好，燕非轻松地说。
江渔说，你吃饭可以到灶上，就在对面。她隔着窗户指了指。
燕非走到窗口，看她指的方向。太阳正在落山，红色的光挤满了院子，照得那间白色的屋子金灿灿的，两个穿白上衣、戴白帽子的厨师夹着烟，在门口聊天，他们隔一会儿吸一口手中的烟，烟头一明一暗，像落下去的太阳正从他们手上升起。

　　第二天，江渔快九点时到了单位，先去综合处晃了一圈，这是她多年来养成的习惯，意思是告诉人们，我来了。看见燕非正在请综合处处长给他开个证明，证明他是单位上新来的通讯员。江渔不清楚他为什么要开这样一张证明。便询问。燕非说，通讯员吃饭每顿可以少交一块钱。江渔从来不在灶上吃饭，不知道有这回事。再问，才知道一般人在灶上吃饭，早饭三元，午饭五元，晚饭四元，而通讯员是两元、四元、三元，因为通讯员不是正式工作人员，收入少，特意为了照顾他们。

　　江渔了解了一下，燕非来的时候，老K只是说，来吧，但没有谈怎样给他发工资补助。江渔想起自己前几年几乎每天加班，平均一个星期熬一个通宵，也没人和她说过加班费的事情，她想能省还是省点儿好。

　　没想到，几天后江渔听说管食堂的大师傅知道了燕非不是通讯员。那天，燕非吃完早饭，习惯性地拿出两块钱，那个胖乎乎的脖子上都是一颤一颤肉坨子的大师傅说，再掏一块，你不是通讯员。当时满食堂埋头吃饭的人都把头抬起来，朝燕非看。燕非的脸涨得通红，嘴里诺诺了半天，说没多带钱，下顿饭补给你。大师傅鄙夷地瞧了他一眼，用施舍的口气说，只让你补一块，前几天的就算了。燕非说，真是不巧，口袋里没钱。说完，赶紧埋着头出门。他的脸一直红到脖子里，几个眼尖的看见他黑棉衣的领子磨得发亮。

　　第二天，有人开始称呼燕非"黑棉衣"，很快，一说黑棉衣，人们就知道指他。

　　燕非来了这段时间，一直穿着那件黑棉衣。

　　他这件衣服一直穿到四月。

　　四月天气明显热多了，街上许多女孩子已经穿上了裙子。燕非穿着他的厚棉衣,额头上经常冒汗珠,尤其是每次拿着稿子从老K办公室出来,汗珠格外多。

清明节放假。燕非回了趟家。

回家前一天快下班时,燕非来找江渔,一进门就装作很自然地说,江姐,你这些花开得真好,哪里买的?

江渔有些得意地说,老K办公室的,快死了,弄到我这里来,长得好吧?

长得真好!

江渔叹口气说,我现在别的不多想了,就想把这些花养好,养得比它们原来好。

燕非说,江姐您这么爱护它们,肯定能养好。

江渔问,有事吗?

燕非有些不好意思地说,江姐,我明天回家,能借我一百块吗?

江渔问,一百够了?

燕非说,一百够了,过完节我回来还你。

江渔问,你什么时候走?

燕非说,老K说明天要参加"我们的节日"活动,有个讲话。

过完节,燕非穿着一件米黄色西服来了。

见惯了他穿黑棉衣,这件衣服让人眼前一亮,但细看,大翻领,细格子,是几年前流行的款式。

这次燕非除了换了衣服,还带来被子和褥子,显然是打算打持久战了。

燕非还钱的时候,江渔随口问了一句,这几天还在灶上吃饭?

没想到燕非回答,不了。说完还补充了一句,欠灶上的那一块钱,我让通讯员捎过去了。

江渔问,那你在哪里吃呢?

燕非咳嗽了两声说,我这次拿来好多吃的。

过了一会儿，燕非给江渔拿来几只洗过的小苹果，上面的水珠还没有干，是那种老品种的国光。他说，你吃吃看，这种苹果味道才正宗，又甜又酸又脆，滋味儿很丰富，不像嫁接的那些改良品种，就是个甜。人应该多吃苹果，每天吃一个苹果相当于随身带了个保健医生。

江渔望着这几只发青的小苹果，想起小时候家里没钱，买苹果经常挑那些已经开始腐烂而降价处理的苹果，国光是最常见的品种。她拿起一只，咬了一口，好酸。

燕非穿着他那件米黄色西服，不停地在老K办公室和文印室之间奔波，江渔看见他额头上的汗珠一粒也没见少，反而好像更多了。有时她随口问一下，忙啥呢？燕非回答，明天有个讲话。或者回答，上面要个汇报。或者说，要写篇书的序言。

安排给燕非的材料，简直目不暇接，经常是一件还没有弄完，另一件已经安排下来。

江渔在自己办公室待闷了，有时也去文印室看看，燕非总在电脑前忙活。

有几次江渔晚上不舒服，十二点左右去医院挂急诊，路过大院，看见文印室的灯还在亮着，江渔便知道燕非一定是在加班写材料。她想起自己以前的日子，材料那么多，每一件完成起来还都异常艰难，哪怕是一篇三五百字的稿子，不改个三次五次、十次八次，直到正式要用前，根本定不下来。老K对材料有种特殊的嗜好，既要准确传达意思，又要体现个人风格，任何人给他准备的材料从来没有满意过。她几乎每天加班熬到深夜，还是不能让老K满意，江渔已经怀疑自己的能力了，而且单位上那个位置一直空着，也不给她，更加佐证了她对自己的怀疑。要不是那次一连加了半个月班，江渔昏倒在电脑前，她不知道自己有了心脏病，还会为了那个位置努力去拼命。后来才知道，位置空着，只是因为刘哲年龄、资历、社会关系都和她差不多。

燕非简直就是她的翻版，不一样的是那时她是正式人员。

进入夏天，天气发酵似的，越来越热，办公室明晃晃的大玻璃使每个人都无所遁形在太阳下，人们一进门，首先就是开电扇，几台电扇嗡嗡响着，还是汗流浃背。文印室在楼道拐角处，不能对流，更是炎热。燕非还是穿着西服，但这时穿着西服好像比三四月穿着厚棉衣还热。

有一天晚上，江渔在外面吃完饭快十点钟，发现包放在办公室忘记拿了。她想到以前有个女孩到她们办公室办事，办完事忘记拿包了，刘哲当着她的面把女孩的包拉开，一件件翻里面的东西，边翻还边说，用仿制的钱夹，没品位！这纸巾，质量太差了！最后把一支口红装进了自己口袋。大概五分钟后，女孩发现忘记拿包了，回来取。刘哲找个借口出去了。女孩拎包的一瞬间，江渔感觉难堪极了。

江渔赶紧赶回大院时，很多人在院子里遛弯。江渔一路咳嗽着弄亮声控灯爬上楼，走到办公室门口时，燕非正好光膀子从卫生间出来，手里端着一个脸盆，脸盆里是刚洗好的西服和几件内衣。

燕非看到她的一瞬间，下意识地用脸盆挡了一下胸前问，江姐有事？

江渔回答，忘记拿包了。然后问，洗衣服？

燕非说，这几天天气热，晚上洗好，第二天一早就干了。

江渔发现燕非皮肤挺白的，不穿衣服，身材显得更加修长，而且肚子上没有赘肉，她忽然想到浪里白条张顺，脸红了。

燕非发现了什么，赶忙说，我去晾衣服。

江渔进了办公室，脸还有些发烫。她没有开灯，在黑暗中坐了半天，眼前不断出现燕非的身子。后来，远处有人在放音乐，隐隐传过来，是山西民歌《走西口》，"哥哥你走西口，小妹妹我实在难留，手拉着哥哥的手，送哥送到大门口。"江渔听着熟悉的旋律，一句一句跟着唱起来，唱到结尾"紧紧地拉住哥哥的袖，汪汪的泪水肚里流，虽有千言万语难叫你回头，只盼哥哥你早回家门口"时，门响了，燕非在外面喊，江姐你没事吧？

没事，江渔赶忙打开灯。在镜子里，她发现昔日能给她带来许多灼热目光的身材随着乳房屁股的干瘪，虽然还瘦着，但好像一路奔向鲁迅笔下杨二嫂的样子。脸蛋依然小巧，但因为水分和内分泌的缺失，不再饱满，露出些淡淡的雀斑。

拉开门前，江渔把手放到嘴前面，使劲吸了一口气然后呼出来，把手放到鼻子前闻闻，似乎有味道又似乎没有。近期，江渔总觉得自己呼出的气息有味道，但她没有办法印证，越没办法印证，越怀疑是真的，便经常趁人不注意的时候，用这种办法闻闻，但似乎不管用。

一打开门，燕非急切地解释道，江姐，我见你进了办公室半天黑着屋子，怕有什么事。

江渔看见刚才半光着身子的燕非现在穿着条背心，上面破了七八个洞，有些心酸，强装着笑脸说，江姐能有什么事儿呢？你今天不用加班？

话一问完，刚因为知道她没事儿还开心的燕非马上垂下头说，明早有个讲话，已经改了三次了，头都大了，歇歇再去改。

江渔看着他沮丧的样子，返回办公室，拿出一摞材料说，这都是江姐以前写下的，你看能不能参考一下？

江渔下楼之后，院子里遛弯的人少了许多，她出了院子，看见文印室的灯还亮着。

江渔回到自家院子门口，水果摊还没有关门，老板看见她过来，打招呼说，今天有熟透的香蕉。江渔买了一串，回到家，综合处打来电话，说明天一早有位客人，早饭需要人陪一下。江渔想起燕非为了省三块钱，被灶上大师傅嘲笑，便说把燕非一起叫上吧。一打电话，燕非很高兴地答应了。

第二天一早，燕非按时赶到饭店，看到是自助餐很开心，夹了满满一大盘子东西，上面还放了三个水煮蛋。在江渔和客人诧异的目光中，燕非问，自助餐可以随便拿东西吧？我可以吃十个鸡蛋，怕服务员笑我，不好意思拿。一位客人爱较劲，说你能吃了，我帮你去拿。燕非说，好。把盘子里的三个鸡蛋吃了。客人先去拿了两个，燕非又吃了。然后，客人又拿了三个，最后拿了两个，燕非真把十个鸡蛋都吃完了。燕非吃完鸡蛋，还把盘子里其他的菜一扫而尽。最后满意地打了个嗝说，今天吃得真饱。

江渔没想到燕非能吃十个鸡蛋，类似的传说只出现在从前饥饿的年代里。回去之后，她和综合处处长说，以后有了陪客的任务，让燕非去吧。

处长问，燕非愿意去？

陪客人，是单位的麻烦事儿。重要客人，领导自然出席，而许许多多一般客人，来得多了，谁陪都累得不行，可是不陪又不行。单位上那些小年轻，去上几次，谁都不想去了。比起陪客人，他们更愿意自由自在在家里吃，或者和朋友一块吃。

江渔回答，愿意。

处长问，时间呢？

江渔回答，再忙，也得让人家吃饱饭吧？

从此，燕非在写材料之外，多了一项陪客的任务。燕非不仅不厌烦，而且乐此不疲，他把陪客当成单位对他的一种嘉奖，偶尔不需要写材料的时候，喜欢坐在综合处，表白老K对他的知遇之恩，压根不知道这件事和老K没有半点儿关系。

也许燕非感觉这个好苗头预示着好消息，自我感觉好起来，进了综合处，不在沙发上待着了，而是不管三七二十一，谁的座位空着，就坐到谁的座位上，聊他的想法。但是别人和他想的不一样，人们进了办公室，看见座位被燕非坐了，要干活儿，客气的便站在他旁边，暗示他离开；不客气的直接就说让一下，次数多了，燕非不爱去自己的综合处了，而是去江渔的办公室。刘哲经常不在，他便坐在刘哲的座位上。刘哲也不像综合处那些人，即使他回来看见燕非坐在他位置上，也从来没有让他腾过，几次燕非站起来让位置，还被刘哲不客气地一把按下，说你这个小兄弟客气啥，就坐这儿吧。

刘哲这样做，是因为他每期办培训班开班仪式上老K都要去讲话，而他自己弄的讲话稿根本交不了账，他想让燕非帮着他弄。

燕非在综合处失去的尊严好像在江渔这儿得到了补偿，他渐渐变得像主人一样，拿起水壶浇一下花，或者用湿布子去擦那些已经十分干净的花叶子。燕非以前没有想到，养花还需要把叶子擦干净，总觉得浇水、施肥、换土、杀虫就得了。但确实花叶子擦干净，花看起来更精神更漂亮，尤其是君子兰、红掌这些既观赏花，又观赏叶子的植物。

有一天，燕非在桌子上看到一张江渔年轻时的照片，他不知道这张照片是什么时候出现在桌子上的，记得好像以前没有，但说不清，也可能一直就在这儿。这应该是江渔二十几岁时的照片冲洗放大的，还是黑白照。相片中的江渔真是漂亮，杏仁眼、尖下巴、高挺的小鼻梁，露着雪白牙齿的笑容，纯真的样子像极了山口百惠。

每次，江渔不在的时候，燕非总想多看几眼这张照片。

有天中午，燕非对江渔说，江姐，我想请你吃顿饭，来了这儿多亏你一直帮助我。

江渔说，你请什么客呢？连工资也没有！

燕非说，我刚领到一笔稿费，而且我还想请你帮个忙，帮我参谋买件衬衫或T恤，吃完饭一起去吧。

江渔说，好啊，你早该买件衬衫了。说完又觉得自己的话说得可能过头了，便补充，天气太热了。

燕非说，是啊，太热了，我都起痱子了。

燕非带着江渔去了附近一家四川饭店。

江渔很多年没有来过这种小馆子了，平时上下班路过这样的地方,总是觉得惊奇,现在坐在这里,好奇地打量。很小的门面,只有四张桌子,每张桌子旁边的墙上挂着一个风扇,地上摆着一个套着塑料袋的纸篓,里面扔着用过的餐巾纸。

燕非说,江姐你点菜!

江渔说,你点吧,我没来过这里,简单点儿,别浪费。

燕非问,有啥忌口的?

江渔回答,我啥都行。

燕非喊来服务员,豪气地说,拌个凉拼盘,再来个红烧肥肠、麻婆豆腐和干炸蘑菇。

多了,多了,江渔说。

江姐,我们老家有句俗话讲,过日子得小气,请客要大方,来了这儿多亏你一直帮我,今天表达个小意思。燕非点完菜,问江渔吃什么主食,面条还是米饭?

江渔说,这么多菜,白饭就可以。

燕非说,你吃白饭,我也吃白饭。

也许天气太热了,江渔没有多大食欲,燕非却风卷残云般把几个菜吃下去,边吃边劝江渔多吃点。当他吃完米饭时,喊服务员再来一碗。

江渔望着屋子里飞来飞去的苍蝇,对燕非说,你饭量真好!

燕非说,今天菜多。以前我来这儿点盖饭,一定要加三次米饭。

吃完饭,燕飞问,江姐,哪儿的衣服便宜?

江渔说,北方市场。

燕非说,咱们去那儿看看。

江渔问,不去和平路的专卖店看看?

燕非说,就去北方市场吧。

北方市场门口就是卖衣服的店,一进去燕非就进了第一家,没等江渔说话,开口就问,老板,你们店哪件衬衫和T恤最便宜?

江渔觉得脸上挂不住,忙说,先看看款式。

174　　　　　　　　　　　　　　　　　　　　　　　　理／想／国

燕非说，要最便宜的，越便宜越好。

老板狐疑地望着他们问，你们谁穿？

燕非挺挺胸脯说，我穿！

这么些年，江渔见多了男人们用名牌衣服、腰带、皮鞋、手表等各种东西抬高自己的身价，却从来没见过这么穷还敢挺胸脯的。

老板确定是燕非穿之后，用挑衣服的杆子指了两件衣服说，这两件衬衫都是三十块。

江渔心里诧异，还有这么便宜的衬衫？

没想到燕非走上去用手摸了摸衣服问，十块钱可以吗？

江渔以为燕非开玩笑。

果然老板回答，开什么玩笑，十块钱的衬衫哪里找？三十块是因为旧款要处理，你雇个人做件衬衫试试，三十块能下来吗？

江渔有些害臊，忙掏出钱夹问，有没有他能穿的号？

燕非挡住她，眨了下眼睛，对老板赔着笑脸说，十五，我加五块。这件衣服款式已经过时，颜色也褪了色，你要是再放一年，根本就卖不出去了。

老板气哼哼地说，卖不出去我自己穿，哪儿便宜你去哪儿找，我这衣服进价还五十呢！

江渔又要掏钱，想赶紧把衣服买下，离开这里。

燕非却依旧笑呵呵地说，老板，和气生财嘛！这次便宜点儿照顾我，下次买你衣服绝对不讲价，两件，我把这两件都买了，四十。他竖起四根手指晃了晃，仿佛四十块钱是很多的样子。

江渔觉得老板又要生气，没想到他叹了口气说，就便宜给你吧，下次记得照顾我。我这衣服以前从来没下过一百，剩下两件说处理了算了，没想过会卖这么便宜。

燕非说，祝您生意兴隆！付了钱后，脱下自己的西服，抓起那件蓝色的格子衬衫穿上。

江渔以为要逛好多店铺，最起码去几家比较一下，没想到这么快就搞定了。回单位路上,她有些好奇地问燕非,你到底挣了多少稿费?

一百,燕非回答,还有几块呢!说着,他掏出来,买了两根雪糕。把那只火炬递给江渔说,我爱吃纯冰的,又脆又凉快。

江渔看到燕非钱花完了,调侃地问,钱花完了?

花完了,以后我的稿费会越来越多,当诗人,只要成了名挣钱机会很多,关键是成名。燕非说这话的时候,眼睛里闪着狂热的光。江渔下意识地抬头望了望太阳,突然眼前一黑,摔倒在路上。

江姐,江姐,你没事吧?

江渔醒了过来,发现燕非扶着她。她说,没事,刚才晕了一下。

要不要去医院检查一下?

没事儿,歇一下就好,江渔甩甩发涨的脑袋,感觉胸口还在发闷。掏出速效救心丸,喝了几粒,挪到路边树荫下坐下。

过了会儿眩晕胸闷消失了,江渔整了整衣服,眼前闪过几位自己接触过的男人,她的眼角沁出泪水,马上抹去,对燕非说,希望早日看到你的成名。

燕非重重地点了点头。

江渔问,你吃过鲽鱼尾吗?

鲽鱼尾巴,燕非摇了摇头说,没有。我吃过鱼头面。

江渔说,改天请你吃鲽鱼尾。

这么些年来,江渔从乡镇卫生院到了县里,再来到市里,吃了很多苦,也吃过许多好馆子,主打鲽鱼尾的那家菜馆是江渔最爱去的地方。

在北方这座城市,人们不大爱吃鱼,虽然请客一般都上鱼,却很少吃完,基本是为了装门面。江渔也不爱吃鱼,但她喜欢吃鲽鱼尾。她不清楚为啥鲽鱼只卖尾,不卖鲽鱼头、鲽鱼身,但鲽鱼尾那种滑嫩爽口的味道她喜欢。她特意查过,鲽鱼含有丰富的多链脂肪酸,具有降低胆固醇,预防动脉硬化和冠心病的作用。还含有丰富的钾、黄醇、维生素、卵磷脂等营养元素，对肌肉、视力、大脑都有好处。吃鲽鱼尾是江渔的一个秘密，只有心情特别好时，想庆贺，或者心情特别不好时，想释放，她才来吃鲽鱼尾，但从来没有邀别人一起来过。

江渔想找个合适的时间，她不想看着燕非狼吞虎咽，或者边吃饭还边动脑筋想着修改材料，她想让他慢慢品尝鱼肉的光滑鲜嫩美好。可是接下来几天，燕非连续加班。

有一天，燕非进了江渔的办公室，突然撕下几片红掌的叶子，在她还没有反应过来之前，把它们塞进嘴里，大口咀嚼起来。江渔紧拦慢赶，燕非的嘴已经肿胀起来，还起了密密麻麻的水泡。问他因为啥，燕非张开绿色的嘴，舌头也变成了绿的，像蛇，嗓音嘶哑紧张得说不出话来。

江渔赶忙带他去医院。

回来的路上，燕非说，姐，真难！

那天晚上，江渔没有回家，陪着燕非在文印室弄了一晚上材料。

几天后的一个晚上，江渔散步时在街心公园的广场上，瞥到燕非和一个女孩偎依在一起，她觉得自己看错了人，燕非那么穷，工作也不稳定。她从侧面悄悄走近他们。没错，果然是燕非，穿着那天和她一起买的蓝色格子衬衫，聚精会神地在给女孩背诗。他的目光那样柔软甜蜜，像蜂蜜加了花瓣。江渔心里一阵慌乱，胸口有些发闷。又仔细看了一下，确实是他们。那个女孩她也认识，是大院马路对面移动营业厅的营业员，方脸，双下巴，满脸青春痘，个子很高，特别爱笑，一笑就露出牙龈，牙龈之间黏糊糊的像吃了饭没有刷牙，就因为她的牙龈，江渔记住了她。现在她看着燕非笑。江渔赶忙离开他们。离开时，怕他们发现，她低下头，踮起脚尖，缩着身子，她感觉自己像只被开水烫过后的蜘蛛。

第二天，一到办公室，江渔看到红掌发了一下愣，前几天被燕非撕过的叶子已经长好，只是颜色比起原来的有些淡。江渔足足盯了它有五分钟，然后撕下一片叶子，洗干净，缓缓地咀嚼起来。很快感觉嘴里又烧又痛，随后肿胀。她打电话叫通讯员，说话时嗓音嘶哑，通讯员居然没有听出她的声音。

江渔说，把这盆花搬走。

通讯员问，长这么好，不要了？

江渔说，有毒。

这盆花搬走后，江渔去花店，亲自挑选了一盆大小差不多的榔榆，让工人送到原来摆红掌的地方。这是盆老桩，虬干优美，枝叶繁盛，虽然只有二尺高，但望去像一棵森然的参天大树。她的办公室，因为这盆花，一下好像变了种风格。江渔想，以前怎么爱养别人退下来的花呢？

半上午的时候，燕非进来一下，是刘哲叫他。

他看见屋里新摆上的花，问道，那盆红掌呢？

江渔说，让通讯员搬走了。

这盆是小叶榆，榆树，我们那儿很多。

是榔榆，江渔一字一句说。

这花不错，刘哲评论。来了半天，他才发现屋子里换花了。

燕非离开办公室时，江渔问，晚上有安排吗？请你吃鲽鱼尾。

燕非迟疑了一下。

刘哲开玩笑，江处长请你吃饭你犹豫个啥？

江渔没有理他，望着燕非说，不方便就改天吧？

燕非这次马上回答，能行。

中午回家后，江渔特意打扮了一下。开始她只是想往脸上敷点儿粉，遮遮雀斑，涂点口红，使自己显得年轻些。可是敷上粉照镜子，发现不够自然，擦去一些，又露出了雀斑，口红也好像红得有些突兀。正好头发也需要修剪，便索性去了美容院，请化妆师帮她化一下妆。

以前，江渔从来没有专门做过美容，只是在家里敷个面膜，擦点儿抹脸油。她一直觉得自然最美,而且她不化妆,也一直有男人围着她,赞美她。进了美容院,才知道化妆有这么多门道。她本来只想简单弄弄,可是看着在化妆师手下,镜子里的自己越来越年轻,那失去的旧日容颜好像神奇地又重新回来,她把自己完全交给了化妆师,只要求弄自然些。

江渔出了美容店,发现久违的被人注视的目光回到了身上。她想起刚才在镜子里看到的自己,步履轻快了许多。只有她自己知道,现在的年轻美丽,是用两个小时和三百元钱换来的。

到了约好的吃饭时间,燕非却没有来。江渔打过电话去,燕非说正在加班弄一个材料,要迟到会儿。

江渔问,不能吃完饭再弄?

燕非说,老K让一会儿送到他家里去,明天讲话用。要不你先吃?

江渔说,那等你吧,大概得几点?

燕非说,最快也得一小时,别等我了。

江渔说,那等你到七点。

这一小时,是特别难熬的一小时,江渔就是在年轻搞对象的时候,也没有等过对方一小时。到了七点,燕非却还没有来,江渔退了座位,关了手机。

第二天,江渔起床后头晕、心慌,她喝了药,坐在沙发上望着镜框里几张年轻时的照片发了半天呆,才开了手机,里面出来几条信息,都是腾讯新闻网的。到单位去的路上,江渔胡思乱想燕非是不是想亲自给她道歉,越想越觉得没意思。到了单位大厅,照了照大镜子,看见自己又老又难堪,有些恐惧到办公室,但还是一步步走上去。

刘哲和以往一样还没有来,一开门,那株郁郁葱葱的椰榆映入眼帘,遒劲古拙的枝干和绿油油的叶子使江渔精神一振,她想经历风雨的老桩才好看呢,要是拇指粗细的新桩,长得再旺盛,也不耐看。想着，拿起喷壶要给它浇水，却发现叶子上出现许多绿色的小虫子，远处看，根本发现不了。她赶忙去网上查，一上午居然就过去了。

快下班时，综合处通知单位要组织几个人去下边检查，问江渔愿不愿意去。江渔想都没想就答应了。

答应后，心里一阵轻松，却又有些失落，她装作不经意地问，还有谁去呢？

问完，去文印室复印通知，燕非不在。江渔问，燕非呢？

有人回答她，昨天加了一晚上的班，老K让他上午休息。

江渔的心情顿时好了点儿，她想燕非昨晚是真的没时间，但还是暗暗责备他，再忙也应该给她回个电话。

下午在单位集合出发。江渔买了治虫子的药水，提前来到办公室，喷完之后，去文印室看了看，燕非还没有来。

江渔在下边检查了一星期，这一星期，江渔脾气特别大，动不动因为一丁点儿小事就发火。每天晚上住宿，不是嫌酒店挨着公路吵，就是嫌屋子里空调声音大，总是睡不好，饭也不想吃，胃不舒服。

检查完之后，江渔感冒了，请了几天假。

几天后，单位突然来了位和燕非年龄差不多的男人，说是江渔的弟弟，江渔出事了。

大家一起赶到江渔居住的单元楼，她弟弟打开门。这么多年，同事们谁也没有来过江渔家里，谁都没有想到她的屋子里这么简单，家具少不说，连颜色和款式都是二十世纪九十年代的样子，和办公室那种差不多，一律明黄色。整个家里最显眼的是挂在墙上的两个大镜框，都是江渔年轻时的照片，一张是彩色的，一张处理成黑白照，照片里江渔神采奕奕，满脸微笑，纯真得像一枝盛开的百合花。

江渔躺在卧室的地板上，离床大概一步远，蜷着身子，头朝里，像一个熟睡的婴儿。身上有块毯子，她弟弟说他进来看见她这样子给盖上的。

写追悼词的任务落在燕非头上。

燕非整整写了一个白天和一个通宵。

开追悼会的那天，来了许多人。领导一念燕非写的悼词，大家都落泪了。一个活生生的江渔仿佛出现在大家面前。老同事们想起她年轻时的漂亮，辛辛苦苦那么多年在单位里的苦干；亲人们想起她一个人打拼，给弟弟安排了工作，给自己在市里买下房子，还在海南买了一套；朋友们想起她的体贴细心……各种各样的人，想起她不同的好。

追悼会开完，人们纷纷打听悼词是谁写的。燕非一下成了名。大家都说大院出了位特别有才华的年轻人。燕非趁热打铁，写了首二百行的长诗《悼江渔》，发表在当地晚报副刊上。有才华的年轻人还是诗人，人们纷纷感叹！

此后，燕非的诗歌不断出现在报纸、杂志上。不久，燕非被调了进来，成为单位的正式员工。他被安排和刘哲一个办公室，坐在江渔以前办公的地方。燕非收拾东西的时候，刘哲说，把这个东西弄出去吧！

是那盆榔榆。江渔去世不久它就死了，虫子吃光了它的叶子。

燕非把它抱出去。那么大的一个桩子，轻飘飘的。

燕非发现它虽然没有了叶子，枝干还是挺漂亮的，造型不错。他便小心翼翼地抱着它，把盆里的土倒掉，洗干净盆子和干桩，然后找了些细沙子，把它栽进去。

他抱着这个干盆景走回办公室时，刘哲说，把这个玩意儿又拿回来了？

燕非没有回答他，把干盆景放到自己办公桌旁边。

刘哲在地上踱了两圈，指着盆景嘿嘿笑着说，这个家伙这样看还有点儿味道。

秋天到了,北方的这个季节是最舒服的季节,大院里晚上遛弯的人更多了。这些人中间,也有燕非,他和一个女孩在一起,那个女孩是大院马路对面移动营业厅的营业员,方脸,双下巴,满脸青春痘,个子很高,特别爱笑,一笑就露出牙龈。

有一天,刘哲看见燕非和这个女孩在江渔以前提到的那个饭店吃鲽鱼尾。

《青年文学》2019 年 6 期发表,《小说选刊》8 期转载

第四座岛屿

"去海边散散心吧?"王一丹听到张天的话,眼圈红了。天一生日那天发生车祸后,四个月以来,张天说起许多事情,都会勾起王一丹的伤心。

四个月了,绛紫色的校服、歪歪扭扭的红领巾、摊成一堆的作业本、矫正视力的按摩仪,都摆放在天一在时的位置。本来,张天建议把这些东西一起火化,或者收起来,王一丹却说留着。一留就留到现在,再没有个合适的理由把它们处理掉,那样好像他们把天一抛弃了。王一丹还像以前那样,周六洗校服,月初洗红领巾,曾经适合天一穿的校服颜色褪得有些发白。张天每天看到这些东西,就想起天一那天出门时的模样,心里凉飕飕的。他想作业本上的字会不会有一天消失?

王一丹说:"要是咱们去年夏天带着天一去看海,也许就不会发生后来的车祸了。"张天也越来越相信各种事物之间的联系,假如去年夏天带着天一去,他可能真的就不会发生车祸了。但去年夏天,他们没钱。

张天见王一丹没有反对,就开始订车票,做攻略。他没有打算去崂山、八大关等景区,他们只是想看看海。天一走了之后,一到热闹的地方,张天就伤心,每次参加别人的生日或婚礼,他眼睛总是湿润。就是一些欢快的歌曲,也让他难受。

张天订了去青岛的车票,这座海滨城市离他们最近,交通也方便。计划先去黄岛，然后竹岔岛，从青岛返回来。蚂蚁窝上说黄岛的金沙滩游客少，海水好；竹岔岛还没有开发，原汁原味的渔岛。正是他们需要的地方。

到了黄岛之后，他们在预先订好的宾馆住下，换好泳衣便迫不及待地奔向大海。

海滩上的人不多，有风，海浪拍打在水中游客的身上，带来丝丝凉气。张天有些激动，说："海！"王一丹的眼睛红了。张天说："下水吧。"

王一丹突然说："你下吧，我肚子不舒服。"王一丹的亲戚来得不规律，张天没有想到这个时候来了，他有些遗憾。他把脱下的衣服放到王一丹身边，小心翼翼下了水。有些凉，他掬了几把水淋在身上，朝前面游去。沙滩很平缓，腿一伸，脚就触到底。游了一段，水才到了大腿根。一个浪扑来，张天呛了口水，死咸。"水不深。"他喊。

天气雾蒙蒙的，太阳像发霉的灯泡射出丝丝缕缕的光，却把皮肤灼得很疼。王一丹打开伞，看见张天游进一堆穿着泳衣的人中间，隔一会儿分不清谁是谁了。

第二天早饭后，张天要去海滩，王一丹说想待在房间休息。张天说："出来就是玩的，待家里有啥意思。"王一丹捂着肚子摇头。张天独自来到海滩，已经有了不少人，太阳还是灰蒙蒙的，他看见自己的胳膊开始脱皮。

几辆铲车正在打捞海里面绿色的水藻，岸边已经堆了很长的一道。人们绕过这道堤坝，冲进捞过的海水里。张天跟着人们往前走，踩到散落在沙滩上的海藻，像踩在滑腻腻的香蕉和腐烂的蘑菇上面。他冲进海水里，没有捞干净的海藻漂到身上，水蛇一样。

太阳渐渐从雾中挣扎出来，海水中的人越来越多，不时传来孩子们的尖叫声和女人们的笑声，张天想起一个人待在房间里的王一丹，没了兴致。上岸待了会儿，周围到处都是笑声，他越来越寂寥，皮肤也针扎似的疼，仔细一看，胳膊上的皮肤爆开了，白白的，薄薄的，像蝉翼。一搓，疼。

张天沿着海岸线往南边人少的地方走，渐渐地没有游客了，水里的海藻多起来，有的从豁口处漂过来，被退潮的海水搁在沙滩上，晒得蔫蔫的像一团干草。

经过几座眺望塔，远方出现了轮船的影子，张天兴奋起来。

继续往前走，绕过围栏，攀上山坡，看见几座小房子，上面贴着告示。这几天风浪较大，为了安全，去竹岔岛的游客要乘坐轮渡公司的正规船只，禁止乘坐渔民的船。上面附着轮渡公司的船去竹岔岛的时间。

张天忽然想，王一丹不能下水，不如早点去竹岔岛。

他给王一丹打电话，让她赶紧收拾东西，离开船时间不到两小时了。

害怕去竹岔岛的游客太多，晚了买不上票，张天和王一丹急急忙忙退了房。

赶到轮渡公司的码头时，正是中午。太阳直辣辣照在身上，张天感觉脸上也在脱皮。空旷的院子里杂草丛生，停着几辆公交车，却看不到人。张天喊了几声，没人应，便和王一丹朝岸边停着的轮渡走去。船上还是没有人。张天四处打量，看见有个汉子戴着泳镜在游泳。他问：“有去竹岔岛的船吗？”对方仰起头来吐了口水说："天气预报今天有浪，不发船。"说完一个猛子扎进水里。张天想了想说："咱们去找渔民的船吧。"王一丹说："随你。"

他们赶到另一座码头时，太阳更烈了，没走到海边，便闻到浓烈的鱼腥气。有对年轻男女打着伞从对面走来。张天问："竹岔岛是从这儿坐船吗？"男的回答："我们也去。现在船进不来，得等到四点涨潮之后。"说完之后，他和女孩走到附近一棵树下乘凉去了。张天看见对面有条堤坝，尽头坐着个人。他说："咱们去看看。"张天和王一丹走到堤坝尽头，对面是苍茫的大海。有个戴着草帽的人在钓鱼。张天问:"竹岔岛是从这儿坐船吗?"钓鱼的人说:"是。"张天问啥时候,他回答四点之后,眼睛盯着海面,再不吭声了。堤坝下面是块不规则的凹地,有几亩大,布满水坑,里面有水花晃动。张天和王一丹往回走,路过那棵树时,男的和女的在喝酸奶,男的喝一口,交给女的,女的喝一口,再转给男的。张天问:"渴吗?"王一丹递过矿泉水。

他们下了凹地。水坑里都是海里的动物,小鱼、小螃蟹、蛤蜊、水母,说不出名字的贝类。张天有些惊喜,要是天一看到这。忽然他的心凉了。看王一丹,她在擦眼睛。张天说:"咱们抓小螃蟹去吧。"说完,率先朝附近的水坑走去。

他们把抓到的小螃蟹放到矿泉水瓶子里。天气越来越热,水坑里的水蒸发得很快,湿漉漉的水母搁浅之后,很快便像腐烂的树叶。瓶里的螃蟹挤在一起,四条腿张着,死了似的。王一丹说,"放了它们吧。"把它们倒进小水坑里,有几只快速地转动身子,不见了,还有几只腿继续张着,明显不行了。腥味儿也更浓烈了,还夹杂着动物死亡后的臭味儿。

张天和王一丹爬到堤坝上,远处的海面上有几艘船好像朝这边驶来,结果却越来越远。宽阔的海面上,无数看不见的水汽在蒸发,张天和王一丹身上又潮又热,时间却还不到两点。他们想找个地方避避暑,可是视野范围内,只有那一棵树。他们走近时,男孩和女孩好像睡着了,头并在一起,脸上搭着男孩的衣服。

张天和王一丹找到块大石头,有块凹进去的地方太阳照不进去。两人把头缩进去,不一会儿脚腕却烫起来,身子也被石头硌得难受。张天和王一丹有点儿后悔,他们是不是该参加旅行团,那样就少了许多辛苦,可是他们想没这样的路线吧?

好不容易挨到三点半,小径那边突然有坐着摩托的人赶过来,手里拎着尼龙袋子。然后,抱着西瓜的,拎着蔬菜的,拿着衣服的,还有个人扛着装灯的箱子,陆续过来。风大起来,浪从海平面拍向堤坝，又从口子上涌进来，空气中咸湿的味道越来越重，张天和王一丹刚才去的那块凹地被水淹没了，水位越来越高。有船从远处驶过来，真的是到这边的。人们沿着堤坝往前走，张天和王一丹跟在后面，那对年轻人也跟在后面。

船靠岸了，两只。人们沿着台阶陆续下去，经过那个钓鱼的人时，都把身子侧一下。扛灯具的那个人还把箱子架过头顶。钓鱼的人依旧盯着海面，鱼线随着浪花涌动，像被吞食。

张天、王一丹与那两个年轻人坐了同一艘船。四点过后，没有人了，堤坝上只剩下那个钓鱼的。船开了，没有救生衣之类的东西，渔民们安静地吸着烟，或低声说笑着。浪花溅在身上，潮湿而阴凉，带着咸味儿。年轻女的有点儿害怕，脸色苍白。男的搂着她，悄悄安慰着。张天望王一丹，她紧着眉头，一只手紧紧扣着船舷，关节有些发白；另一只手捂着肚子。张天朝她身边靠了靠，抓住她的胳膊。天一不在之后，他们还是第一次这么亲近。

到了竹岔岛，张天、王一丹与那对年轻人住进了码头边的客栈。女老板安顿好他们之后，要去忙活。张天发现门上锁不在，问道："怎样锁门呢？"女老板回答："门不用锁，岛上没外人。"张天和王一丹出门时，掩住门，心里却还是不踏实，往前走了一会儿，看见每个关着的门都没有上锁，心里想，这里真是世外桃源。

竹岔岛不大，到处是没有改良嫁接过的桃树，上面结满青色的桃子，长了油汗，没有人处理，许多桃子落在地上已经发黑。张天想起小时候家里种的桃树，都是这种品种，桃子长不大，熟了之后又酸又甜。他忍不住吃了一个，还没有熟，发涩。

岛的南边有座火山口，峭壁林立。张天让王一丹坐在石头上，给她拍照片。背后湛蓝的海水显得发黑，风把她的头发吹得纷纷扬扬，遮住大半个脸，看起来有些阴郁。张天从王一丹身上，看到了自己，也是阴郁、凄凉。

他们顺着人们踏出来的小径往下走，与海相接的礁石和沙滩边积满了白色的塑料泡沫和绿色的海藻,使得这个地方看起来肮脏、荒凉。王一丹说:"不下去了吧?"张天说:"不下去了。"他们顺着原路爬上火山口,张天看见不远处出现座小岛,上面还有红顶的建筑,他感觉有些不可思议,以为是海市蜃楼。对王一丹说:"你看,那儿有座小岛?"王一丹问:"哪里?"然后顺着张天指的方向看去,果然有座岛屿。张天自言自语道:"那个岛上有什么呢?"他迫切地想去这座岛上看看。天一走了之后,他第一次产生这么强烈的欲望。

他们往回走时,遇到了那对年轻男女。两人撑着一顶伞,头颈靠在一起,像对天鹅。男的把大半个伞遮在女的身上,他的半个膀子露在太阳下,这个动作应该持续了很久,膀子已经脱皮了。张天转动一下自己的伞柄,想把它交给那个男的,自己和王一丹像他们一样,撑一把伞。

他们交错而过,一个逆时针,一个顺时针。张天走的这边是海滩,海藻少了,但隔段距离就有废弃的房子,白色的垃圾四处遍布。

在一条通向客栈的小径旁张天停住,他说:"你看,这儿离那座小岛多近?"果然,那座小岛就在眼前,顶多二里远,虽然隔着海,仿佛一抬脚就能跨到。建筑的红顶看得更清楚了,上面还有个接收电视信号的铝锅。

张天感觉自己被吸引着,说不清的东西在召唤他。

回到客栈,总共用了没到一小时,岛太小了。稍后,那对年轻男女也回来了。女的看见男的肩膀晒脱皮了,赶忙给他抹防晒霜。张天看看自己的胳膊,不在乎地抹了一把,都是裂开的白皮。

女老板过来问他们晚饭吃什么。张天问有什么?女老板说:"这几天皮皮虾刚好吃,正是季节。鳗鱼以前出口韩国,现在不出口了,价钱很便宜。还有刚捕回来的鲍鱼、海螺。"张天望望王一丹,她说:"你看吧。"张天点了鳗鱼和皮皮虾,又要了盘凉拌黄瓜。那对年轻男女显然商量好了,女的说:"我们要盘西红柿炒鸡蛋就可以了,再来两碗白米。"张天听到他们点的菜,想起自己年轻时那会儿。他想告诉他们来了渔岛一定要吃点正宗的海鲜,但又觉得他们来了不是为了吃。

菜上来了。张天本来以为皮皮虾和鳗鱼只是浅浅的盘子里装几只,没想到是满满两大盘。他想给那对年轻人拨点儿,又觉得会让他们难堪。王一丹情绪不高,吃了几口就说饱了。张天舍不得浪费,狠命吃,他想要是天一在多好,他还没有吃过海鲜。那对年轻人很快吃完,进了房间关上门,里面传来咻咻的笑声。王一丹说:"我累了,先去躺躺。咱们明天回吧?"张天费了好大力气,才把这两盘海鲜吃完。

张天问女老板,"你们东边的那座小岛怎样能上去?"女老板回答:"两点左右退潮就可以上去了。"张天问:"那回黄岛的船是几点开呢?""三点。"张天想自己一定得去一趟,盘算能不能在开船之前赶回来。

天黑下来之后,岛屿安静了。原来张天以为还有篝火晚会之类的活动,可是除了海浪拍打礁石的声音,只有电视屏幕里的声音和偶尔传出的几声狗叫声。

第二天一早,张天去看渔民赶海。回来之后,王一丹已经把行李收拾好。张天说:"下午才有船,再出去看看吧。"王一丹说:"啥也没有。"张天说:"来了这儿不就是看海吗?"王一丹摇摇头,打开电视。张天说:"电视哪里也能看,多去外面转转吧。"王一丹说:"累。"

张天出了门,乱走。在一个大坝内看见几个晒得黝黑的男孩在游泳,他们笑起来牙齿雪白,周围是白色的垃圾。他走到对面小岛的海滩时,还不到十点钟。海浪拍击着礁石,许多光滑的卵石在滚动。张天来了兴头,他把鞋子脱下,挽高裤腿,找起卵石来。真是漂亮,有晶莹透明的,有白色的、红色的、绿色的、黄色的、靛青色的，有的是玻璃球那样圆的，有的是椭圆的，有的只有指头肚那么大，有的比拳头还大。张天不知道大自然多长时间才能磨出这么圆的卵石，他捡啊捡啊，用一颗圆的代替另一颗圆的，然后马上就发现更圆的。

太阳越来越烈，张天的眼中出现了雾气，几米远的距离看起来也有些模糊。他胳膊上的皮肤全裂开了。他想自己可能会中暑。但他不想回去。

中午了，张天一点儿也不感觉饿，他想大概是昨天吃的海鲜太多了。

他一颗一颗仔细挑选着卵石。

快两点的时候，张天看见海退下去了，一块块礁石露出水面，许多小鱼、小虾、小螃蟹在回潮的水流中挣扎，还有许多说不出名字的贝类生物紧紧附着礁石。海滩与对面小岛中间出现条路，布满礁石。他回头望了望，有群人从客栈那边的小径走过来。张天心里一暖，那种憋了许久的孤独感在慢慢消失。

人群走到跟前，那对年轻男女，还有几对不认识的夫妇，带着孩子。他们带着塑料桶、小盆、纱网，朝退潮的礁石走去。

张天又望了望，没有人了，他忽然感觉这个世界只剩下他一个人了。他朝对面的小岛走去。礁石犬牙交错，湿漉漉的很滑。张天小心翼翼地走着，害怕滑倒伤着脚。他想起自己的鞋还在后面，没有回去取。他一直往前走，小岛越来越近。

三点钟时，张天终于到了小岛，听到客栈那边码头那儿好像传来汽笛声。他记得昨天来的时候没有听到汽笛声。但今天好像没风没浪，或许是轮渡公司的船开了。

张天继续往前走，他想自己把这座小岛走完，生活一定会发生点什么变化。

《光明日报》2017 年 4 月

开始下雪

等了十几分钟,路过王强家的那趟公交车才来,一连来了三辆。人群蜂拥而上,王强上了最后面一辆,他判断这辆人少些。没想到车上人挤得满满的,攀着吊环的手臂一个接一个,每个人身上都散发着热烘烘的味道,王强感觉初秋的这个傍晚燥热起来。

车上的人说前面两辆人少,他们这辆车先发的,遇上堵车,被后面的追上来了。

三辆车一起出发,浩浩荡荡,可惜不停堵车,连着过了几个红绿灯,前面的那两辆车越走越远,王强知道今天回家至少又要一个多小时。

孩子要住校,王强不用陪读,就搬回郊区森林公园旁边自己的房子,上下班成了问题。十年前,王强刚到这座城市,买这所房子时,首先因为便宜,那时市里的房子均价七八千,这里的才五千多,他把县城的房子卖了十几万,刚够付这儿的首付。其次它挨着全市最大的森林公园,王强觉得每天可以去公园里锻炼身体,要是买辆车,出行也方便。那时,开发商承诺小区要与市里一所最好的初中和高中签约,王强想孩子读了初中和高中家就在附近,多好!

十年了,学校影子也没有,王强也没有买车。可是房子向南直接通向市里的唯一的一条路被封闭,因为旁边要盖一座更大的小区,据说能住几万人。王强每天上班,坐公交得先穿过公园绕一段路。十年时间,王强很少到自己的房子里,来公园的时候更少,现在却每天上下班得走两趟公园，一趟得二十多分钟。当然，王强也可以打车，但是那得先向北绕一个更大的圈。

经过一个站，下了几个人，王强以为会松一些，可是上来更多的人。

傍晚往郊区走的人越来越多，王强的身子已经和前后的人贴到一起，身后的人呼出的气吹在脖子上，发酸，一定消化不良，王强扭了扭脖子。他的手机响起来，妻子问走到哪里了？她要炒菜，家里没酱油了。

王强没好气地回答，还早呢，最少得半小时。

这个电话还没挂，单位的电话也来了，是领导打来的。王强连忙挂断妻子的电话，屏息接起领导的电话。旁边有位大妈也接到了电话，她的嗓门真大，王强的半边耳朵被她的声音震得嗡嗡的。

上午，王强和领导说自己再不想开车了，要求换个岗位。以前，王强也和领导提过这个意思，但没有直接说，有时，他用别人来影射自己，比如说他的一位同学，在县里给税务局局长开车，不久前被安排到一家税务所当所长；还有几个同学，在县委和县政府开车，被安排去了交警队、接待处，等等。有时，他说自己年龄大了，眼睛花了，腰也出了问题，腰肌劳损。王强知道坐到领导岗位上的人都不是一般人，他们上帝一样明察秋毫，他的意思领导肯定明白。可是，说了无数次，没有丝毫效果。今天王强实在忍不住了，敲开领导的办公室，坐了一个多小时，明明白白告诉领导自己不想开车了。当时，领导说考虑一下，王强以为领导考虑好了，现在答复他。

王强捂住朝大妈的那只耳朵，把电话贴在另一只耳朵上。领导让王强明天提前一个小时接他，要去车站接北京来的客人。

王强的心情瞬间降到冰点。领导还叮嘱他带几瓶矿泉水，带几个口罩，王强像溺水的人一样，感觉冰凉的水流钻进了他的耳朵、鼻子、嘴巴……

十年前，王强来单位开车的时候，迫不得已。

王强弹得一手好吉他，在省里的青歌赛上获过奖，读大学时，还组建过乐队。大学一毕业，为了艺术，他去了北京。可是还没有等他混出名堂来，父母亲双双得了病，他只好回了老家的县城。母亲没有等到他娶上妻子，便不情愿地离开了这个世界。母亲去世之后，他觉得自己怎样也得结婚，不能再让父亲有遗憾。那时他自视甚高，身无分文，所幸他现在的妻子不嫌他穷。结婚后，他们在县城待了七八年，他郁郁不得志，觉得自己不该一辈子待在这种小地方，会毁了他的音乐。

恰好有个机会，省里这家单位换新领导，需要新司机，托王强朋友的父亲打听。朋友和王强说这事儿的时候，王强觉得不可能，省城的单位，想去的人一定很多；再说，王强不是特别想去，因为去了不是搞音乐，是当司机。

朋友骂王强死脑筋，想去的人一定很多，但领导为啥要托他父亲打听？肯定是想找个外地的，而且能让人信得过的人。当司机怕啥？岗位可以慢慢调整，朱元璋一开始才是个和尚，最后还当了皇帝呢！只要和领导混熟了，想调岗位还不是一句话的事情？再说你有音乐天赋，这个单位可是文化单位啊，专门搞艺术的地方，领导们都是有水平的，不会发现不了你的本事！

王强被朋友说服了，他想好歹是个文化单位，先去了，以后说不准真能调整岗位。

朋友说你愿意的话，早点去见见人家，想去的人一定很多。

王强去见那位领导时，没有带礼物，而是带了把吉他。他觉得做人应该老实本分，凭本事吃饭。他把自己想搞音乐的想法和领导说了，但保证只要能来，一定先把车开好。

领导让他唱首歌。

王强弹着吉他唱了首美国民谣。

领导听完之后，沉思了几分钟，说现在最需要司机，王强只需要开上一两年车，单位每年招人，明年有了合适的司机，就让他去搞专业。

那时，王强以为一两年后自己腾出手来，可以集中精力好好搞音乐，毕竟他在音乐上表现出非凡的天赋。

来了单位后，他想领导调他来，是让他先当司机，他一定要先把车开好。

王强尽心尽责，车开得很好，可是领导没有给他调岗位。临退休前，领导内疚地说他办不了这个事了，交代给了下一位。

老领导退休，来了新领导，王强还是司机。

十年来，王强一直好好表现，他时刻遵守规章制度，每一项任务都认真完成，可是他刚来时，那些应届毕业考来的小男孩小女孩一个个都成了处长、副处长，他还是个司机，他的价值似乎就是开车。

这些年，单位每年招考新公务员，行政人员越来越多，搞专业的越来越少，可是……

公交车颠簸了一下，王强看见前面的马路晃动起来，变成无数光点，他知道这些光点都是时间，然后光点变成一条宽阔的河流，他周围的人都不见了，王强站在时间的河流上，四周白茫茫的都是水一样的东西，他不知道该往哪里去。水一样的东西涌上来，首先是他的脚变成了细小的光点，消失在水一样的东西中，然后他的小腿、大腿都开始逐步消失。王强惊恐地大叫，可是叫不出来。

公交车又到了一战，报站声响起来，是路过王强家的那一站，王强满身大汗。下车后，王强望见囚笼一样的公交车内挤满了人，慢吞吞驶向北边。

王强在路边喘了口气，一家蔬菜粮油便民店的喇叭里传来"卤水豆腐两块五一斤"的呐喊声，王强买了一瓶冰镇苏打水，一口气喝了半瓶，才舒服了些。公园旁边的篮球场上有几个人汗流浃背在打篮球，球飞了出来，落在王强身边，他弯腰捡起来，扔进篮球场，进了森林公园。

现在应该是饭点儿，但公园里锻炼的人还不少，一进门有几个人围成一圈踢毽子，广场上一群大妈在唱红歌，还有些人在气喘吁吁地跑步，他们从王强身边跑过时，身上有马一样的汗味儿。

王强回到家，妻子问酱油呢？

我就是打酱油的？王强瞬间火了，他没有意识到本来是他的问题。

妻子看到他莫名其妙地发火，说我不和你吵。转身继续炒菜去了。

王强坐在沙发上，望着家里那套豪华的音响，微微有些心酸。工作这么多年，自己是名司机，可是家里连辆车也买不起；别人家的孩子，五花八门上各种补课班，他家孩子想报两门课外辅导班，他都觉得费钱，他把钱都花在了攒这套音响上。他打开音响，巴赫的《平均律钢琴曲》播放了出来，以往他一听这段音乐心情就平静下来，觉得自己是精神上的贵族，今天却听得烦躁得不行。

妻子喊他吃饭，端上一盘白乎乎的豆腐，看起来让人毫无食欲。妻子说，本来要炒盘酱油豆腐，因为没有酱油。王强知道妻子是在挖苦他，但她看到妻子穿着磨起了毛绒球的家居服，袜子还破了一个洞，心疼起妻子来，没有反驳。

索然无味地吃完饭，王强躺在床上打开手机，点开喜欢的微信群，一行黑色的置顶的字出现在屏幕上：黑色将淹没一切！以往王强看到这行字，觉得有趣，今天却觉得好像是群主故意写给他看的，想到这里，以前看不见的空气浮现出来，乌云一样变成滚滚的黑色，吞没了他，王强感觉窒息，大叫起来。

妻子过来问，这么快就睡着了？

王强甩了甩脑袋，刚才那一幕太真实了，但他嘟哝着回答，没有。

微信群里很热闹，人们在聊最近的《蒙面唱将》，陈奕迅太牛了，故意唱歌走调都这么厉害！王强平时太压抑，以往遇到这种话题，总是很积极。当司机这个职业，也不是一无是处，领导不用车的时候，时间都是自己的，王强把时间都用在研究音乐上了，十年之功，他觉得他的水平已经超过了许多大学教授。但今天他没有丝毫说话的欲望，听大家聊了会儿，就退出群，打开百度。上面推荐几个相声的小视频，王强随意打开一个，是贾玲的相声，里面在拿她的胖说事儿，很搞笑。看完这个，马上出现另一个链接，也是贾玲的。跟着链接，王强一连看了好几个，发现这些相声不管故事是什么，核心都是拿贾玲的胖说事儿，他感觉有些无聊。又打开一个宋小宝的，是在调侃宋小宝的矮、黑、丑。王强又打开他的几个，不出意料，都是这种类型。王强想他们尽管也算成功，但他们的父母亲和孩子看到他们这样，能真正高兴起来吗？

带着这个疑问，王强打开米歇尔·魏尔新的《聆听巴赫》，他暗暗自嘲，单位搞专业的人都很少读书了，他这个司机却每天读书。

这时，王强的微信响了一声，是位年轻的朋友把新唱的歌发过来，请他指点。在朋友圈，没人知道他是位司机，都以为他是个音乐家。

这是表达失恋的一首歌，有些类似20世纪80年代台湾的校园歌曲。王强反反复复听了三次，发现歌手的痛苦很真切，但是表现手法太简单，满首曲子听了之后，让人的感觉就是我失恋了，我很痛，没有余味。王强提出了自己的看法，年轻朋友很接受，他说他真的失恋了，就是想把自己的痛苦表达出来，可是他不知道什么技法。王强推荐他听一些经典音乐。

和这位朋友聊完天，王强心情好了些，比起开车，他宁愿做些这类工作，哪怕是义务的。

第二天早上，王强怕等不来公交，怕堵车，提前一个半小时出发。他到了领导家门口，来早了，还有会儿时间。他跑进一家早餐店，点了一碗老豆腐、一根油条、一个鸡蛋。无数次早餐，他就是这样打发的。吃着老豆腐，王强想起人们用化肥生豆芽的事情，觉得碗里的老豆腐恶心起来，没有吃完就没有食欲了。

到了时间，领导没下来，却打来个电话，问他到了没有，说刚接到北京客人的电话，巡视组今天要巡视他们单位，来不了了，让王强过一个小时再来接他。王强心里暗暗骂了一句，不知道是领导昨晚忘记和他说了，还是接的客人真的刚通知了他，反正他白白浪费了一个小时时间。

以往遇到这种事，王强一般是把车开到单位，等上一会儿，等到快上班了再过来接领导，今天他却不想去单位。他在附近找个地方把车停下，漫无目的地瞎逛起来。

前面围着一群人，吸引了王强的注意。他走过去，原来是一位保安骑着电动车，为了躲行人，撞在了分隔道路的栅栏上。保安躲的那位行人已经走了，保安被电动车压住，头上都是血。人们围着，有人说，赶紧打120。有人说，打110。黑胖的保安在电动车下挣扎着想爬起来，但一条腿被车轮别住了，起不来。血从头上流下来，地上湿了一片。

王强的心跳开始加速，他涨红着脸，走到保安前面，帮他把电动车扶起来。

保安连声说着谢谢，擦头上的血。

旁边有人掏出纸巾递给保安，王强想到自己口袋里也有纸巾，掏出来给了保安。

保安对众人说着谢谢，接过纸巾擦头上的血。可是这些血越擦越多，一部分弄到了脸上，使他像被人狠狠揍了一顿。

有人说，赶紧去医院看看吧！

有人说，附近就有诊所，去包扎一下。

……

可是保安像没有听到人们说的话似的，傻笑着，位置也不动，只是不停地擦头上、脸上的血。他手里的纸巾很快被血湿透了，又有人递过新的纸巾，人们继续劝说着。保安一声不吭，擦着自己的血。

太阳越来越亮，保安流在地上的血亮晶晶的，像撒满了硬币。

围观的人陆续走了一些，又新来一些，人们继续给保安递着纸巾，劝说他去包扎和检查一下，别把头撞坏了。

不知道是错觉，还是真的，只一会儿时间，王强感觉保安的脸变得有些发黄，身子也在颤抖。他从保安身上，仿佛看到了自己，这个男人至少比他大五岁，穿着的保安服灰扑扑的，整个人都像被灰尘笼罩住，血流在上面使这堆灰尘看起来很脏。

王强不忍心再看下去了，转身就走。在十字路口，看到一位跪在地上少一只手的乞丐，他摸摸口袋，没有带现金，走到附近一家烟酒店，买了包烟，用微信多扫了十元钱，让店员兑给他。

王强把十元钱放进乞丐面前的小盆里，感觉有些眩晕。

王强走到停车的地方，时间还早，他找了个干净的水泥台阶，他不想坐到车上去等。

王强把领导接上，一句话也没有说，领导也没有和他说话。

晚上回到家里，王强开始收拾自己的山地自行车。这是一辆捷安特的红色山地自行车，王强刚到单位时买的，那会儿，他以为自己干上一两年司机就可以搞音乐了，对未来充满希望。单位发了目标责任制考核的奖金，他和另一位朋友一起买了山地自行车，都选了耀眼的红色。朋友是吹笛子的，能把《二泉映月》吹得像阿炳的二胡那样好听。那时他们骑上山地车，跑遍了城市周边的地方，最远去过一百多公里之外的一座古城。后来，朋友辞了职搞运输去了，王强也没有兴趣再去太远的地方了，山地车便被扔到了一边，再没有骑。

放了这么久，自行车上都是土，灰扑扑的像截烧过了的蜡烛。轮胎也没气了，瘪瘪的像韶华易逝的女人下垂的奶子。

王强打来一盆水，把布子湿了开始擦自行车，辅丝里面的地方不好擦，王强把脸往里凑，鼻尖几乎碰到了轮胎。自行车擦得油光铮亮后，王强找出打气筒，给轮胎充上气，自行车像吃饱的战马站了起来，王强也来了精神。他又找来机油，给链条上抹了一点儿，然后翻出以前的头盔、手套，骑车得保护好自己。

睡觉前，王强用百度地图查了一下，他们家到单位10.7公里，骑行需要58分钟。百度上的骑行肯定是指骑普通自行车。一趟10.7公里，一天来回就是21.4公里，好久没骑车了，王强多少有点儿发怵，但他决定还是从明天开始骑自行车。

以往早上，王强想的只是赶公交车，穿过森林公园时，看到那些悠闲的锻炼的人，他充满羡慕。坐上公交车，都是充满焦虑的中年人，睡意未醒就要去上班的年轻人，为了省钱绕到超市去买快要过期的减价产品的老人，整个世界在他眼里是灰色的。现在骑上自行车，首先不用进森林公园走那二十多分钟路了，然后也不用焦急地等公交车，闻车上混浊的气味了。

王强周围都是骑车的人，尽管有的是骑电动车，有的是骑共享单车，有的是骑美团小黄车……当然也有像他这样骑山地自行车的，这些车子一辆挨一辆，一辆一辆首尾相接，像深海里面的一群群鱼。头顶上的树叶，在阳光中斑斑驳驳洒在人们的身上，也像波光粼粼的水面。

第一天，王强怕把握不准时间而迟到，一路往前赶，长时间握着车把，上半身重心压在手掌上，到了单位，手掌有些酸。用了52分钟，比坐公交快一些。要不是路上有红绿灯，早上上班骑行的人比较多，王强还可以再快些。到了晚上下班时，王强骑着就感觉轻

开 / 始 / 下 / 雪　　　199

松多了。出了单位，一路向北，路过捷安特专卖店，让师傅给调了调车子，又去经常吃喝的那家店里买了一块卤水豆腐，回到家里才用了55分钟。而且骑行在路上，傍晚的秋风吹在身上，有几分惬意。

骑了半个月后，王强瘦了二斤，臃肿的肚子收缩不小，就连以前，他觉得脸越来越大而毫无办法，现在也依稀有了轮廓。到了单位，开上车接来领导之后，王强能静下心研究他的音乐了，尽管他还是司机。此时王强坐下来后，身子不像以前那样绵软无力，而是像一张刚拉开的弓，充满力量。

在这半个月中，王强感觉早晨的街头，像刚开膛破肚扒开的猪内脏，热气腾腾的什么都有。他窄逼的生活，被划开了一道口子，以前早上出门只是为了去上班，心里有的只是烦躁，现在他看到了风景，看到许多人像他这样奋力向前。以前他上班只有一条线路，就是先步行从公园绕出那段被封闭的路，再坐831公交车，而且只能坐831。现在他骑上山地车，直接穿过施工工地，可以从朝南和东的任何一条路到单位去，这些年城市不断施工，打通了许多道路，每次王强骑在一条新路上，都会有些不同的发现。

有一天晚上，下起秋季罕见的暴雨来，早上雨虽然停了，但路上有不少积水。王强出门后，看到这些积水，想起小时候晚上去外村看电影，下雨后往家里走，看见白晃晃的水洼总以为是高地，不断地往里面走。现在他能看清楚哪里是高地和洼地了，他骑着车子，小心翼翼绕过那些水坑，刚下过雨的空气中传来树木清新的气息，王强大口呼吸着。令人遗憾的是在路上遇到一个大水坑，汽车驶过时把不少泥水溅到了王强身上。

王强没有管衣服，到了单位，径直开上车去接领导。

中午去送领导回家，下电梯时一位同事突然说，你的衣服背上都是泥点子！

王强说，腿上的才多呢！他想背上的泥点子肯定是山地车溅上去的，它没有挡泥板，尽管他小心翼翼地想绕过那些水坑，但肯定还能卷起不少泥水。

应该穿个遮阳服之类的玩意儿，到了单位脱下，要不人们以为你总不换衣服。

以往假如别人和王强这样说，他一定尴尬死了，此时他脑海中却出现一句歌，"汗水湿透衣背"。多长时间了，他和同事们穿着光鲜的一尘不染的衣服坐在办公室里，哪里会接触什么泥水呀！

王强忽然产生了强烈的创作欲望。

晚上回到家里，妻子正在做饭，王强进了书房，翻过孩子演算数学题用过的几张草稿纸，写起歌来。妻子喊他吃饭时，他让妻子先吃，一首歌他已经接近尾声。

王强写完这首歌，妻子已经吃完饭。王强坐到饭桌前，感觉到许久没有过的轻松，端起碗，想起自己刚写的歌，不由自主地呵呵傻笑。妻子问他笑啥？他说不笑啥。

那天晚上，王强把歌词又推敲了几次，然后谱上曲，小心唱起来。唱着唱着，他想起刚结婚那会儿，和妻子去丽江玩，酒吧和每个店铺里都在唱一首他从来没有听过的歌，它叫《嘀嗒》：嘀嗒嘀嗒嘀嗒嘀嗒 / 时针它不停在转动 / 嘀嗒嘀嗒嘀嗒嘀嗒 / 小雨它拍打着水花 / 嘀嗒嘀嗒嘀嗒嘀嗒 / 是不是还会牵挂他……当时他觉得他的心像秒针一样，随着里面的嘀嗒在转动，他对妻子说："这首歌一定会红！"那时，《北京爱情故事》还没有上映。

整个秋天，王强一直骑着山地车上下班，星期天没事的时候，他还会骑着山地车去更远的地方，城市在他的眼中大了起来，熟悉了起来，不用百度地图，他能详细说出城市的许多地方。每天领导用车的时候，他依然像以前那样很认真地开，但他在车上不再说话，只有当领导问他什么问题的时候，他才简单回答几句，回答完就紧紧闭住嘴，恐怕不小心多说出一句话。王强没有再和领导提调整岗位的事情，只要有时间了他就写歌，他的创作力从来没有这样旺盛过，有时一星期能写好几首歌。

冬天到了，妻子对王强说，冬天冷，风又大，你不要骑自行车了，坐公交吧！那条路快修好了，修好公交车就到家门口了。

王强摇了摇头，戴上头盔出了门。

刚出来是有点儿冷，骑一会儿王强身上就出汗了，他想唱歌，可是一张嘴风灌满了他的嘴巴。他呵呵笑着，闭上嘴用力骑。

到了单位，放好车子，上电梯时发现一部电梯按不动，仔细看，上面亮着"专用"两个字。王强才想起领导说今天有省领导要到他们单位视察。可是，现在还不到上班时间呀，他还没有把单位领导接来。

王强乘坐另一部电梯上了楼，把东西放到办公室，去开车接领导。

上午，单位一直在开会，副处以上领导干部都参会。王强不是副处，安心在办公室琢磨自己的歌。

到了下班时间，王强准时出门去开车，到了电梯口，早上那部电梯还是显示着"专用"两个字，按不动。他正打算乘另一部电梯，一位小伙子快步跑进电梯，掏出一把钥匙在一个孔里旋转了几下，电梯恢复正常了。单位一把手和一伙人陪着一位领导模样的人走过来，单位一把手脸上都是笑，其他人不说话，赔着笑脸。小伙子已经把电梯摁住，当那位领导要进入电梯的一刹那，王强鬼使神差先走了进去，他想他是先来的。那位领导和单位一把手的脸色马上变了，但很快又都恢复了正常。领导先进了电梯，单位一把手进来，然后按照职务单位其他领导进来，能坐十几人的电梯，进来这六七个人却顿时显得有些拥挤。一首歌的灵感突然在王强心头涌起，他按捺不住开心，脸上涌出笑容，看见一脸严肃的那几个人，低下头偷偷乐。

送走领导，单位一把手坐上王强的车，似乎想说什么，哼了一声没有开口。王强没有说话。

　　送回领导，王强回家，进了车棚忽然发现山地车不见了，他清楚地记得早上放在一个充电桩附近。车棚里怎么能把车子丢了呢？王强仔细地把整个车棚找遍，还是没有他的车子。王强想起刚结婚不久的一天，妻子给他打电话，说她的自行车不见了，她只是进邮局寄了一封信，出来车子就不见了！妻子那焦急的声音，清晰地浮现在他的耳边，那是刚买的一辆飞鸽牌自行车。

　　王强出了车棚，六点半多点儿，天已经黑乎乎的，所幸路灯都亮了。

　　王强摸了摸下巴，往山地车专卖店走去。路灯下，王强看到婆娑的树影铺满马路，而头顶的树枝却光秃秃的，他踩着树影走向专卖店，看见前面的路白了，原来开始下雪了。

《作品》2021年12期

头顶有一片云

楼前那块空地说是要盖房子，却很长一段时间没有动工，小区里没钱买车位的就占了那块地方。

进入九月，头顶老有片云，集得厚了，便开始下雨。连续下过几次雨，空地上积了些白汪汪的水，张斐有次惊讶地发现，停在水里的那些车都是白色的，它们伏在那里，像人伛偻着伏在水中，已经被泡得苍白。

张斐送完孩子回到家里，看见李眉的老毛病又犯了，她贴着墙壁，一只手捂着肚子，一只手扶着椅子要站起来，却站不起来，像只被钉在墙上还在挣扎的标本。

张斐心里有些悲苦，但不敢表现出来，低声问："来了？"

李眉努力挤出一丝笑容回答："以前刚来时没这么痛，这次太痛！"

张斐扶着李眉坐下，倒了杯开水，拿出两颗白色的止疼药片。李眉服下药片后，身子还是一阵阵发抖。张斐让她躺好，给她盖了床夏被。李眉的脸色还是煞白，不断出冷汗。

张斐拿出个暖水袋。

渐渐地，李眉似乎睡着了。张斐来到阳台上，点着一根烟，吸了两三口，卧室那边传来李眉的咳嗽声。张斐看见水里有些车泡沫塑料似的好像要飘了起来，他哆嗦着掐灭烟，赶忙去看李眉。

二十年前，李眉年轻漂亮，从人前走过，即使穿着公司灰色的工作服，也能让人眼前一亮。那年公司刚刚上市，是太原第一家上市公司，到处招兵买马，招了五六百个大学生，虽然女生比较少，但也有一百多个。张斐从这些女生中一眼就看中了李眉。他主动追求李眉，大概他是那批人员里较少的名校毕业生，对人又体贴入微，很快他们关系就确定下来。

张斐的爸爸帮他们在市中心购了一套学区房。有了房子，所在的公司主导产品稀土永磁材料又在国际领先，光在重要地段都有好几个分厂，生活在他们眼中一片灿烂。

那时候张斐心中充满自豪，见到每一位同学都要讲到自己的单位，扳着指头讲，公司通过了ISO9001质量体系认证，公司通过了ISO14001环境管理体系认证⋯⋯"ISO9001""ISO14001"这些英文和汉字混合的字母在张斐舌尖滑过的时候，他有一种麻酥酥的感觉。

谁知道公司业绩越来越差，几年之后进行了重组，由市国资委的独资公司变成了合资企业。当时张斐选择这里，除了其他光环，国有企业也是一大原因。重组之后，浙江横店集团成了最大的股东，没错，就是搞影视的那个横店集团。

做了几年，横店集团也没有做起来，竟然落魄到接到订单之后，承包给浙江的几个小企业代加工，公司中间赚些差价。其间，企业好多人都走了。张斐和李眉商量，离开这家企业，重新找个地方，可是在他们犹豫徘徊中，又几年时间过去了。公司竟然要迁到市郊的阳曲县。张斐和李眉想到孩子上学，想到自己努力了多少年才从农村来到城市，不甘心跟随总部再到郊县去，双双选择接受一次性补偿，自动离岗。

他们想，以前下不了决心，是没有走到绝路上，这次被逼得没办法了，再说两个人的补偿加上这些年的积蓄，也算有了一笔资金，他们决定重新开始生活。后来，同事们谈起他们这次决策，都觉得英明。公司搬到郊区后，两三年时间，市里的厂房就都卖给了房地产开发商，总部来的人全部撤回了浙江，生产线也停了，只剩下郊区那些厂房和几个看厂房的人。

但是张斐和李眉都想不到，他们刚离开公司，李眉就病了，每次来例假之前，肚子就开始痛，直到例假结束才慢慢缓解。李眉以为是痛经，慢慢会好起来。可是不光没好，还越来越厉害。先是痛经加重，尤其是月经来的第二、三天最厉害，还伴随着大腿抽搐，不能直立行走。然后发展到月经量增加到原来的一倍，带血块，经期延长到八天，出现贫血现象。

去医院检查，患了一种从来没有听说过的病，叫腺肌症，是子宫缺乏黏膜下层，因此子宫内膜基底层细胞增生，侵袭到子宫肌层，并伴以周围的肌层细胞代偿性肥大增生而形成的病变。这种说法太专业了，张斐和李眉听不懂，他们去网上查找，看有没有其他患这种病的人。没想到百度一连几十页都是说这种病，它被称为"不死的癌症"，就是说得了这种病死不了，但是会像得了癌症一样疼。要想根除就得切掉子宫，这和他们去的几家医院的医生说的一样。张斐和李眉慌了，李眉还年轻，没有子宫还算个完整的女人吗？

他们开始了漫长的求医路，北京、上海跑过好多大医院，也找过许多中医，包括省城中医研究所的专家，都没啥特殊效果。

有一次，张斐听说平原县有位姓马的中医，很厉害，专治各种疑难杂症，半信半疑地领上李眉去了。

马大夫的诊所挨着一条正在施工的马路，在很深的巷子里。张斐领着李眉往里走的时候，看见头顶幽深的天空，感觉像钻进一个洞。巷子尽头是马大夫看病的地方，奇怪的是门上没有挂任何标志。张斐第一反应是走错地方了，拿起电话来问，确实是这里。

张斐轻轻地叩了几下门，有人从里面把门开了，问："找谁？"

张斐说："我朋友介绍来马大夫这里看病。"

对方点了点头，示意他们进来。张斐和李眉进去后，门又在身后关上。

院子里有七八个人排成一条不规整的队伍,中间有两人由别人扶着,隐隐看见屋子里还有几个人。在这么偏僻的地方,有这么多人看病!张斐心中的希望大了起来。

好不容易轮到他们,张斐和李眉进去,看见桌子后面坐着一位白发长须的老人,几个黑色的老年斑赫然出现在颧骨左右的地方,像为了证明他是货真价实的老中医,显然他就是马大夫。

问过几个问题之后,马大夫把手搭在李眉胳膊上号脉,与他的脸不相称的是他的手指又细又白,留着长指甲,蛋壳似的微微发亮。

然后听诊。

张斐听见墙上挂钟的秒针嘀嗒在走,外面是一群肃穆等待的人。

许久,马大夫说:"这病有些麻烦。"

张斐心里一惊,问:"能治吗?"

"能,就是需要坚持服药。"马大夫说了些阴阳平衡之类的话。

"那就多开几服吧,"张斐松了一口气,接着问,"去了医院医生说得切掉子宫,不做手术能治好吗?"

"我们一般不主张做手术,做手术伤元气。"马大夫边开处方边回答。

开好处方,马大夫递给旁边一位女孩,示意跟着她去抓药。张斐和李眉跟着女孩进了旁边一座院子,和这座一模一样。先前看过病的那几个人还有一个在,等了一会儿,轮到他们。屋子里都是药,整麻袋整麻袋的堆在一起。

女孩把处方交给另一位女孩,她拉开几个抽屉,给张斐他们抓药。

张斐和李眉出了这条巷子,都长长出了口气。

吃了几服药,疼痛似乎缓解了些,但还是疼。

张斐和李眉以为是吃得不够，继续吃，但效果似乎不如开始好。

他们后来又断断续续去了马大夫那里几次，也去别的地方看，中药西药买了一大堆，发作的时候便吃上一些，但哪种药都似乎管些用，又没有多大作用。

李眉醒了过来，疼得眼神有些发直。

张斐说："再去医院看看吧？"

李眉叹了口气说："不去了，看过多少次了，上次开的药还没有吃完呢！"

张斐说："那我再给你煎服药吧？"

张斐拿起水桶，才发现里面空了，自来水的味道太难闻了，他提上空桶去小区里的自动制水机上打水。

打开门禁，看见那位长眉毛的老人坐在楼道大厅里，正用瘦骨嶙峋的双手搓自己的脸颊。这位老人夏天时就经常坐在这里，张斐第一次见到他时，吓了一跳，外面那么热的天气，他穿着厚厚的中山装，扣子扣得严严实实，仿佛怕冷。他的脸色那么白，都是老年斑，像树皮上爬满了虫子。当时张斐就有种不好的感觉。后来知道老人住在十七楼，得了癌症。

从那之后，张斐就注意上了老人，每次看到他都有一种森冷的感觉。老人总是坐在门口那块地方，不大动，屁股下是块碎布缝制的垫子，眼神呆滞，看不出害怕，也看不出热情，好像一块雾蒙蒙的玻璃。

张斐打好水，提桶的时候，水漏了出来，桶盖裂开了一条缝。他费力地把桶抱着，往家里走。看见头顶上的云黑了起来。

进了楼道大厅，老人打开门禁想要进去，门禁上的弹簧往里挤，老人虚弱得似乎推不住，像片枯叶似的似乎要被门挤了出来。

张斐赶忙快走几步，推住了门。

老人说了声："谢谢！"他的声音闷闷的，带着痰音，口气中散发着浓郁的腐臭。

老人的中山装里面已经穿上了毛衣，看起来很瘦，像副骨头架子。

进了楼里，张斐抢先按下电梯开关，等老人进去，他再进去，先按了十七楼，然后按了自己所在的十五楼。老人笑了一下，张斐像看到黄昏时的最后一缕阳光。然后张斐闻到电梯里有一股臭味儿，那是东西腐烂后的气味儿。张斐看了看老人，老人的中山装很干净，脸也洗得很干净，可是有明显的气味儿散发出来。

到了十五楼，张斐出了电梯，看着徐徐掩上的电梯门，像看到一个人在挥手和他告别。

张斐忽然想到，几个月了，没有见过老人化疗和放疗。要是化疗和放疗，肯定有症状能看出来，而且也没有看见别的人陪伴老人，难道他没有亲人了吗？

张斐听过许多癌症晚期病人放弃治疗的故事，他有个远房表哥就是，得了胰腺癌，化疗了几个疗程后，坚决不在医院住了，回到家里，每天打杜冷丁，一天趁家人不注意，上吊自杀了。他不知道这个老人怎样来减轻他的痛苦。

张斐胡乱想着，到了门口，赶忙放下水，打开门。

渐渐地屋子里弥漫出了中药的气味儿。

药熬好了，张斐等晾好后，拿了块冰糖一起递给李眉。李眉闭着眼睛一口气把药喝完，把冰糖塞进嘴里。张斐像完成了个仪式，让她继续躺着歇会儿。

头顶的云越来越黑，下起雨来。张斐贴在窗口，看见雨水落在那些白色小汽车上，溅起一道道水花，然后顺着车身流下来，像脸颊上流下的一道道泪。他为这些车心疼，轮胎长期泡在水里面，会不会坏掉？假如车主开上这样的车跑在路上，轮胎会不会像朽木一样突然散掉？假如轮胎散掉……他发觉事情不能这样没完没了想下去。

他要是车主，怎么办？买个车位太贵了，租上一个多月，过了雨季再放到外面也许比这好。

张斐以为想出了一个办法,他去看李眉,李眉喝了药,脸色红润了一些,看见他进来,催促说:"你快去上班吧,今天又迟了,别老迟到。"

张斐看见李眉好多了,放心了些,他说:"你不用担心,这天气,去了也没事干。"张斐说着,还是行动起来。临出门前他说:"中午要是还疼,不要做饭,点个外卖。"

李眉说:"我知道。"

出了北中环,雨停了,地面很干,没有丝毫下过雨的痕迹。回头望北面,乌云还是笼罩着天空,太钢烟囱冒出来的白烟升到半空,被乌云压住,不再往上升,而是横着往天空铺,那块天空尤其黑,而张斐他们的房子离那块地方不远。张斐想起他们公司生产的时候,那么大的企业,有没有这样的大烟囱呢?他竟从来没有注意过。但那会儿很少下雨,下班后,他喜欢打篮球,一打就是好几个小时,好像总是晴天。

到了"行天下"户外用品专卖店,店铺已经收拾过,王萱正在玩手机,看见张斐进来,站起来伸了个懒腰说:"今天估计又够呛。"

张斐苦笑一下说:"不好意思,又让你忙活了,李眉肚子又疼。"

王萱问:"那你不是该在家照顾嫂子?"

张斐说:"哪能呢?"

张斐想找点儿事做,可是王萱把能打扫的地方都打扫干净了,该摆放的东西也都摆放整齐了,张斐觉得自己多余起来。他有这种感觉有段时间了。

刚开始离岗那会儿,和机器打了半辈子交道,他不想再干机械类工作了,当时想放松一下,看到有人组织去五台山"大朝台",便报了名。坐绿皮火车到了五台山火车站,在小旅馆里住下来,半夜里包车往山上赶,摸黑爬山看日出,一切都是那么新鲜。那两天,走遍了五台山的五个台顶,寺庙和和尚不用说了,高山草甸、冰川时期形成的石臼、原始森林，一路穿越，在西台顶居然遇到了冰雹。中间那个晚上，就住在狮子窝的寺庙里，吃素斋。回到太原，全身累得要散了架，但好像把一切都放下了。

第二次看到行天下组织大朝台，缺一个领队的时候，张斐就报了名。安全把队伍带回来，挣了两百元。从此之后，张斐喜欢上户外活动，等到专卖店缺人的时候，他便成了这里的一个店员。平时卖户外服装和各种装备，遇到各类户外活动时，便参与其中的工作，当领队、当安保、当后勤，哪块地方缺人去哪块。

以前在公司的时候，张斐觉得自己像个螺丝钉，每天只能跟着机器转，生活只是家和公司两点一线，即使偶尔出个差，也是两点一线，在另一个城市的酒店和公司之间。来到户外用品店，发觉天地忽然变宽了，大山大河真是陶冶人的好地方，要不是李眉每个月生几天病，他都想把她拉上一起搞户外工作。

那几年，这一行生意真好做。一件几千元的冲锋衣，人们买起来眼睛也不眨。组织一次大朝台，报名的有几百人。似乎一刹那，人们热衷起探索和冒险来，简单的旅游已经满足不了人们对大自然的渴望。连搞房地产的王石也以登上珠穆朗玛峰而自豪。而一旦喜欢上户外活动，那就真是踏入了烧钱的行列，衣服、鞋子不用说，背包、帐篷、睡袋、登山杖……各种各样的高科技产品目不暇接，每一项都与安全与生命相关，而它们的价格相差十万八千里，那些有钱的人啥贵买啥，一次消费一万元根本不算啥，始祖鸟新产品上市能被买断货。

但忽然，这一行就萧条起来了，那些昂贵的产品半年卖不上一件；组织活动，拉二三十个人都费劲。但说它萧条吧，市里几家户外用品店关门的时候打折，买东西的人山人海，而且在市里的每一家大型商场，都有卖北面、哥伦比亚、狼爪等品牌的专卖柜，街上上班的人穿这类衣服的也越来越多，尤其到了冬天，连扫马路的也穿冲锋衣。

张斐认为这个行业和他以前的企业一样，表面繁荣，实际上虚火上升，趁船沉没之前得早点儿上岸。

张斐拿出手机，和往常一样，先搜索关于腺肌症的消息，查了几十页网页，没有新鲜内容。又进了几个微信群，信息倒是不少，但大多数都讲切除子宫，有的吞吞吐吐，让到了医院检查过后再说。张斐想，若实在没有办法，和李眉商量切掉子宫吧。可是，子宫毕竟不是阑尾，切掉之后就不是一个完整的女人了，而且对生活影响一定很大。张斐又搜索"女人切掉子宫"，尽管以前查看过许多遍，他还是希望看到一些好消息，可是看到的消息令他沮丧：如果切掉子宫，卵巢功能会受到不同程度的影响，女性就会出现更年期症状，如失眠，烦躁，眩晕，抑郁，泌尿生殖系统萎缩以及性功能降低和骨质疏松等。张斐想，李眉还年轻，提前进入更年期怎么办呢？

最后他进了一个叫"K"的病友群，这是一家北京叫"K"的民营医院组建的群，每天有专门的医导介绍医院和腺肌症的相关知识，他们可以做保宫手术，还有好多病友讲自己在医院做手术的经历。可是去的医院多了，张斐和李眉都不大相信这个医院，毕竟北京的许多公立三甲医院拿这个病都没有办法，他们一个私立医院，凭什么能治好？为了进一步了解医院的情况，张斐和李眉甚至都悄悄加了微信群其他病友的消息，打探消息。这些病友每个人把自己的治疗情况说得有模有样，但越是这样，他们越是不敢轻易相信，毕竟得花好几万元呢！而且，网上描述好多杀猪盘都是这样骗人，有的一个群里，除了被做的"猪"，其他人都是骗子。

焦虑之中，张斐又搜索起求职信息。这段时间，张斐发出了好多求职信，也不断去58同城网、智联招聘、前程无忧等网站寻找工作机会。这让他想起大学毕业那会儿找工作，那时工作真好找，不断接到面试通知，好多企业还去他们学校招人，要不是爸爸希望他回老家，他一定去了北上广。那会怎样呢？首先肯定不会遇到李眉，也就不会遇到现在这种麻烦事情，可是没有李眉，张斐想到初认识李眉时的那种甜蜜，责怪自己有这个念头。他打起精神面对现实，自己才四十岁出头，正是人生的黄金期，学校学到的知识已经完全和实际融会贯通，又有了人生阅历和社会经验，找份合适的工作怎么这样难呢？他又开始写求职信。

快到中午时，进来一位和张斐年龄差不多大的中年人，问有没有什么软壳衣服。张斐和王萱同时站起来。店里的货最近不好卖，新品种越进越少，只有几件猛犸象和探路者，还有一件杂牌子的浅灰色风衣。

王萱望了一眼张斐。

张斐心里一阵涩然，自己这么大年龄了，又是名牌大学毕业生，还是前上市公司中层管理人员，和一个年轻姑娘吃一碗饭。他重新坐了回去。

王萱先介绍猛犸象，顾客听到名字眼睛亮了一下，拿起衣服看商标和说明，可是当他听到价格的时候，很直接地说："不买这么贵的。"王萱说："这已经打了五折，你看看官网上卖多少？"以往许多顾客看了官网的价格，一般会接受现在的打折价。这个顾客却摇摇头问："还有吗？"王萱说："还有探路者，民族品牌，价格低，其实质量一点儿也不亚于那些国际大品牌。"顾客拿起探路者看了半天，放回去说："感觉怎样也不如刚才看的猛犸象。"张斐心里暗暗骂娘，不是一个档次的东西怎么能看起来一样呢？这时王萱拿起那件浅灰色的风衣说："您看这件怎样，才一百元，体育局的许多人买的就是这种款式的。"男人一听一百元，眼睛又亮了，问道："不知道有没有我能穿的？"王萱给他找了一件。男人穿上后，在镜子前照了照说："我感觉这件蛮好的，一百元，不合适就不穿了，再好的衣服穿上两三年就不想穿了。"

男人走后，直到中午再没有顾客。

张斐想，今天上午又白拿人家工资了。当王萱让他回去吃饭的时候，他让王萱回去，尽管他心里在惦记李眉，但早上就来得晚了，不好意思中午再回去。

王萱回去之后，张斐给李眉打了个电话，问她好点没有。

李眉的情况一听就很不好，但她说："你好好上班吧，我就那样。"

张斐想马上回家，可是店里只有他一个人了。

一中午，店里没有来一位顾客。张斐要了碗麻辣拌，吃完之后，又给李眉打了个电话，李眉说："没胃口，吃了个荷包蛋，但痛得不厉害了。"她又说："头顶又有云了，下午可能还要下雨。"张斐叹了口气，往北望去，天空阴沉着，但看不到云，遥远的地方还有片亮光。

隔壁花店里响起呼噜声，张斐想这个胖子又睡着了。上午没见到几个买花的人，估计中午也没有。他想人们的钱到底哪里去了？街上倒闭的门店越来越多，但美容美发店、药店却开了一家又一家，人们难道光吃药和理发美容就能把日子过下去？他想社会学家应该做个研究。

下午，王萱来了。店里仍旧没有多少生意，张斐看到自己和王萱每人捧着一部手机，他有些脸红。

好不容易，一天挨过去了，张斐回家从花店门口一闪而过时，看见中午睡觉的胖子不在了，换成了他的爱人。她才三十多岁，头上已经有了白发。张斐发现之后，鬼使神差进了花店，买了几枝百合和康乃馨、天堂鸟。这是他第一次往家里买插花，以往他觉得花这钱纯粹是浪费。女人给他包花的时候，柔软的花瓣映衬得她的脸出现一种晚霞似的光彩，那些白发不刺眼了，张斐的心情莫名好了些。

进入北中环，云块出现了，但没有下雨。张斐想太原也不大，这么近的地方就产生了小气候。

进入楼道大厅的时候，有几个女人在一侧跳广场舞，她们臃肿的身体像笨重的蛾子,随着音乐缓慢地起步。张斐感觉少了些什么,然后看到老人常坐的那个台阶上留着熟悉的碎步缝制的坐垫,老人却不在。但张斐马上想,都什么时候了,老人一定回去吃饭了,只有这些大妈没事干。

回到家里,卧室那边亮着灯,李眉看见张斐坐起来。

张斐问:"好点了吧?"

李眉吃力地笑了笑问:"你买了些花?"

张斐下意识地把花往背后藏了一下,然后拿出来说:"摆上花家里会亮堂些。"

"贵吗?"李眉咽了口唾沫问。

"不贵,几块钱。"张斐怕说多了李眉心疼,边说边找瓶子灌水,插花。

花插好后,摆桌子上,家里果然亮堂了些。

张斐问:"想吃啥?"

李眉说:"我想吃碗淡淡的阳春面。"

张斐说:"好,不放香菜是吧?"

面端上来之后,张斐炸了几段辣椒,拿出一袋榨菜。李眉以前特别爱吃辣,张斐跟上她也喜欢上了吃辣,李眉现在不敢吃了,他却一顿不吃就馋得慌。李眉吃完面,脸色红润了些,但刚站起来,就"哎哟"了一声,脸色迅速变得苍白。

张斐赶忙说:"你去床上躺着歇息吧,我来收拾。"

他收拾干净碗筷后,问:"中午喝药了吗?"

李眉吃力地回答:"喝了。"

张斐说:"我再把晚上的煎上。"

家里又弥漫出中药的味道,张斐定定地看着刚买回来的花,发现已经有花瓣掉下来了。

服侍完李眉喝药,时间还早,张斐拿起本书,这是写小说的朋友送给他的。他说这本书虽然是美国作家写的,但里面许多故事和咱们周围的几乎一模一样。张斐随便翻开一页,小说写一个工人早上起来被耳屎堵住耳朵,开始崩溃。张斐吃惊地读完小说,久久说不出话来。来到阳台上,晚上那块空地上停的车更多了,黑乎乎的像一个码头。

张斐的手机又响了,是张君江打的。张斐吃了一惊,自从离岗之后,和外界联系越来越少,有限的几个联系人除了一两个关系密切的同学,都是家里人,没想到张君江给他来电话。张君江以前和他的关系不赖,他虽然是浙江人,又是公司的副总,但对张斐特别欣赏,每次开会,总要表扬张斐,而对其他中层领导则不断指责。时间久了,弄得张斐很不好意思,和张君江谈过一次,他想指出别人的问题可以,但不要总表扬他,这样容易让别人和他产生罅隙。张君江听了之后,没有再公开表扬过张斐,但每次过节,都把公司发老总们的购物卡给张斐一张。张斐离开公司的时候,张君江还挽留过他。

张斐接起张君江的电话,心里有千言万语,当时张君江让他一起跟着到郊县,他没有去。张君江却没有提以前的事情,寒暄两三句之后,马上进入正题,他在老家横店开了家厂子,需要负责质检的,希望张斐能去,管吃管住管往返交通费,年薪税后十万。

张斐的心马上咚咚跳了起来,早忘了自己不想再围着机器转的打算了,可是一想到李眉的病,他就开始退缩,横店那么远,李眉的病发作起来怎么办呢?张君江在电话那头听出了张斐的犹豫,说:"咱们的厂子刚开始,效益好的话工资还可以加,或者给你些股份。"

张斐不能马上答应,又不敢拒绝,婉转地问:"最迟啥时候去不误事?"

张君江说:"国庆假期过后可以来吗?"

张斐说:"我和李眉商量一下,明天给你回话。"

张斐挂了电话,高兴地在地上转了个圈,但走到卧室门口又担心起来。

李眉果断支持他去,她说:"你走了让我妈来陪我,我这也不是癌症,医生不是说绝经了之后就没事了。"

张斐说:"你才几岁啊,再得熬多少年?"

李眉竟然生气了,用被子蒙住头。

张斐不知道该怎么办好,他想自己得出去走走。

张斐来到大厅,那些大妈还在跳舞,浑浊的音乐使得空旷的大厅很是喧腾,他一阵头疼,走了出去。路灯发着微弱的黄光,头顶上一颗星星也看不到,远处有块地方云特别厚,云层下面不时溅出些火星,还是太钢那些大烟囱。

张斐辨了辨方向,朝那些烟囱走去,他想看看它们上层的云是不是特别厚?穿过几条巷子,在大同路一处昏暗的路灯下,他看见几个神神秘秘的人,手里捧着什么东西传来传去。好奇心使张斐放慢了脚步,他听见有个人说:"我给你二百元,两条烟钱,反正东西是你们挖出来的,值不值钱谁也不知道,我只是喜欢这玩意儿。"张斐不由得停住了脚步。另一个声音说:"二百元现在能干个啥?前几天有个人挖出个比这大的枕头,但根本不如这个好看,还卖了五千呢!"

张斐想起人们说大同路修路,挖出了一些宝贝,他的心跳了起来。

张斐不由得凑过去。一位身上都是泥巴的人捧着个巴掌大的枕头,这只枕头是个跪着的人,头发像古代的,梳着高高的发髻。

那两个人还在谈价钱。

张斐舔了舔嘴唇说:"我可以看看吗?"

枕头到了他手上,灰扑扑的上面都是土。张斐掏出卫生纸擦了擦,看见枕头的釉面是酱黄色的,人物的五官很是生动,但釉子没有施到底部,露出一截干燥的泥胎。

"这是干什么的?这么小的枕头怎样枕?"张斐问。

"我不知道，反正我是挖出来的，前几天有人挖出个不如这个好看的，还卖了五千呢！"那个满身都是泥巴的人吸了下鼻子，张斐听到鼻涕咽到喉咙里的声音。

"二百二，我再加二十。这东西要是真的话，五千也不贵，可要是假的话，二十也不值，买个碗才多少钱？我就是赌一下。"说话的这个人头特别大，眉毛很浓，给人一种很靠得住的印象。

"这是干什么的？这么小？"张斐又问了一句。

大头男人回答："脉枕。年轻人你没有见过吧？古时候大夫号脉用的。"说着，他把枕头拿过去，把手臂搁在上面演示着说，"就是这样用的。"

他粗壮的手臂搁在上面，那个枕头一大半看不见了。

张斐一听"脉枕"两个字，心忽然跳了一下，他想起李眉找中医时，医生给她号脉垫胳膊的东西。他忽然觉得这个东西一定是真的。

他的喉咙发干，盼望大头男人买不成。

如他所愿，挖出枕头的人咬定五千不卖，大头男人出到五百怎样也不往上出了。

大头男人走了之后，围观的人也渐渐散了。张斐往烟囱那个方向走了几步，感觉离得还有段距离，便转了回来，径直走到卖枕头的跟前说："我再看看你的枕头。"

这个男人把枕头递了过来，同时低声说："你要是看对，我可以给你优惠点儿，我不想卖给刚才那个男人，他给的价钱太狠了。这真是我挖出来的，当时怕别人看见，我把它掖在了腰带里，你看，这儿还被蹭了块皮。"男人掀起衣服，肚皮上有块地方真的被蹭得红红的。

张斐拿起枕头端详了半天，搞不清楚到底是真的还是假的。他又凑到鼻子跟前闻了闻，闻到了土腥味儿。

他抬起头来，看到男人的嘴唇上都是干裂口子，眼巴巴地望着他。他忽然下定了决心，结结巴巴地说："我临时出来散步，身上没带钱，银行卡上只有两千元，可以转给你。"

"两千？"男人眼光里的火暗淡了下来，"太少了吧？再加点。"

张斐笃定男人卖的枕头是白天刚挖出来的了，他打开手机，指着微信说："我只有两千了，我爱人病了，因为它是脉枕，我才想买。"

男人听到张斐这样说，幽幽叹口气说："那就两千吧！"

张斐捧着脉枕往回走，心里一会儿高兴，一会儿担忧。高兴的是假如这个东西真是挖出来的话，卖了可以赚一笔钱，放家里也是个东西；担忧的是这个东西是现代的仿品，毕竟现在仿制的假的太像真的了，那样的话，真如大头男人所说，二十块钱也不值。

忐忑中，张斐回了家。李眉身体弓在床上，正在呻吟。张斐赶忙把脉枕放到书架的一个角落，去床前探问。李眉身上汗津津的，像在沸水中挣扎的鱼。张斐拿毛巾给她擦了擦汗说："先把热水袋捂上吧，我去熬药。"

喝完药，李眉的身子像沙滩上搁浅的鱼，不时抽搐一下。

张斐看得心疼，说："要不做了吧？"

李眉说："我再也忍不住了，不要子宫了。"

张斐紧紧握住她的手说："要不咱去北京再看看，说不准K那儿做手术能保住子宫呢？人们说那儿的主治大夫是中国妇产科的奠基人——林巧稚的关门弟子，在协和医院工作过六十五年，今年已经九十岁了，耳不聋，眼不花，思维特别清晰，见病人一面就能记住名字。"

"真有这样的医生就好了，但哪有呢，那不是神仙吗？"李眉微微闭上了眼睛。

晚上，张斐不停地做梦，他先是梦见李眉做手术切掉了子宫，他们生下一个健康的孩子。他告诉自己不可能，这是做梦。然后他又进入另一重梦境，梦见一位已经一百多岁的医生给李眉号脉，用的就是他刚买下的脉枕，医生说李眉的病能治，条件就是用这个脉枕来换，张斐把脉枕送给了医生，但李眉吃下他的药病没有好。

后来，还做了好多梦，张斐醒来时全忘掉了。

早上，张斐被念佛机的声音吵醒，他坐起来，听到楼上正在放佛乐"南无阿弥陀佛"，声音开得很高。谁家这么早扰民？张斐边穿衣服边想。他站在地上时，念佛机里面还是单调的几句"南无阿弥陀佛"。他又听了会儿，楼上面传来好多人说话的声音，好像在吵架。

张斐迷迷瞪瞪上楼去，十七楼有扇门开着，门口站着好多人，有人把一副担架抬出来，担架上蒙着一块白布，后面跟着几个哭泣的穿黑衣服的人。电梯门已经打开，担架被抬了进去，"南无阿弥陀佛"的声音从敞开着的门传出来，像在耳边吟唱。

张斐坐了电梯下去，楼道大厅里围着一群人，议论着老人，担架已经不见了，碎步缝制的那块坐垫遗落在台阶上，有些触目惊心，上面仿佛还有老人身体的余温。

张斐听着那些人嗡嗡的声音，想起那些跳广场舞的女人，感觉热闹的大厅顿时寂寥起来。

他回到楼上，李眉已经醒了，问："楼上那么吵？"

"老在门厅里坐着的那个老人不在了。"

"哦。"李眉吃力地起床。

"还在疼吗？"张斐担心地问。

李眉没有回答他，而是问："你回答人家张总了吗？快点儿告诉人家你能去。"

张斐点了点头，去张罗早饭。

吃完早饭，张斐把昨天晚上买的那个脉枕藏进随手拎的包里。出了门，他看见头顶又有一块阴云。太钢的大烟囱在早晨薄薄的晨曦下，吐着大团的白烟，聚集到天空上发出淡淡的黑色，有越来越浓的迹象。但一直到北中环，雨没有下，太阳反而露了出来。

到了文物商店，张斐看到一位穿唐装留山羊胡子的中年人，正在拿着一把紫砂壶喝水。他问："能帮我看看这个东西吗？""什么宝贝呢，拿出来我看看。"张斐把脉枕拿出来，小心翼翼放在柜台上。中年人伸出白净的双手捧起这个脉枕，他留着长长的手指甲，蛋壳一样。

张斐感觉时间被定格了，但很快中年人放下了脉枕，眯着眼睛问："你怎样看？"张斐慌乱地回答："我不懂，只是看见它像老的。"中年人摇了摇头，从货架上拿下几个玩意儿。张斐瞬间头大了，中年人拿下来的都是脉枕，有黑色的、黄色的、青色的、白色的、绿色的，有的上面印着花，有的上面是小人，但幸好没有像他的这样是跪着的小人的，他暗暗留着一丝希望。

"多少钱买的？"中年人又问张斐。张斐急忙说："不贵！"心却突突在跳。"不贵还好，现在赝品做得比真品都像，专门拿来骗人的。"说完，他把自己那几个脉枕又放回到货架上。

张斐不甘心地说："我这个有问题。"中年人吞吞吐吐回答："您可以再找别人掌掌眼，但我告诉您，凡是一眼看上去像旧的，又符合人们对旧物的想象，都应该多想想，哪里有那么多宝贝？"

张斐头重脚轻地出了文物商店的门，云层遮住了天空。他真想把手中的东西摔了，但舍不得，毕竟花了两千元呢，留着，却想到它就心烦。

他不死心，又去了铁匠营的古玩城，希望有人把这个脉枕买走，但一连走了几家古玩店，店主们闪烁其词，都没有人要。张斐意识到被骗了，他痛恨自己怎么这么不小心，家里本来就紧张！自己这命，还希望发意外之财？

为了惩罚自己，他便走着去户外用品店。

走到柳巷路口，一株大树后面有两位卖唱的老人，张斐绕过树的一半才看到他们，他们被树的阴影笼罩住，像藏在一团黑暗中，就连他们手中拿的二胡也黑黝黝的。张斐往前走了走，还不到冷的天气，他们却双双穿了厚厚的毛衣，张斐不由得想到楼上那位老人，感到一阵冷。他想，他们为啥不选个有太阳的地方呢？这个念头刚冒过，他看见两位老人拿起二胡和面前的东西转了一下，其实他们只是挪了个地方，离原来的地方大概只有一米远。刹那间，两位老人亮堂了，他们手中的二胡泛着幽幽的光泽，而此刻天上的云层也在散去，太阳出来，照在老人身上，他们拉起了二胡，像两簇跳动的火苗。这棵大树也被照亮了，巨大的火炬似的。一种庄重和神圣的感觉从张斐心头升起，他仿佛听到有人和他说话。他把脉枕掏出来，小心翼翼地放在老人面前的铝盒里，感到浑身轻松了。

张斐骑了辆共享单车，往店里驶去。

这一天，和以往差不多，生意依旧冷冷清清，但张斐心里和以前大不一样。到下班的时候，他告诉王萱自己不再来这里了，她要多保重。

回到家里，张斐告诉李眉他决定跟着张君江到横店了，但走之前一定要先把她的病治好，他打算明天带李眉去那家叫"K"的民营医院治疗。

李眉犹犹豫豫的不想去。张斐给她讲今天看到的一幕，他说："人不能老活在阴影下，有时只要稍微挪一下，光就照进来，随之可能有更大的变化。"讲这话的时候，他想起两位老人挪开的一瞬间，太阳从云层钻出来的奇妙时刻。

第二天，张斐和李眉到了叫"K"的这所医院，检查完之后，很快定下明天做手术。在这里他们看到好多腺肌症患者，都做了手术，基本没有切除子宫的，只是把子宫壁上的病灶切除。一提及这个病，病人们就讲从自己子宫里拿出多少血块，她们比画着大小，好像自己产的是珍珠，本来挺可怕的病，这样一比画，就轻松了起来。他们真没想到"K"的治疗效果这么好，但不能怪他们想不到，这里有个北京的女人，病了十年，不断找医院，这个医院就在北京，但以前就是不相信。来医院之前，她的肚子大得像五六个月的孕妇，医生从她子宫里取出两个拳头大的血块，还有些碎小的，放了满满一盆。

李眉的不算多，核桃大的一个，还有些碎块。李眉见到了传说中的那位医生，林巧稚的弟子。九十岁了看起来像位神仙，就是她给李眉主的刀，果然她能叫得来李眉的名字。这里的医生不光这位神仙年龄大，其他的也都是医院里六十岁后退休的医生。

李眉出院的时候，北京好多地方摆着五彩缤纷的鲜花，已经快到国庆节。张斐说："要不是你刚做了手术，咱们在北京玩上几天。"李眉说："以后有的是机会，这下你可以放心地去横店了，让我妈来照料我几天。"

北京的天空又大又蓝，一架喷气式飞机掠过天空，长长的尾迹指向北方。张斐想，人有时候就得挪一挪。

《中国作家》2022 年 4 期

大旋涡

从家到最近的公交车站有两公里多，谢弦喜欢穿过公园中的一截儿路走到车站。途中经过一片松树林，树林下面是修剪整齐的草坪，每次路过这儿的时候，谢弦总忍不住停下来看看。阳光穿过层层叠叠的树林照在草坪上，光和影斑斑驳驳极富有层次感，仿佛把生活的喧嚣一下过滤掉了，谢弦喜欢在这儿站一站，感受片刻的静谧。

这天谢弦却骑了一辆共享小黄车，走了公园外边的一条路。上午单位要开会，旧领导退了，新领导要来，新旧领导交替是特殊时刻，他可不能把时间浪费在走路上，万一坐上公交车后堵车呢？

临出门时，谢弦带了把伞。这几天总是下雨，有时天空明明很晴朗，说不准什么时候就乌云密布，下起雨来。今天天气预报说有雨。出门的时候，天空就阴沉沉的。谢弦害怕半路下起雨来，加快蹬着小黄车，希望在雨下起来之前赶到单位。

谢弦把车骑到大同路上，看见远处驶来一辆绿色的820路公交车，他赶忙把小黄车停到路口便利店门口，这里画着白色的停车线。然后躲过非机动车道上疾驶的电动车和自行车，赶到公交车站牌时，820停了下来。公交车站等着很多人，戴红袖章的公交协管员穿着油腻的蓝色制服，吆喝大家把队排好。谢弦放了心。这辆车一般人都多，只要能上了车，站一路就站一路吧，不迟到就好。

谢弦排在队伍后面，缓缓跟着人流上车。天上的云越来越厚，雨随时可能下起来。

正当谢弦快要上车时,后面挤过来一个小伙子,怀中抱着个两三岁的小孩,挤在他前面。看到男人带着小孩,谢弦往后退了一下,没想到后面又钻过一个年轻女人,拉着小伙子的胳膊,先后上了车。谢弦心想,什么素质?还是往后退了退。等这一家三口都上了车之后,公交车门口挤满了人。司机说:"同志们再往里走一走,下面还有人。"可是门口的人不动。司机又喊了几声,人们还是不动。谢弦心里急了,挤不上这趟车,下一趟至少还得等十几分钟,万一下一趟车来得晚了,就迟到了。于是他用力一推前面的人,挤上了车。

司机关上车门,公交车开始前行。谢弦感觉他们像一堆货物被装在集装箱里。

前面忽然传来咒骂声,是那个小伙子的声音。原来谢弦用劲儿推的时候,小伙子没有准备,怀中孩子的脑袋碰了一下。谢弦没有吭声,谁家的孩子被碰了都不开心,但他想假如这个小伙子不往前挤,排着队上,不至于这样,而且他妻子也急着插队。

小伙子看见没人说话,更加生气了,大声嚷:"谁碰了人不能站出来说句道歉的话,连句话都没有?车上这么多人,碰了小孩好说,万一把老人碰着呢?"

车上本来闹哄哄的,小伙子这么一嚷,反倒安静了,满满一车人像群哑巴。

谢弦知道不开腔不行了,他涨红了脸说:"对不起,刚才是我推了一下。挤不上公交上班就迟到了。"

"没素质!万一出了事谁负责呢?"小伙子继续嚷嚷。

谢弦后悔他们往前挤的时候,自己给让出路来,假如当时不让,先上了车,也没这事了。但他没有解释,他以为小伙子再这么嚷一句就结束了。

大概别人也这样想,公交车上又开始乱糟糟的。一位大妈和旁边的大妈讲,"三墙路美特好超市的大葱一块八毛五一斤,西红柿一块四一斤,比小区附近的蔬菜市场便宜两毛。"谢弦苦笑了一下,三墙路美特好超市离这里最起码有四公里远。

这时,谢弦前面的年轻女人从小伙子怀里抱起孩子说:"宝宝乖,让妈妈看看磕着你没有?"孩子本来不哭,被她这么一说,哇地大哭起来。孩子不在怀里,小伙子腾出手,转过身子指着谢弦骂:"你瞎了眼了,孩子要是有个三长两短,跟你没完!"

谢弦被骂得措手不及。

面前的小伙子大概有一米七高,五官倒还端正,只是鼻子上面有块硬币大小的黑色的胎记,让人看着像鼻子少了一块。谢弦记得小时候养过一只猫,全身都是白的,只有鼻子上有块地方是黑色的,谁见了都夸漂亮,为啥人长成这样却觉得难看?

小伙子看见谢弦盯着他的鼻子看,更生气了,直接破口大骂起来。谢弦忍不住了,想怎么遇到这么个拎不清的人!他说:"你要是好好排队,孩子怎么能磕着?我好心还给你们让开。"谢弦明白事情的来龙去脉,可是心里一气,反而语无伦次说不清楚了。

小伙子听到谢弦这样说,骂出更难听的粗话来,而且一句接一句。他妻子怀中的孩子哭声越来越高。

世界上居然有这么不说理的人,谢弦气得说不出话来,想躲开这家人,可是公交车上人挤得满满的,没地方躲。

这时司机猛地把车停住,嘟囔着说:"你们要是这么骂,下车去骂吧!"他打开了前面的车门。好多车超过他们这辆往前驶去,有位骑电动车的还回过头来看了一眼。

云块堆积到前面的天空,像一座山。

小伙子还在嘟囔,门口座位上一位老大爷站起来说:"我看得清清楚楚,本来该这个人上车,是你抱着孩子硬挤上来,还有后面那个女人,是你爱人吧?也挤了上来,人家还给你们让了路。不能这么不说理。"

226 理/想/国

谢弦听到陌生人的这句话，差点落下泪来。

他想到单位前段时间调整干部。

谢弦盼望赶紧赶到单位，赶紧见到新领导，一切从头开始。他不想再委曲求全了。

谢弦抬起头来，乌云中间出现一个好大的旋涡，仿佛像黑洞似的要把他们吸进去。人们纷纷指着它议论。

"他推的磕了我孩子。"小伙子没看见旋涡，还在狡辩。

"小孩子磕一下有什么关系，磕打磕打，小孩子都是磕着长大的！"说美特好超市大葱便宜的大妈出头了。

"抱着你孩子来我这儿坐吧，我快下车了。"后面有位戴眼镜的女人从座位上站起来说。年轻女人抱着孩子往前面挤，小伙子跟着挤。

那个旋涡越来越近。

"快开车吧，我们要迟到了。"

"快开车吧！"

好多人喊！其他司机在后面按喇叭。公交车司机重新发动车，车晃动了一下，好像整顿了下秩序。好不容易等到下一个公交车站，谢弦下了车。雨点掉下来，砸在地上发出一股腥味儿。

幸好过来一辆空出租车，谢弦打上车往单位赶，想起刚才那件事情，他还在生气，不耐烦地绞着双手，发现手里少了件东西，是早上出来时带的那把伞，一定丢在自行车车筐里忘记拿了。这时雨大起来，雨点打在车顶上噼里啪啦乱响，眨眼间马路上就枳了水，雨刷刷着车玻璃，像无数虫子在爬。让车绕回去，肯定要迟到，而且这么长时间，伞肯定让人拿走了。谢弦想起那把黑色的伞，心里一阵空，他扭过头，天空上的旋涡不见了，雨沙沙地下着。

到了单位大院的门口，雨还没有停，谢弦下了车，跑进雨中。穿黑制服的保安拦住他测体温。谢弦伸出左手，水滴顺着袖子滴在测温仪上，挡住了数字。

进了办公室，衣服都湿透了。谢弦用毛巾胡乱擦了擦脸，又把袖口、裤腿的水拧了拧，拿上笔记本去开会。

新领导来了，组织部的也来了，他们站在一起，好多人围着他们。新来的领导是个大胖子，足有二百四五十斤，慈祥的笑容在泛着油光的脸上像跳动的蜡烛火苗。旧领导也站在他们旁边，但他离组织部领导的距离明显远了点儿，虽然脸上也有笑容，但没有丝毫光泽，像一朵开败的花朵。

组织部领导宣布完任免决定之后，先是旧领导讲话，台下发出几声嘘声和稀疏的掌声。接着宣布新领导讲话。谢弦看见新领导敏捷地从座位上站起来，小跑着奔向主席台，他那么肥大的身体轻盈得像只蝴蝶。没想到在即将跨上主席台的一刹那，大概是太得意了，没注意到脚下有一小截台阶，被绊倒摔了一跤。大家本来在鼓掌，忽然间安静了，谢弦看见那么肥大的一个人从地上往起爬，感觉很滑稽，不合时宜地笑了出来。只笑了两声，他发现大家的目光都在望着他，马上意识到犯错误了，赶紧噤了声。接下来，领导讲话，谢弦一句话也没有听进去，他的身体越来越冷，想自己会不会发烧？这样想着，他仿佛被隔离了起来。他想起单位有位同事，一段时间没有来，人们说他生病了，他还想去探望他，就突然传来他去世的消息。

会议结束之后，谢弦回了办公室，打开空调的热风，对着身子猛吹，直到吹得衣服半干，才坐下来工作，可是干什么都心不在焉，他想起自己刚才的笑声，为什么会以这种方式开始呢？大家都能忍住，就他忍不住？这时雨停了，天空的云慢慢散去，露出一轮白色的太阳，铁饼似的斜挂在天际上。

这一天过得特别漫长，谢弦几乎啥事也没干成，他总想着新领导会不会因为那两声笑声对他有看法。快下班的时候，天空又阴沉起来。谢弦匆匆收拾完手头的东西，打算去买把伞，不敢早走。熬到下班之后，听到楼道里的声音多起来，他才到超市去买伞。走到超市门口，恰好一辆820公交车驶过来，谢弦顾不上买伞了，赶忙跑向站牌。有人带着小孩等车，谢弦刻意离他们远点儿。上了车，车上人不算多，但已经没有空座位，谢弦走到车尾部分，挽住吊环。公交车晃晃悠悠开始走了，不小心擦了马路牙子上的树枝一下，扑簌簌掉下许多绿叶来。

几乎每一个站牌都有人上，下的人却很少。有人问："820公交车人这么多，为啥不多发几辆？"没有人回答。人们只是往上挤。过了北大街，公交车上已挤满了人，每个吊环上都挂满了胳膊，像肉食品批发市场挂满了的猪肘子。但每到一个公交车站牌前，车停下来后还是有人想挤上来，人群不断往后拥，谢弦周围挤满了人，身上热乎乎的，几乎喘不上气来。

这种现象维持了几站路，上了大同路后，下车的人逐渐多了起来，雨也又下了起来。滴滴答答的雨点像要阻拦住人们回家的脚步。每一个下车的人几乎都有伞，谢弦想到那把黑色的伞，责怪自己为啥非要抢着上那趟公交车？要是不碰上那对夫妻，他或许就不会发出笑声。快到古城那一站时，有了空座位，谢弦没有坐，他想下了公交车看看周围有没有卖伞的。

古城站很快就到了，谢弦一下车，雨点就落在他头上，不如早上的大。协管员大概下了班，不见了。谢弦穿过马路，目光不由自主扫向便利店停自行车的那块地方。有两辆小黄车，其中一辆车筐里有个黑乎乎的东西。伞，自己的伞？谢弦很快想到这一点，但觉得不可能有这么好的运气，都一白天了，伞还会在？却还是快步朝小黄车走去，差点儿被电动车撞了。

走到小黄车面前，车筐里果然放着一把黑色的伞。谢弦拿起这把伞，一到手里就感觉沉甸甸的很熟悉，粘伞扣的地方松了，伞没有系紧，卷在一起，一定是自己的伞。谢弦摁了一下开关，伞打开了，雨点打在伞布上，像有人在弹钢琴。谢弦心里一阵唏嘘，现在社会风气这样好？伞放到车筐里一整天都不会丢！这可是共享的小黄车呀！他不知道这辆小黄车今天再有没有人骑过，但产生种莫名的感动，觉得生活很是美好，上午的笑声他认为不是回事了，一个大领导，会计较这种鸡毛蒜皮的小事？谢弦打算明天就向领导谈自己的想法，他要真正开始有意义的生活。

剩下的那段路谢弦没有骑自行车，打上伞骑自行车不方便，主要是他想好好使用一下失而复得的伞。

谢弦蹚着地面上的雨水进了公园，公园里没有人，雨水落在树叶和草地上散发出一阵清香，不时有嘹亮的鸟叫声传来，像有人在吹晨号。

谢弦走到那片松树林时，停了下来，松树清亮得像刚洗了澡的姑娘，下面草坪的每一棵草的叶尖上都挂着水珠，像托着一个个小月亮。他忍不住走了进去，看见了粉红色的蚯蚓，黑色的甲虫，还有些叫不上名字的虫子，在草丛下游走。这儿原来有这么热闹的一个世界。

谢弦紧紧握着伞，似乎感觉到了张俪的体温。

多年前，张俪来找谢弦是夏末的傍晚，那天天气预报说有暴雨，张俪拿着这把黑色的伞。吃饭的地方在谢弦家附近，他没有带伞。

张俪来省城培训已经三天了，他们盼这一刻盼了很久。张俪刚来的那天下午，谢弦绕过大半个城市去培训中心看她，晚上请张俪吃了饭，本来打算看一场电影，培训中心晚上开会，张俪带队，请不了假。

他们每天通电话。今晚张俪终于有时间可以自己安排。吃完饭，他们去看电影，完成那天的愿望。

谢弦说："咱们别去电影院了，没啥好电影，找家私人影院，可以自己选片子。"

张俪说："好啊，我想找部纪录片，关于少年和鹰的。前几天在视频上看了一段,棒极了!"

谢弦说:"是不是《追鹰日记》?奥地利导演拍的。"谢弦和张俪一样,喜欢户外活动,也喜欢看和自然有关的电影,他们第一次见面是在爬太行山的王莽岭的时候。

张俪说:"对,就是这部电影。我想看。"

这时天空掉下一滴雨来,掉在谢弦额头上。谢弦说:"下雨了,我赶紧找电影院。"

谢弦从网上搜了一家评分较高的私人影院,居然离他家不远。打过电话去,有空房间。

俩人打着一把伞顺着导航,来到一栋老式居民楼下,这家电影院在居民楼的顶楼,没有电梯。谢弦和张俪往上走,身体时不时碰在一起。到了顶楼,电影院比他们想象的大,老板把同一层的三户房子都买了下来,做了改造,居室全部打通了,里面曲曲折折的像迷宫,进门的客厅布置了吧台,货架上摆着些酒和零食,有几分酒吧的感觉。

接待他们的是位二十多岁的女孩,染着白头发,手里夹着烟,很酷的样子。

谢弦说:"我们想看《追鹰日记》,有吗?"

女孩吸了一口烟,吐出几个烟圈,冷漠地上上下下打量了他们几眼,在电脑上搜索起来,然后点了点头。

要了两瓶啤酒,谢弦与张俪被领进一间屋子。女孩开了灯,光线昏暗,三个人的影子长长地叠加在一起。女孩弯卜腰,调试设备,一截儿腰露出来,让这房间瞬间好像亮了一下。

房间里有两张单人沙发,中间有台小茶几,走的怀旧风。还有张长条沙发。

女孩出去之后,张俪和谢弦分别在单人沙发上坐下来。电影开始了,画面上出现大片的森林,雄伟壮观的阿尔卑斯山脉缓缓出现在屏幕上。

张俪说:"阿尔卑斯山真美呀,可惜这辈子估计也去不了了!"

谢弦说:"你才多大呀?想去就一定能去。"

张俪幽幽地叹口气说:"说句不怕你笑话的话,国外我只去过越南,还是八项规定出台之前,单位组织的。那次玩得可好了,下龙湾那儿有个海谷,简直就是世外桃源,可惜没有去河内。"

谢弦拍了拍张俪的胳膊安慰说:"有了八项规定,单位组织出去连景点也不能去,没意思。我现在去哪儿都是自己去,有朋友也不事先打招呼,顶多订好酒店和饭店后,通知他一下,这样不用多操心别的事情,也不给朋友添麻烦。拿自己的钱出去玩痛快,一年两个月的工资就够出去一趟,不要旺季去,机票打折很便宜。"

张俪叹口气说:"我没你潇洒,能有说走就走的旅行,我现在仿佛已经看到了我的后半生,阿尔卑斯山对我来说太遥远了。"

屏幕上两只白色的小鹰为了争夺生存权在打架,小的那只被大的那只推到了悬崖之下,掉在山坡上哀鸣,母鹰飞回来了,听见孩子的哀鸣,只是在树枝上停了一下就飞走了。

张俪说:"太残忍了,手足相残,母亲也不救自己的孩子?"

谢弦说:"母鹰没办法抚养两只小鹰,假如救回去,三只鹰可能都得死。想去阿尔卑斯山,夏天和冬天最好,夏天可以去避暑,冬天可以去滑雪,要不咱们冬天去一趟?先去瑞士,在阿尔卑斯山系的国家中,仅有瑞士和奥地利算作真正的阿尔卑斯型国家,这部电影就是在奥地利拍的。"

张俪握住谢弦的手说:"冬天?"

这时雨大了起来,风透过窗户吹得张俪的裙子鼓了起来,雨也飘进来。谢弦站起身子关窗户,看见马路已经完全被雨幕遮住,车子堵成一堆,五颜六色的伞像瞬间长起来的蘑菇塞满了车辆的缝隙。关好窗户后,窗户上的玻璃被雨敲得咚咚响。

张俪说:"雨大了。"

谢弦说:"这么大的雨,一会儿就过去了。"

两人继续看起电影来，却都心不在焉。张俪把手伸给谢弦说："冷。"谢弦握住她的手，和她坐到同一张单人沙发上，抱住了她。他感觉张俪的身子热乎乎的，他想那个小男孩把鹰抱在怀里的感觉。

他们继续谈论着阿尔卑斯山，心思却跑到了一边。

雨许久没有停，张俪不时担忧地望望窗外。谢弦说："要不今晚去我那儿吧？"张俪摇摇头说："我必须得回去，住一屋的同事发现我一夜未回，不知道会编派出什么事情来？"谢弦望着窗外，喃喃自语道："这么大的雨，一般很快就停了，为什么今天下这么久呢？"张俪说："要不我现在就回吧，要是一会儿还停不了就麻烦了。""再等等，我舍不得你走。"谢弦用劲搂了搂。张俪战栗了一下，把他的手按在自己胸脯上。隔着衣服，谢弦感觉软绵绵的、热乎乎的。他正要把手伸进去，一道闪电照在两个人身上，然后打起雷来，张俪的手机响了起来，她拿起来看了看，做了个安静的手势说："同屋的！"谢弦把电影的声音关了。张俪接起电话来，对方问她在哪里，干什么？张俪顿了顿说："今天上午参观时我把杯子丢了，出来买一个，遇到下大雨。"她话刚说完，又响起一道闪电。

张俪说完话，挂了电话。谢弦抱住她，想继续刚才的事情，张俪痛苦地摇着头说："我不能，我们走不到一起。"闪电接二连三出现在天空，张俪的脸在泪水下越来越模糊。谢弦松开她，喃喃自语道："秋天了，还下这么大的雷雨。"

张俪没有接他的话，而是说："我必须得回了。"

谢弦又站起来，走到窗户边往外望，雨下得更急了，路灯下，马路像浑浊的河道，不时泛起些水花。他想张俪今晚不回的话，雨下再大也不怕；可是回的话，雨再这样下下去就危险了。想到这里，他马上问："你必须得回？""必须回。"张俪拍了拍他的手背回答道。"必须回的话，我给你叫个车。"

许久，才有司机接了订单。在这个城市，一下雨总是特别难打车。电影还没有完,张俪和谢弦都没有心思看电影了,他们到楼下等车。

车到了后,张俪把伞塞到谢弦手里说:"你还得走回家去,这么大的雨,你把伞拿上吧。"

谢弦不要,说:"我家不远,等雨停了再回也不急,你那么远的路。"

张俪说:"我路远坐车,你路近得走,到了酒店我让司机把车开到门口就行了。"

他们推搡间,司机按起喇叭来。张俪把伞硬塞给谢弦,拉开车门。谢弦还想把伞塞回去,张俪关住了车门。谢弦只好喊:"回到酒店给我电话。"

车子掀起几个水花,驶向远处。这么短时间,谢弦鞋里已经灌满了水,雨还在下,他挽起裤腿,吃力地往家里走去。迎面走来位满脸胡子的流浪汉,用衣服顶在头上往前走,衣服不隔雨,他全身都湿透了,像只精疲力竭的鱼。谢弦不清楚这么大的雨,他不避雨,要到哪里去?庆幸张俪给了他伞。

回到家里,谢弦用热水冲了个澡,换上睡衣等张俪的电话。雨继续在下,张俪还没有回电话,谢弦望着客厅里晾着的伞,心里热乎乎的,想张俪真是个好女人!他在手机上搜索起阿尔卑斯山的信息来。

阿尔卑斯山西起法国东南部的尼斯,经瑞士、德国南部、意大利北部,东到维也纳盆地,呈弧形贯穿了法国、瑞士、德国、意大利、奥地利和斯洛文尼亚六个国家。谢弦想欧洲的国家都不大,能不能一次把这六个国家都走一遍?有了这个想法,他给张俪打电话。电话响了几声,没有人接。谢弦有些紧张,看订单的行程,已经到了酒店。他想是不是张俪正在下车呢?司机是不是把车开到了酒店门口?雨这么大,要是车没有开到门口,张俪一下车就会被淋湿,她穿的可是裙子。

谢弦胡思乱想的时候，行程结束了。他付了钱，又打张俪的电话，电话关机了。谢弦忙打网约车司机的电话，接电话的是个年轻人，说话带着浓重的方言口音，告诉谢弦客人已经回了酒店。谢弦问："送到酒店门口了？"司机回答说："送到酒店门口了。"谢弦放了心。

过了十几分钟，张俪回过微信来，说刚才手机没电了，已经回到酒店。房间里有别人，他们用微信聊起来。

谢弦关心地问："没淋湿吧？"

张俪回答："没淋湿，司机把我送到了酒店门口。"

谢弦发了个抱抱的表情。

张俪接着说："司机到了酒店不让我下车。"

谢弦惊讶地啊了一声问："怎么了？"他有些担心和害怕。

张俪说："他说我是个好女人，想让我陪他聊聊天。"

谢弦心里像被撕开了一个大洞，后悔刚才没有坚持把伞让张俪带上。他问："你陪他了？"谢弦想起张俪虽然住得远，回家也用不了这么长时间。

"他比我年轻十几岁呢！来这个城市打拼，想留在这里，很是辛苦，渴望找个异性倾诉。"

谢弦知道张俪没事，还是忍不住担心，想起好多单身女子打车遇害的事情，想刚才应该送张俪回去。

但张俪又发来一行字，"就这样，在车上耽搁了一会儿，路上有个好大的旋涡，水都往那儿跑，我们的车也被吸着往那儿跑，他开出来了"。

谢弦注意到张俪用了"我们"这个词，想她真是个好女人，他再次后悔她走的时候，下那么大雨，他没有送她回去。

第二天，谢弦看到新闻上讲，昨天晚上下暴雨，有辆车驶进地下通道，被水淹没了，司机被困水中溺亡。

从那之后,谢弦与张俪,或者说张俪与谢弦的联系越来越少,两个城市毕竟隔着一段距离,他们只是过节的时候互相发声问候,有时过节的时候也忘了。那把伞,谢弦一直没有还张俪。

《芙蓉》2022年3期

大　鱼

　　陈然告诉陈国亮，门口有个卖小龙虾的。
　　陈国亮以为就是满大街随处可见的卖麻辣小龙虾的饭店，没有太在意。
　　再有十几天，陈然就要读高中，陈国亮在学校附近租了处房子。来到T城十年，陈国亮换了三次房子，每次都是跟着陈然上学的地方租房。
　　人们讨论中国房子空置率高，陈国亮想为了孩子上学是个很大的原因。他认识的很多朋友在城里买了房，但都离孩子上学的地方太远，不得不把自己的房子空出来，去租房。
　　到了晚上，陈国亮一家出去散步。陈然指着一处小区大门左手边的第一家小店说，下午就是这里卖龙虾。
　　奇怪，搬来这里有几天了，这家店离他们最近，陈国亮却从来没有注意过它。
　　顺着陈然的手指他打量起这家小店。
　　小店比周围的店铺都小，一看就是当初剩下这块地方实在没办法，只好将就建起来的。它大概十平方米也不到，好像计划外出生的孩子，可怜巴巴地缩在那些标准尺寸的房子旁边。店里灯光非常昏暗，依稀能看见有两排货架，一排正对着门，摆着香烟；另一排靠西，摆着酒。正对门的货架下有个柜台，里面摆着啥看不清楚。柜台和货架中间坐着个女人，也看不清楚长什么样。在靠近门的地方,放着冰柜,几乎堵了半个门。由于光线的缘故,店里所有的东西上面好像蒙着一层灰。看着紧邻它的擦鞋的、卖花的、手工缝床单被罩的几家店铺,都干净明亮,这家店像过去某个年代的东西,让陈国亮有些压抑,怪不得过来过去好多次没有注意到它。

陈国亮抬头看了看店铺的牌子——"老城烟酒副食",心里嘀咕道,确实够老了。

陈然见他不说话,以为不信她的话,她说,爸爸,下午这个铺子门前还摆着个大脸盆,里面有好多小龙虾。

陈国亮点点头,看见昏暗的灯光下,女人似乎打了个哈欠,他想才八点多。

星期六傍晚,陈国亮一家人去看电影。一出小区大门,陈然兴奋地说,爸,你看,那儿又卖小龙虾了!

果然,小店门口摆着个红色的大塑料盆。走近了,陈国亮看见盆子里面有二三十只小龙虾。这些小龙虾不像饭店里卖的个头大小差不多,它们有的大,有的小,大的大约有人一巴掌长,小的大概两厘米也不到,在盆子里沙沙地爬,好像四世同堂的一家子被圈在了一起。

红盆子旁边,是个黄盆子,里面是些小河虾。因为放的水少,这些小河虾挤在一起,拼命从水里往出探脑袋,有些已经伸直了身体浮在水面上,可能死了。

红盆和黄盆上都落着许多苍蝇,人走近也不飞。陈国亮想谁买这些东西。

在陈国亮的印象中,T城不产小龙虾,不知道这家人从哪里弄来的,或许是哪个废弃的水塘或沼泽里。他想起夏天去城中心的那条河边,有条改道的桥下有好多钓鱼的人。那里的水流很缓慢,还有城市里的污水汇集到这里,水的颜色灰黑。那些人有的穿着皮裤,站在水里面钓;有的坐个小马扎,坐在岸边钓。这小龙虾是不是那里的?

店里今天人多，除了那个女人，还多了两个孩子，一个小男孩十岁左右，一个小女孩七八岁。他们挤在狭窄的柜台后面，小男孩手里拿着手机，小女孩凑在他身边，不知道是打游戏，还是看视频，女人在旁边纳鞋垫。

此后一段时间，陈国亮路过这儿，好几次看到门口摆着小龙虾、小河虾，脸盆上爬着黑乎乎的苍蝇，却从来没见有人买过。有次，一只脏兮兮的猫，虎视眈眈地盯着脸盆里的虾。他不知道这些虾卖不掉怎样处理了。

那对小兄妹，每次都在柜台里面玩手机，从来没见他们出来玩过。

到了九月，陈然开学。陈国亮和妻子每天要上班，还要早早起床给孩子做饭，生活顿时紧张起来。

那对小兄妹也穿上了校服，款式一模一样，是附近某个私立小学的校服。

每天晚上九点半，陈国亮去接下了晚自习的陈然，马路两边停满了各种各样的车。交警为了方便家长们接孩子，特意准许放学时间接孩子的车可以在马路边多停会儿。

到了下晚自习时间，学生们一拥而出，那些车鸣着喇叭，亮着灯，呼喊自家孩子。早接上的开始掉头，往主路上走，后来的赶忙插进它空下的地方，又被想出的车堵住，热闹极了。许多经过这个路段的车，经常不得不停下来，等孩子们过去。

那些家里有车的孩子，一个个坐上车走了。没车的孩子，有的自己打车，有的骑电动自行车。陈国亮望着这些背着大书包的孩子，想假如不在这附近租房，陈然放了学也得自己打车，她不会骑电动车，而且他们的房子离学校太远。陈国亮脑海里出现网上那些打车被害的年轻女孩的消息。

陈然总是出来得比较晚，每次差不多路口没人了，她才和一位骑电动车的同学出来，两个女孩告别后，陈然看到陈国亮，第一句话总是，爸，我累死了，整个人都不好了，今天作业真多。看着孩子疲倦的样子，陈国亮接过书包，真沉。

他们往家里走时，陈然给陈国亮讲当天学校里发生的事情。大概因为憋了一天，陈然的话特别多。听着陈然的讲述，陈国亮想，她的个子虽然快和他一般高了，但还是个孩子。

他们路过那个小店，陈国亮总是不由自主朝里看。有时那个女人在，低着头手里忙活着什么。有时是个男人在，他总是在抽烟，头发耷下来遮住半只眼睛，看起来有些阴郁。

星期天，经常看到那两个小孩在店里，大多时候在写作业，有时候画画，从来没有见他们在外边玩过。

国庆节放假，陈国亮在村里做油漆匠的弟弟来了。他带着他的孩子来T城玩，顺便打听怎样能在T城读书。孩子现在读小学六年级，明年就要升初中，县里的教学质量不行。

中午吃饭时，陈国亮出去买酒，很自然地进了老城烟酒副食店。这么多天，陈国亮第一次进这个店铺，一进来就感觉十分憋屈。这个店真的是太小了，转个身好像就要碰到周围的东西。今天看店的是女人，她一看见有顾客，马上站起来，问买啥？

陈国亮终于看清这个女人，她比他想象的要年轻好多，三十多岁，模样比较普通，脸上蒙着一层灰。其实陈国亮进来后，发现她的店铺收拾得很干净，每件东西都认真擦过，但不知道是光线，还是刮墙用的涂料的缘故，就是给人灰扑扑的感觉。女人的脸也一样，肯定认真洗过，但就是给人这种感觉。陈国亮想不光这个女人，许多在生活中颠簸的人都是这种脸色。

陈国亮说，买瓶酒，有啥酒？

他打量货架上，不用女人介绍，一眼就看清楚了，距离确实太近。

这个店不像其他卖烟酒的店铺，高中低各种档次的酒进行搭配，它只有中档酒和低档酒。陈国亮选了53度的玻璃瓶汾酒。

出了店，陈国亮感觉天好像亮了几分。他回想女人的样子，却怎样也想不起来，只记得她脸上的那种灰。

吃饭的话题主要是聊学校。现在公立的学校都是划片就近入学，外地学生不可能办得了学籍。要上，只能上私立。T城有几个私立学校办得不错，但好私立学校招生分数都比较高，也比较贵，像附近这所私立学校，从小学到高中都有班，一年差不多得三万元左右的学费。

陈国亮说到这里，想起老城烟酒副食店的那两个孩子。

三万元。弟弟喃喃了几句，不再提这件事。

一天早上，陈国亮上班时，看见老城门口又摆出了那个大红盆，以往这个时间，这家店还没有开门。

陈国亮走近，发现里面是两条大鱼。

这鱼太大了，每条差不多有七八十厘米长，那盆像口锅，居然还得把鱼弯回来放。

在T城，陈国亮只有前几年快过春节时看到过这样大的鱼。那是东北人用扁担挑着卖，扁担一头挂一条鱼。后来再没见过这么大的鱼。

陈国亮瞄了瞄店里面，是男人在。他穿着件黑色的夹克衫，拉锁一直拉到脖子那儿，嘴里叼着根烟。陈国亮想，这家人是不是郊区养鱼的，这么大的鱼，恐怕只有水库里才有。

从那之后，陈国亮连续几天看到小店门口大盆里放着大鱼，等他晚上下了班回来时，大盆和大鱼都不见了。

每天早上，看大鱼成了陈国亮期待的事情。说来奇怪，就那个一成不变的大盆，里面就普通的几条大鱼，陈国亮却总是觉得新奇。他想男人为啥不在盆里放些水，这样鱼新鲜些。

离陈国亮住的地方最近的公园是龙潭公园，这里以前是T城的动物园，动物园搬到卧虎山之后，这儿就改成了公园。陈国亮星期天去这里跑步。

跑完步后，陈国亮喜欢沿着湖岸慢慢走会儿，边走边看湖边钓鱼的人。这儿钓鱼的人很多，隔十几米就有一个，他们的装备很齐全，遮阳伞、小折椅、油光发亮的鱼竿、竿架，等等，据说一套好的装备下来得大几千。他们一钓就是一整天，还有夜钓的。到了傍晚，许多人处理自己钓到的鱼。他们将鱼护拉出水面，鲜活的鲤鱼活蹦乱跳，一条只卖十元，比水产店的便宜多了。

陈国亮打听，钓一天需要给公园交一百元。他想到老城烟酒副食店卖鱼的那个男人，不知道他的鱼好吃，还是公园里的鱼好吃，公园里的鱼应该算野生的吧？

有一天，他去得早，公园管理人员正在给湖里投鱼。他们开着三轮车，拉着整整一车鱼。分别在几个地方停下，抬着水产店卖鱼的那种筐子，一筐子一筐子往湖里倒鱼。

旁边有人问，一次放多少鱼？

倒鱼的人回答，一千斤。

陈国亮想怪不得公园里有这么多的鱼，都是专门放进去的，那些钓鱼的人知道自己钓的鱼是有人专门放进去的吗？如果知道，钓起来还觉得有意思吗？从钓鱼的人他又想到鱼，这些鱼真是可怜，注定被人吃，吃之前还要被钓一回。有没有哪条鱼被放进湖里后，不吃鱼饵？那它会长多么大？一定会长得比老城烟酒副食店的那个男人卖的还要大。可是，不吃鱼饵，它能长大吗？

天气越来越凉，陈国亮还是每天早上收拾完家里，七点半去上班。路过老城烟酒副食店门口时，有几天门口没有摆出鱼，店铺也没有开门。当然，一般店铺这么早也没开门，但陈国亮心里有些不安。

所幸，过了没几天，鱼又摆出来了，但是没有前段时间的大，而是就像陈国亮在公园里看到的那样大，很多，大红盆放不下，那个黄盆也拿出来了。而且陈国亮看到了男人抓鱼的网，很细很密，男人一把一把捋顺它们，搭在小区围墙的铁栅栏上晾。

旁边停着辆白色面包车，渔网就是从车里取出来的。

还是和以前一样，盆子里没有水，这些鱼横七竖八堆在一起，一动不动，大概都已经死了。

天气凉了，鱼上面没有以前那么多苍蝇。

这么多的鱼，堆在这儿，怎么能卖完呢？

这天下班回家，果然盆里还有一些鱼，但盆上盖着块硬纸板，只露出些鱼头鱼尾，看不到变成啥样了。

第二天早上上班，陈国亮一出小区大门，下意识地向老城烟酒副食店前张望，已经摆着两个大盆。路牙子上停着那辆熟悉的白色面包车。男人在捋一团渔网，捋好的顺手搭在围墙铁栅栏上，已经搭了七八米长。路过店门前，陈国亮看那些鱼，大小和昨天差不多，一只只瞪着漆黑的眼珠，一动不动，但看着似乎还新鲜。

晚上接陈然时，陈国亮问她上学时看到那些鱼没有？陈然说，好多的鱼，他从哪儿弄的？陈国亮摇了摇头，他感觉这些鱼不是男人自己鱼塘里的，否则他不会这么不当回事，但T城附近有水域，能随意去捕鱼的地方似乎不多。

陈然他们开始学《红楼梦》，老师让找几本相关的研究资料。正好T城美术馆有画展，星期天陈国亮带着陈然在省图书馆借了几本研究《红楼梦》的书，看完画展，经过城市中央河上面的一座桥时，陈国亮看到河岸上站着很多人。陈然也看到了，她问，爸爸，那儿那么多人在干什么？陈国亮不知道，旁边一个中年人回答，捕鱼，这个桥墩这儿放生的人很多，他们放了之后，有人就专门等在这儿抓这些鱼。陈国亮在人群中，忽然看到了老城烟酒副食店的那个男人，他嘴里叼着根烟，头发耷拉下来遮住了一只眼。

回到家里，陈国亮非常想喝酒。想起上次弟弟来时那瓶酒还没喝完，把它找出来，发现这瓶酒居然是2015年生产的。它已经放了四年，怪不得弟弟说那次的酒好喝。

陈国亮到了店里，女人在织毛衣。陈国亮好多年没见过织毛衣的女人了，大概因为室内阴，女人的手上起了密密麻麻的小疙瘩，她的脸还是灰扑扑的，像颗放久了水分流失的苹果。

没等女人问，陈国亮说，要几瓶上次拿的那种汾酒。

说完之后，他想也许女人不认识自己，便问，还记得上次拿的是哪种汾酒吗？

女人笑起来，一笑，她灰扑扑的脸生动了，居然泛出些淡红色。她取了两瓶问，是这种吗？

陈国亮看了看时间，都是2015年产的。他说是，还有吗？

女人掏了半天，又拿出一瓶来，她说，这些酒都放了好几年了，我们有了这个店它就在这儿。

这店不是你们开的？

我们从别人手里接过来的。

女人用抹布仔细擦这三瓶酒。

陈国亮问，你们不是T城的？

我们是×县的。平时大概没有人与女人交流，她憋得慌，不用陈国亮再问，她讲开了自己的情况。

他们家原来的×县种苹果和梨，县里修高速路，占了她家的地，拿到补偿款后，为了孩子读书，他们搬到了T城。来了城里，总得谋生吧，便盘下这间门面房。当时看了几家，这家很便宜，便定下了它。没想到，整天连个鬼毛也没有。女人叹口气，怪不得当时人家这么便宜！

你们没想过干点儿别的？

干别的？女人自嘲道，啥也需要技术，城里也没地可种！

那你男人的鱼？

一提他男人，女人生气了。那个不成器的家伙，整天游手好闲，自己是个农民，却想当渔民，他咋不带我们买个海景房呢，连鱼都不会杀。

陈国亮不知道该怎么接她的话，他说，人们吃鱼爱吃新鲜的，你们应该让鱼活着，多的时候可以试着去饭店里推销。

女人说，死鬼，他能？

埋怨完男人，她又换上笑脸问，孩子星期天想学画画，哪儿的老师比较好？

陈国亮愣住了。陈然读小学的时候学过画，陈然很爱画画，现在功课这么忙，仍然抽空画几笔。但她不喜欢那个培训机构的老师，因为总让他们练素描，照着一个瓶子一画就是一个月。

女人看见他迟疑，脸上又蒙上了那层灰色，失望地说，不知道我问别人吧。

陈国亮忙说，我帮你打听吧，学画得找个好老师，我好多同事家孩子学画。陈国亮想起刚到T城时，孩子想学画，他不认识几个人，就近随便报了培训班。

陈国亮到了单位，找几个同事打听。傍晚回家，告诉女人白石画室的培训老师挺好，水平高，培训经验丰富，每年都有学生能考上中央美院、上海美院等好学校。

女人连声说谢谢，拉开冰柜。陈国亮看到里面一层一层码着好多鱼，女人拿出一条说，吃条鱼吧，可惜新鲜的今天卖完了。

陈国亮忙拒绝，他说，不会做鱼，我们家没人爱吃鱼，嫌腥。

女人说，鱼好做，多放葱姜蒜，慢火炖就可以，这些鱼我都已经收拾好了。

陈国亮赶忙摆着手走了。

第二天上班，男人在晾渔网，看到陈国亮，他点了点头。今天他门前的鱼不多，也不大，只有几条。

他想起女人说他本来是个农民，却想当渔民，不由得笑了。男人看陈国亮笑，停下手中的动作，抽出根烟给他。陈国亮说不会抽烟。男人说，你们上班的人真好。

一天晚上，陈国亮回家发现桌上放着条熟鱼。陈然说中午她路过老城那个女人让她拿的。陈国亮想起那天自己对女人说，他不会做鱼。

女人做的鱼挺好吃，一点儿腥味儿也没有，酸酸甜甜的挺下饭。陈国亮想，要是女人把鱼做好，卖熟的，是不是好卖些，也可以多挣点儿钱？毕竟附近有很多公司和学校，只要价钱便宜些，应该不愁卖。

陈国亮把自己的想法告给女人，女人跃跃欲试地说，明年吧，明年试试。

很快，水面结冰了。

陈国亮星期六、星期天经常看到男人在店里守着，他眉头紧锁，嘴里叼根烟，雕塑一样，只有顾客来了，他才站起来。他店里其实有顾客，只是很少。

那两个小孩有时也出现在店里，他们还是很安静，经常看到每人支一个画架，认认真真在画。但他们一支起画架，店里的地方更小了，几乎没有人落脚的地方。

有次陈国亮透过玻璃，看见他们在画山，两个人画的山几乎一模一样。那时女人正好在店里，看见陈国亮打量这两个孩子，出来不好意思地说，在白石画室报上名了，但两个孩子都想学，哪有那么多钱？和老师商量了一下，两个孩子算一个名额，两人轮流去，这次大的去，下次小的去，去了的回来教没去的。这样也挺好，无论哪个，每次去了学得都很用心，老师说比一般孩子学得还好。

陈国亮听了心里酸酸的，回来讲给陈然听。陈然跑到自己的"百宝箱"那儿，把自己学画时的美术书、画板、帆布水桶、彩笔、颜料等都拿出来说，爸爸，把这些都给他们吧。

陈国亮说，那些颜料估计都过期了，哪还能用，书、画板、水桶、彩笔倒是可以给了他们。

一个学期很快过去，放了寒假，陈国亮回老家。出发前，他到老城烟酒副食店买东西。女人问，回老家？陈国亮嗯了一声问，你们啥时候回？得腊月二十八九吧，这几天来店里买东西的人多。女人说着，打开冰柜，给老人拿几条鱼吧。陈国亮正要拒绝，女人说，鱼好做，记得放点儿糖，这样吃起来鲜。陈国亮看见这些收拾好的鱼冻得硬邦邦的，眼睛上还结着一层冰花，没有再拒绝。

走出小店后，陈国亮回头望了望，又有人进去了。他想，过春节，这儿的生意应该好一些。

这时新冠疫情已经暴发，回老家的火车上，人们都戴上了口罩，像一次大型流感来袭。陈国亮害怕那几条鱼的腥味儿传出来，把它们用塑料布层层裹住，单独放在座椅下面。在拥挤的车厢里，一闪而过的河面上结着冰，田野里还有未融化的积雪，陈国亮想回到老家，一定要到小时候捕鱼的水库瞧瞧。

谁都没想到，新冠疫情会这么厉害。刚开始以为只在千里之外的武汉，电视上还说是人不传人，没想到很快就四处扩散。武汉封城。陈国亮每天观察疫情，比2003年的非典传播得都快。他本来打算拜访几位老同学，现在每天待在家里，一家也没去，水库那儿也没有去。

那几条鱼，是弟媳做的。入锅前，陈国亮想起女人告诉他，记得放点儿糖，这样吃起来鲜。他张了张嘴，没有说。不知道弟媳放糖没有，她做的鱼挺好吃。

陈然突然提问，《红楼梦》描写了贾府那么多种饮食，为啥没提到怎样做鱼？没有吗？陈国亮想不起来。弟弟夸陈然读得认真，爱思考问题，说大城市的孩子就是不一样。他问陈然的中考成绩，陈国亮说660分。弟弟他们惊呆了。弟媳说镇上今年中考第一名还不到600分，学校就敲锣打鼓给家里送喜报。弟弟说，今年县里高考应届生没有一个达一本线的。

那几天,和弟弟聊的最多的是孩子学习的事情。弟弟嘱咐侄子有啥不会的多问陈然,向陈然学习。

陈国亮了解到,他的同学们没工作在村里务农的,孩子们基本上留在本县读书,而那些考上大学后回到县里工作的,孩子们大多到市里、省城读书去了。

过了春节,祭完祖,陈国亮害怕疫情继续加重,他们这儿也封了城,影响上班和孩子上学,带上家里人提前回T城。

弟弟送他们时,说和弟媳商量好了,决定让侄子到T城读私立,一年三万就三万,让陈国亮帮着留意。

陈国亮知道弟弟的能力,一年毛收入顶多三万,甚至还没三万,他不知道弟弟这样选择对不对,郑重地答应了他。

回到T城,只是隔了几天时间,便像经历了一场战争。街上冷冷清清,除了超市和药店,店铺都关着门,而药店里、口罩、酒精、84消毒液等抗疫物资统统缺货。

紧接着,单位通知推迟上班,学校通知学生准备在家上网课。

那时,T城疫情还不算厉害,许多人还没有把疫情太当回事。陈国亮害怕陈然每天待在家里把身体垮掉,给她打印作业、试卷的时候,顺便带她出来遛遛。街上更加萧条了,人烟稀少,偶尔见到几个人,都是戴着口罩。

陈国亮在文具店门口意外地遇到了老城烟酒副食店的女人,她也来给孩子打印东西。阳光下,她的脸也是灰扑扑的。陈国亮想起春节前她的笑脸,没有问她那几天生意好不好,啥时候能开门。他们隔着一米远的距离,简单说了几句话,陈然打印完东西,陈国亮就带着她急匆匆走了。

疫情一天比一天严重,确诊患者每天几千往上涨,全国各地开始加强管控。

陈国亮领着陈然出去打印东西时，觉得脚底下凉飕飕的，好像那种冠状的病毒在某个角落阴森森地盯着他。他给陈然买了台打印机，基本不出门了。

需要出去买菜的时候，路过老城烟酒副食店，它的门总是紧闭着。

网上出来"人类禁足一个月，自然界的狂欢"之类的帖子。武汉长江大桥一头野猪正在狂奔，四川315国道上野生大熊猫散步，山东省大钦岛海域一只野生白江豚在海面上嬉戏，国家一级保护动物金雕现身吉林省向海国家级自然保护区，广东发现60只全球第二濒危的水禽黑脸琵鹭……

陈国亮想野生水域里鱼一定多了。

这段时间，他喜欢在手机里看赶海的视频，渔民们扛着抽水机，把退潮后紧邻海边水坑里的水抽完，抓里面的鱼。许多鱼本地称呼普通话里没有，字幕上打着拼音。有个胖乎乎的家伙，每次赶海前去菜市场买只鸡，大吃一顿。他对着镜头说，网友们问我为什么这么大年纪了还不结婚，我没钱呀！他满不在乎的神情看起来很潇洒。

陈国亮希望自己生活在大海边，可以像这些渔民一样去抓鱼，去吹吹海风。

老城烟酒副食店那个男人在干吗呢？现在哪个地方都没有人，他捕鱼的话不一定非得晚上偷偷摸摸去了。

这样想过没几天，陈国亮遇到了男人。陈国亮不知道这算不算罗森塔尔效应？当我们怀着对某件事情非常强烈期望的时候，我们所期望的事物就会出现。那时，陈国亮从单位值完班，走在空旷无人的街上，望着湛蓝的天空，感觉科幻片中的场景提前到来。

有辆车突然停在他前面，然后有个脑袋探出来，他除下口罩，陈国亮发现是老城烟酒副食店的男人。他示意陈国亮上车。陈国亮上了车，马上闻到浓烈的鱼腥味儿。面包车的后排座被取掉了，放着好几个塑料泡沫箱子，里面都是鱼，旁边堆着白色的渔网。男人说，这几天的鱼太多了，河里、水库里、湖里，哪里都有鱼。

男人清风朗月，与车外的蓝天、白云很是相配，陈国亮从来没有见他这样开心过，一丝不祥的感觉涌上他心头。到了小区门口，他匆匆下了车。男人塞给他两条鱼，这次是活的鱼，它们在塑料袋里扭来扭去，一条钻出塑料袋掉到地上时，陈国亮才想起没有给男人钱。

他不知道男人这么多鱼怎样处理，这段时期，超市里进不回鱼来，卖的都是以前的冻鱼，鲜鱼很是稀罕，要是有地方卖，一定能卖个好价钱。

但去哪里卖呢？

陈国亮眼前出现女人处理鱼的场景，她把鱼鳞刮掉，掏出肚肠，挖掉苦鳃，一袋袋装好放进冰箱里。

要是疫情一直蔓延，他们家倒不愁食物。但陈国亮马上笑了，疫情哪能一直蔓延下去，政府防控措施这样严厉。再说，人哪能每天都吃鱼？

回到家里，陈国亮给弟弟打电话，询问老家的情况。弟弟说不让出门，一个多月一分钱没进，还不知道需要坚持到啥时候。

陈国亮和弟弟都没提给侄子找学校的事情。

陈然每天上网课，老师们怕孩子们学习不自觉，把功课落下，每天布置的作业比在学校时多，晚上九点以后还组织考试。陈国亮听着陈然哗哗打印作业和卷子的声音，庆幸当时买了台打印机。他想那两个孩子怎样打印东西，还是每天去打印店？今天应该告诉男人以后帮他们打印。

陈国亮这样想着，吃过晚饭后，去老城烟酒副食店门前看。许多店铺不开门，但在玻璃上贴着店里的电话，方便人们找他们。老城烟酒副食店的门关着，玻璃上没有留联系方式。陈国亮趴在玻璃上望了望，里面到处都是灰尘。

男人是几天之后出事的，陈国亮在视频上看到大白天一辆车撞破道路护栏，车厢里拉的鱼撒了一地，他马上想到了男人。那辆撞得破烂不堪的车，依稀是辆白色的面包车。后面许多跟帖的，有两条引起陈国亮的注意，一条是路上车太少了，心理懈怠；一条是路况太好，感知麻木。

陈国亮穿过一个个无人也无车辆的红绿灯，脑海里不断出现这两句话，两边林立的高楼像海市蜃楼里的幻境。

路过老城烟酒副食店门口，依旧关着门，陈国亮依稀看到门口去年摆着大红盆，铁栅栏上挂着渔网。水泥台阶上落着几只苍蝇，钉子一样一动不动，难道去年的气息现在还有？

疫情防控期间，一切从简。陈国亮不知道那母子三人怎样打发男人。

三月，疫情形势好转，T城连续多天无新增疑似病例，所有确诊病人陆续出院，城市启动了暂停键。

陈国亮每天上班步行去，看到路边的门店花儿一样渐次开放。确实天气暖和了，绿篱焕发了它们应有的生机，间杂种植的迎春花、榆叶梅、桃花、玉兰、海棠、丁香都开了。有天看见老城烟酒副食店门前坐着个清洁工，就在以前放脸盆的台阶上。她橘黄色的衣服上有几只苍蝇，缓缓地，缓缓地爬。

第二天，老城烟酒副食店开门了，女人在擦玻璃，她不时朝玻璃上哈一口气，然后擦几下，胳膊抬起来，上面戴着个孝牌。

陈国亮回到家里，陈然刚上完网课，她说，爸爸，我累死了，眼睛都快瞎了。陈国亮说，应该快开学了，高三是二十五日，高三开了你们应该就快了。陈然伸了个懒腰问，咱们今天吃什么？吃鱼吧。陈国亮想起冰箱里还放着一条男人上次给他的鱼。

吃完饭，陈然举着《红楼梦》对陈国亮说，爸爸，我在《红楼梦》里找到鱼了。哪一回？第五十三回《宁国府除夕祭宗祠　荣国府元宵开夜宴》。陈然打开这页让陈国亮看。陈国亮看到"大鹿三十只、獐子五十只、狍子五十只……鲟鳇鱼两个、各色杂鱼二百斤……"

鲟鳇鱼，它只有两条，一定很珍贵，很大。陈国亮想起男人的那些大鱼。他给弟弟打电话。读私立，这段时间应该准备简历了。

弟弟已经开工，可是因为疫情，几乎没有人雇油漆工。弟弟闷闷不乐地说，根本没活干，过了年三个月只做过一家营生，今年好好种地吧，最起码有粮食饿不死。

陈国亮本来打算问弟弟要不要找人打听私立学校，可是直到挂电话也没提这回事。

疫情继续向好发展，全国好多城市学校开始恢复正常教学，陈国亮想T城应该也快了。

谁也没想到国外的疫情开始汹涌发展，先是韩国、日本，然后是意大利、伊朗、巴西、英国、德国、美国、西班牙……全球二百多个国家有了新冠疫情。国外留学生纷纷回国，有的航班机票涨到十万元一张还买不到。"一万五千英国留学生家长要求政府包机回国"成为舆情关注的重点。

老城烟酒副食店，女人在收拾里面的东西，没有顾客。陈国亮想进去买点儿东西，可是不知道买啥。

又过了几天，女人在门前摆出排档，卖做好的鱼。

她背后，两个孩子在画画，弯弯曲曲的线条，画的似乎是鱼。陈国亮依稀想起今天是星期天。

陈国亮买了一条，似乎比女人上次送他的那条还好吃，酸酸甜甜的，一家人不知不觉一顿就吃完了。

陈然他们班级群里老师发出一条信息，是T城所有隔离酒店的信息。T城因为离北京近，被定为国际抵京航班第一入境点。消失了许多天的新增病例，因为境外人员，又开始出现。

一天吃饭时，陈然说，爸爸，我们有个同学在××酒店隔离。

陈国亮吃了一惊，你同学？

我们初中同学，读完初中去英国读高中了。陈然说着拿出手机让陈国亮看。

陈国亮看到女孩发在微信朋友圈的信息，"隔离，隔着透明的窗户看世界，从窗户到门，是十步；从门到窗户，也是十步，我想起学过的那篇课文"。发微信的地址，居然是陈国亮每天上班经过的酒店。

第二天上班，陈国亮特意从酒店这边走，酒店门前异常冷清，门前的水泥路像结了层冰。他走近看，酒店的门闭着，大厅里没有开灯，黑乎乎的像根本没有人住。陈国亮往前凑了凑，玻璃里面竖着一个大牌子，上是白色的八个大字"管控区域，谢绝入内"。陈国亮抬起头，一架飞机缓缓从天空飞过，像大鱼掠过。

《山西文学》2020年6期，获"柳林杯·《山西文学奖》"

理想国

何敏拿到大学录取通知书后，何无用他们搬到森林公园北门的理想国小区。这是他们自己的房子，刚到太原第二年分期付款买的，已经买下十年。其间何敏读小学、初中、高中，他们一直围着学校在附近租房子。其实大家都差不多，能买起学区房的人毕竟少，只是何无用他们从下边来，更加艰难。搬回自家屋子，处处觉得新鲜，那些已经摆了十年的家具，依旧闪着幽幽的亮光，何无用他们的身影映在上面，像湖面上泛起的涟漪。

唯一有些不能适应的是虎虎。它是2020年新冠疫情大暴发那年买下的。那时何敏读高一，每天在家上网课，为了给她做伴，何无用买下这只刚出生不久的猫咪。在出租屋时，虎虎天不怕地不怕像个皇帝，抓烂沙发，挠破柜子，还经常跑进衣橱里睡觉。现在它一进新家，躲到床下不肯出来了。吃晚饭时，何无用在虎虎的蓝色食盆里放下猫粮，轻声呼唤它。以往，每到吃饭时间，它总是早早跑到这只小盆前，喵喵叫着等人们。假如何无用在看书或者写东西，它就跑过去叫他。现在何无用叫它，它不出来。何敏说这是猫的应激反应，熟悉环境之后就好了。一直到他们吃完饭，虎虎也没有出来。

吃完饭之后，何无用迫不及待地想到门口的森林公园里转转。森林公园是太原市面积最大的市内公园，除了寻常可见的人工湖、草坪、假山，还有高尔夫球场和"百鸟园"，百鸟园里面有各种各样的鸟，像孔雀啦、丹顶鹤啦都有。星期天，许多市民专门开上车来公园里玩，车太多，公园门口的停车场停不下，一直沿着马路牙子停到北中环路口。

他们一开门，对面的门也开了。出来一只步履蹒跚的小狗，金黄色的毛倒是漂亮，但是边走边咳嗽，像个小老头。何敏眼睛一亮，喊着"博美"，跑过去想抚摸它。小狗脑袋一扬，汪汪叫着龇开牙。屋内有人喊，"辛巴！"狗安静下来。出来个胖乎乎的女人，带着热气，大概四十岁出头，脑袋后面绾着个发髻，露着闪亮的额头，上面有些小疙瘩。她的眼白似乎比平常人多，穿着蓝色碎花裙子和运动鞋。

何无用朝女人说："你好！"

何敏说："您好！"

女人张开嘴笑了笑，她的笑容很纯朴，何无用想起多年前还在乡下时的自己。她说："你们好！刚搬过来？"不等何无用他们回答，狗在前面朝电梯走去，女人抱歉地冲他们笑笑，跟着狗往前走。

等电梯时，何无用悄悄瞄着女人，她的巩膜比普通人大，眼睛看起来白花花的。电梯到了，女人摁住电梯开关喊，"辛巴快些！"狗加快了步伐，又在咳嗽。何无用忍不住问道，"这只狗几岁了？"女人回答："十岁。"在明亮的电梯里，女人的眼睛让何无用想起白花花的鱼肚皮。他盘算十岁的狗相当于多大岁数的人。这时狗进了电梯，紧紧贴着女人的脚，大口喘气，他觉得它大概相当于人的老年了。

出了电梯间，院子里许多小孩在嬉闹。在县里时，何敏就像他们这么大，一个躲猫猫就能玩半天。落日的余晖照在院子里，有些女人在东边墙角跳广场舞，老头老太太们坐在小广场前的椅子上下棋，打扑克，后面围着一群群观看的人，要不是人们都戴着口罩，会让人们忘记这是疫情防控期间。

何无用他们朝公园走去,走到拐角处时他回头张望,一起下电梯的胖女人和她那只咳嗽的狗落在了后面,女人和狗都走得很慢,像天上缓缓移动的云彩。忽然一块乌云挡住阳光,天空一暗,望着女人和狗何无用有些恍惚,觉得她们好像随时都会消失。何敏兴奋地说:"那只小狗真凶,但它是条博美哎!"何无用想博美大概是种名犬。

小区门口,看门房老头正端着一盆水要去倒。他瘦得像钉子,那盆水仿佛要把钉子从墙上掀出来。何无用喊"大爷",跑上前去想帮他一下。老头没看见似的,头也没抬,把水泼到地上,转身进了狭小的门房。

上午搬家时,需要老头开一下挡在楼门前面铁栅子上的锁子,何无用特意给他买了一包烟、一瓶矿泉水。老头接这些东西时有些冷漠,何无用没有太在意,现在老头一副拒人千里之外的样子,何敏愤愤不平地说:"这位大爷怎么这样呢!"怀着郁闷,他们往前走,一股腥味儿从地面上传来,老头泼出来的水已经渗下去,那块地方湿漉漉的,上面有几片鱼鳞和一只鱼眼睛。鱼眼睛睁着,可怜巴巴地瞪着天空。

公园里路灯已经亮了,但天还没有真正黑下来。许多人在跑步,有些人已届中年,步履蹒跚着,让何无用想到那只咳嗽的小狗。不远处传来音乐声,人们在跳广场舞,何无用他们避开声音,朝公园的另一头走去。

经过百鸟园后,前面出现一条岔路。妻子说:"大路上的人太多了,咱们往里面走吧。"何无用他们拐上了树林中间的小路。这里两边都是高大的松树,野喜鹊蹲在树杈上,羽毛比夜都黑;路边有些一人高的花木,远远望去像一排排行人。空气中四处弥漫着松香的味道。开始还能隐隐约约听到广场舞的音乐声和人们的说话声,渐渐地这些声音都听不见了,只有一两声高亢的鸟叫声传来,夜晚真正降临了!月亮升上来,路灯的光显得有些微弱,上面有些小虫子围着灯飞。何敏说:"咱们回去吧,别迷路了。"何无用漫不经心地回答,"公园里哪能迷路呢?"但是他们还是往回走。路绕来绕去,前面不断出现分岔的小径,何无用他们想快一点儿回家,凭感觉选择那些的小径,竟然走到一条宽阔的河边。来的时候没有遇到河,此时晚风吹来,水面波光粼粼,月亮在水中一漾一漾,像要挣脱云彩的束缚,浮上来。何无用他们都感觉到了凉意,而且搬家确实挺累人的,家里还有一大堆东西等着收拾,想到这里他们没有心思欣赏风景了,只想快点儿回家。

过不过河,发生了争执。妻子说:"来的时候没有经过河,过了河,就走得更远了,应该往回返。"何无用认为已经走了这么久,没有绕回去,肯定走错路了,公园是循环路,再往前走,说不准就走出去了。他们两人争执不下,问何敏过不过河?何敏说:"我不知道怎样走,我现在太累了,想虎虎,想回家睡觉。"何无用抬头望了望,似乎听到云朵飘过天空好像发出唰唰的声音,像有人在撕布。从来没有想过在公园里会迷路!但这个公园确实太大了,又是晚上,他们对它不熟悉。何无用想到那只咳嗽的小狗,要是它在,肯定能把他们领回去。

想着就听到了狗的咳嗽声,非常纤细,何无用想一定产生错觉了。但是接连又出现几声狗清晰的咳嗽声。何敏喊:"辛巴!"他们不管有没有路,踏着落叶,穿过树林朝着声音传来的地方走去。很快,他们就站在了公园的大路上,夜色中,还有人在跑步,远处又传来广场舞的音乐声。邻居胖女人走在前面,后面跟着那条咳嗽的小狗,步履蹒跚。何无用他们跟在后面,很快就看到了百鸟园穹顶上巨大的黑色丝网,原来走到百鸟园另一边了。何无用想鸟这时大概已经睡觉了。辛巴突然叫起来,辛巴一叫,一声嘎的鸟叫声传来,然后咕咕咕地又传来几声,紧接着接二连三的鸟叫声不断传来。令人惊讶的是它们的声音不管大小都很轻柔,仿佛在和熟人打招呼。何无用在惊诧时,看见女人的目光望向百鸟园,充满柔情,像望着一群孩子,她的嘴唇噘起来,发出摇篮曲般的"睡觉吧,睡觉吧"的声音。鸟们咕咕叫着此起彼伏地回应,百鸟园渐渐安静了下来。

女人又往前走去,这次她的步子快了许多,召唤狗的叫声也比先前急促了,还冲何无用他们说:"快走!"何无用他们觉得走到大路上了,时间还不晚,不需要着急,再加上刚才走得有些累,步子反而慢下来。何敏还沉浸在刚才狗、鸟、人的对话中,她一点儿也不困了,羡慕地说:"我想把虎虎也训练成这样,我也想学会对鸟说话。"女人看到他们不急,一把抱起狗急匆匆地走了。

何无用他们慢悠悠地走出公园,看见马路两边停着许多私家车,几家夜市的烧烤摊前都坐满了人,传来阵阵笑声和酒杯碰撞的声音。人们有的把口罩挂在下巴上,有的把口罩放在桌子上。何无用他们忘记了刚才迷路时的担忧,感受到城市边缘的生活也一样火热。何无用问何敏:"想不想吃点儿烧烤?"何敏轻轻地回答:"我想回去看虎虎。"何无用说:"好,那今天先回家,以后啥时想吃就啥时出来,咱们这地方看着偏,其实也挺方便的。"

公园门口一家洗浴中心刚开业,在搞活动,两位年轻歌手穿着性感的衣服,声嘶力竭地在唱歌。

孜然和羊肉的香味儿一路伴随着何无用,到了小区门口,何无用回头望了望,身后的烧烤摊上还是喧哗不断,有架飞机飞过头顶,尾灯一闪一闪,又有一架航班要降落了。他心头产生一种从未有过的安稳感,孩子考上大学,他们又住进自己的房子……他伸手去推门,推不开,又用劲推了几次,大门上传来铁链子哗啦哗啦的声音,还是推不开,原来被锁上了。谁搞的恶作剧?何无用想到出门时楼下的那群孩子,边继续推,边大声喊,"请开一下门!"外面喧哗声不断,小区里面却异常安静。何无用诧异他是不是把时间搞错了?扭头看了看,对门的幸福里小区还继续有人进出,门口站着一对青年男女,低声说笑着,拿着一盒奶茶你一口我一口传着喝。

看表，才十点多点儿。

何无用又推了几下门，还是没反应。他记得小区还有其他几个门，便说："咱们看看有没有其他的门能进去？"遗憾的是，因为疫情防控，其他的门都不开，只有刚才那个门能进出。但经过别的小区的大门时，都有人在进出，有的院子里还有小孩在奔跑。毕竟立秋不久，暑热还未褪去。

何无用领着妻子和女儿往理想国小区的大门口返，路过的烧烤摊上人们在继续喝啤酒，吃烧烤，好像明明白白地说："来一杯吧，时间还早。"

又摇晃了几下铁栅子门，铁链子哗啦啦响着，仿佛在嘲笑何无用。何敏担忧地说："爸爸，咱们不会回不了家吧？"何无用说："不会。"绕到门房窗户前，敲起玻璃来。开始时他很有礼貌，敲得很轻，但没有反应。他便一直敲着，而且因为生气，敲的声音越来越大。大概过了三分钟，里面终于亮灯了，一个苍老的声音问："干啥？"何无用生气地回答："开一下门，我们回家进不去。""这么晚了！"声音嘟哝着发泄不满，传来窸窸窣窣的声音，又传来喝水的声音。大概等了十分钟，老头才出来，他上身穿着一件白色两股巾背心，露着干巴巴的肋骨，长满了黑色的老年斑，像钉子生了锈。老头拿着一大串钥匙，边开门边说："以后早点回来。"何无用说："现在十一点还不到，刚才我们敲门时才十点多点儿。"老头说："这儿十点关门！"何无用说："十点？"何敏拉住了他，"爸爸，咱们回家吧"。她害怕何无用和老头吵起来。

回家的路上，何无用越想越气愤，他们是理想国的业主，也就是理想国的主人，回家却受一个看门房的气。何况他们回家的时间并不晚，小区外面还有那么多吃东西的人。这时明白了邻居胖女人为何抱着小狗往回跑，肯定是赶时间。不由得想这个小区挺奇怪的，现在的商品楼，都是由专门的保安来负责治安，这儿却弄一个老头看门房，他那弱不禁风的样子，连个一般人也对付不了，如何保证小区的安全？

气哄哄地到了单元楼的门口，楼道里的灯坏了，一闪一闪像鬼片里常见的那样。在恍惚中进了家，以前虎虎肯定在门口迎接，可是今天没有。家里几个人都喊，"虎虎"，"虎虎"。没有它的半点儿声音，猫食盆里给它放下的食物也没有动，它还在应激反应中。

凌晨时分，一只毛茸茸的爪子在拨拉何无用，他睁开睡意蒙眬的眼睛，看到虎虎蹲在旁边，两只圆溜溜的大眼睛闪着绿光，一动不动地盯着他。它终于从应激反应中缓过来了。何无用舒了口气，摸摸它的头，又闭上眼睛。虎虎躺在他的胳膊上，用爪子往他身上蹬。以前每天晚上它都要这样做，是和何无用之间的小游戏。何无用迷迷糊糊睡着了。

凌晨五点半闹钟吵醒何无用，睁开眼睛就仿佛听到了百鸟园里的鸟叫声，想起昨天晚上的不愉快，他决定早上到公园里转一转。

虎虎坐在大理石窗台上朝外面望，何无用顺着它的目光望出去，楼下是绿油油的草坪，还有几棵比草还要绿的树，像绿色在燃烧，但感觉离他们很远，二十层楼毕竟挺高的！这时飞过一只鸟，也在下空飞。在刚搬出来的那个出租屋，何无用住在二楼，打开窗户外面就是一棵香喷喷的丁香树，花开的时候，上面满是嘤嘤嗡嗡的各种小昆虫，引来许多鸟；即使不是花季，也有许多鸟落在上面。虎虎经常坐在窗台上，盯着这些鸟看，何无用想这是它比较惬意的时候。现在它和外面的鸟再也亲近不起来了。

胡思乱想出了楼门，草木的清香气息扑面而来，有两个老人已经在院子里踢腿，挥胳膊，锻炼身体。刚才离得远的那些草呀、树呀，都到了眼前，数了数，能看到的树就有十几种，槐树、榆树、连翘、木槿、金银花……都长得郁郁葱葱，修剪得也整整齐齐。

外面马路上有唱歌的声音，应该也是晨起锻炼的人，何无用的嗓子痒痒了起来。

到了小区大门口，没想到大门还没有开！看了看表，已经快六点钟。晚上十点关门,早上六点还不开门,这是怎样的一个看门房的?这个小区的人要是需要早上出门去赶车,或者晚上单位加班啥的晚回,怎么办?

何无用又想去敲门,看门房的老头出来了,还是上身穿着两股巾背心,提着个绿颜色的塑料痰盂。白天看,他身上的老年斑更清晰,像食物长了霉斑。他面无表情地把痰盂里发黄的液体倒到门口的一株松树下,进了屋子,一股臊味儿从树根那儿弥漫出来,一排松树中,这棵松树又矮又小,有些枝条还发黄。

何无用说:"开一下门,我要出去!"这次他没有称呼他大爷。

门开了。何无用问:"早上几点开门?"老头没有回答,进了屋子。

何无用气呼呼地出了小区,兴致被败坏掉一半。马路牙子已经打扫过,但上面还留着昨天热闹的痕迹,望着污渍斑斑的地面,眼前又出现昨晚人们快乐的画面,仅仅隔着一个门,差别居然这样大。

公园里迎面闪过几位穿着短裤的晨跑者,他们裸着背,上面的汗珠晶莹剔透,像极了早晨花草树木上的露珠。几队这样的人过去之后,何无用跑步的兴趣被勾了起来,跟着这些人跑起来。刚开始身子有些僵硬,跑上一段就喘不上气来,咬住牙跑下去。路边有些穿着白色练功服的老人在打太极拳,一位五十多岁的人在陶醉地唱歌,还有一只松鼠嗖一下从眼前窜过,又停下来蹲在草丛中看他……何无用越跑越累,但兴致越来越高,他想只要坚持下去,就会像身边这些跑步的人一样,轻盈地超过一个又一个目标。

路过百鸟园的时候,各种各样的鸟已经在展示它们的歌喉,何无用想起昨晚女人和它们的交流,不由自主模仿女人的声音,根本学不像,但一只白孔雀望着他开屏了,他赶忙用手机拍下来,想下次经过百鸟园的时候给它们带点食物。

跑完一圈,大汗淋漓,好久没有跑过这么长的路了,腿简直不是自己的，但何无用心情变好了，觉得甩下好多东西，想住在公园边确实挺好的。

回小区时，正好公交车驶过来，公交车站牌前站着一堆人，每个人手里举着手机，准备扫公交车门上贴着的场所码。疫情虽然还没有过去，但生活充满了活力。

走进小区大门，门房里传来一股煳味儿。何无用不由自主冲里面瞧了瞧，老头不在里面，电磁炉上放着锅，煳味正是从那儿传出来的。他害怕着了火，忙走进门房，关了电磁炉。出门时，没想到一转身，差点撞上了老头。老头拍着手上的土，用戒备的眼神望着何无用。

何无用赶忙解释说："闻到你屋里有东西煳了，我给关了电磁炉。"

老头的目光不再警惕，但没有说话，他擦着何无用的身子进了屋子，把锅上面的笼屉拿下来，给锅里加了水，又开了电磁炉。

何无用的身体缓过来一些，轻松许多，回头望了望，门房北侧的车棚有个角落堆满了废品，有塑料瓶、纸箱、木板、泡沫塑料等，老头刚才应该是从那个地方过来的。想起常见的拾垃圾的老人，何无用叹了口气。

迎面遇见了邻居胖女人，正要出去遛狗。看到昨晚她和鸟的交流，何无用对她刮目相看，热情地向她问好。女人这次笑容延宕了一会儿，问："昨晚进来了？"何无用犹豫了一下回答："进来了。"女人笑笑，眼白似乎变少了。

过了几天，何无用渐渐习惯了这个小区。老实说，这个小区挺不错，虽然居民大多是王家庄的回迁户，以农村人口为主，但物业负责，小区卫生搞得很好。主要是这个小区挺有人气，院子里总是聚着一群群的人，像何无用小时候住过的农家大院，而且每个人彼此之间似乎都认识，有些人吃饭的时候，还把碗端到外面，完全是农村人的习惯。谁家里一有什么问题，发到单元楼群里，总有人及时回答。唯一让人不满意的是门房，让人太不自由了。

中元节前，有人敲门，声音轻微，好像带着些试探。何无用他们住到这里没有熟人，谁在敲门呢？疑惑地打开门，是邻居胖女人。何无用有些意外，但还是很热情地请她进来。

女人不进，鞠个躬说："打扰您了，我家那口子不在，孩子上学，我想中元节回老家上坟，不知道你们回不回？"她问完不等回答，局促地挪着双脚说，"不回的话能请你们帮我喂喂狗吗？就两天时间。"

一看女人就是不愿意求人的那种人，看着她难为情的样子，何无用马上回答，"没问题。"他本来就喜欢小动物，和女人又是邻居。

何敏听到说话跑过来说："阿姨，您把狗寄存到我们家吧，喂起来方便，还可以带出去遛它。"何敏这样一说，何无用也觉得把狗寄存到他们家更合适，可是她家的辛巴来了，虎虎害怕怎么办，狗和猫可是死对头。他沉吟间，女人问："这样方便吗？"何敏回答："没啥不方便，那天晚上辛巴和鸟说话真好玩，我喜欢它。"见何敏这样积极，何无用点了点头说："没问题，随手就能做了的事情。"女人说："真是麻烦你们了。我家辛巴很乖，吃饭时放点儿狗粮就可以了，你们要是有时间，早晚带它出去遛一遛，没有时间的话，不遛也行。""我有时间。"何敏举起手来说。

辛巴一到家里，虎虎听到声音跑出来，看见是只狗，喵地叫了一声钻到床底下去了。辛巴看到虎虎，全身的毛都竖了起来，汪汪叫着缩成一个小肉团。它们两个都怕对方。何敏摸着辛巴低声说："辛巴不怕，虎虎很乖的。"接着她低声呼喊虎虎，拿出它平时最爱吃的肉酱。虎虎闻到肉酱味儿跑出来，但很警惕地望着辛巴。何无用打量它们两个，虽然辛巴是狗，虎虎是猫，但虎虎比辛巴足足大一头，而且虎虎才三岁，正是身强力壮的时候，辛巴已经老了。虎虎显然也发现了门口的狗是只小不点儿，又是在它的领地上，胆子大了起来，鬼鬼祟祟地跑到何敏跟前，小心地吃起肉酱来。吃肉酱的时候，它的身子耸着，随时准备跑，但喉咙里不时发出一声低沉的威吓声。吃完肉酱，虎虎的胆子更大了，它在屋子里踱来踱去，好像国王向入侵者展示它的领地。辛巴大概发现虎虎对它没有恶意，毛顺了下来，轻轻地朝虎虎靠，眼神竟有几分讨好的意思。何敏看到了，大声说："你们看现在的动物多聪明。"还不到中午，虎虎已经和辛巴玩开了，它们先是抱在一起摔跤，辛巴被摔倒几次之后，躺在地上不起来了，不停地咳嗽。何无用害怕虎虎把辛巴累坏，叫了几声虎虎。虎虎听懂他的意思了，叼出自己的玩具让辛巴玩，两只动物像极了两个小朋友。

到了傍晚，何敏迫不及待要带辛巴到百鸟园，虎虎看到要出门，竟也急得窜过来，喵喵地叫。何敏便给虎虎拴上牵引绳，带上它们两个一块儿出去。

到了百鸟园，辛巴自动站住了，虎虎看见鸟，兴奋地往前扑，何敏拉住了它。辛巴汪汪地开始叫，那些鸟听到辛巴的叫声，很快开始回应。各种各样的鸟都冲着他们这边叫，热闹极了。虎虎听到辛巴和鸟的叫声，不知道能不能听懂，也急得乱叫。但是，也许那些鸟发现胖女人不在，叫了几下就不叫了。何敏没有尽兴，遗憾地说等阿姨回来，咱们再过来。

第二天傍晚，胖女人回来了，一到家就迫不及待来接辛巴。她带来些"和尚头"和嫩玉米。何无用在老家读中学那会儿，吃过几次山区同学带来的和尚头，那滋味儿至今忘不了。他们说和尚头长在深山里，上面都是刺，很难采摘。来到城市后才知道和尚头就是榛子，各种炒货店和干果店都有，但买来的和尚头再也吃不出当年的味道了。而胖女人的"和尚头"，几乎和当年的味道一样。

辛巴正在和虎虎玩，看到主人来了，咳嗽着跑过去。何敏舍不得辛巴走，虎虎也留恋，跟着跑过去，舔它的毛。胖女人笑着说："我以为狗和猫是死对头，没想到这么快就熟了，比咱们人都熟得快!"

何无用一家和胖女人熟悉了起来。

女人家原来是从晋北山区来到太原的。他们的村子很小,大家地都不多,还是坡地,种些玉米、豆子,吃倒是能吃饱,就是没有钱。村里也没有学校,人们为了孩子上学都想办法往外边走。她丈夫是大车司机,在本地不好揽活儿,再加上为孩子,狠了狠心,一家人都到了太原。刚开始也是租房,那时大车生意还不错。他们发现这块地方的房子便宜,又紧挨着公园,售楼部的营销员说小区签约了市里的一所重点学校。他们手头没有多少钱,也没有社会关系,一听说小区签约了重点学校,以为儿子以后上学有着落了,便七拼八凑付了首付。

女人的一些想法和何无用当时的一样。他们买这套房子的时候,楼已经盖了二十多层,他的孩子也在读小学,开发商很会营销,只卖二十层以下的楼盘。所以尽管当时手续不齐全,何无用想自己买的楼层已经盖起来了,应该没问题。何无用他们买下之后不久,市里规范房屋买卖,手续不全的房子不让按照商品房出售,签约的初中自然没影儿了。那会儿太原的房价正疯涨,何无用想这么便宜拿下一套房子,即使没有大红本也赔不了钱,况且买别的楼盘钱也不够。除了这些因素,小区"理想国"的名字他很喜欢,一下就想到柏拉图的理想国,想建造这个小区的人一定是个有想法的人,有了一些幻想。没想到,他们单元空下的房子与小区里后来新盖的几幢楼一起变成王家庄的回迁房,又有这样一位看门房的老头。

有一次无意间聊起小区的名字,何无用问:"你们买房子时留意小区的名字了吗?"

"理想国。"胖女人憨憨地笑着说,"我们没啥文化,当时看到这名字觉得挺好的,咱们老百姓不就是图个安居乐业吗?"何无用马上想到"理想国"里的平民。胖女人说:"有了这套房子我们在太原就有了落脚点。而且刚住进这个小区，我就找了份在百鸟园喂鸟的工作，在村里，找工作哪有这样容易？前两年，老家修铁路，占了我们家的地，赔偿了一笔钱，能买别处的楼盘了，可是我舍不得离开那些鸟，也觉得没必要花钱买更贵的房子，便让儿子读了私立学校。要是这个小区像当时宣传的那样，签约重点初中，我儿子就不用读私立了。"

"那你现在还在百鸟园喂鸟吗？"何无用想起女人和鸟的那些交流，但问完就觉得不合适。果然女人回答："不喂了。去年还在喂。"女人遗憾地说，"我的眼睛有了毛病，看东西经常白花花一片。"何无用赶忙说："是不是白内障？你要趁早去医院检查。""不是白内障，等儿子上了大学我再去检查，我们现在最要紧的事就是供孩子读书。这几年因为疫情孩子老上网课，活儿也不好找，为了挣钱，我家那口子跟上熟人去了新疆拉货。"

因为看门房老头，理想国似乎不太理想，何无用晚上尽量控制在十点前回家，但有时免不了单位要加班，有时和朋友们喝酒，每次只要超过十点回去，总要和老头发生争执。有一次他和邻居胖女人说起这件麻烦事，胖女人说："要不你配钥匙吧？"

何无用瞪大眼睛问："大门的钥匙可以随便配？"

女人说："这个小区只要是王家庄的人，都有大门的钥匙，只有咱们这些外来户——不过谁要是需要，可以找看门房的老头，让他帮你配一把。"

"还可以这样？"何无用简直难以理解。

女人意味深长地说："可以，但你千万要记住，必须让老头给你配。自己配可不行。有的人自己找人配了，打不开锁子，或者刚开始还能打开，过两三天就打不开了。"

何无用想起老头那副嘴脸，问女人："你家配了吗？"

女人摇摇头老实地回答："我没有配，我每晚十点前肯定能回来。孩子在私立学校住校，半个月才回来一次。我家那口子长年不在，在的话我也希望他早回家，在县里开车的时候，经常半夜三更回来，没少挂记过他。"

何无用不想去求门房老头，也不想偷偷摸摸配钥匙，不管胖女人说的是不是真的。他在办公室放了张行军床，只要在单位加班超过十点，就在办公室睡。和朋友们一起喝酒，每次快到十点时都提前告退，有时他忘记了，妻子就打来电话，"小区快关门了，赶紧回吧。"每次何无用提前回去时，朋友们总嘲笑他，"业主回家还能让看门房的左右？"一丝怒火从何无用胸中升起，他确实感觉不自由。

暑假快过去时，何无用的同学A君从外地回来。A君和何无用出生在一个村子，两人一起在村里读小学，一起考上县里的重点初中，一起去市里读重点高中。到了市里的高中，A君学习努力，表现积极，在那么多优秀的同学中间脱颖而出当了学生会干部，农村人与生俱来的羞涩腼腆被他抛到九霄云外，他喜欢上在公众面前表演式的讲话，即使很少有登台的机会，也经常逮住人滔滔不绝谈人生、谈理想，仿佛未来已经十拿九稳。何无用自愧不如，觉得自己还在土地上，而A君已经像一颗脱离地球引力的不明物体，不知道会飞到哪里去。

高三那年，A君喜欢上一位女孩。这位女孩在何无用看来平平无奇，个子很矮，还长着两颗松鼠似的长牙，除了家庭好（她的父亲是一名领导）。A君却发起强烈攻势。何无用劝他再有一年就要高考，用心学习，考上大学再谈恋爱也不迟。A君像讲别的事情一样振振有词，大讲谈恋爱的好处，将它可以激发人更好地学习，尤其是比自己优秀的女孩，他说自己现在学习比以前更努力了。

高考结果出来之后，何无用考上一所师范大学，而A君只考上一所供销中专，他进攻的女孩落榜了。女孩父亲知道了她高三谈恋爱大怒，把她送到一所私立学校复读，两个人的爱情不欢而散。

A君去中专消沉一段时间后，开始写诗，创办文学社。

何无用大学毕业被分配到原籍当老师，A君去了北京打工，两人不再联系。过了几年，一年春节时A君突然来看望何无用，那时何无用正准备调到太原。A君拿着一本封面印着漂亮女郎的刊物，说上面发表了他的一首诗。

何无用到太原之后，A君找他变得频繁起来。他还是火一样热情，说话滔滔不绝。他谈最近写着什么诗，在哪儿发表了诗，一谈就是好长时间，然后谈他来太原要做的项目。何无用怀疑A君找他专门为了谈诗，谈项目是借口。何无用来了太原根本不认识几个人，而A君虽然不在太原，却好像太原遍地是他的朋友。他经常喝得醉醺醺回到何无用的出租屋，那时何无用妻子和女儿还没有过来，他们挤在一张破床上，A君还要谈诗。后来，何无用的妻子和女儿来了，A君还经常在他的出租屋住，不过只能睡在沙发上了。过了两三年，突然听说A君当了某个诗歌刊物的编辑。他阔了起来，再来太原，有人给他在宾馆安排房间，有时竟是很高档的酒店，何无用从来没有想过在那儿住。A君经常对何无用说："你有事别和我客气，咱们俩关系这么好，你的事就是我的事。"何无用以为A君在吹牛。他女儿小升初的时候，摇号摇到一所普通的学校，女儿学习很好，何无用想让女儿上一所好的公参民学校，可是自己没办法，不得已和A君说了。

A君说："我认识教育部的领导，让他和太原市教育局的打个招呼，这事儿不难办。"何无用一听教育部感觉云里雾里的头都大了。过了两天，A君来了，说找下学校的校长了，约好晚上吃饭。何无用定下地方，同学说他要办点别的事情，晚上见。饭店离何无用家不算远，何无用提前半小时出发，打算到饭店招呼大家，走在路上，A君问他走哪儿了，说他们已经都到齐。何无用赶到饭店，已经坐下六七个人，A君一一介绍，校长带了两个朋友，学校的副校长和教导主任；A君也带了位朋友，土炕包子铺的老板。只有何无用是一个人来的。

Ａ君没有绕，开门见山就说何无用女儿的事情，校长很痛快地就答应了，痛快得简直出乎何无用的意料。让何无用没有想到，接下来Ａ君又说起另一个孩子的事情，就是他领来的土炕包子铺老板的孩子，他被摇到公参民学校的分校，想改到主校。校长大概没想到Ａ君要说两个孩子的事情，有些犹豫。土炕包子铺老板就开始诉说自己的艰难，讲到动情处，居然掉下了眼泪。何无用没有想到一位大男人可以当着别人的面掉眼泪，他觉得有些难为情。那天他喝了不少酒，记忆断片了，只记得包子铺老板一杯接一杯敬人们酒，他倒成了配角，他去结账时，别人已经结了。

Ａ君帮何无用办成这样一件大事，何无用觉得欠下了Ａ君的人情，可是不知道怎样去还。后来Ａ君到太原，只要何无用一得到消息，就安排一起聚聚。Ａ君倒是不见外，只要有时间就参加，每次喝很多酒，照例滔滔不绝，他好像已经成为诗歌刊物的负责人。

Ａ君这次来，何无用定下饭店，但是Ａ君说有一帮诗人朋友也定了地方，他说谁让何无用是老同学，他先参加何无用的安排，接着去赶另一场酒局。

刚一坐定，Ａ君就问："何敏今年高考了吧，考得怎样？"何无用没有想到这么多年过去，同学还记得何敏高考的时间，不由得有些感动；同时想到同学当年的帮忙，觉得沉甸甸的。何无用说："何敏考得不错，上了北京的一所大学。"Ａ君呵呵大笑："我就觉得何敏是个聪明的孩子，将来一定有出息。今天咱们好好喝一场，早知道这样，我就不答应下一场了。"

秋日的凉风吹进窗户，不冷也不热，很是惬意。何无用回忆起他们小时候一起读书的样子，没想到自己的孩子也要读大学了。Ａ君却不喜欢回忆，他喜欢讲述设想的一个个未来，他还是那样慷慨激昂，好像把未来牢牢地掌握在了手里。他们在回忆和未来之间穿行，不知不觉就喝了很多酒。到了九点半，何无用的手机响了，妻子打来电话,提醒该回家了。何无用想他今天怎样也不能提前撤退。A君的手机也响了,诗人们催他过去,诗人们已经打过好几次电话。

A君看了看时间说:"咱们已经尽兴,朋友们在催我,我必须得过去一下。"他说话的时候舌头已经大了。何无用说:"今天已经喝了不少,别过去了。"A君摇着头说:"我答应了别人的事一定要办,就像当年答应帮你孩子找学校。"何无用心里咯噔一下,同学也还记得这件事,他不好再劝了。

何无用帮A君叫好车,目送着上了车,自己打车往家里赶。到了小区门口,差五分钟十点。门房老头正在看电视。何无用进了小区,胃里有些难受,他想今天喝得有些高,要是换成他,再去赶第二场,肯定受不了。

脚步踉跄着回了家,何无用让妻子帮他削只苹果,他自己倒了杯蜂蜜水。每次喝多酒,他都需要喝点甜的,吃点儿凉的,解解酒。

何无用躺到床上时,手机响了。他接起来一看,是个陌生电话。他昏昏沉沉地问是谁?对方回答说A君出事了。何无用的酒一下子醒了,他手忙脚乱穿好衣服,跑到小区门口,大门已经关了。何无用用脚踢着门,大声喊:"开门,快开门!"他觉得时间过了很久,门房老头才慢吞吞出来。何无用一把夺过钥匙,颤抖的手对不准钥匙孔,终于把门打开,何无用伸手拦车,背后门房老头问:"今晚不回来了吧?"何无用没有回答。

何无用赶到事故现场,人群已经散了,连肇事车辆也被拖走了,只有地上那摊酱油一般的血迹闪着冰冷的光泽,像黑洞似的要把人拖进去。

A君和他分开之后,赶到另一场酒局,横穿马路的时候被车撞死了!

何无用自责,那天晚上要不是怕小区关门急着回家,一直陪着A君,他或许就不会参加另一场酒局,也或者那些人等不上他就散了。

何敏大学开学之后，家里只剩下何无用和妻子两人，家里冷冷清清的像少了好多人。幸亏这个小区有热闹的烟火气息，何无用没事的时候，经常看小区里的人下棋、打扑克。他惊讶地发现，这里人们用的方言俚语许多居然和他老家的一样，这些语言在当下的书里面已经找不到了，他只在读《金瓶梅》的时候发现过。便想老家的人们和这儿的人们祖上是不是在一起生活？是不是有血缘关系？有了这个发现，何无用对他们多了几分亲近感。

中秋节和国庆节经常挨在一起，今年却隔了十几天。

中秋节时，何无用单位定点帮扶村的"玉露香"梨和"红富士"苹果熟了，每个人按照惯例买了两箱。何无用把水果带回家时，妻子发愁地说："这么两大箱，多长时间能吃完，吃着吃着就坏了。"何无用说："不用发愁，咱们可以分给邻居们。"但说完之后，想到在理想国，熟悉的"邻居"只有两位，胖女人和看门房的老头。一想到看门房的老头，何无用就想起他的同学A君，中秋节是团圆的节日、喜庆的节日，A君却不在了，他的家人怎样过这个节日呢？

何无用把苹果和梨分别装了两袋，给胖女人送去。一敲开门，辛巴就亲热地过来舔他，他想起虎虎好久没有和辛巴一起玩了，把辛巴带了回去。虎虎一见到它，眼睛里闪出惊喜的光芒，飞快地跑过来。那一刹那，何无用感觉动物像极了人，需要同伴，需要友谊。看门房的老头却总是一人，他又装了两袋水果。

门房里稀罕地没有人，何无用悄悄把水果放下，出来看到小区大门口停着辆汽车，拉着一车兜水果卖，几个人围在前面，看门房的老头也在其中。何无用走过去，原来是在卖苹果，也是红富士，一种个大的，十元钱三斤；一种个小的，十元钱五斤。但即使个大的，也不如何无用从帮扶村买得大，熟得好。

买苹果的人们几乎都选个大的，十元钱十元钱地买。轮到看门房的老头时，他却只挑了一个个小的说："给我称一称。"卖苹果的人惊讶地问："大爷，这种苹果十块钱五斤，您要几斤？"看门房的老头回答："我知道十块钱五斤，不就是两块钱一斤吗？我要一个，你称就行了。"卖苹果的人咂吧了一下嘴说："一个小苹果，称什么称，送你得了。"看门房的老头说："我哪能白要你的苹果呢，称下多少我给你多少钱。"卖苹果的人不好再说什么，只好给他称。何无用想告诉看门房的老头别买了，给他放下两袋水果了，但终于没有说。

再见到胖女人时，何无用聊起门房买苹果的事情，胖女人说："那个老头可仔细了，一分钱也舍不得乱花。"

胖女人告诉何无用，看门房老头是王家庄本村人，老伴儿早早得癌症就不在了，他没有再娶，一个人把儿子供得考上北京的大学。儿子读完大学，要去国外留学，为了供儿子，他把房子卖了。他卖掉房子一年之后，他们村集体搬迁，那些有房子有院子的，都拿到一大笔补偿金，据说最多的拿到五百多万，少的也有一两套房子，或者百八十万元现金，老头啥也没得到。而且特别巧，他家院子就在理想国小区这块儿。儿子留学回来，去南方工作，因为没房子，年龄不小了还没有结婚，很少回来。村里为了照顾老头，让他当了小区的门房。老头觉得对不起儿子，拼命攒钱，连菜都舍不得买，还拾破烂。

何无用想起刚搬到理想国时，老头吃鱼的事情。胖女人笑笑说："那些鱼不是他买来的，是邻居们从森林公园的湖里钓上来的，大家都知道这是专门放进去的饲料鱼，不吃，就给了他。"那只可怜巴巴瞪着天空的鱼眼睛从何无用脑海中突然浮现出来。

何无用和胖女人分析门房为何要求人们必须晚上十点前回小区，大概因为儿子的事情老头受了刺激，总有种不安全感。他们还揣度，老头觉得他们这些外来的人占了他的房子和地方，对他们有成见。

国庆节到了，往年放七天假，是学生们最快乐的时候，今年因为疫情，何敏他们学校只放三天假，不方便回来。何无用和妻子打算去北京看望她，前一天把虎虎托付给胖女人。没想到10月1日早上一起来，楼下就传来喇叭声，"全体居民戴上口罩下楼做核酸"。上网一看，太原出现疫情。他们所在的尖草坪区静默管理三天，人员只能进，不能出。去北京的事情只好作罢，接虎虎时，它正在和辛巴玩。何无用想到刘慈欣的《三体》，乱纪元一来，三体人就脱水。

天气越来越冷，天也黑得越来越快，晚上九点钟以后，街上的人就不多了。何无用常常站在阳台上，望着远远近近连成一片的灯火，思念在北京的何敏，思考疫情啥时候能过去。

……

新冠疫情管控放开了，病毒感染降为"乙类乙管"，人们经过一大波感染后，社会渐渐恢复正常。

快过春节时，何敏放假了。她一进门，放下行李就呼唤虎虎。虎虎居然没有忘记她，四条短腿迈着急促的步伐跑过来，跑到何敏跟前，用脑袋蹭蹭她，躺在地上打起滚来，然后仰天摊开身子，白花花的肚皮像一块雪白的地毯。

过了几天，胖女人的丈夫和儿子回来了。她丈夫常年在外面跑，却很腼腆，几乎不说话。他们儿子似乎又长高了。

那几天，经常听到胖女人家里传出歌声和笑声，他们家的辛巴也被这种气氛感染，不停地兴奋地叫。

何无用有时间，就领着妻子和孩子在太原玩。晋祠、蒙山、太原古县城等，这些太原著名的景点，他们居然都没有去过。那时以为，反正在太原，啥时候去也方便，是疫情改变了他们的想法。

在东山美术馆，摆着一组铁笼子，共有七个，最大的三十平方米，相当于正厅（局）级办公室的面积，然后越来越小，最小的只能放下一张床，分别标着星期一到星期日的名字。为了纪念疫情结束，庆祝人们重新恢复自由生活，美术馆策划了一个"笼中人"的行为艺术展，警示大家珍惜自由，正在招募参赛者。共选七名，分别住到这七个笼子里，选择的笼子越小，得到的资助越高，给最小那个叫"星期一"的资助是最大的"星期日"的七倍。参赛者可以用这笔钱消费、点服务，像生活中叫外卖，也可以不花，节省下来的归自己。七个人举行擂台赛，谁最后出来谁胜出，可以获得一大笔奖金。活动与春节文艺晚会同时开始，全程视频在各大自媒体平台直播。

何敏看到奖金，开心地对何无用说："爸爸，我想去参加那个挑战，我一定能坚持到最后，但我不想吃饭、睡觉……都展示在人们面前。"

"哦，"何无用问，"你要是参加挑战的话，挑选哪个笼子呢？"

"大的肯定舒服，但小的赚钱多。"何敏不好做出选择。

何无用想到门房，他不是一直想挣钱吗？每天待在狭小的门房里和待在笼子里其实差不多，假如参加这个比赛能坚持到最后，可以赚一大笔钱。他要了几张宣传单。

门房见到何无用他们还是爱搭不理，何无用把宣传单掏出来，递给门房说："大爷，你识字吗？有个挣快钱挣大钱的机会。"

门房接过传单半信半疑读起来，读完后不相信地问："有这好事，什么也不用做，就坐着和睡觉就能挣这么多钱，你们怎么不参加？要是坚持到最后，真的能领到这么多钱？"

何无用有些哭笑不得，解释说："这场比赛看起来简单，坚持到最后却很难，我们恐怕不行，而且……很多人要看。但我觉得，您可能行，要是能坚持下来，钱可是不少。不用担心领不上，这事要签合同，公证处公证，而且有无数的眼睛在监督。"

晚上，有人敲何无用家门，原来是门房。何无用请他进来，门房赶忙摆手不进，掏出一份东西说："我今天去那个美术馆签了合同,你帮我看看有没有问题?"

何无用一看,门房选了那个最小的笼子,这是他意料中的,但隐隐有些后悔,这么小的空间,在里面生活一定非常难受,还需要生活很长一段时间,但望着门房那双急切的眼神,他又觉得自己做得没错,现在去哪儿能挣这么一大笔钱呢?

春节那天,下了雪,天气挺冷。胖女人说:"中午来我家吃火锅吧,咱们两家都是外地人,在一起热闹些。"答应下来之后,何无用去外面买酒,看见门房换了人,一问,老头请了假,他知道老头是准备住进笼子里去,想到热闹的除夕夜,老头要在那么小的笼子里度过,有些忐忑。

好不容易等到春晚开始的时间,何无用等在哔哩哔哩上,随着春晚开始的钟声,东山美术馆的"笼中人"直播比赛开始。七个笼子齐刷刷出现在观众面前,最大的那只笼子"星期日"的参赛者是位三十多岁穿着户外装备的男人,他要了一台电视机,捧着大水杯,炯炯有神地坐在马扎上在观看春晚,地上放着一只硕大的Osprey登山包。第二大的笼子"星期六"的参赛者是位看不出实际年龄的"网红"女主播,穿着暴露的衣服,在笼子里装了自拍杆,正在唱歌。其他笼子里的人有老有少,有男有女,有两个在玩手机,一位学生模样的人在背英语单词,一个四十多岁的中年人在读《瓦尔登湖》,他们的笼子里或多或少配置了一些东西。只有最小的笼子里除了床,几乎什么都没有,看门房的老头躺在床上,微微闭着眼睛,好像在养神,仔细看,他的身子紧张地在颤抖,像虎虎刚进了新家时产生的应激反应。

屏幕上出现一阵弹幕,点击量瞬间上了千万次。

那天晚上,读《瓦尔登湖》的人最早睡了,他把书轻轻盖在脸上,非常安静。接着是背英语单词的,他说晚上几小时背会了平时需要花费三天时间才能掌握的单词,有人监督真好。其余几个人都是春晚结束睡觉的,那个"网红"卸妆花了一点儿时间,但实话说，她长得不错，而且肯定不到三十岁。她卸妆后，屏幕上又出现一阵弹幕，好多人夸奖"小姐姐"漂亮。只有看门房老头，似乎一直保持着进来时的那个样子，不知道是早早睡着了，还是一直醒着？

春节，何无用去了东山美术馆。平时这个时间，美术馆肯定闭馆，今年因为行为艺术展，来了不少参观者，记者正在采访几位参赛者。

"星期日"笼子里的户外爱好者，参加比赛是想买只单反相机。"网红"回答很直率，她说："我就是想出名，为了出名，我不会放弃任何机会。"……学生说他平时每个假期都出来勤工俭学当快递小哥，今年来参加这个比赛感觉挺轻松，而且有时间，正好可以在观众的监督下背些英语单词。读书人是为了锻炼心境。最后问的是看门房老头，倔强的老头面对镜头竟开始结巴，他说："我，我想挣钱，帮助儿子买房。"他们回答完，马上出现大片讨论的弹幕，对于参赛者，各有各的看法。在这些讨论中，不时出现几句，"星期六小姐姐，我支持你，你真漂亮！"

何无用回到家里，控制着自己，不去看直播，到中午时，实在忍耐不住，打开手机。笼中人都在吃饭。户外爱好者房子里摆了一大堆东西，地垫上摆着一盘牛肉、一个大肘子、一盘花生米、两根黄瓜、一壶酒、两个大馒头，他用手抓着牛肉边喝酒边吃馒头，有点儿像《水浒传》里的好汉。"网红"女主播面前只有一盘水煮青菜，她说："我是很自律的人，为了保持身材，每餐饭只吃白水煮青菜。"说着，她挑起一片菜叶子，怕把口红弄坏，张大嘴把菜叶子吞下，然后说："这样吃，能吃出蔬菜的天然味道。"其他人也在吃东西，只有看门房老头坐在床上发呆。旁边的工作人员介绍说："这位大爷没有带手机，也不会用手机点外卖，他想要一碗面，我们马上帮他买来。"何无用心酸起来，春节人们都在吃好的，老头却吃一碗面，不是把他关在笼子里，面向大家直播，恐怕谁也不会知道春节这天，一位孤独的老人独自吃面条。何无用感觉这次行为艺术展的意义不仅仅是引导人们珍爱自由，还可以了解中国各阶层人的生存状态。果然，弹幕上的评论严肃起来，很多人同情地看门房老头，但也有些人持不同意见，他们认为老头选的是最小的笼子，资助资金最多，完全可以每顿吃大餐，是他舍不得花钱；同情他的人说，他舍不得花钱肯定有舍不得花钱的道理，谁愿意有钱不花？人们联想到他接受采访时说想挣钱，帮助儿子买房。人们又议论起中国的房价和啃老的问题。何敏看到这些评论，大声地说："爸爸，我将来一定努力，挣钱给你们花，绝对不啃老。"何无用听了心里热乎乎的，他不知道假如看门房老头的儿子看到这档节目，心里会怎样想？

傍晚时分，何无用在小区门口，看到一对年轻男女，他们都穿着黑色的长款羽绒服，戴着眼镜，很斯文的样子，每人手里拉着拉杆箱，一看就是刚从外地回来。他们向门房里下棋的人打听着什么。

老头的儿子回来了，还带着女朋友，住到了洗浴中心。

何无用不知道他们看到那些关于他们父亲的视频节目没有，他想一定要让老头的儿子看看。

何无用径直去洗浴中心找他们。春节期间，洗浴中心住宿的人很少，他很容易就打听到他们的房间，走近时看见房门虚掩着，女人带点嗔怨的声音说："说回来看你爸，大老远回来了，你爸爸去哪儿了，打电话也不接。"男人的声音说："真奇怪，我想给爸个突然惊喜，回来前没有给他打电话，反正他是看门房的，能去哪儿呢？但居然请了假，请了假他去哪儿了？"

何无用忍不住了，敲门进去说："你爸为了挣钱帮你买房子，参加行为艺术挑战赛去了。""我爸参加行为艺术挑战赛去了？"男人觉得不可思议，"我爸什么才艺也不会，参加啥比赛呢？"何无用掏出手机，把直播视频打开。男人一眼看见圈在笼子的父亲，坐在床上，双手托着下巴，目光呆呆地盯着脚尖。男人生气地问："谁把我父亲关进笼子里去的，现在他在哪里？"何无用回答："他是自愿报名参加的，现在在美术馆。"

何无用领着他们去了东山美术馆，一进美术馆，就看见一大圈人围着这几个笼子观看。有人说："那个网红在解手呢。"好多人朝着那个笼子指指点点。何无用想到笼子里没有卫生间，他们怎样解决私人问题呢？

仿佛有心灵感应，门房抬起头来，目光朝何无用他们这边看，他儿子的目光也朝着小笼子里的父亲看。他们目光接上的一刹那，门房的眼睛里闪现出惊喜的神色，猛地站了起来，但看见在儿子身旁偎依着的女人，他装作不动声色地把目光移向别处，伸了个懒腰。儿子看见父亲先盯着他，然后目光转过去，知道父亲为了他在装，他跑过去痛苦地喊："爸！"

门房不装了，喊了一声儿子的名字，用颤抖的声音问："你回来了，那是你的女朋友？"

儿子回答："我回来了，这是我的女朋友。"他呼唤女朋友过来见父亲。

这大概是世界上恋人见家长最尴尬的一幕，但儿子的女朋友表现还算自然，她冲笼子里的老人喊："叔叔。"

老人的眼泪哗地就流出来了。

观众们发现了这边的异常，从围观网红解手跑到这边围观了。

儿子冲人们喊："别看了，这是我爸爸，人呢？人在哪里？把我爸爸放出来。"

老人往开推儿子："你回去吧，我是自愿的，我要坚持到最后，别让人们看见你。"

人们朝这边拥过来，策展人掏出合同让儿子看，儿子望着父亲说："爸，跟我回去吧，我领你去深圳。"

老人摇了摇头，躺到床上，把脸扭过去，背对着儿子。

弹幕上出现一堆议论老人该不该跟儿子回去的评论:"老人应该照顾儿子的脸面,跟着儿子回去,要不让儿子的脸往哪儿搁?""老人有自己的自由,这是位伟大的父亲,为了儿子牺牲自己,我们应该赞美他。""儿子能够独立了,而且领回女朋友,老人应该跟着他回去。""没有钱可以慢慢挣,一家人团聚很重要。""这是凭正当手段赚钱,只要老人愿意,应该尊重他的意愿,别的笼子里也有人啊。"各种意见针锋相对,浏览量和点击率超过了一亿。

第二天,老人的儿子和女朋友离开了太原。

理想国的人们知道了老头去参加比赛,好多人去看。那段时间何无用在小区里经常听到人们议论这件事情,但他们最关心的是老头能不能赢。

正月初七,春节小长假结束。读书人首先放弃比赛,他要去上班。面对记者的镜头,他平静地说这几天体验很好,把《瓦尔登湖》读完了,而且锻炼了自己闹中取静的本领。收拾东西的时候,他吟了陶渊明的一首诗:"结庐在人境,而无车马喧。问君何能尔?心远地自偏。"

读书人离开不久之后,又有两人放弃比赛,他们实在受不了一边忍受极大的孤独,一边还被别人围观。现在笼子里只剩下四个人,户外爱好者、女网红、学生和老头。户外爱好者失去了当初的从容,他不看电视了,手机也玩不进去,经常暴躁地在笼子里走来走去,有时还摔东西,有人对他指点时,他就破口骂人。女网红还在保持着她的美丽和精致,每天坚持化妆,化完妆唱歌、跳舞,有时也和观众聊天,分享她的心情,晚上睡觉前再卸妆,当然这一切她都要直播,她的粉丝量在增加。学生不像开始那样不停地背单词了,一天大部分时间在玩手机,偶尔还用头撞撞笼子。只有老头和以前差不多,经常躺在床上发呆,或者坐在床上发呆,像一截儿枯朽的木头。

过完正月,学生也放弃了比赛。离开笼子时他说:"要不是开学我一定能坚持到最后。"他的话轻飘飘的,像刮过一阵风,没有人放在心里。

学生走后第二天,户外爱好者忽然也开始收拾行李,他那硕大的登山包又鼓了起来,笼子里留下一地垃圾,他说今年准备攀登珠峰,要去做准备,怕错过窗口期。

五个笼子空了,只剩下女网红和老头。人们猜测谁会最后胜出,有人还下赌注。

来美术馆参观的人逐渐减少,新的一拨人来到美术馆,看到笼子里的人,有时会惊讶地问起这是怎么回事,会到笼子边看看,然后便其他的展览去了。网上关注这件事情的人也在减少,新的话题不断冒出来,再说女网红和老头待在笼子里的时间也足够长了,女网红已经没有新鲜东西展示给大家,老头则自始至终一个样,没有几个人愿意长期关注一个老头在笼子里发呆。

结果还没有出来,胜负已经清晰,女网红肯定输,因为她再不离开,粉丝会减少,现在已经开始掉粉。当然,如果她最后能胜出的话,还会增加粉丝,但看现在这情况,她根本赢不了,老头每天都是呆呆的,什么也不干,仿佛一直都会这样。女网红感觉自己仿佛在和一个死人比赛,没有信心了,遗憾地放弃。

女网红离开之后,老头从床上坐起来,揉揉胳膊和腿脚,他像睡了一个长觉,从笼子里走出来。老头赢了。

理想国小区重新整饬门房,墙壁刷得雪白,还加了一张崭新的人造革沙发。门房来了两个保安,一个值白班,一个值夜班。同时安装了电子门禁,业主们可以用电子钥匙开门,也可以刷脸进门,什么时候想进就什么时候进,什么时候想出就什么时候出。何无用明白老头不会回来了。

关于老头的去向,主要有两种说法,一种是老头被儿子接去了深圳,有人说在那儿看见个收废品的人,极像老头;还有一种说法是老头参加行为艺术展,什么也没干赚了一大笔钱,尝到甜头,到处赶着去参加各种行为艺术比赛,还在美院给学生们当人体模特。

何无用终于迎来久违的"自由",晚上回家时再不用担心时间,加班的时候非常坦然,和朋友们在一起吃饭喝酒也非常放松。好些晚上,他回家时间都超过了十点钟,刷脸时看到电子屏里的自己,就会想起门房那个老头。小区大门上"理想国"三个大字在闪烁。

《鄂尔多斯》2023 年 7 期发表,
《思南文学选刊》4 期,《小说选刊》10 期转载,
获《小说选刊》"包公故里杯·优秀小说奖"

把自己折叠起来

腊月二十九,坐绿皮火车的人真多!

近几年私家车越来越多,拼车也越来越盛行,动车还在阳关县设了一站,舒文以为回老家坐绿皮火车的人不多了,当看到长长的队伍时,他发现自己以为的现实和真正的现实不一样。

舒文选择坐绿皮火车,是因为他喜欢绿皮火车上的自由,而且在绿皮火车上能见到许多和他父亲母亲一样生活在农村里的人,这些人让他感觉亲切。随着长长的队伍缓缓往前走,舒文想到春节过后就要到数千里之外的异地谋生,那也是一座二三线城市,并不比他现在所在的城市发达和繁华,反而有更多的山,更大的山,这只是为了摆脱折磨了他十多年的事务性工作,去搞专业,心里萧瑟起来。本来,前几年有些发达的沿海城市想把舒文调过去搞专业,他甚至还有去北京的机会,但他感觉待在本省挺好的,不喜欢事务性工作,忍一忍熬一熬,有年轻人顶上来就可以专心搞专业了,但忍了,也熬了,就是无法摆脱。眼看着和他同龄的在其他省的朋友们一个个都早已专门搞专业,而他年龄渐长,头发少了,眼睛花了,还在做事务性的工作。它们这种行业,衡量标准一致,人们才不管你是搞事务的还是搞专业的。舒文经常产生打篮球业余队和职业队比赛的无力感,感觉岁月在蹉跎。舒文不想一辈子等下去了,他意识到一个地方落后必定有落后的原因,不是谁能随便改变了的,可是即将要去的地方那么偏远……

想到以前因为所谓的"忙",离老家不到二百公里,回去看望父母的时候竟很少,这几年又出现了疫情……这次走后,恐怕回老家的时间更少了,舒文的情绪越来越低落。

火车终于开动,一排排楼房渐渐往后退去,舒文在火车上没有找到那种久违的亲切感,却闻到呛人的劣质烟草味儿和长久不洗澡的浑浊气息。出了市区,驶进河谷地带,灰色的没有生气的山峦一座接一座飞速闪过,走了很久,还是那样苍茫而荒凉。河面白色的冰块闪着寒光,把大地切开几部分,树林和田野泾渭分明。农民收割后的玉米地里很多玉米秆子没有收拾,在地里挺立着,上面落着薄薄的积雪。有个稻草人,穿着褴褛的衣服,孤独极了。舒文想到未来,一阵恍惚,拍下几张照片,想了想,发到微信朋友圈,权作为这次回乡留作纪念。

途中到了一个小站,上来几位农民,走进舒文这节车厢。他们身上带着寒气,看起来十分疲惫,每个人都是一手拎着装过油漆的空塑料桶,一手拎着脏兮兮的铺盖,衣服皱巴巴的,上面沾满泥点子和淤结的水泥斑。他们边走边用目光扫视,铺盖和塑料桶不时蹭到过道两旁的椅子和人身上,他们笨讷地咧开嘴笑笑,连声"对不起"都不会说。

没有找到空座位,他们又转头走出去,他们的眼神略带失望又因为习惯了失望而显得有些无所谓,舒文一下在他们的眼神里看到了父亲母亲和自己。火车驶过一排灰白色的水泥电线杆,长长的电线像绳子似的紧绷着。舒文站起来,出去看那几位农民在别处找下座位没有。

在连接车厢的过道里看到了这几位农民。他们的铺盖堆在过道角落,桶反扣过来,几个人坐在上面吸烟。车门缝隙不断吹进冷风,他们吐出来的烟被吹得一缕一缕的,像撕烂了的旗帜。这时过来一位乘警,看见他们抽烟,大声说,"没有听到疫情防控期间,为了安全,必须戴口罩吗?"这几位农民马上敛了头脸,惶恐地把手中的烟在桶上捻灭,有个光头手中的烟还剩小半截儿,赶忙小心地装进了口袋里,然后他们把口罩戴上。乘警走了,他们还像做错事的孩子们,低着头。舒文看着他们惶恐的样子,又想起父亲母亲和自己。

终于到站了。人们照例挤成一团。

下车后,舒文望着人流中一张张陌生的面孔,意识到其实不去异地,在家乡也成陌生人了!他有些伤感。

顺着人流往前走,在出站口的铁栅栏前,舒文竟意外地看见了一个熟人——李老虎。他两只脚站在栅栏上,手抓着栏杆,朝里边张望,在人群中格外显眼。

舒文想打招呼,忍了忍憋回去。

上次见李老虎大概是六七年前,那时舒文调到省城五年了。调他的时候舒文的专业水平在省里已经出类拔萃,在全国也小有影响。当时的领导说,单位缺人才,你暂时顶一顶,物色下人你就好好搞专业去吧。舒文以为过上一半年就会有人顶替他,可是一下就是五年,但那会儿,舒文感觉自己在单位还是个新人。

那是大年初五,舒文和妻子、孩子一起回省城,害怕春运期间客流量大,他们提前一小时就到了车站。在候车室挂钟表的那面墙下面,看到了李老虎。李老虎拉着一个几乎到他胸口的黑色行李箱,穿着崭新的羽绒服,牛仔裤上的裤线十分明显,脚下穿着阿迪达斯的仿制鞋,整个行头像刚从生产线上取下来的,他的那个大行李箱特别显眼。

李老虎发觉有人看他,眼光朝这边扫过来,看见是舒文,惊喜地喊了一声,拖着箱子要过来。舒文赶忙制止他,带着妻子和孩子走过去。

李老虎还是那么瘦,他旁边站着一个更瘦的人,是他的妻子。

李老虎是舒文小时候的朋友,属虎,却长得很是瘦弱,大概家里人希望他像老虎一样勇猛，给他起了这样的名字。李老虎的性格确实凶猛，甚至有些暴戾，爱冲动，学生时代隔三岔五和别人打架。三年级时他值日生炉子，烟囱满了，炉子生不着，李老虎拆下烟囱，用砸炭的手榴弹把烟囱砸了个稀巴烂。班长说了他一句，他把手榴弹照准班长的脑袋就扔了过去，幸亏班长躲得快，否则可能会打死人。对舒文却很好。初中毕业后，李老虎早早和社会上的人混在一起，还是爱打架。有次打台球，突然生气了，拿起台球就照别人的脑袋上扔去。据说还跑到少林寺练过一段时期武术。舒文一直读书，后来参加了工作，两人联系越来越少。

在此看见李老虎，舒文有些意外的惊喜，刚想问他去哪里，李老虎却指着舒文的爱人抢先问："这是你老婆？"没等舒文回答，又问："你孩子都这么大了？"然后一股脑地说："你现在有出息，到省城了！当啥级别的领导了？咱们村那拨年龄差不多的人就数你有出息。小时候一起玩，就觉得你特别聪明，啥东西一学就会！学习也不见你特别用功，考试每次都是第一名，人和人就是不一样！买房子了吧？大家都羡慕你……"

李老虎的话一句接一句，声音又高，周围好几个人看他们。舒文尴尬，忙问："你这是去哪里呀？带这么大的行李箱。"

"省城！赶庙会去。"李老虎有点儿自豪地说，"咱现在不打架了，年轻的时候不懂事，老墩炉子，把我爸气死了，老婆跟上也没少担惊害怕。"

李老虎说话一副老气横秋的样子。舒文惊讶地问："赶庙会，干啥呢？"

"套圈圈。你不知道？这些年我一直在赶庙会，起先是耍把式卖艺，我不是在少林寺学过嘛。"

"你真的去过少林寺？"舒文惊讶地问。

"这算啥？我现在套圈圈。一年365天，我最少有300天在赶庙会。不是走了正道，咱也不敢和你搭话。"

"说啥呢，有那么多庙会吗？"

"这你就外行了，不清楚吧？"李老虎得意地掏出一本小册子。

舒文接过来一看，上面是山西、内蒙古、河北、河南、陕西几个省的庙会路线图，真是一个接一个。他没想到世界上真有这么多庙会。好奇地问："这些地方你都去过？"

"不敢说都去过，但离咱比较近的地方都去过。"李老虎一五一十地讲哪里的钱最好挣，好的时候一天能挣七八百；哪里的民风淳朴，不欺负外地人；哪里的小吃好吃，价钱还不贵。讲着，他从手腕上摘下一个磨得油光铮亮的手串说："降龙木你听过吧，穆桂英破天门阵时用的降龙木，这个手串就是降龙木做的，我在五台山五郎庙赶庙会时买的，送给你，辟邪用。"

舒文忙推托说："我不玩这个。"

李老虎不由分说把手串塞到舒文手里说："瞧不起我？不值钱的玩意儿，图个稀罕。"

舒文只好接住端详起来，滑溜溜的手串上有六道清晰的纹理。

"降龙木又叫六道木，它的枝干有六道纹路，切开横截面像雪花一样。"听着李老虎的讲解，舒文觉得这个手串神奇起来。

李老虎接着讲了几次别人欺负他，他怎样还击。

舒文想李老虎毕竟是李老虎，一个人走江湖敢跑这么远，说起哪个地方都头头是道。他想起自己每天在办公室伏案劳作，抬头低头都是巴掌大的一块地方，每天从家到单位，从单位到家，过着钟摆一样的枯燥生活，竟有些羡慕起李老虎来。

忽然有人喊："老虎！"

舒文循着声音一望，是村里比他们小几岁的陈奇发。

"老奇，快过来！"李老虎跳起来招呼。

"我还没买票呢！"陈奇发排队去买票了。

李老虎对妻子说："这下你回去吧，让老奇和我把箱子弄上车就行了。"

舒文吃惊地问："你妻子不和你一起去省城赶庙会？"

李老虎摇摇头说："她不去，她得在家照顾孩子，要上初中了。"

"那你，那你为啥刚才不让她回去？我和你把箱子弄上去就行了。"舒文纳闷地问。

"哪好意思劳驾你，我们是受苦人，你是城市人，领导了。"李老虎认真地说，没有半点讽刺挖苦的意思。

舒文心里一阵阵难受，小时候他们多亲密啊，刚才李老虎给他珠子的时候也丝毫没有芥蒂。他带着好意问："你的票有座位吗？"

"没有，今天来刚买的，没有买下座位。"

"那你和我们挤一挤吧，我们的三张票都是坐票。"舒文希望李老虎点头答应他。

没想到李老虎说："不了，和你们坐一起说不到一块儿，我找老奇去。"说着李老虎就拖着行李箱找陈奇发去了。

舒文心里一阵酸涩，这就是他从小的玩伴儿？他想再说点儿什么，李老虎已经挤进人群里。舒文看见一个大行李箱在艰难移动。

舒文正想着以前的事情，"舒文！舒文！"李老虎看见了他，大声喊着，从栅栏上跳下来，朝出站口挤去，边走边示意舒文出站。

舒文一出出站口，李老虎就过来接他手中的行李箱。舒文忙说不沉。李老虎还是抢了过去。

舒文问："你是来接人的吧？"

"我专门来接你的。"李老虎满脸堆着笑容问，"累了吧？我的车在前边停着。"

"接我？"舒文有些诧异地问，他又想起以前的事情，不由得问道，"你怎么知道我坐这趟车？"

李老虎得意地说："我经常看你的微信朋友圈，看到你今天发的那些照片，就知道你坐火车回来了，省城到咱们这儿就这一趟车，我就想来车站等你吧。这么多年没见，你还是没有变，回家还是坐绿皮火车,现在领导们没有坐绿皮火车的了。"

"我,我没有变。"舒文苦笑了一下。

李老虎说:"上次咱们见面就是在车站。你爱人和孩子没回来?"

舒文说:"孩子明年高考,在家复习,妻子陪他,不回来了。"

"哦,你家孩子学习一定好,有你的熏陶。"李老虎说,"有个好消息告诉你,我儿子读警校了!"

"什么时候?"

"今年九月。本来孩子以后想当老师或医生,我觉得还是当警察好,挣警衔工资收入高,而且家里有个人当警察安全。"李老虎呵呵地笑。

李老虎一说"安全",舒文不由得想起他当年打架的事情。

不停地有人和李老虎打招呼,李老虎总是笑嘻嘻回答:"我接舒文。"每次说这话的时候,他总是腰杆一挺好像挺骄傲。舒文感觉不自在起来。

舒文终于看到了李老虎的车,他竟然开着一辆厢式货车来接他。这是一辆改装过的白色货车,车厢加工过,比一般的货车要高些。

李老虎打开车厢,里面上下两层,一辆挨一辆摆满了碰碰车。李老虎把行李箱放到一辆碰碰车上面,然后打开驾驶室的门,让舒文上去坐。

好多年没有坐货车了,舒文坐上去,忽然的高让他有些不适应,他调整了几下姿势,才舒服了些。

李老虎在发动车之前,掏出一包烟和一只zippo打火机说:"来一根?"

舒文说:"享受不了这个好东西。"

李老虎说:"你们领导都爱惜身体。"点着了烟。

舒文忙解释说:"我不是领导。"随后问:"你现在开碰碰车?"

"是啊,还是赶庙会,哪里有庙会我就拉着碰碰车去哪里。"李老虎得意地回答。

"这比套圈圈好吧?"

"当然了,赶庙会也得紧跟时代、与时俱进。现在人们生活水平高了,不稀罕圈圈套的那些烟啦、酒啦、小玩具了,喜欢坐碰碰车的人却不少,刺激,每次我摆开碰碰车,马上就能把人聚起来,周围干其他的都跟着沾光。"

"那你发财了吧?"舒文笑嘻嘻地问。

李老虎沉默了,眼睛里的光渐渐黯淡下来。

周围那些接站的车开始蠕动,一些家住得不远的旅客拉着行李箱往车站外边走,一些没拉上人的出租车司机还不死心地在等候。

舒文叹口气,想起半辈子已经过去了,说:"咱们回吧。"

"回吧!"李老虎抹了把脸,振作了一些,"刚开始那年真不错,不瞒你说,我这些碰碰车是贷款买的,一年就回本了,接下来连续几年也不错。可惜新冠疫情暴发了,哪儿都不让人群聚集,谁敢组织庙会?本来以为疫情会很快过去,没想到此起彼伏没完了,还是你们上班好。"

火车站的工作人员关上出站口的那道铁栅门,站台上再没有旅客了,那些没拉上人的司机也开始发动车。

李老虎发动了车,他把车开得很快,一路按喇叭,超过了那些拉行李箱走路的人,超过了其他那些接站的车。一段时间没有回老家,舒文看见路两边的房子矮小了,也更加破旧了,许多院门锁着锁子,屋顶上长着枯黄的茅草,在寒风中晃来晃去。

他好奇地问:"这些人过春节也不回来住?"

李老虎说:"不了,这些人好多全家住进了县城,也有的去了市里、省里。你看以前多少人想到咱们这些平川地方住,想办法托人下户批屋基地,现在又往城里拥,条件好的甚至想办法让孩子留在北京。人们不回来了,这就是中国的城镇化进程。"

舒文从李老虎嘴里听到"中国的城镇化进程"几个字,感觉怪怪的。他眼前出现正在建设的雄安新区，已经成为一线城市的深圳，想人会老去，村庄也会老去，但一些地方老去，另一些新生的地方出来了。

到了岔路口，李老虎在一家副食店门口把车停下来。舒文问："干什么？"李老虎说："你在车上等等，我去去就来。"很快他怀里抱着一堆东西出来，打开车厢门一股脑放到后边去。

李老虎上了车，舒文问："你买这些东西干什么？"

李老虎又是满脸堆笑地回答："给你爸买的，都是些不值钱的土特产，我的一点儿心意。"

舒文说："你拿回家自己用吧，我给我爸带东西了。"

李老虎不应答，而是小心翼翼地问："听说咱们镇的孙林书记是你高中同学，是吗？"

"我们以前还是同桌呢，好久没有联系了。"舒文幽幽地说。他不久前才知道孙林到他们镇当了书记，没想到李老虎已经打听出了他们的关系。孙林确实是他高中同学，他们同一年读大学，毕业后又同一年当了乡村教师，舒文先改行来了省城。舒文刚到省城的第二年，孙林专门来找他，希望他能找个关系帮助孙林大学即将毕业的妹妹留在省城。舒文还没站稳脚跟、自顾不暇，哪里能帮了这个忙？舒文请孙林吃了顿饭，吃饭期间两人不停感慨世事的艰难。孙林回去之后不久，也改了行，选择了从政。几年以前孙林到省城办事，那会儿他刚在另一个乡镇当了乡长，吃饭时间打电话。舒文正忙得焦头烂额，领导下午要去开汇报会，他在准备一份讲话稿。孙林说咱们弟兄们好久没有见面了。舒文解释说他实在走不开。大概孙林觉得舒文在找借口搪塞他，从那之后他们再没有联系过。舒文想过，孙林不会因为这件事真正计较他，他不是也没再找过孙林？他们后来不再联系的主要原因是意识到双方选择的路不一样。

"是你同学就好了，"李老虎顿时兴奋地说，"我想请你帮我说说，明年村里要换届，我想竞选村委主任，请孙书记到时候帮帮我。"

"这，当村委主任得村里人选举吧？"

"是得选，自由竞选我谁都不怕，就怕人家内定了人，要是孙书记支持我就没问题了。"李老虎认真地解释。

在舒文的印象中，以前村里的干部谁都不想当，都得镇上的领导动员，现在李老虎竟然想办法在争取，他疑惑地问："你开碰碰车不好吗，为啥要当村委主任？"

"要是没有疫情，开碰碰车也不错，可是疫情不知道啥时候过去……孩子读大学费钱，啥都要和别人比，我不能让人小瞧他……而且当了村委主任，更能实现我的人生价值，这几年我在社会上闯荡，我想……"

李老虎述说着车速慢下来，几次堵住了别人的路，别人按喇叭他才反应过来。

车到了舒文家门口，下车前，李老虎说："这几天你一定要找机会帮我打个招呼。"李老虎帮舒文把行李箱拿下来，然后把刚才买的一大堆东西抱下来。舒文不要，李老虎已经把东西抱进了屋子。

中午吃饭的时候，舒文和家里人聊起了李老虎。父亲惊讶地问："李老虎为啥要去车站接你，还给你带这么多东西？人家现在混得不错，还买了车。"父亲一副羡慕的样子。

舒文讲了李老虎托他办的事情。

弟弟说："要是你同学真帮他，非常有可能。李老虎脑子灵活，胆子大，很多人佩服他。再说他儿子读了警校，人们也给点面子。"

舒文点点头说："我印象中以前谁都不想当村干部。"

父亲喝了一口酒说："以前村里要啥没啥，都是麻烦事，'收摊派''计划生育罚款'都惹人，确实谁也不想当。现在搞脱贫攻坚、乡村振兴，政府不仅不向老百姓收粮收税了，还经常给大家发东西，给村里上项目，当干部既能为下人，还能给自己办事。再说，

把/自/己/折/叠/起/来

当村干部现在挣工资,一个月几千块钱,村里机灵点儿的每天都削尖脑袋往镇政府钻,就想引起领导们的注意。"

舒文问:"那你们赞成不赞成李老虎当村委主任?"

弟弟说:"他挺能折腾的,总比啥事也不干的人强。"

舒文想自己和孙林说说,孙林可能会帮忙,但这么多年没联系,一联系就托人家办事,有些太不好意思了。

舒文本来想把准备调工作的事情和家里人说说,但想到以前每逢人生的十字路口,家里人知道了根本帮不上忙,只是徒增压力,便打消了这个想法,想先斩后奏,到了那边再和他们说。那个省是个著名的旅游大省,有条全国著名的瀑布,小时候在课本里学到过,也在香烟盒上见过,到时领上家里人一起去那儿旅游。搞专业,自己的时间会多些。

除夕夜到了,舒文的各个微信群都非常热闹,这是联络感情的好时候。舒文没有想到,小学同学微信群里李老虎最活跃,不断地发红包,不停地说话,很多人居然围着他转,俨然是中心人物。高中同学微信群里孙林最活跃,发的红包也最大,同学们不停地称呼他孙书记,有几个不停地发恭维孙林的表情包。舒文因为平时很少在这些群里说话,此时也不知道说什么好,索性继续不吭声,但他看着热闹的微信群,想李老虎和孙林还真有些一样。

大年初一,李老虎来了。他一见面就给舒文的父母亲拜年,拜完年后对舒文说:"今天迎喜神的方位是正北,我陪你去吧?"

舒文下意识地说:"我从来不迎接喜神。"说完想到李老虎托他办的事,不知道怎样跟孙林开口,跟着李老虎出来。

村庄里冷飕飕的,这天的天空格外地蓝,好像换了一层新的似的。很多人穿着簇新的衣服,影影绰绰往北走。

路过村口的木材加工厂,昔日这个热闹的地方,现在鸦雀无声,大门紧闭着,越过墙头,伐木的电锯上搭着几条破尼龙袋子,落满尘土。院子里拉着根铁丝,上面挂着些冻得硬邦邦的抹布。

李老虎说:"唉,木材加工厂倒闭了!没人做家具了,也没人盖木头房了!"说着话锋一转问,"舒文,你没帮我说吧?"

"什么?哦,还没说,我正在想怎么说。"舒文一脚把一块小石子踢到远处。

继续往北走是青龙泉水库,通往水库的路两边长满了荒草,还没看见水库,便闻到一股恶臭。

舒文说:"咱们回去吧?"

李老虎说:"再往前走走,看看现在的水库。"

偌大的一座水库,倒满了垃圾,不规则地形成了一座座小山,好多地方已经超过了库平面。塑料袋、破衣服、死猪死鸡、泡沫塑料、建筑垃圾等啥都有。有个地方还冒着黑烟。风吹过来,臭味更浓了;垃圾微微摆动,像水波一样荡漾起来。一只流浪狗跳进垃圾堆,刨了一会儿脚下的东西,跑向垃圾堆深处。

舒文知道青龙泉水库这些年没水了,但不知道被倒了这么多的垃圾。小时候,他们夏天几乎每一个中午都在这里度过,游泳,抓田螺,踩河蚌,有时运气好,还能抓到大鱼或乌龟,这个水库给了他们数不尽的快乐时光。

李老虎喃喃地说:"多么好的一个水库,变成了垃圾堆,即使没水了,也不该糟蹋它。"接着他叹了口气,盯着舒文问:"还记得你第一次下水库游泳吗?"

"第一次?"

"对,第一次!"

那是夏天的一个傍晚,太阳亮堂堂地挂在半空,仿佛白天被定住了。舒文和一群同学来到水库,一些红尾巴的蜻蜓在水面上飞来飞去。大家脱了衣服扑通、扑通跳下去。舒文第一次来,望着水里自由自在游泳的同学们一阵阵羡慕。大家招呼他:"快下来!快下来!"同学们弄起的水珠溅到舒文皮肤上,散发出一阵阵凉意。舒文脱了衣服,猛地向前扑去,他没有踩到预想中的地面,脚下似乎是个无底洞,身子不由自主往下坠去!舒文拼命地大喊,喝了几口水,身子更重了,好像无数双手往下拉他。舒文感觉无数的蜻蜓擦着头顶飞过,耳朵嗡嗡直响,什么也听不清……

同学们看见舒文跳进水里就不见了,惊呆了!谁也不知道他不会游泳。舒文不知道岸边的水就这么深。这时李老虎呼喊着舒文的名字,拼命朝他游过去,他在水下摸到舒文,把他顶在脑袋上,一步步推到岸上。

那件事情只发生在一瞬间,又过去了好多年,李老虎不提起,舒文几乎要忘记了。

舒文不好意思地说:"感谢你当年救了我。"

李老虎问:"舒文你知道我为啥想当村干部吗?前几年水库没水了,我想承包下养鸡。水库底下都是草,草里面都是虫子,弄一张大网,从上面罩住,里面放上小鸡,这样绿色散养长大的鸡一定值钱。"

"为啥没弄呢?"

"人家不承包给我,他们说村里的垃圾没地方倒。当年我要是养了鸡,也不一定去开碰碰车,你知道我在外面赶庙会吃了多少苦吗?有一次别人坐了碰碰车不给钱,还用劲踢我的车,我给人家说好话,人家要收保护费,我不给,被捅了一刀子。我这还算好的,我朋友遇到一件类似的事件,被一刀子捅在脾上,差点儿被要了命。我要是村委主任,就不出去乱跑了,好好经营咱们这个村。这几年国家搞脱贫攻坚、乡村振兴,我会把这些政策实施得好好的,把这儿弄得青山绿水的,哪里会有这么多垃圾?"李老虎握了握拳头说,"人只有掌握了权力才能掌握自己的命运。"

垃圾堆上的枯草在风中摇晃,几条破地膜被吹得飘了起来,像在水中漂浮的海带。刚才那条野狗跑了回来,嘴里咬着块什么东西。

舒文咀嚼着李老虎说的"人只有掌握了权力才能掌握自己的命

运",想起这些年来的奔波,心里有些难受。他说:"我现在就给孙林打电话,看他啥时有时间,咱们见个面,这事电话里不好讲,但不一定管用。"

李老虎说:"只要你能把他约出来,别的我来做。"

第二天晚上,舒文和李老虎提前来到预订好的酒店。请的人除了孙林,还有舒文和孙林的几位其他同学。

安排主位时,舒文让孙林坐,孙林呵呵笑着说:"舒文你现在到省城了,回家乡是客人,当然你来坐。"舒文推辞不过,坐在了主位上。酒过三巡之后,舒文想敬大家酒,孙林抢先举起杯子说:"我先转一圈,从舒文开始,尽地主之谊。"孙林一只手举起酒杯,一只手搭在舒文肩膀上,他嘴里呼出的气热乎乎的带着点蔗糖般的甜味儿,舒文一下觉得他不再是书记了,是他高中时的同桌。

敬完舒文,孙林挨个敬其他同学。不知道是由于这么多年的历练,还是刚当了书记,孙林变得特别谦虚,还不时蹦出句粗话,气氛很轻松快乐。敬到李老虎时,舒文重点介绍说:"今天聚会的都是同学,咱们其他人是高中同学,只有李老虎是我的小学同学!"李老虎看到孙林主动敬他酒,有些激动,端起足有二两的一大杯酒说:"孙书记是我们的父母官,感谢孙书记看得起我,我喝一大杯。"孙林忙说:"咱们坐到这个酒桌上,都是同学,不提官职,同学讲究平等,你喝一大杯我可喝不了。"说完把杯中的酒喝了。李老虎要喝手中的酒,舒文忙制止住他,让他喝了一小杯。

很快大家回忆起学生时代,感慨一眨眼就奔五的人了。同学们谈起年轻时的理想,孙林说:"我那时真傻,想当个电影放映员,觉得每天能看电影就满足了。"另一位同学说:"我才傻呢,想当宇航员!""我才傻呢,我想当演员,专门演小丑。"同学们呵呵笑着,嘲笑着自己当年的理想。一位同学说:"我记得舒文在我的毕业纪念册上写的理想是当一名作家,现在终于实现了,真了不

把自己折叠起来　　295

起！""我——"舒文叹口气，想告诉大家，过了春节他就要到异地去，搞喜欢的专业，但觉得机会还不合适。

谈论这些的时候，李老虎嘿嘿笑着，弓着腰，看见谁的杯中没酒了，赶快倒上；看见谁的杯中没水了，也赶快倒上。看到大家都转了一轮了，他拿起酒瓶，脸上堆着笑说："我走一圈。"李老虎先把孙林杯子里的酒倒满，又给自己倒了一大杯说："孙书记，我先敬您，我干了，您随意。"孙林说："咱们喝得太快了，放慢点儿节奏吧，都少喝点儿。"舒文也说："慢点儿喝吧，不要用那么大的杯子。"话音未落，李老虎已经一仰头喝完一大杯酒。孙林端起杯子来苦笑着说："这么一大杯喝下去，马上就把我放倒了，我可不敢喝。"说着喝完小杯里的酒。

舒文害怕李老虎把控不住，忙问："李老虎，你小时候的理想呢？"

李老虎喝上酒，人像大了一圈，脸上泛着油光，说话声音也高了。他说："我小时候有两个理想，一个是当英雄，另一个是当村长。为了当英雄，我还专门到少林寺练过武术，但是差点儿当了坏人。"

舒文瞟了李老虎一眼。李老虎冲他眨了眨眼睛继续说："咱们生在和平年代，很难当英雄，我就剩下一个理想了，当村主任，也就是现在的村委主任，我觉得这是个很大的官，在这个职位上可以做很多事情。"

同学们都哈哈笑了起来，有人说："你想当村长还不赶紧敬孙书记，他是你们的父母官。"

李老虎拿起酒瓶说："我这人别的没有，就是胆子大，敢担当，你们说怎样敬孙书记？"

孙林忙站起来拦住李老虎说："酒咱慢点儿喝，现在正缺乏有担当、有魄力的干部。"

李老虎说："请孙书记考验我。"没有等孙林拦住他，又喝了一大杯酒。

酒局的气氛越来越热烈,李老虎完全融入舒文同学们中间,惟妙惟肖地模仿起了他在各地听到的方言,逗得大家哈哈大笑。

喝到后来,大家都嗨了,孙林要求每人表演个节目,大家一致鼓掌同意。

孙林带头,唱了一首《向天再借五百年》,气势恢宏,赢得一片掌声。其余的同学有的唱歌,有的朗诵,有个别不会表演的,主动认罚,喝一杯酒。轮到李老虎时,他摇摇晃晃站起来说:"你们都是文化人,有水平,我是个粗人,不会表演啥。"

舒文说:"你刚才模仿那些方言就挺好,再模仿一个吧。"

李老虎摇摇头说:"这次我换一个,不能让孙书记老看重复的,我表演个瑜伽,把两只脚勾到脖子上,能算节目吗?"

大家纷纷说算,兴奋地让李老虎赶快表演。

李老虎把椅子拉开,脱掉外套,卷起袖子,盘腿坐到椅子上,脸肃穆下来。大家也都安静下来。李老虎用两只手抓住两只脚,缓缓把脚抬起来,他的骨头啪啪地响。周围发出轻微的唏嘘声。李老虎的脸马上涨得通红,像在刚才喝酒涨红的脸上又涂了层漆。他加快速度,两只脚一点点往上提,抬到肩膀处时,裤子口袋里忽然掉出一堆东西,打火机、两张银行卡、身份证、一串钥匙,还有一沓钱。舒文心里一颤。李老虎看了一眼,继续往起抬,为了让脚勾到脖子上,他把头低了下来,脸涨得通红,猛地咳嗽起来。

舒文吼道:"好了,好了,可以了,咱们都快五十岁的人了!"

李老虎不听,继续往起抬脚,骨头响得更厉害了,像年久失修的零件要散掉。

孙林的手机忽然响起来,他拿起手机一看,忙做了个噤声的手势说:"张县长的。"马上站起来,伏着腰,边往外走边说:"张县长……"他脸上都是笑,走路的时候两条腿夹着,屁股往下坠,裤子皱了起来,像那儿有条尾巴似的。舒文听到电话里传出个威严而又柔和的声音。

李老虎看见孙林出去,脸上现出失望的神色,犹豫了一下,把脚放下来。

舒文松了口气说:"点到为止就好,咱们这年龄能举到这么高就了不起了,也不是专门练瑜伽的。"

李老虎却一副意犹未尽的样子,低下头去捡刚才掉在地上的东西。

孙林接完电话,李老虎刚把东西拾起来。舒文看见孙林一脸愉快的表情,不由得问:"有好事?"

孙林说:"张县长让我明天陪他一起去省城办点事。"

舒文不好意思地说:"我明天还回不去,不能招呼你们了。"

孙林说:"明天我们有特殊安排,下次去了专门找你!"舒文感觉他们之间的一点儿芥蒂完全消失了。

李老虎等他们说完话,脸上漾着笑容说:"孙书记,刚才差点儿就成功了,我再来。"说罢,他又用两只手抓着两只脚,往起抬。大概怕再有什么事情打扰,这次他的动作比上次快,骨头"啪啪"响得更厉害。可是,就在李老虎把头低下来,脚就要勾到脖子上时,孙林的电话又响了。

孙林拿起手机一看,身子一挺,脸色有些紧张,又有些激动,下意识地掸了掸很干净的衣服,仿佛上面有灰尘,小跑着走了出去。

李老虎很自然地把脚放了下来。

孙林这次出去的时间比较长,回来时脸上带着凝重的神情。有位同学问:"有事情?"

孙林说:"明天市里检查组要下来明察暗访春节期间纪律问题,还有个森林防火督察组也要下来,刘书记叮嘱我那个乡镇是重点。"

舒文想起孙林明天还要陪县长去省城,为他头疼起来。

孙林却不愿意再谈这件事,他问:"刚才勾上去了吗?"

李老虎说:"孙书记,刚才应该没问题了,但等您我放下来了,这次绝对没问题。"话说完，他直接低下头，把脚抬起来。舒文想要阻止，但看到李老虎一副倔强的样子，话到嘴边又咽了回去。大概是有了前两次的练习，李老虎这次熟练多了，但骨头还是在响，好像警示李老虎他已不再年轻。李老虎不管这个警示，继续往上抬，好像要把自己折叠起来。终于李老虎成功地把两只脚勾到了脖子上，团成一个球状的样子，翻出来的脚掌上穿着白袜子，白得耀眼。

四周传来阵阵掌声和喝彩声。李老虎松开手，把胳膊展开，好让大家看明白他把这个高难度动作完成了。正在他得意时，忽然椅子被压塌了。随着惊叫声，李老虎摔倒在地上。同学们惊叫着围过去，李老虎的一条腿还在脖子上，舒文帮忙把它放下来。孙林带点紧张地说："赶紧去医院吧，检查检查有没有事情，我医院有熟人。"其他同学附和，让孙林帮着找个熟悉的医生。李老虎摆着手站起来说："孙书记，我没事。"他说话的时候，一只手扶着腰。舒文说："去医院拍个片子吧。"李老虎再次拒绝，他说自己练过，没事情。舒文看见李老虎坚持不去医院，便说："咱们今天尽兴了，就到此为止吧，以后多联系！"

同学们散去之后，漆黑的天空中有几个礼花升起来，发出绚烂的光。有几粒凉丝丝的东西落到舒文脸上，像雪，又像雨。远处一声长鸣，传来夜火车进站的声音。舒文打了辆车，和李老虎回了家。

回到家里不久，孙林打来电话问："你那个同学没事吧？"

舒文说："应该没事，我把他送回了家。"

第二天一早，舒文去看李老虎，屋门锁着，没有人在。舒文担心，给李老虎打电话，李老虎说："老同学，我没事，昨天就是把腰摔了一下，按摩按摩就没事了。"舒文不放心，问了好几次，李老虎都说没事。

初五，舒文收拾好东西，叫了网约车，准备去车站。这时门口响起汽车喇叭声，李老虎走了进来，一只手扶着腰。舒文打量着李老虎问："你的腰还疼吗？"李老虎说："没啥大问题，再按两次就没事了，孙书记真关心人，还惦记我，问过我一次。"李老虎脸上浮现出幸福的样子。舒文说："那就好。你忙吧，我叫了车，马上就过来。"李老虎说："舒文你和我见外，我都说好要送你，还叫车？"

门口停的还是那辆改装过的货车，李老虎刚刚洗过，上面没擦干净的地方结了冰花。李老虎打开车厢，帮舒文把行李放进去，招呼他上车。

正月的街道没有腊月拥挤，每家店铺门前挂着大红的灯笼和大红的对联，出了街道，那些没人住的房子也贴着红色的春联，一直通到火车站。

李老虎要帮舒文提行李进候车室，舒文忙说："我来提，老虎你回吧，谢谢你！"李老虎没有坚持，但跟在舒文后面说："时间还早，我陪陪你。"舒文抬起头，发现他们正站在候车室的钟表下面。几年时间过了，钟表还是老样子，不紧不慢地走着，只是墙刚刚刷过，比以前白。

很快四五十平方米的候车室里挤满了人，李老虎不停地谈当了村委主任的打算，舒文听见时间在嘀嘀嗒嗒地走，好像衣服洗了后往下掉水珠。他想到要去的异乡，想时代在往前走，人要往前看，要把命运掌握在自己手里。

开始检票了，李老虎说："这下你进站吧，我不陪你了，一路顺风。"说完他像城里人那样拥抱了舒文一下。

舒文随着人流进了站台，正月初五，坐绿皮火车的人还是这么多。但每个人都戴着口罩，和几年前不一样了。

《收获》2023年3期发表，

《小说选刊》7期、《长江文艺·好小说》7期转载

父亲和我的时代

一

清明节过后十多天,气温没有像想象的那样一路走高,而是一连热了几天,寒流来了。人们放进衣橱的厚衣服被翻出来,还有些准备洗的衣服又穿上;许多花开了一半,被冻掉了。

下了班,天色已暗,昏黄的路灯像发蔫的花朵,照在行走匆忙的行人身上,使他们忙碌了一整天的脸显得更加疲惫。我往地铁站走,情绪极度低落。每隔一段时间,毫无规律地,我的情绪就会低落几天,整个人陷入虚无感里,觉得干什么都没有意思。这次又进入情绪低潮期,但和以前不一样的是,这次不是虚无,而是失望,就是你感觉到某种东西的价值了,而且恐怕这个世界上只有你感觉到了,可是抓不住,这比虚无更让人绝望。

那是半年前,几位朋友吃完饭回家的路上,我忽然意识到:我、我的这些朋友、大街上每个人和每个家庭,都有些问题,这些问题有的别人一眼能看出来,有的看不出来,甚至当事人自己都意识不到,有时还把它当成优点。我把它称作隐疾。我为自己的发现兴奋,当时就和身边的朋友说:"我要写个小说,叫《隐疾》,要是能把它写好,绝对是个突破。"

用了一个多月时间,我写完这篇小说,可是觉得没有想的那么好,便又断断续续修改了几次,可还是达不到自己想要的那种效果。尤其是最近这次，修改时兴致勃勃，认为完全能把握好了，可是改完之后还是感觉有些地方不对劲。我对自己越来越失望。

这时父亲打来电话。我已经快进地铁站口了，他的电话像是给我的"隐疾"做注释。

我的情绪更低落了。

父亲一般情况下不主动给我打电话，除非喝多了酒。只有一次例外。

那是前年农历三月十八。那天晚上八点多，我在学校门口接女儿，父亲打来电话，我以为是他要责怪我三月十八没回去。

三月十八是我们镇上每年一次的大集，为了纪念春秋时期的晋国大夫羊舌氏遗留下来的。每年这个时候，镇上挤满了方圆几十里来赶集的人，卖东西的从镇子西头的羊舍寺到东头的奶奶庙，一家挨一家挤得满满的，到处都是圆滚滚的人头和卖东西的吆喝声。

这是父亲以前最忙的日子之一，因为是大集，镇上几乎每户人家都有亲戚朋友来，家家户户都要提前收拾屋子。父亲作为镇上最好的裱匠，自然忙。

那时，谁家里要是来了城里的亲戚或朋友，会被邻居们羡慕好久。

我去了城里后，开始每年三月十八都回去。那时，母亲还健在。每次回去，父亲都会一早出门去买刚出锅的猪头肉，挑他认为最好吃的猪嘴唇；订好二瞎子的碗坨、刘桐的豆腐。中午和晚上，他都会提前一会儿收工，路上逢熟人就和人家开玩笑，不等人家问，就高兴地说："西西回来了。"回了家，脱下干活的衣服，倒上半盆水，洗头发和脸。为了省钱，他总是用洗衣粉，说洗衣粉洗得干净。洗完涮一次，就急匆匆坐到炕上叫我吃饭，头上未冲干净的泡沫在阳光下五彩斑斓。

二〇〇二年母亲检查出得了癌症，父亲收拾东西，第二天就要去内蒙古打工。我说父亲疯了，不去医院陪母亲，跑内蒙古干什么？父亲说内蒙古挣的工钱多。母亲住了三个多月院，父亲一次也没有来过医院，但是每次医院发来催款单，父亲很快就把钱搞来了。

几个月后，看到实在没希望了，母亲闹着不再住院，我们便顺着她出了院，带上药物，回到老家县城在门诊化疗。父亲也从内蒙古回来，给母亲煎药，收拾家里，还要干活，每天忙得晕头转向。但父亲还是很爱干净，每次带着母亲去县城化疗时，都换上走亲戚时穿的衣服，胡子刮得干干净净，头上飘着洗衣粉的香味儿。

一年之后母亲去世，父亲刚五十出头，顿时变得像被海浪冲到沙滩上的泡沫。他不再用洗衣粉洗头发了，衣服脏了也不再换洗，人变得非常邋遢；也不再到处开玩笑了，与人在一起半天不说一句话。整个人黑乎乎脏兮兮的，看上去比六十岁的人都老。

我劝父亲和我一起到城里，城里到处搞建筑，凭父亲的手艺，找点活儿不成问题。可父亲坚决不肯来。他继续待在村里干着裱匠营生，拼命攒钱，每次我回家，父亲总要有意无意唠叨自己攒下多少钱了。有次我听着不耐烦，便说："你一个人攒啥钱，吃得好点儿，穿得好点儿，就相当于攒下钱了。"父亲听了脸色一变："现在这世界，没钱哪里行？你妈要不是没钱……"确实，母亲的病我们认真带她看了，还是去的省城三甲医院，但我后来才知道，看病和看病不一样，三甲和三甲也不一样，在北京的大医院，有更先进的治疗办法。我们去的是省城的三甲医院，转弯抹角通过亲戚认识了一位泌尿科的大夫，母亲得的是贲门癌，是他帮着母亲化疗、放疗的……

父亲一直独自待在村里。

我结婚时，朋友一半村里的，一半城里的。在城里办时父亲没有来。

我有了孩子，父亲没有来城里看过一次。虽然每次回了老家，父亲总要对孩子说："你想要啥爷爷给你买。"孩子因为和父亲打交道少，总是摇头说:"啥也不要。"

好多次，我和妻子担心父亲的身体，劝他搬到城里和我们一起住。父亲总是说，住在村里好好的，去城里干什么？

我租了多年屋子，终于买下楼房。搬家的时候，按照当地风俗，要请老人先在里面住几天压房，给父亲打电话。父亲说:"我这几天正忙，走了没人看门。"

父亲用这个借口一直搪塞我，至今不知道我城里的家在哪里。

渐渐地，三月十八我回去得少了。因为有时三月十八不是星期天，我不想为了赶集请假；有时即使是星期天，忙得也回不去；关键是和父亲待在一起太闷，他的状态也让我不舒服。但是每年这时候父亲仍然希望我回去，一到时间就给我打电话。

那次我琢磨该怎样和父亲解释时，父亲说:"我用的那台小收音机坏了，你给我买个新的吧。"说完就挂了电话。

父亲打电话总是这样，从来不寒暄，有啥说啥，说完就挂电话。我站在马路牙子上，一下有些反应不过来。在此之前，父亲从来没有问我要过东西，每次回家我主动给他带点儿烟酒食品、衣服或钱，父亲不仅拒绝，还经常数落我。

我回想父亲口中坏了的小收音机模样，想了半天，一点儿印象也没有。一群一群的学生从我面前走过，沙沙的脚步声像风吹动树叶在飘，我没有想到这是放学了。

忽然有个声音飘过来，说:"爸爸。"

我一看，女儿已经站在了我前面。

我愣了愣说:"你爷爷让给他买台小收音机。"

"小收音机！为啥不给爷爷买台电视机呢？"女儿好奇地问。

"为啥不给爷爷买台电视机呢？"我心中重复了一下这句话，叹了口气。

关于给父亲买电视机的事情，我和妻子提过好多回，父亲总是拒绝，他说怕干活不在时被贼偷了。我不知道父亲是真的怕被偷了，还是心疼钱，与妻子商量，她也拿不准。

有一次，我们回到老家，父亲正好不在。妻子说："咱们给爸把电视买下吧，先装上，爸回来看见装好了还能不要？"我觉得妻子说得有道理，我们便打了出租车专门跑到县城，挑了台电视机让人家送回来安装好。父亲以前只要看见我们回来了，不管事先干什么，见到我们总是满脸堆上笑容。这次一回家，笑容堆起了一半，看到电视机，马上笑容收敛脸就黑了，他说："我说过不要这玩意儿，你们买来干啥，给我招贼啊！装下你们用吧！"说完就要走。我拉住他问他要去哪儿，父亲哆嗦着说："你们不听我的话，我去哪儿不用你们管。"妻子气哭了，说："不值钱个东西，偷就被偷了去。"父亲看见妻子哭，有些慌，口气软下来，他说："给人家退了吧。咱们后院那家人家经常没人在，锅还被人偷了，弄个电视不是把我拴在家里了？怎样做营生？"父亲这样说，我们只好把电视机退了，来往打车钱，差不多一百块，父亲不算这个账。

女儿看见我叹气，说："那咱们给爷爷买台好收音机。前几天我在文具店看到一种小收音机，特别漂亮。"

那天晚上，女儿和我一起在网上帮父亲挑选收音机。女儿说的那种收音机原来是最新潮的猫王收音机，它的外壳是塑料加木头，还有手动旋转按钮，看上去有老款收音机的味道，却都是最新的科技，信号接收、音量、音质都是一流，不到三十厘米长，却完全克服了以前小箱体收音机的硬伤。我觉得很适合父亲，听从女儿的建议，选了款绿色的。

挑好后，女儿蹦蹦跳跳写作业去了，我还在想父亲原来收音机的样子。忽然觉得就是父亲现在这个样子，灰突突的，有的地方油漆碰掉了，有的地方摸得油腻腻的，拧开开关，刺啦啦响半天啥也听不清。

那一刻，我忽然意识到父亲老了。这么多年来，我像钉钉子一样拼命把自己往城市里钉，结婚、生孩子、给孩子找好点儿的学校、买房、还房贷,一件事接着一件事,慢慢竟忽略了父亲。偶尔想到他,觉得他像村子里到处可见的老树,不管天旱雨涝,到了春天总可以发芽、抽条,从来没想到他会老。

几天之后,父亲打来电话,高兴地说收音机收到了,他正在和刘桐听。旁边传来刘桐的大嗓门:"这家伙真不赖,收的台多,声音还又高又清楚。"

刘桐的豆腐真好吃,那时每次回家,父亲总要订刘桐的一块豆腐,迟了就卖完了。可是刘桐老婆癌症去世后——唉,村里当年得癌症的人不少——刘桐的腰就突然直不起来了,他做不成豆腐了,简单打点儿零工。母亲去世后,父亲便经常和他在一起。

听到刘桐的声音,我想待在村子里也可以,毕竟到处是熟人。但挂了电话,还是有些不放心,便抽时间回了趟老家。

见到父亲的一刹那,事先想见他时的热情少了一半。父亲还是那副老样子,褪了色的衣服脏兮兮的,都快夏天了,还穿着领口磨得油光发亮的厚毛衣,外面套着厚厚的中山装。胡子许多天没有刮,头发更少了,露出一大截黑乎乎的光脑门,像发霉的葫芦瓢。我怀疑父亲日常脸也不洗。

父亲看到我,咧嘴一笑,露出歪歪扭扭的又黄又黑的牙齿。

我有些心酸,连问了两句:"那么多衣服,为啥不换个干净点儿的?春天了还穿这么厚的毛衣,不热?"父亲继续嘿嘿笑着回答:"不热。过几天不忙时就换。每天不是去地里,就是刷家,穿不上个好。"然后他又说,"以后千万别给我买新衣裳,以前买下的还都在柜子里放着。你妈那会儿给我做的一套中山服,还新新的没怎样穿哩!"

和父亲每次见面,几乎都以类似的对话开始,我简直失望透顶。要不是我的父亲,这样的人在街上看见,我不会多瞧一眼。

进了老屋,黑乎乎的,大白天父亲连窗帘也不摘。到处是土,挨着邻居家的那道墙还裂了条缝子,糊着一道长长的纸条。

我说:"这房怎么住?已经裂开了缝。"父亲满不在乎地笑着说:"能有啥事?裂缝是李大家的房子窜过来的,我已经糊好了,没事儿。"我哭笑不得:"缝都能看见,怎么能没事?用纸能糊好?"我伸手摸了一下那条缝,墙皮簌簌往下掉。我说:"爸,你岁数大了,别给人们裱家了,跟我住到城里,门口就是一个大公园,里面有很多老人。"父亲说:"我可不跟你到城里住,能把人憋死。"说着他把一个大的空纸箱放在那道裂缝前,说,"现在一般人叫我裱家我也不去,但有的人耐不过。人家用了我几十年,老关系,叫我哪能不去?"

然后父亲笑了,他说:"你看,你一回来,家里就有耗子了。"我问:"哪有?"一回头,一只耗子嗖地蹿进了柜子底下,同时窸窸窣窣的声音在几个地方响起。我问:"以前没有?""没,没这么多吧?"父亲犹疑不决地回答,"它们闻到了你带回来的东西的香味儿。""要不你养只猫吧?"我想起女儿常常嚷嚷想养一只猫,有只猫做伴也不错。"要猫干啥!"父亲断然拒绝。

那天吃饭时,陪父亲喝了些酒。父亲很爱喝酒,小时候经常见他喝醉,母亲病故后,父亲除了给别人裱家时喝东家的酒,自己酒也不买了。父亲见了我高兴,喝了两大杯还要喝,我劝不住,喝完第三杯,他喝多了,控制不住自己说:"要是你妈现在活着多好,帮你们看看孩子,我种点儿地。她没福气……"说着就落泪了。

我说:"你找个做伴的吧,我妈走了这么多年了。"

父亲的眼泪更多了,鼻涕也流出来,粘在胡子上亮晶晶的。

我撕了块卫生纸递给他。

他胡乱擦了擦,无力地说:"不找了……"

耗子在屋子里乱窜,开始还只是在柜子底下、顶棚里,后来胆子越来越大,竟然跑了出来,有一只还大胆地用爪子扒我带回来的放食物的盒子。父亲看见,拿起来把它架到柜子顶上。我一看,上面炫耀似的一溜摆着几个盒子,都是我带回来的。

我说:"给你带回来的东西趁新鲜赶紧吃,放到那儿管啥用?耗子也不怕高。"

父亲大着舌头说:"都能吃完,一会儿把刘桐叫过来让他尝尝。"

回城前,我给父亲留了点儿钱,告诉他一定要把屋子修好。父亲坚持不要,他说他有钱!告别之后,父亲一回屋子,我就清晰地听到里面传来收音机的声音:十三号台风可能于明天登陆或擦过海南岛。

二

我在地铁口停下,风像剔骨刀刮着人身上不多的热气。这次电话里父亲的声音被风扯得时断时续,我躲进附近的便利店,让父亲大声重复说一下,才听清楚他的话。

父亲好像变了。他第一句话是问:"西西,你忙不?"

我说:"刚下班回家路上,爸爸你有啥事?"

父亲说:"西西,你给爸爸买个智能手机吧。不用买贵的,能上网、能发微信、能拍照、能录音就行。"不知道父亲在哪儿打电话,声音皱巴巴的,好像冻得在哆嗦。

"爸,你干啥用?"

"不用买贵的,能上网、能发微信……"父亲重复着自己的话。

4G网刚开通时,我提出给父亲买部智能手机,父亲不要。以为他怕我花钱,我把退下的智能手机给他,他也不要。他说就打个电话,要智能手机干啥?现在主动打电话要!

我捉摸不透父亲要手机干什么,但手机比收音机好玩得多,想父亲是不是真的有啥想法,便赶忙去最近的手机店挑选。天色更暗了,路灯比刚才亮了。街上的行人还是急匆匆的,但在疲惫的面色中,多了些画着精致妆容、大概去赶饭局的女孩;也有些衣着正式、衬衫领子和袖口露在外面的很干净的男人。我想到父亲,摇了摇头。

选好手机，让销售人员在上面安装了微信、QQ与一些视频和游戏软件。

过了三天，父亲打来电话说手机收到了。然后又扭扭捏捏地问："西西，你以前不是说有退下来不用的手机吗？这会儿在不在了？"

我好奇父亲问这个干啥，回答说："在啊，有好几个。"

父亲说："你给我寄一个吧，刘桐用。"

刘桐的声音在旁边说："还不知道能不能弄成。"

没有等我再说话，父亲匆匆挂了电话。我不知道父亲和刘桐在弄什么，把自己不用的好几部手机都给他寄了回去。

父亲收到智能手机之后，我想通过手机联系人加他的微信，没有找到，以为他不玩这个。时间一过便忘记了这回事，继续沉浸在关于自己的"隐疾"中。

有一天，父亲突然打来电话，让我加他的微信，帮他在微信朋友圈里转发一下视频。我欣喜父亲终于有变化了，赶忙加上他的微信，打开发来的视频。

父亲在施肥，他穿着脏兮兮的蓝色中山装，头上脸上都是土，不多的头发被风扬起，上面沾着碎草屑。他施的肥黑乎乎的，父亲捧着一把，用我们老家的方言说："这是纯天然的羊粪，我们的农产品不用化肥、不打农药，是真正的绿色食品。"视频中的父亲样子很认真，像背课文的小学生。因为他的认真，方言听起来特别生硬、难听。

原来父亲让我转发这样的内容。看架势，他要卖啥农产品了。

小时候有段时间，父亲在家里嘀咕要开店，因为他有位朋友总说孩子们大了很费钱，趁现在小，应该多挣点儿钱。而几乎每位来找父亲裱家的人都要问哪儿的麻纸好、哪儿的立德粉好，开个卖五金杂货的小店，生意肯定坏不了。在朋友的怂恿下，父亲终于把老屋隔出一间门店，要与朋友一起投资开，两人商量好了小店的名字。那位朋友把营业执照办下来后，父亲突然改变主意，他说自己的性格不适合经商。

现在父亲竟要做微商了，我不知道是好事还是坏事。想起微信圈里被我屏蔽掉的那些卖东西的朋友，做微商一定很难，怎样能让别人信任你，买你的东西？我们镇坐落在山西中北部，就是抗日战争史上夜袭阳明堡飞机场和雁门关伏击战发生的地方，一半盆地，一半山丘。人们在盆地种些玉米、高粱等大田作物，山坡上种谷子、荞麦、胡麦、豆类等小杂粮，没啥特别的东西，谁买呢？而且想到父亲邋遢的样子，如果被朋友们看到……我便没有帮他转发，想过段时间，父亲或许会知难而退。他不适合干这个。

没想到到了晚上，父亲在微信里问我："怎么没有看到你转发的视频？"

我不知道该怎样回答父亲，便索性装作没看见他的信息。侥幸地想，父亲刚用微信，大概不太熟悉它的功能，能糊弄过去；或者，他能猜测到我的想法，不再问。

但是第二天一早，刚打开手机，就窜出父亲的微信。他还是问怎么没看到我转发的视频。

没办法搪塞了，想到父亲的执拗，便不情愿地转发了。

很快，下面跟了些评论。

待在村里的那些同学最活跃。他们平时根本不理会我发的关于文学的内容，对父亲的视频却很感兴趣，评论五花八门：

"你爸爸老了。"

"有空儿多回村里看看。"

"美不美，家乡水。"

……

这些人根本不可能买父亲的任何东西，因为大家种的都一样。有几个文学圈的朋友，点了赞，我怀疑他们连视频都没看。只有一位说:"粒粒皆辛苦!"他肯定不知道这是我的父亲。

几个亲戚都用关心的语气问候父亲的身体。一位妗子语重心长地劝我别让父亲种地了,让我把他接到城里。

我后悔转发这条视频,一条都没有回复。

到了傍晚,父亲的微信又来了,这么多年,我们从来没有这么频繁地联系过。这次他是来批评我的,他说朋友圈要互动,你不回复别人的留言,人家就不会给你点赞、留言了。

给父亲买手机,居然带来这么多麻烦。我好奇父亲怎么知道我没有给别人回复,打开微信,老家的那些同学和亲戚们居然都是父亲的微信好友,而且他们每个人都转发了父亲的视频。父亲在每一个人转的视频下都点了赞,还说谢谢。看着父亲邋里邋遢的样子出现在一个又一个熟人的微信朋友圈上,我脸有些发烫。

父亲做微商首先肯定是想挣点儿钱。作为我们这一带最好的裱匠,记忆中找父亲裱家的人得排队,需要提前半个月甚或一个月来预约。父亲每年过了正月初五开工,一天接一天干到大年三十还干不完。因为忙,父亲顾不上管家里,每到过年的时候,别人家的屋子请父亲裱刷得白白的,我们家的屋子黑乎乎的,而且父亲每年都顾不上,屋子越来越黑,进去就令人沮丧。家里其他活儿父亲也顾不上管,年货都是母亲一个人备,因为这,母亲一急就和他吵架,别人家过年快快乐乐的,我们家过年总是很紧张。近几年,找父亲裱家的人家越来越少。村里的好多人搬到县城住楼房去了,尤其是那些年轻的、刚结婚的;还有些在村里的喜欢上现浇房,住中式结构房子的人越来越少。以前像父亲这样裱家的人纷纷改行去做装潢。但如果只为了挣钱,父亲这样的性格好像有点儿说不过去。

尤其是听说父亲为了用手机发信息,竟然买了拼音挂图挂家里认真学拼音,更加让我不可思议。记忆中父亲读过几年小学,年轻时还做过大队的会计,挺爱读书。现在老了再去学拼音?

过了几天,父亲又给我打来电话,很认真地说需要帮他一个忙。我对父亲的电话已经有些头疼了,我情愿他问我要一些东西,哪怕贵些也不怕。现在他这样认真和我说话,我预感不大好。

果然,父亲说:"你在外面工作,认识的人多,拉我进你的几个微信朋友群。那里面肯定有许多人需要绿色食品。"

我一听头大了,怎么能把父亲拉进我的微信朋友群呢?便回绝道:"拉不进来,进这些群都要群主审核。"

父亲不死心地问:"你和他们说一下不行吗?"

我说:"人家都是搞文艺的。"

父亲叹口气,挂了电话。

拒绝了父亲,我心里有些不安,想父亲这样着急是不是缺钱?便给他微信转账发去个大红包。父亲打都没有打开,回复说他不缺钱,这些年挣的钱连他死后打发也够用了,只是想让我多帮他做宣传,多帮他加一些微信好友。

父亲走火入魔的样子让我担忧,我便给村里的几个同学打电话,询问父亲的情况。他们都说父亲现在像变了个人,以前见了人不怎么爱说话,现在见个人就想加人家的微信,每天想方设法增加微信好友。他们这样一说,我想到地铁、公交车、广场、商场,那些手里拿枝鲜花或棒棒糖,觍着笑脸挨个儿求人们扫他们微信的业务员。父亲以前特别不爱求人,现在怎么变这样了?

我又问他们,父亲还在学拼音?好几个人说我父亲不仅学,还学得挺好。培训班的学员拼音比他好的现在估计不多,县里来的老师和村里的第一书记经常表扬他!

他们这样说,我心里一凛。

我带着好奇的口气,问他们父亲裱不裱家了。他们说裱,父亲建了个微信群,把那些叫他裱家的人都拉了进来,还让人家帮他宣传。想到父亲灰头土脸的形象像漫山遍野的野草,出现在越来越多人的手机上,我心里怪怪的。

晚上,梦见父亲。他来我家了,带了好多煮熟的玉米。每天早上，他拿着玉米到公园门口，见人就迎上去，送人家一个玉米，和对方讲，加一下我的微信吧。每天早上他都带着好多玉米出去，晚上兴致勃勃回来，午饭也不回来吃。

芒种过后十多天，父亲又发来他的视频。他在锄草。这次他脱下长衫了，却换了件穿过很多年的湖蓝色半袖衫，当初那鲜亮的湖蓝早已褪去，变得发灰，像湖水被大面积污染了。父亲满脸的胡子和头发连在一起，像从草堆里长出来的一棵最高的草。

我气愤给父亲买了那么多件新衣服他不穿，总是让我转发他邋里邋遢的视频，便索性关掉朋友圈，告诉父亲最近加紧写个东西。父亲这次没有多说，给我发了一个竖起的大拇指。

三

关了朋友圈开始不习惯，总觉得会错过什么，隔段时间就想摸出手机来瞧瞧。但这确实让自己安静了一些，而且时间好像突然长出来了。我想怎样能让父亲摆脱当前这种状态，想了半天，也没有个好办法，就像父亲以前那种状态我没办法一样。

我便想自己，假如我是个成功的人，父亲还会这样吗？不说别的，我要是很有钱，父亲肯定不用像现在这样辛苦种地，更不用考虑怎样去卖东西。他也许会安心地把自己收拾得干干净净，搬到城里，像周围那些老年人一样，去公园里下下棋、听听戏、打打太极拳，隔段时间报个团出去转悠一下。即使他自己不爱收拾，也可以雇人为他收拾，理发刮胡子洗衣服算个啥事情。再说，他不干活了，人就干净了，我们见过的有钱人里，哪个邋遢？

这样一想，原因竟然在自己身上。我忽然觉这几年过得虽说辛苦，实际上却还算安逸，并没有狠下功夫去打拼。正想着，女儿放学回来，一进门就喊："累死了！"却习惯性地打开书包，往出取作业。她每天都这样，早上六点四十从家里出发去学校，晚上八点四十左右才能回来，中午在小饭桌吃点儿饭，休息时还得写作业，晚上回来还得再写两个多小时作业。

望着女儿尖瘦的下巴，我拿起手机把起床闹钟往前调了一小时，调到早上五点钟。

第二天闹钟响了，我起床时妻子迷迷糊糊问："干啥？"我说："写东西。""几点了？""五点。"妻子翻个身继续睡觉。我坐在书房电脑前，有些犯困，进入不了状态，便想起父亲。这辈子，他几乎一直在干活，人们用老黄牛形容勤快的老百姓，父亲就是。他一刷子一刷子裱家，把我供养大，上了大学，给母亲看了病，攒下自己老了的钱，还要种地、做微商……

女儿吃完饭，上学走了之后，我收拾完家里去单位。心想以后每天早上都五点起床，写一小时小说，晚上也要写东西，最起码写到女儿睡觉时。

晚上下了班，一回家就直接坐到电脑前。女儿放学回来看见我在写东西，打招呼说："爸爸我回来了。"吃完饭，女儿写作业，我继续在电脑前写东西，直到累得不行了，才关了电脑，看书。快十一点钟的时候，听到女儿扣上笔袋，洗漱完上了床，我才去睡觉。

第二天女儿上学前，说老师让他们买几本课外参考书。去了书店，给女儿买好书后，我忽然看到了拼音挂图，想起父亲用拼音挂图练打字。我想自己普通话不好，与别人交流总受影响，为啥不像父亲那样，认真去练，把普通话学好？

女儿放学后，看到书房里挂了张拼音挂图，疑惑地问："爸爸你买这个干啥？"然后她大声向妻子说："爸爸返老还童了，在书房里挂了张拼音图。"

我说："你爷爷用拼音图学拼音。"

女儿问："你想爷爷了？"

我说："我用拼音图学普通话。"

女儿笑了，她说："老爸你太搞笑了，用拼音挂图学普通话？

想学我教你。"

我让她赶紧写作业去。

我打开电脑,搜索"学习普通话",一下出来好多网页。选了一个众多网友推荐的视频,跟着学了二十分钟。

学完之后,舌头好像长了,又好像短了,吃饭时还咬了几次。女儿和妻子都笑我。

我又跟着视频学了二十分钟。

只有两天时间,发觉以前有些咬不准的字能说清楚了。也许是心理作用,我决定坚持下去。

慢慢地,妻子和女儿习惯了我对着电脑练习普通话。有时女儿有字不会念了,还问我。

一段时间后,妻子好奇地问:"你最近怎么不出去吃饭了?"

我反问:"这样不好?"

妻子回答:"好呀!喝上酒臭烘烘的,对身体也不好。"

心一静,关于"隐疾"突然来了灵感。我推倒以前的开始重写。

沉浸在创作中,父亲的事情我不太多想了,反正想也帮不上多大忙。

转眼间到了九月,天气渐渐凉下来,早晚已经得穿长袖衫。中宣部在浙江大学办了个培训班,我们单位有个名额,安排我去了。

课后大家经常聊天,培训班快结业时有次聊起各自的家乡。我讲到雁门关、滹沱河、抗战,忽然有位同学问:"你们那儿的小米是不是不错?"

我说:"是,我们那儿好多人在坡地种小米,熬上稀饭特别香。小时候我们每天早上喝小米饭,就咸菜,现在我早上最爱喝的还是小米饭。人的胃有记忆。"

另一位同学马上接着说:"小米加步枪,小米很有营养。"

我说:"是啊,小米很有营养,价钱还不贵。我们那儿女人坐月子每天喝小米粥。"

几位同学听了，都想买点儿小米，让我推荐。我犯了愁，小米这东西，老家到处都有卖的，但好喝的和不好喝的差别很大。有的熬上特别恋锅，颜色金黄，最上面还有一层米油；有的寡淡寡淡，颜色发白，也不好喝。我平时都是去超市买，虽然大多时候还不错，但万一给同学们买上不好的……

忽然想到有次父亲好像谈到在种什么"羊粪小米"，给他打电话。父亲的手机意外地占线，等了好长时间，才把电话打进去。我问父亲能不能买下好小米。父亲大概没有想到我问小米，有些意外，马上回答："新米刚下来。今年咱家种的是羊粪小米，完全没污染，口感特别好。"

我找到父亲的微信朋友圈，让同学们看视频，但没有告诉他们这是我的父亲。学习时，为了方便，我又开了朋友圈。

耕地。施肥。播种。禾苗长出来了，绿油油的，刚开始只是尖尖的一个头，然后一天一个变化。父亲记日记一样，在朋友圈里记录着谷子成长的过程。几天过去，已经冒出一截儿。然后父亲锄草、施肥，施的是羊粪肥。长出谷穗了，刚开始手指头肚那么大，慢慢变成狗尾巴那么大。突然长出虫子了，父亲对着镜头说："我们不打农药。"他每天用小刷子蘸着烟蒂泡的水刷谷穗，好半天才刷完一只。刷谷穗的时候，父亲的脸拼命往上凑。我知道他眼花，看不清那些小虫子。他抬起头来的时候，脸上沾着黑一道、绿一道的植物汁液。谷子地一眼望不到尽头。

同学们没有把视频看完，就敲定了买父亲的小米，五斤、十斤下了订单。那天帮父亲卖了五十斤小米。

第二天父亲告诉我已经发货了。他说："西西，你认识的人不一样，以后有机会多给我介绍啊！"

培训班结业后没几天，一位西藏的同学给我打来电话。我有些诧异，他这么快就和我联系？没想到他开口就说："西西，你介绍的米贵，熬上不好喝。"

我心里咯噔一下,赶忙说给他问一下。

我给父亲打电话,父亲听完后说:"西西,放心,我还能让你丢脸?"

几天后,西藏的朋友又打来电话,他说:"我错怪你介绍的那位卖米的大爷了,是我们这儿的水有问题。以后我就吃他家的小米。"

我不清楚父亲怎样处理的,忙去问。

父亲说:"咱的米能有啥问题,我自己种的还不知道?肯定是他的水出了问题。我给他又寄了三斤小米,同时寄了三瓶矿泉水。我告诉他说你熬的米不好喝,可能是水的问题,这次你用矿泉水熬上,不要拿你们的水,要是不好喝就是我的米有问题。"父亲笑了一下,"一个地方有一个地方的水土,他们那儿和咱们的水土不一样。一用矿泉水熬上,他就告诉我好喝。"

我心里叹服父亲能想到这么个点子,说以后有朋友要小米,我就给介绍。

父亲说:"我不光卖小米,还有核桃、蜂蜜、酸枣、荞麦、胡油、土鸡蛋。需要啥有啥,质量绝对没问题。"

四

中秋节和国庆节挨着,连在一起放假。关于《隐疾》又完成了一次修改,成了五万多字的中篇,却还不是很理想,哪个地方差点儿什么。想到有段时间没见父亲了,便带着稿子回了老家。

一进院子,看到辆破旧的宗申125摩托车,以为是谁放到我们家的。

见到父亲,发现他居然变了。还是穿着旧衣服,但没有那么多土和污渍了;胡子刮过不久,露着整齐的花白的胡子楂;头发好像刚洗过,飘着久违的洗衣粉的味道。看到父亲这样子,我心情顿时和前几次都不一样,高兴地说:"这样穿得干干净净多好,不用别人看,自己就感觉舒服吧?"

父亲有些不好意思地解释:"今年地里的活儿干完了,裱家的营生也少。"紧接着问,"喝水不?刚坐开。"又说,"我今天还得发几笔货。"

听着父亲前言不搭后语的话,我心里暗暗有些好笑。前几年进了十一月、十二月,地里没有任何活儿了,父亲也不愿意换洗衣服。但我没有继续这个话题,而是随着父亲进了屋子,说:"这次带了盒双合成的月饼,还有几只螃蟹,你尝尝。"

屋子里明显比以前亮堂了,最显眼的是墙上挂着的拼音图,大小和我家里的差不多,但上面密密麻麻有许多铅笔画的道道和对钩。墙不久前刷了,白得耀眼。紧贴着墙摆着一排小货架,上面整整齐齐摆着小米、玉米面、高粱面、核桃、蜂蜜、酸枣、荞麦、胡油、土鸡蛋……阳光斜斜地照在这些东西上面,暖乎乎的。循着光线望去,以前那黑乎乎的窗帘不见了,玻璃也擦过,没擦干净,上面有些道子,但比以前干净许多。

又觉得屋子明显比以前宽敞了,想了想,原来是以前堆着的烂胶皮、废纸箱、玉米棒子不见了。

父亲坐到桌子前埋头填单子。我走到他身边问:"哪儿的订单?我帮你填吧。"父亲说:"好,那你来吧,你的字好看。"北京十斤小米,广东五斤核桃,西藏二斤蜂蜜、五斤小米,太原十斤胡油……父亲的订单真是五花八门,哪儿的都有。他的这些土特产哪儿来的?家里没这些东西,正准备问,忽然有张订单引起我的注意,非洲多哥二十斤小米。

我惊讶地说:"这儿有个非洲的!"父亲却不在乎地说:"多哥,西非的国家。买米的是中国人,援建非洲。上次他家里的人推荐买了我十斤小米,感觉好喝,这次要二十斤。"父亲竟然把小米卖到非洲了,还是我从来没有听说过的多哥,我惊讶地问:"非洲一斤卖多少钱呢?""二十块。怎样也是出口吧!"父亲有些自豪。父亲这样淡定让我惊讶。我想象这二十斤小米漂洋过海,寄到西非的中国人手中的情景,觉得父亲有些神。

填完订单,我望着拼音挂图问父亲:"你怎么就想起做微商的?以前你不是说你的性格不适合经商吗?"父亲干咳了一声:"本来也没想过做这个,村里第一书记组织培训,没人去。人家就说去一天给五十块钱,还管饭。人们谁也不信这是真的,刘桐拉我去看,去听了几节课,觉得人家讲得有道理,想试试吧。一试还行,反正现在裱家的也少。"

听了父亲的话我有些好奇,问:"去了真一天给五十?"父亲把订单用夹子夹好说:"只给贫困户。""哪儿来的钱?"父亲翻了翻订单说:"人家上头专门拨的。这会儿贫困户实惠可多哩,娃娃们上学不用花钱,看病大部分给报销,房子破了花钱给修,你妈那会儿要是碰上精准扶贫,说不定……"听到父亲又要往伤心事上扯,我忙打住问:"啥条件能当贫困户?"父亲说:"西西,咱不用想,你有工作,爸爸评不上贫困户。人家一笔笔给算收入哩!"知道父亲领会错我的意思了,我说:"爸爸,我不是叫你当贫困户,我是说咱们村不是贫困村吧?有贫困户?""咱们村?是,不是,大概不是,但有贫困户,刘桐就是。"

我叹口气,打开月饼盒,取出一块月饼递给父亲说:"爸爸,你尝尝,双合成的,可酥了!"父亲接住月饼,撕开包装,用两只手捧着,咬了一口说:"酥!真酥!"

这时门外有个女人的声音喊:"李师傅,李师傅在吗?""在,在。"父亲放下月饼,把手里的月饼渣子倒进嘴里,迎出去。是镇上以前的赤脚医生月仙,她拎着个篮子说:"李师傅,家里有人?""月仙,进来吃个双合成月饼,西西回来了。"

月仙进来了,这么多年没见,月仙也老了。人特别瘦,脖子上的青筋很明显,放篮子的时候,袖子缩回去,胳膊细得麻秸秆似的，上面也是一条条青筋。父亲递给她一只月饼。"双合成！我还没吃过双合成呢，在李师傅这儿尝尝鲜。"月仙接住月饼，却没有当面对着我们吃，她说："又有蜂蜜了。"父亲说："今天卖了二斤，前几天还卖了点儿。""好赖有了个微信，要不咋卖这些东西呢？"

月仙走了之后，我指着货架问："爸爸，这些东西不都是咱家的？""咱家哪有这么多东西？除了小米和胡油，别的都是给人代卖的。"说到这里，父亲忽然神秘地问，"你知道我现在有多少微信好友？""五百！"我大着胆子猜，觉得自己有些开玩笑。父亲摇头："再猜！"我意识到自己说少了，狠狠心说："八百。"父亲得意地笑了："两千，我现在有两千个微信好友！"我有些纳闷，父亲待在村里，每天见来见去的就这么几个人，怎么会加上这么多微信好友？

这时对面卖猪肉的牛二家媳妇过来，她说："西西回来了。"然后说："李师傅，你给我打个字。这个字不知道咋念，怎样也打不出来。"父亲看了看，嘀咕了一句，很快在她手机上打出来。有人喊买肉，牛二媳妇赶紧跑出去了。

我说："爸爸，你真用拼音图学打字？"

父亲用手挠挠后脑勺，拿起刚才吃剩下的月饼，继续用两只手捧着说："不想求人嘛！刚上微商课的时候，老师在上面讲，我们在下边练，我想写几句话，经常被不会拼的字卡住。打不出来，就问和我挨着的人，这个拼音是怎么写？人家帮我打出来。但总麻烦别人不合适，我想自己一定得学会，便开始学。咱毕竟老了，念上几遍也记不住，看到人家现在小娃娃们学拼音都用挂图，觉得这个东西一定管用，便买了一张挂家里，每天看着念，慢慢就记住了、会拼了。现在大部分字用拼音都能打出来，有的打不出来，赶紧手写一个。"

那天，不知不觉和父亲聊了很多，这么多年来，我们第一次说了这么多的话。我决定，第二天与父亲一起去县城寄快递，看看他怎样发货。

第二天早上,飘着些细雨。我说:"打个车去县城吧?"父亲说:"一斤米能挣多少钱,还打车?你怕雨别去了。"我忙说:"我是怕你淋了雨感冒,这么多东西坐公交不好弄吧?"父亲说:"咱们骑摩托车去!我那儿有摩托。"父亲指了指院子里。"谁的摩托车?"我问道。"我买的,二手货,还不到一千块,骑着这个东西方便。"我越来越搞不清父亲了。十几年前,父亲坐摩托车摔了一跤,扭了腿,从那之后认为摩托车不安全,再不敢坐了,现在居然买了辆摩托车。

货真不少,光米就装了两大袋子,还有十斤胡油,包里还放着些核桃、蜂蜜。父亲把它们绑到摩托上,苫住。我和父亲抢着开摩托车,争执了半天,决定由我开。

出发的时候,雨不大。我们俩穿了雨衣,想半路雨可能就停了。摩托车行驶在公路上。漆黑的柏油路面淋了雨,冒着缕缕白气,路边的树叶半黄了,随着雨滴沙沙往下掉,田野里昆虫的鸣叫声高一下、低一下,好像要把这阴云撕开。我和父亲有一搭没一搭说着话。

没想到还没走一半路,雨毫无征兆地突然大起来,雨点噼里啪啦打在路面上,溅起一朵朵水花,像白色的棉桃纷纷在坠落。气温骤然间降低了。雨水顺着冰冷的雨衣往下流。

我说:"咱们找个地方避避雨吧。"父亲说:"万一雨一时停不了呢,咱等到啥时候?"我没话说,只好继续往前开。雨水打得眼睛睁不开,怕出事儿,不敢往快开。车子扭了几下,差点儿摔倒。我扭回头喊:"搂紧我!"车子又扭了几下,父亲犹犹豫豫地把手放在我的腰上。我说:"搂紧!"父亲抓住了我的衣服。我感觉父亲的雨衣比我的软。

四周灰蒙蒙的,雨像棍子那样一截一截接连不断掉下来,打在身上,然后断掉。耳边到处都是唰唰的雨水声和公路上哗哗的水流声,偶尔汽车驶过,溅起高高的水柱。不知道多少年没有这样在雨中走过了。

好不容易进了县城,天更黑了。父亲指引我到了寄快递那儿。一停车,坐在后座上的父亲像从水里捞出来的,全身都湿透了。原来他怕把货淋湿,脱下雨衣包了货。

我责怪父亲傻,这些货卖完挣的钱都不够看场病。赶紧找了块毛巾让他把脸上的雨水擦干,让他把外面的衣服脱下来拧干,然后又把我的雨衣脱下来让他两件套一起穿上,这样总会暖和点儿。

快递营业员和父亲很熟,开玩笑说:"你们就不能迟上一天?"父亲嗑着牙齿说:"不行,一迟就失了信用了。我不想等,接下单就想发货。"我不知道说父亲什么好。

因为下雨,快递公司只有我们一笔业务。营业员上来就打真空包装、装箱子、称重。他的动作娴熟,但我还是感觉慢。隔一会儿看看父亲,父亲像一只被雨淋湿的老鸟,缩着身子不停地哆嗦,衣服上不时往下掉几滴水。我暗骂自己糊涂,父亲让冒雨赶路,我为什么要听他的,万一他生病了怎么办?

好不容易发完货,已经一点多。雨一直下。

我说:"吃火锅去吧,太冷了。"

父亲不去。他说:"火锅那么贵,有啥吃头,吃碗面就可以了。"

我坚持要去,我以为我一坚持,父亲就会妥协。没想到我出了门,父亲不仅没有跟上,反而朝另一个方向走了。我叹息一声,父亲根本没有变,还是那个执拗的父亲。我只好随着他,一起去吃面。

吃面时,点了个什锦砂锅,要了二两白酒。装满白菜、豆腐、粉条、黄花菜、木耳、土豆、烧肉、丸子的砂锅热气腾腾端上来后,父亲问:"很贵吧?"我说:"不贵,基本是素菜,没几片肉。"父亲夹了一筷子放嘴里,马上吐着舌头说:"真烫!"然后说,"好吃,为啥你妈在的时候没让她尝尝?"我回答不上来。那个时候,我也没有吃过砂锅。

吃饭中间,父亲不停地看手机。我说:"好好吃饭吧,吃完饭雨停了回家。"父亲不听我的话,吃几口就看几眼。

从小到现在,这是唯一一次和父亲在饭店里吃饭。我不想被手机破坏掉这难得的时刻,而且父亲刚淋了雨,想让他多吃点儿热饭,便不断说他。父亲终于不耐烦了,他说:"你吃你的就行了,我不给人家回复不礼貌。"说完这句话,父亲大概意识到口气有些硬,解释道:"我们做微商,对的都是零散客户、家庭用户。人家现在问你,你不回答,可能就订别人的货了,所以得及时回信息。"

看着父亲一本正经地解释,我想起小时候吃饭时我爱看书,父亲催我快点儿吃,我不耐烦了便回嘴,父亲从来没有发过火,而是放慢速度等我。母亲不耐烦了便说我们两个,埋怨父亲起了坏的带头作用,父亲总是呵呵一笑,抓抓他那时浓密的头发。我不催他了,耐心地等他回复人家。父亲的表情很认真,有时打字还一个字母一个字母把拼音念出来。

这顿饭吃了很长时间,汤也被父亲喝得干干净净,他边喝边说好喝。喝完汤,父亲舒展了一下身子说:"不冷了。"

雨已经停了,天空亮了起来。

到出发时,父亲又接了两单生意,都是小米。我说:"你这微商做得不错啊!单子还不少。"父亲说:"微商关键是做信誉、做回头客,不像电商走的量大,微商走的量小,一次几斤、十几斤,多也多不过二十斤。客户一般都是老客户,吃得好还能介绍给别人,不敢不理人家。"父亲似乎还在为刚才的事情解释。

我赶忙岔开问:"是不是买小米的人多?""是,今年种对了。咱们这儿是革命老区,镇上瞄准小米加步枪宣传,人们买账。现在大伙都吃健康食品,越是有钱越爱惜身体。人们生活水平普遍提高了,好多人不会在乎多花几块钱买点儿健康食品,有人还专挑贵的买。关键是怎样让人家相信你的产品没问题。"

"那咋弄呢？"

"村里第一书记联系的和'雁门沃土'合作，人家提供种子、羊粪、有机肥，地里还上着监控。不让上化肥，不让打农药，保证绿色健康。"

父亲把袋子和雨衣卷起来，我去发动摩托车。

父亲跟在后面说："像刘桐，老脑筋，怕种多谷子卖不了，还是种玉米。种玉米还是老办法，上化肥、洒农药，根本卖不上个价钱。九亩玉米我和他一起卖的，卖了九千块，除去开销三千五，挂了一吨炭两千，只剩下三千五，一年的光景怎样过？以前给铁矿上看门，还能挣点儿钱。现在查环保，铁矿停产整改，村里想办法帮他，让他看井房。刘桐后悔没种谷子。"

城内街道上路还是湿的，出了县城，公路已经干了。天蓝得接近透明，似乎天空上面还有个天空。路两边地里传来蟋蟀的叫声，嗓子被雨水润过，一点儿也不像秋后的蚂蚱，清脆嘹亮像夏季稻田里的青蛙。

我想起手机里父亲刷虫子的视频，问他："羊粪小米的产量怎样？"

父亲回答："不如以前用上化肥产量高。今年谷子长了虫子，我们说打点儿农药吧，人家说不能打。结果虫子把谷穗头吃了，减产了。但人家也说了，刚开始不用化肥产量低，坚持上几年，地就养过来了，产量会提高。而且有虫子也不怕，只要坚持不打农药，慢慢地里会长出虫子的天敌。"

我想起《寂静的春天》。

父亲在摩托车上扭了扭身子说："关键是这种小米好卖，现在上化肥的小米，一斤顶多卖上五块钱，还不大好卖。我们的羊粪小米一斤卖十八块，要得多的话，能便宜些，也卖十五块。"

"十八块不错，能顶半箱牛奶了。"

"可不。城里人喝奶的时候咱们喝米，现在他们爱喝米了，村里的人们喝奶。现在好多人家给小孩订奶,但我还是爱喝小米。"父亲说着打了个嗝,脖子上暖烘烘的。

我问:"地是不是得隔离?你不用农药,别人打农药会影响吧,而且农药的影响不会一下消失。"

父亲说:"人家隔离了,不打农药不施化肥的地集中到了一起。只要坚持不用农药,地里残留的危害物三年就可以消除。"

"那你们现在也不是完全的无公害?"

"这个没办法。"摩托车扭了扭,父亲说,"但我们的总比别人的公害少,而且只要三年就没了。"

回到家里,我对父亲说:"热点儿水洗个澡吧,别感冒。"要是以前,父亲肯定说:"哪能感冒了,没事。"现在点了点头,任我去热水。

父亲洗完澡,居然穿了套新衣服出来。说新,其实是前年我给买的,但一直没见他穿过。父亲穿上它,人立马精神了许多。

一出来,父亲就看手机,马上欢呼起来:"有人要十斤家鸡蛋,我去刘桐家看看。"我问:"咱家不养鸡,每次卖的鸡蛋都是别人家的?""一个村的,给别人帮帮忙嘛。刘桐可怜的。"

我说:"我去吧。"父亲说:"要是多,你一起拿过来吧!"

巷子里几个工人正在挖排水沟,村里要改旱厕。刘桐家的门虚掩着,我敲了几声,听到有响动,走进去。刘桐从屋里走出来,他看上去比父亲老,整个人腰塌了下来,上半身几乎与地面平行着走路。看我时,头费力地抬了起来,露出掉了门牙的嘴。

我忙快步走上去说:"刘桐叔,我爸问你有没有鸡蛋,有人要十斤。有的话,让我一起拿上。"刘桐说:"西西,鸡蛋有。让你爸过来喝酒啊,你回来他都叫不出来了。"

刘桐返回去取鸡蛋时,几只母鸡被公鸡追赶着在院子里乱跑。湿地上都是鸡爪子印、玉米粒、鸡屎和五颜六色的鸡毛。

刘桐拿着一篮子鸡蛋出来。我问:"多少斤啊?"刘桐说:"让你爸称吧,叫他过来喝酒。"看着刘桐扬起的脑袋,我感觉别扭,赶忙告别。

回到家里,爸爸称出十斤,还剩下几个。他说:"咱们晚上炒着吃。"我打趣问:"不卖了?""卖个啥?咱买了,以前不知道家鸡蛋好吃。"父亲说。

小时候家里养着几只鸡,下蛋后母亲和父亲从来舍不得吃。每天早上,母亲用炭铲给我在灶火里煎一只,其他的攒起来,够了一斤就卖给一位退休后从城里回来的老人,母亲还非常感激人家买我们的鸡蛋。卖了鸡蛋的钱,我们买猪肉和方便面。

五

这次回来,感觉比以前好许多,父亲的样子变得让我欣慰,而且他没我想的那么孤寂。几天时间,不断有人来找他,有的让他帮忙卖东西,有的问他手机上的一些事情,有的向他问询小米的价钱,有的叫他去喝酒。光月仙就来过好几回,我想起小时候她给我们屁股上打针,酒精擦上去凉凉的,像有雨点坠落下来,她的人走近也凉凉的,不像村里一般女人总有浑浊的气味儿。牛二家媳妇一天能问父亲好几回字,这女人读书时比我高几级,觉得她挺好看,现在也不年轻了。

每次这些人来找他,父亲眼里总是冒着光,没有一次不耐烦。我带回的月饼,父亲大多给来找他帮忙的人吃掉了。甚至,有一次有人买小米,我看见父亲没有卖自己的,把月仙的先给卖了。我意识到父亲非常享受这种被人需要的感觉,甚至能让他找回以前的快乐。

我这样想的时候,有人来找父亲裱家了,父亲正在看手机,马上就答应了,说第二天去。那人走后,我对父亲说:"你现在做微商不是挺好?把自己种的东西卖出去,赚点儿钱,还能帮邻居卖东西。裱家那么高的屋顶，不停爬上来爬下去，年轻人也累，你这么大年龄！"

父亲放下手机说："做微商和裱家怎么能一样，微商谁不能做？裱家是咱们家的祖传手艺，你爷爷传到我手里几十年了，总不能让它断了吧？"父亲说着情绪渐渐低落下去，人也顿时好像黯淡了。

父亲原来还是愿意裱家。

我担心父亲的身体，便想索性和他好好谈谈，让他打消再去裱家的念头。我说："爸爸，裱家好是好，但你总不能裱一辈子吧。岁数大了，做做微商挺好的，不愿意做了，跟我住到城里。"

父亲拿起手机回复了一条信息说："趁现在能干动的时候再干干，再老了，想干也干不了了。"父亲笑了一下，笑容有些萧瑟，接着说，"那会儿恐怕也没人裱家了！"

我心里一阵难受。本来想好好劝劝父亲，他这样一说，我啥都不能说了。

第二天一早，父亲换上以前干活穿的旧衣服，又变成灰扑扑的样子。

他背上东西，出门的时候望了望我说："你能帮我处理一下订单？"我虽然不愿意父亲去裱家，但还是赶忙点头。父亲把手机给我，说："隔会儿就看看，咱回得不及时，人家可能就买别人的了。"我说："我啥也不干，就盯着这个。"父亲说："也不用老盯着，隔会儿看看就行。别担心，我知道自己的身体没问题。自从做开这微商，感觉记性变好了，以前当天说的事，转身就忘，现在谁买了我的东西，买了多少斤，过去好长时间我还一笔笔记得清清楚楚。身体也比以前精神了。"

父亲走了之后，我隔会儿看看他的手机，奇怪，一个单子也没有。是不是人们都在度假，不买东西？但前几天父亲在家的时候也是假期呀，每天都有订单。倒是有人进来找他，都是和微商有关的。

晚上父亲褛家回来的时候,我看见他走路有些拐,忙问怎么了。父亲轻描淡写地说:"从凳子上滑脱了。"我让他掀起裤腿,看看摔伤没有。父亲不让看,他说:"睡觉前煮点儿艾条水泡一泡就好,以前腿疼的时候一泡就好。"我不知道父亲腿疼过,忙问:"你以前什么时候腿疼,为啥不和我说?"父亲知道自己说漏了嘴,忙回答:"疼得不厉害,一泡就好。"我一边自责,一边望父亲。父亲衣服也没换,就拿起他的手机看起来。

今天真是奇怪,问询的客户也很少。我不好意思地解释说:"我一直在盯着,一次也没错过,但……"父亲失望地问:"一个订单也没有?""没。"望着父亲头上和脸上的土,我更加不好意思了,仿佛这是我故意搞的。父亲见我不好意思,说:"正常,我也碰过没单子的时候。"父亲这样说,我心里好受了点儿,但还是觉得自己没本事,便和自己的几位朋友联系,让他们从父亲的微店里买点儿东西。

很快,父亲就说:"咦,有个订单。"刚处理完,又出现一个。我说:"还是你在订单多。"父亲呵呵笑着说:"都一样,可能人家晚上闲下来了,才有时间买东西。"

睡觉之前,我烧了一大锅水,把艾条泡进去,很快艾条那青苦的味道弥漫到整个屋子里。父亲卷起裤腿,飞快地把脚泡进盆里,大概怕我看见他的伤,但我还是瞥见他脚踝那儿擦破了,而且有些发青。

我说:"明天别去了,去医院拍个片子。"父亲说:"没事,泡泡就好了,不能给人家扔下半拉子营生。"我说:"情况特殊嘛,先去检查吧!""我的脚我知道。"父亲不理我了,埋着头边泡脚边看手机。我摇了摇头,知道说不动父亲。水快凉的时候,我又加了点儿热水,出去买了些红花水和云南白药膏。

第二天吃早饭的时候,父亲还是边吃饭边看手机,但速度比前几天快得多。吃完饭，把七八张单子放在桌子上说："这是今天要发的货，我去裱家了。"说完他拖着有点儿瘸的腿出了门。望着父亲的背影，我把单子看了看，这些订单只有一张是陌生人的。

帮父亲发完货，边看他的手机，边想我的小说。想法很多，但乱糟糟的，便买了两瓶酒去找刘桐。巷子里的工人们已经把排水沟挖好，在装水泥管。

一进门仍然是看到满院子的鸡。进了屋子发现刘桐正在家里看直播，怪不得我进门时他没有听见。刘桐看见我，把手机搁在桌子上，瞟了瞟我手里的东西。我忙说："爸说你爱喝酒。""你爸才爱喝。"刘桐反说了一句，听不出他什么意思。我把酒放桌子上，看见刘桐手机里正播放着采摘葡萄的视频。采葡萄的是个年轻女孩子，很像电视镜头里经常出现的那种农民，人漂亮不说，衣着还整齐干净，精神头十足，动作也行云流水，看着很舒服。

刘桐看到我注意他的手机，呵呵一笑说："看人家这女人，干活都这么漂亮！"我笑了笑说："确实漂亮！"刘桐从我的笑容里大概解读出了不同的意思，他说："大概人上了镜头就好看，你爸的，人们也爱看。""我爸？"我想起他让我转发的那些灰扑扑的视频。

刘桐看我有些怀疑，大声说："以为你是你爸的粉丝呢，你看看你爸有多少粉丝！"刘桐说着寻找父亲的视频。"你们这是哪个网站？"我不由自主地问。"抖音。"刘桐回答。抖音我从来没去过，一直以为年轻人在玩，没想到父亲他们这个年龄的人也玩。我问："你们玩抖音多长时间了？"刘桐说："几个月了吧，刚开始做微商时老师就教我们在各种平台上宣传自己。""各种平台？"我计算时间，比父亲让我转发微信上的视频稍微晚一些。

"是啊，微信、抖音、快手、哔哩哔哩……都是我们的平台。"说话间，刘桐打开了父亲在抖音上的视频，许多是我在微信里看到的父亲的视频，只是抖音上拍的时间更长、更连续。视频下面跟着许多回复，没想到几乎都是理解和赞美父亲的：

"农民真伟大！"

"我想吃你种的谷子！"

"我一定买你的小米！"

"大爷，你太美了！"

……

我一个个浏览下去，抖音上有父亲种谷子的全部过程，这些视频应该都没经过什么加工。春天，父亲站在未播种的土地上，风吹拂着他乱糟糟的头发，像地上不起眼的一颗土坷垃。夏末他刷一个一个谷穗上的虫子，脸上花花绿绿。秋天捧着被虫子咬掉头的谷穗，满脸沉重。所有的镜头中，父亲都灰溜溜的，满脸皱纹，完全是个老农民形象，是我熟悉的那个邋遢的父亲。但又如此陌生，我发现这些镜头里的父亲没我以前看的那么难看，反倒是有些说不上来的美。

刘桐看见我发呆，大声问："你爸玩得怎样？"我声音有些不自然地回答："很好！"离开他的屋子。

出了刘桐家巷子，挖水沟的工人们歇下来了，坐在地上抽烟。有个人脱了鞋用一只脚抓另一只脚，脚底板的袜子破了，长着老茧的脚底板黄澄澄的，像几只铜板。

下午，我到镇上最大的便利店买了一条鲈鱼、一只三黄鸡，还买了一瓶父亲平时根本舍不得喝的二十年老白汾。回到家里，炒好菜，炖上鱼，等父亲。

晚上，父亲干完活儿回到家里，端起我给他沏好的茶咕咚喝了几口说："脚不疼了，我说艾条水泡管用，你还不信。"望着父亲灰头土脸的样子，我忽然想给他把外套脱下来。刚一伸出手摸到他的衣服，父亲吃了一惊，扭了一下身子问："干啥？"我说："爸爸，我给你把外套脱下来。"父亲抖了抖肩膀，甩脱我的手说："西西，我自己来。"说着麻利地把衣服脱下来。我接过父亲脱下来的衣服，闻到一股刺鼻的汗腥味儿，拎在手里又重又硬，像盔甲。便趁父亲不注意，掏出衣服口袋里的东西，把衣服泡进脸盆里。

父亲看见衣服被泡到脸盆里，大声说："明天还穿呢！"我说："也不是没衣服，换一件吧，我把这件给你洗洗。"父亲说："西西，不用你洗，我自己来。"我给盆里边倒洗衣液边说："爸爸，洗把脸，先吃饭吧。"

端上菜和酒，我问父亲玩抖音的事情，我说："爸爸，你经常玩抖音？""是啊，"父亲回答，"老师说做微商要努力借助所有平台。抖音、快手、哔哩哔哩我们都经常用。"父亲说这些时漫不经心，就像我小时候玩玻璃球、香烟盒。我忙端起酒杯和父亲喝酒。

我们快把一瓶酒喝完时，父亲有了几分酒意。他说："要是你妈现在活着多好，帮你们看看孩子……唉，裱家的营生也越来越少了。"

我给父亲倒了杯热水，想岔开话题。想起父亲的视频，问："爸爸，你直播过裱家吗？"

父亲一下愣住了。

我说："爸爸，既然你害怕这门手艺失传，为啥不多宣传宣传？说不定人们看了视频，会感觉裱家比装潢更好，又时兴起裱家呢！"

父亲倒了一杯酒，独自喝了一口问："人们爱看吗？"

我说："这和种谷子不是一样？农民们觉得平常，城里人可能就看着稀罕。裱家大多数人没有见过，中式房冬暖夏凉住着舒服，裱家用的材料成本低，还环保。现在装修一套家多费钱，用的材料还不安全，不是老听说有人装修完家得了白血病？"

父亲陷入沉思，连着喝了两口酒。我怕他喝多，给他夹了条鸡腿，让他趁热赶紧吃。父亲啃着鸡腿，嘴上都是油，蹭到脸上，灰暗的脸多了光泽。

喝完酒，给父亲热了水，让他用艾条泡脚，我拿出小说翻起来。父亲带着酒劲儿问："西西，你看啥呢？""我写的东西。""写的啥，能给我讲讲吗？"

我给父亲讲起《隐疾》。父亲的两只脚泡在盆里一动不动，像盆里泡着两块石头。水凉了，我加了点儿热水，继续讲下去。以前只是自己弄，发表以前很少像这样给别人讲，讲着讲着，我突然意识到了问题，停下来。父亲用脚在盆里划了一下问："接下来呢？"我说："我得再改改，改完给你讲。"

六

第二天，父亲出门时，带上了自拍杆。我说："爸爸，我和你一起去吧。"父亲有点儿羞涩地摇摇头说："西西，我自己能行。"

我其实见过父亲裱家，还跟上他裱过两天，那时根本没觉得他的技术有多么了不起。那是高考后，等待分数的那段日子闲得没事儿干，父亲说和他一起裱家去吧，我就去了。那时村里人对考大学没现在这样执着，我也一样，想的是考上就有城镇户口和工作了，考不上，跟着父亲裱家。当时干了点儿什么，完全记不起来了。只记得中午在东家家里吃饭时，我夹了一大筷子咸菜，一吃，味道特别怪，扔掉又不好意思。父亲发现了我的窘迫，他说："西西，你咸菜是不是夹多了，给我点儿吧！"我赶忙把剩下的都给他。看着父亲津津有味地吃着，我纳闷父亲为啥不嫌它的味道古怪，又试着夹了一根，差点儿没吐掉。晚上回到家里，父亲对我说："以后去了别人家里吃咸菜，千万要先夹一根尝尝，有的人家的咸菜腌得很臭。"

父亲走后，我去找刘桐，让他帮着找父亲直播的视频。

还是在抖音。

父亲从熬糨糊开始直播。他的腿看起来还有些拐，他端着半锅白面在炉子上费力地搅。熬糨糊看起来容易，每年贴春联的时候许多人自己熬，但父亲讲过，糨糊的稠稀生熟关系到纸能不能粘牢，这个度是个技术活儿。父亲把糨糊熬好了，黏糊糊的一锅，像白色的果冻，看不出来有什么特别。

顶棚架子前两天已经搭好，而且已经裱了一部分，今天父亲主要是裱剩下的部分。父亲先是把糨糊抹在旧报纸上，然后拿着浸透了糨糊的报纸爬上高凳，往顶棚架子上贴。父亲爬上高凳的一刹那，脚奇怪地不拐了，一步一步爬得很有力。报纸贴好后，父亲用刷子在下面均匀地刷几下，报纸粘住了。父亲又下来拿另一张报纸。父亲不断地重复这个动作，中间还不停地挪凳子。

接下来，父亲又用同样的方法在这层报纸上粘了一层报纸，糊两层报纸是为了顶棚牢固耐用。我以为这次会快些，没想到和上次一样，花了足足有一小时。中间父亲休息了一次，喝了一罐头瓶茶水，抽了两根烟。

底子打好，接下来糊麻纸。父亲还是老办法，又是一小时。

两层报纸、一层麻纸，不光牢固耐用，还节省费用，据说是父亲发明的。以前人们三层都用麻纸。现在有的有钱人家还是三层都用麻纸，但麻纸比报纸贵多了。村里人用的报纸都是从学校、储蓄所、供销社、乡政府等一些公家单位讨来的旧报纸，根本不用花钱。

糊这三层纸看起来简单，其实很需要技术，要使三张纸牢牢粘成一体。糊不好，三层纸三张皮，一干就崩开来了；有时弄不好，整个顶棚会一起掉下来。村里其他几位裱匠，就出过各种各样的问题，但父亲裱的家，敢保证十年不会坏。

糊好纸之后，父亲又喝了一茶缸水，抽了两根烟，开始刷立德粉。这时他已经干了三小时活儿了。以前刷干涂，有了立德粉后，刷上屋子更白，就不用干涂了。

刷立德粉之前得先把立德粉调好，调立德粉又是一个技术活儿。浓度大小和后期效果密切相关，而浓度又必须和纸结合考虑。

父亲把调好的立德粉倒进一个小盆里，端着小盆踏上高凳，一只手端着盆,一只手拿着刷子,一刷子一刷子把立德粉刷在麻纸上。凳子够不着了,他把盆子放在上面,下来挪一下凳子,再爬上去继续刷。父亲刷的动作很熟练,一张麻纸刷几刷子,几分钟刷完,都好像有节奏,我想到刘桐手机里那位摘葡萄的女人。

一间屋子刷完了,工作暂时告一段落。父亲下来抽烟、喝茶。刚刷完的顶棚发暗,看不出效果来,需要干了,再刷一次,干掉,效果才明显。

父亲有意识地把镜头在屋子里扫了几圈,没有一滴糨糊和立德粉滴下。这也是父亲高人一等、被津津乐道的地方。大部分裱匠刷家,汤汤水水,东西滴得到处都是,刷完后人们得擦洗好长时间。父亲刷家,家里东西几乎不需要挪动,刷完之后,原来是啥样,还是啥样。

我突然灵感来了,给父亲拍个记录视频,从撕旧顶棚开始,把父亲裱家的全过程完整地拍下来。我给一位熟悉的姓禹的年轻导演打电话,说想请他帮我拍个纪录片。导演问:"什么纪录片?"我说:"关于我父亲的,他是我们这一带最好的裱匠,从前每年从大年初五一直忙到年三十,每天有活儿干。现在年纪大了,裱家的人也少了,他担心技艺失传,我想把它拍下来。"导演说:"匠人,我感兴趣!"

刘桐在旁边听到我的电话,羡慕地说:"你爸生了个好儿子。"我脸红了,以前听这种话总是很自豪,现在却觉得怪怪的。

回城前一天,和父亲约定再有裱家的营生告诉我一下,我带导演来拍个片子,把裱家的过程记录下来。父亲很高兴。他送我出门的时候,问我家的地址,详细到哪个小区哪个单元哪层楼几号。我想父亲是不是想来我家了,又一想觉得不大可能,他现在除了裱家还要做微商,哪里能走得开?

我把详细地址发到父亲手机上,对他说:"爸爸,我给你买了个泡脚盆。"父亲说:"你又乱花钱,洗个脚,要啥泡脚盆?"

回到家里，很快收到父亲寄来的一大堆东西，小米、核桃、红枣、蜂蜜、胡油等。父亲告诉我，这些东西都是绿色食品，没有任何问题，可以放心吃，如果哪位朋友需要，帮他推荐一下。

我开始集中精力再次修改《隐疾》，父亲的视频不时出现在我的脑海中。

我没再关掉微信朋友圈，但不发东西，也不看其他人的，只每天悄悄看父亲发的内容。父亲的朋友圈居然不光发视频了，他还发一些配着文字的图片。这些图片和视频不一样，拍得极其漂亮，文字也很煽情。我想不是我们那儿政府请专业人员设计的，就是"雁门沃土"弄的，父亲他们没这个水平。

比如，一堆黑花生上面摆几颗外皮鲜红的花生米，黄澄澄的小米装在白色的大铝盆里，色彩诱人。下面配着文字：

过十五吃得再好，我也离不开这两样，黑花生是最好的干果，小米是养生食物最好之一。羊粪小米又叫月子小米，它比一般小米营养丰富。
……

每天几乎还有这样的内容：今天开始发货了，不多，一共两单。今天的货很多，十二单……父亲的微信成了影响着我心情的"天气预报"，父亲却看起来每天都很快活。

我下载了抖音、快手、哔哩哔哩……工作和写作累了，就寻找父亲在各个平台上的视频，还时不时匿名去赞美他、鼓励他。父亲不知道是我发的，总是认真地感谢我。有时，从父亲视频的链接上窜到别人的视频上，看到许多和以前不一样的东西，觉得自己以前的圈子太小了。

父 / 亲 / 和 / 我 / 的 / 时 / 代

七

以为父亲那头很快就会传来有人请他去裱家的消息，毕竟记忆中找他裱家的人那么多。可是过了半个多月，才接到父亲的电话，有人找他裱三间家。

禹导演按照约定时间和我一起回老家。路上他让我告诉父亲提前准备好，去了直接就拍摄。

已经十月底，马上要立冬了，天空不像前段时间那样蓝得耀眼，而是铺满一大块一大块的阴云，却又不下雨。树上的叶子稀疏了，好多铺到了地上。一刮风，树上的叶子往下飘，地上的叶子往上飞，搅和到一起。风过后，树上的叶子就更少了。

父亲远远地在门口迎我们，和他在一起的还有刘桐。父亲穿着件黑皮夹克，崭新的皮面散发着油光，隐隐还能闻到皮革的腥膻味儿。这是有年过春节时我给父亲买的新衣服，觉得他不爱洗衣服，穿皮夹克省事，他从来没有穿过，现在竟翻出来了。刘桐穿着件红色的冲锋衣，他的背依旧驼着，头扬起像只火烈鸟。这原来是我给父亲的一件旧衣服，大概他给了刘桐。

禹导演看到这兴致勃勃的两个人，咧开嘴看着我笑。我感觉父亲他们的衣服怪怪的，但来不及多想，只能先介绍人认识，请禹导演进屋喝杯水。

喝水时，禹导演问："什么时候能拍？"没等父亲回答，刘桐说："早准备好了，就等你们来。"禹导演看了看他们两个，问父亲："李师傅，您平时干活穿这衣服？"父亲低声回答："旧衣服有点儿脏。"我心里偷偷乐，父亲终于感觉到他以前那样穿衣服有问题了。禹导演说："李师傅，咱们拍纪录片不是为好看，是要拍出生活真实的样子。您原来干活穿啥样子，还是穿成啥样子吧。"

父亲看了我一眼，我点点头，父亲拿出平时干活穿的衣服换上。一穿上这件旧衣服，父亲好像马上就回到了干活时的状态，我也感觉他穿上现在这身衣服比刚才的皮夹克合适。禹导演打量了他一眼，满意地点点头说："好，就要这个样子，这才是干活的样子。"

刘桐指着父亲问："我不用换了吧？拍他裱家。"禹导演笑着说："您可以不换。"刘桐有些神气地望着父亲，掸了掸衣服。

出发前，父亲问："你们真要进屋子里去拍？"我看导演。禹导演说："当然啊，但您该怎样干就怎样，就当我们不在。"父亲说："那你们俩也换件衣服吧，撕旧顶棚时，特别荡！"

禹导演愣了一下说："好，我们也换上工作服。"他打开车门，拿出备用的衣服。父亲看了我一眼："得穿旧衣服，尘土太大了！"我和禹导演面面相觑。父亲小心地说："要不我给你们找几件衣服换上，我没穿的旧衣服很多。"禹导演挥挥手说："咱们快去拍吧。"

到了父亲要裱的屋子，是三间旧瓦房，露在外面的木头门窗和柱子颜色已经泛黄，裂出许多人脸上那样的皱纹。屋顶上有几棵发黄的瓦松，在风中摇晃。

父亲干活前，笑呵呵地再次说："真的很荡啊！"禹导演摆摆手问："这个顶棚多少年了？"旁边的东家回答："十二年了，当年就是请李师傅裱的。当时我家孩子刚上小学，现在已经读大学了。"

父亲踩上高凳，开始撕旧顶棚。十二年前，母亲去世没几年，父亲腿脚还利索。没想到那么小的灰尘，十二年能在顶棚上积这么多！现在随着父亲的动作，瀑布一样流下来。我们三人在屋子里，居然彼此看不清。我嗓子里进了土，咳嗽起来。禹导演也咳嗽起来，还打喷嚏。父亲在灰尘中喊："太荡了，西西你们出去吧！"

禹导演说："李师傅，您继续！"但坚持了几分钟，我们就退了出来。真是太荡了！大团大团灰尘不停地落下，灌进眼睛里、鼻子里、口腔里，我们根本出不上气来。镜头也模糊了，啥也拍不清。

等父亲从高凳上下来时，我好像看到煤矿工人从矿井里上来。

以前见过父亲搭架子、裱纸、刷顶棚，可从来没见过撕顶棚。总以为这个很简单，把那些旧纸撕下来就行了，力气都不用花太多，没想到这么荡！

父亲挪了下凳子，再次上去。不在屋子里，反而把里面看得更清楚了些。父亲仰着头，手脚麻利地大块大块撕着旧顶棚，那些纸兜了太多的灰尘，沉甸甸的，一撕就像一包土砸在父亲脸上，然后才继续往下落。想想刚才我们的不舒服，父亲离得这么近，几十年就是这么过来的，父亲连口罩也没有戴过！

撕完一间顶棚，父亲从屋子里出来，身上的土足有几厘米厚，眼睫毛粗了很多，像发黄的松针。我给他递了块湿巾。刘桐帮着把凳子搬进另一间屋子。

与我们聊了几句，父亲又进去了。

父亲撕完顶棚已经中午一点多，简单清洗之后，开始吃饭。农村请匠人，照例有酒有肉，东家请我们一起吃。想全面了解父亲情况，禹导演没有推辞。

父亲看起来有些疲惫，爬上爬下一上午，又这么荡！

奇怪的是，父亲喝了几杯酒后，马上焕发了精神。眉眼间的疲惫没有了，变得红光满面。

东家从来没见过导演拍东西，趁这机会左一个李师傅，右一个李师傅，不停地夸奖父亲。父亲陶醉了。不用禹导演问，就开始滔滔不绝讲自己的经历。

"我十三岁跟着我爸爸学手艺，十六岁就能单干，二十岁人们就说我比我爸爸营生做得好。从那开始，每年从年头忙到年尾，足足有三十年。生产队的时候，大家出工挣工分，我出门给人裱家，工钱大队结算，干一天能挣别人一天半的工分。三中全会后允许单干，我全家不到十亩地，裱家就把一家人供养过来了。"

父亲说到从前忙碌的岁月，充满自豪。

东家接着他的话对导演说："方圆几十里，至少也有十来位裱匠，最好的就是李师傅。别的裱匠三天两头闲得没活儿干，李师傅却每天忙。以前想找他裱家，最起码得提前半个月排队，请来还得好酒好饭款待上。"

父亲忽然腼腆了："咱不讲究吃喝，关键是给人家把营生做好。反过来说，你把营生做好了，人家也愿意给你好好安顿。"

东家端起酒杯敬大家，喝完之后对大家说："李师傅手艺好，人也好，营生做得快，钱算得少，找他裱一次家，起码十年不用麻烦。你看我这家，裱了十二年了，每年刷一刷就和新的一样。"

"来，禹导演，咱们喝一杯。"东家说，"李师傅刷家也省事，不用我们搬东西，糨糊、立德粉啥的一滴也落不下来。不像别的人，一塌糊涂。"

禹导演端起酒杯，恭恭敬敬敬了父亲一杯酒问："李师傅您真神，怎样做到的？"

父亲兴高采烈地回答："不难，主要是各个环节都得掌握好火候，把握住诀窍。比如搭架子，秆秆儿一定要干透，这样才不会变形。"

"那为啥您能控制住东西不往下掉？"禹导演感觉没父亲说的这么简单。

"用心试呗！试得多了，就品出多少最合适。糨糊和立德粉一样，多一下就稠，少一下就稀；刷子蘸多少也得讲究，不能为了偷懒想一次就蘸够，要控制好。"

"对，李师傅您说得太对了！我再敬您一杯！"禹导演说。

父亲喝完酒说："而且一定要刷两次，一次干透了再刷一次。不能少刷，刷少了不白；也不能多刷，刷多了，纸上粘的东西太多，容易掉下来。"

父亲这些话，有的我是第一次听，有的已经听了没有一百遍，也有五十遍。有些话以前反复听，烦，现在却觉得格外有道理。

一伙人正在喝着酒，忽然外面有人喊："李师傅在吗？"

"谁？进来！"

"是月仙，喝杯酒吧。"

"李师傅，我接到个米的订单，国外的。人们说你往国外卖过米，教教我怎样填单子。"

"哪个国家？"

"南非。"

"南非好，我是卖到多哥的，非洲的国家应该一样。要是美国估计就不一样了。"

"南非哪个国家？"刘桐问。

"南非！"

"我知道南非，南非哪个国家？"刘桐继续问。

"刘桐叔，南非就是个国家。"我怕他一直问下去，帮着月仙回答。

"唉，我老糊涂了，听人家南非、南非叫，一直以为南非是非洲南部。就像当年听人讲深圳，以为是深镇，和咱阳明堡差不多的镇子。"刘桐边说边自己喝了一杯酒。

月仙走后，父亲更兴奋了，从裱家谈到微店，后来竟转移到喝酒的话题上。东家附和着说父亲好酒量，从来没见他醉过。父亲大着舌头讲，有一次有人仗着年轻和他较劲儿，一般人喝酒最多干三瓶，那个人非要和他干五瓶。父亲自己先拿起一整瓶干了，那个人没办法也干了，父亲说再来一瓶，又拿起一瓶往嘴里灌，那个人马上尿了……

父亲讲这些的时候，人完全变了个样，老实、腼腆的样子不见了，眉毛竖起来，眼睛里放着光。我想起小时候父亲喝醉，一次次被人送回家。

渐渐地，父亲不停地嘿嘿笑，开始说车轱辘话，我知道父亲喝多了，便想怎样阻止他，让他回家睡一觉。这时，东家的孩子要去上学。父亲一问，已经两点多。父亲说："我得睡一觉，下午还得搭架子。"我忙说："喝了不少，好好歇歇，下午别干了。"父亲斜了我一眼说："西西，你以为爸爸喝多了？我没事。"东家说："西厢房有盘炕，你们一起去歇歇吧。"我问禹导演："去我家歇会儿，还是就在这儿眯一会儿？"禹导演兴奋地说："就在这儿休息，我要跟踪拍摄。"

刘桐告辞，说要回家睡觉。我和禹导演喝了杯茶，去了西厢房，父亲已经躺在炕上呼呼睡着了，呼噜打得山响。禹导演拍了几个镜头，躺下很快也睡着了。

下午三点半，父亲醒过来，身上带着浓烈的酒味儿。他喝了杯浓茶，就要去干活。我问："能行吗？"父亲摇摇头说："没问题，我知道没喝多。"

父亲搭架子前，走路还摇晃。一拿起葵花秆，酒意一点点不见了。

以前父亲用细高粱秆或葵花秆做架子，细高粱产量太低，这几年种的人少了，便都用葵花秆。父亲撕顶棚的时候，禹导演已经看到了上面的葵花秆，现在亲眼看到父亲用葵花秆做架子，还是惊讶。他问："这个结实吗？"父亲嘿嘿笑着说："结实，用十年没问题。"

父亲把葵花秆的头和根切掉，刮掉上面的皮，穿了孔，用铁丝串起来。禹导演问："为什么要刮上面的皮？"父亲回答："留着皮容易发霉。"

整个下午，禹导演一直跟着父亲拍摄。收工时，已经八点多，我在饭店里订了一桌饭。月亮还没升高，路灯亮了，月亮像挂在路灯杆子上，照得街道很亮。

父亲说："刘桐大概还没有吃饭，把他叫上吧？"我说："叫上吧，你给他打电话。"父亲走在前面，电话打通了，他问："刘桐，吃了吗？"刘桐说："吃了个馒头。"父亲说："出来喝点儿吧，我刚收工。"

遇到的人们纷纷和父亲打招呼："李师傅吃了没？"父亲回答："刚收工，西西给在饭店里订好了。"禹导演说："村里人对你父亲挺尊敬的！"我说："他就是个匠人，忙了一辈子。""这样的匠人不多啊！"禹导演说，"这次来收获很大。"

我们到了饭店之后，刘桐很快也到了。他还是穿着那件早上看到的大红色的冲锋衣，很高兴。

我说："喝点儿红酒吧？"父亲说："红酒有啥喝头，要喝就喝白酒。"刘桐附和说："红酒没喝头。"我只好要了一瓶白酒。禹导演又采访父亲。父亲说："你们也采访采访刘桐，他的故事可多呢！"

父亲和刘桐边喝酒，边聊起对方。他们从刚出生解放那会儿，一直讲到现在的脱贫攻坚。

吃完饭十点多了，我们一结账，饭店开始打烊。

父亲这次没有喝多，但很开心，在路上居然唱起歌来。他一唱，刘桐也跟着唱。从来没有听过父亲唱歌，我忽然想，应该领上父亲到城里的KTV好好唱一唱，他应该没有在那儿唱过。

晚上睡觉前，我点进父亲的微信朋友圈。一看乐了，父亲今天发的居然是导演拍摄他视频的视频。父亲对着镜头说："我这个卖米的人其实是个裱匠，裱了几十年家，这几天导演给我拍电影。假如不能及时回复大家的消息，请原谅。请朋友们放心下单，会及时发货。"打开抖音一看，也是这内容。

导演一连拍了几天，除了裱家，还拍了父亲喝酒、做微商。

回城前一天，我对父亲说："爸爸，片子拍完了，明天我们就回去，晚上找个KTV一起唱唱歌，庆贺一下。"父亲问："能不能找个地方，让我看看禹导演拍的我是啥样？"我说："应该没问题，我问问导演。"父亲说："把刘桐叫上吧，其实他才爱歌唱，和我一样没在个专门的地方唱过歌。"

问了禹导演后，找了个有投影的KTV，我们先看片子。禹导演说："这片子没有剪辑过，回去还得加工。"父亲和刘桐已经在旁边迫不及待。

　　不能不说禹导演拍得很用心，父亲和刘桐一看到自己出现在镜头中，就哈哈大笑，父亲的牙齿又黑又黄，刘桐张开缺了牙齿的嘴。为了节省时间，有些地方禹导演用了快进，一个多小时，父亲和刘桐两人一路笑了下来，还不停地指点着屏幕议论。我看着这些镜头，有些心酸和感动，仿佛看到了父亲的一生。

　　看完片子，父亲敬禹导演酒。禹导演说："剪辑完了给您看，这片子有意义！"

　　我也敬导演，敬完后说："禹导演，拍得真是好，不过，我爸爸他们也拍了你的视频。""真的？"禹导演很是意外，嚷嚷着要看。父亲嘴上说"我们拍得不好"，但还是大方地拿出手机点开视频。禹导演看到自己的镜头，呵呵直笑，像刚才父亲和刘桐看到自己的镜头。他说："李师傅，你们真了不起。"刘桐说："我们拍不好，你的才是专业水平。"禹导演真诚地说："你们真的拍得挺好，里面想表达的能看出来。"父亲说："我们知道自己的水平，只是想宣传自己，好卖东西。"父亲直截了当把目的说出来，我忽然觉得这样光明磊落挺好。父亲接着说："我知道你的圈子都是导演、演员、文化人，也不求你在朋友圈转发我的东西，但你的朋友谁想要好的土特产，你可以推荐给他们。"

　　父亲的话让我有些羞愧。禹导演说："一定，一定，我好多朋友想买这些东西呢，到时让他们直接和您联系。咱们加个微信。"

　　禹导演和父亲互加了微信后，我说："咱们唱歌吧！"父亲和刘桐都是第一次，有些拘谨，不敢唱。我陪他们喝啤酒，让禹导演先唱。禹导演唱了几首流行歌之后，让我唱。我想应该先唱个老歌，引起父亲他们的共鸣，便选了《我的中国心》和《南泥湾》。

　　唱《我的中国心》的时候，父亲、刘桐和禹导演喝酒。唱《南泥湾》,唱到"当年的南泥湾,到处呀是荒山,没呀人烟"时,刘桐忽然伴着哼了几声,禹导演把另一支话筒递给他。刘桐接过话筒唱起来,凑得离嘴太近,话筒蜂鸣起来,吓得他赶忙把话筒往禹导演手里递,另一只手摆着说:"不会唱。"禹导演示意他看我,把话筒拿得离嘴稍远一些。刘桐低声试了试,话筒没问题了,他的声音渐渐大起来。唱到"陕北的好江南"时,父亲也哼起来,我把话筒递给他。父亲和刘桐慢慢进入状态,他们把话筒握得紧紧的,仿佛一不小心就会掉了。

一首歌唱完,我和禹导演鼓起掌来。

父亲说:"我们唱得不好。"

刘桐说:"我们瞎唱呢!"

他们谦虚中,投影上又开始放《南泥湾》了,大概是我选歌时多选了一次。父亲和刘桐赶忙又唱了起来。他们握着话筒像握着枪,嗓子有些生涩,有些节奏把握不准,不是拖拍子就是抢拍子,但二人唱得深情而且投入,真能让人感受到当年开荒种地时那种热火朝天的气氛。

唱完这次,他们放松了,两人对望了一眼,举起杯子来和我们喝酒。我说:"爸爸、刘桐叔,你们唱吧,想唱啥歌,我来点。"刘桐说:"有没有《沙漠骆驼》?"我愣了一下,问:"是《梦驼铃》吧?"禹导演呵呵笑着说:"你out了,《梦驼铃》是八十年代费玉清的一首老歌,《沙漠骆驼》是现在的新歌。"我又愣了一下,一查,真有《沙漠骆驼》。

父亲和刘桐开始唱了:"我要穿越这片沙漠,找寻真的自我,身边只有一匹骆驼陪我……"果然和《梦驼铃》没有什么关系,我打开手机搜索,这原来是二〇一八年很火的歌,我竟然没有听过。父亲和刘桐唱到"我穿上大头皮鞋,跨过凛冽荒野"时,我又不由得想起老歌《大头皮鞋》,赶紧甩甩脑袋。

那天晚上,后来基本是父亲他们唱歌,有旧歌,但大多是新歌，许多我没有听过。听着他们的歌声，我觉得以前的视野太狭隘了，而父亲他们，我认为远远落后于这个时代的人们，竟然跟着时代奔跑。我忽然想起我的小说《隐疾》。

《人民文学》2020年5期发表，
《小说选刊》6期、《小说月报·大字版》7期、
《长江文艺·好小说》7期、《新华文摘》14期转载，
入选《建党百年百篇文学短经典》，
获第四届"中骏杯"《小说选刊》奖

图书在版编目（CIP）数据

理想国 / 杨遥著. -- 北京：作家出版社，2024.3
ISBN 978-7-5212-2628-7

Ⅰ.①理… Ⅱ.①杨… Ⅲ.①中篇小说 - 小说集 - 中国 - 当代 ②短篇小说 - 小说集 - 中国 - 当代 Ⅳ.①I247.7

中国国家版本馆 CIP 数据核字（2023）第 237528 号

理想国

作　　者：杨　遥
责任编辑：田小爽
装帧设计：意匠文化·丁奔亮
出版发行：作家出版社有限公司
社　　址：北京农展馆南里 10 号　　邮　　编：100125
电话传真：86 - 10 - 65067186（发行中心及邮购部）
　　　　　86 - 10 - 65004079（总编室）
E - mail: zuojia@zuojia.net.cn
http://www.ZUOJIACHUBANSHE.com
印　　刷：河北鹏润印刷有限公司
成品尺寸：142 × 210
字　　数：289 千
印　　张：11
版　　次：2024 年 3 月第 1 版
印　　次：2024 年 3 月第 1 次印刷
ISBN　978 - 7 - 5212 - 2628 - 7
定　　价：68.00 元

作家版图书，版权所有，侵权必究。
作家版图书，印装错误可随时退换。